Brigitta D'Orazio

Die Herrin des Gestüts

Brigitta D'Orazio wurde in Lübeck geboren und verbrachte Kindheit und Jugend in Hamburg. Nach dem Abitur war sie als Redakteurin bei verschiedenen Zeitungen beschäftigt. Seit zwanzig Jahren lebt sie nun in Italien und arbeitet dort als freischaffende Autorin. Viele erfolgreiche Romane sind bereits von ihr erschienen. Zurzeit ist sie ebenso als Exklusiv-Autorin für das »Goldene Blatt« tätig.
Mehr Information zu der Autorin unter
www.brigitta-dorazio.de

Brigitta D'Orazio

Die Herrin des Gestüts

Roman

edition Tosca

Besuchen Sie uns im Internet unter
www.langen-mueller-verlag.de

edition Tosca ist ein Imprint von Langen*Müller* in der
F.A. Herbig Verlagsbuchhandlung GmbH, München

Umschlaggestaltung: Wolfgang Heinzel
Umschlagbild: picture-alliance/shutterstock
Satz: Birgit Veits
Gesetzt aus GaramondBQ-Regular 11/14 pt.
Druck und Binden: CPI Moravia Books GmbH
Printed in the EU
ISBN 978-3-7844-3222-9

Für Alice und Virginia.
Ihr seid die besten Töchter,
die sich eine Mutter nur wünschen kann.

Prolog

Ostpreußen, Februar 1945

Ein lautes, panisches Wiehern ließ den Reitburschen im Sattel herumwirbeln. Gleichzeitig hörte er das unverwechselbare laute Knacken von splitterndem Eis. Ernst Deicher schaute direkt in die angstvollen, großen Augen der Stute Samira. Sie war von der markierten Route abgedrängt worden und auf eine brüchige Stelle geraten. Er konnte ihr nicht helfen. Verzweifelt kämpfte die Stute um ihr Leben, doch je mehr sie um sich trat, desto schneller versank sie in den eisigen Wassern des Frischen Haffs. Diese Lagune an der Ostseeküste war in den letzten Kriegsmonaten der einzige noch offene Fluchtweg für die Zivilbevölkerung Ostpreußens. Von Osten und Süden drängte die Rote Armee heran, und der Weg über das zugefrorene Haff bis zu dem schmalen Landstreifen, der Frischen Nehrung, und dann von dort in Richtung Westen nach Danzig war die letzte Rettung für Tausende Menschen.

Für Menschen und Pferde, dachte Ernst Deicher bitter, während ihm die Tränen in die Augen traten und auf seinen Wangen gefroren. Sofern es uns gelingt, sie in Sicherheit zu bringen.

Samira versank nicht vollständig im Eis, ihr großer edler Kopf und der lange Hals blieben über der Oberfläche. Ihr Blick brach, und für den Bruchteil einer Sekunde glaubte Ernst Deicher sie zu sehen, wie sie als langbeiniges Füllen über die Weiden des Trakehnergestüts galoppiert war. Dann wandte er sich wieder um und trieb Carina an. Am Morgen hatte er entscheiden müssen, welche der fünfzehn Stuten er reiten würde. Seine Wahl war auf Carina gefallen, eine Urenkelin des großen Hauptbeschälers Tempelhüter und somit eines der wertvollsten Tiere in der Herde. Unter seinem Sattel war sie am wenigsten gefährdet.

Folgsam setzte Carina nun den beschwerlichen Weg fort, die übrigen Pferde folgten ihr. Seit drei Tagen hatten sie kaum geruht und nur wenig zu fressen und zu trinken gehabt. Doch sie gehörten einer zähen, robusten Pferderasse an, und der junge Reitbursche begann zu hoffen, dass die Flucht gelingen könnte. Falls, ja, falls nicht noch mehr Tiere verendeten, falls sie heil die zwanzig Kilometer über das Eis schafften, falls die Russen nicht mit Tieffliegern angriffen, falls sie später weit genug nach Westen kamen …

Zu viele Risiken, zu wenig Gewissheit.

Ernst Deicher stieß einige unterdrückte Flüche aus, die allesamt den Nazis galten. Bis zum allerletzten Moment war es den Menschen in Ostpreußen unter Todesstrafe verboten gewesen, vor den heranrückenden Russen zu fliehen. Bis es für viele zu spät war. Ernst Deicher und die übrigen Angestellten des Gestüts Brosin hatten es allein dem Mut ihres Gutsherrn zu verdanken, dass sie gerade noch rechtzeitig aufbrechen konnten. Als realistischer, weitsichtiger Mann hatte Hugo Brosin in aller Heimlichkeit den Treck vorbereiten lassen. So konnten sie, als endlich die Erlaubnis zur Flucht kam, innerhalb von einer Stunde aufbrechen.

Doch es war spät, verdammt spät. Die dicke Eisschicht auf dem Haff, die noch vor zwei Wochen unzählige Trecks getragen hatte, schmolz dahin.

Aber wir werden es auch schaffen, schwor sich Ernst Deicher. Wir müssen einfach.

Minuten später wurde er von einem anderen Reitburschen

gerufen. Hugo Brosin müsse ihn dringend sprechen. Er solle warten, bis die Kutsche des Gutsherrn ihn erreicht habe. Der zweite Reitbursche übernahm die Führung der Herde, und Ernst Deicher ließ Carina äußerst vorsichtig ein kleines Stück zur Seite treten. Weg vom Uferbereich, wo das Eis zuerst brach. Mit klopfendem Herzen wartete er auf seinen Herrn. Er spürte, dass ihm womöglich eine noch größere Prüfung als alle bisherigen bevorstand.

1

Lüneburger Heide, Gegenwart

Hugo Brosin knallte seinen Stock laut und heftig auf den Steinfußboden der großen Diele. Es klang wie Gewehrschüsse, und Franziska zuckte unwillkürlich zusammen. Wie hatte sie als Kind diese Wutausbrüche gefürchtet! Dann war sie aus dem Haus in den Stall geflüchtet, hatte sich hinter einem warmen, riesigen Pferdekörper versteckt und abgewartet, bis das Gewitter vorüberzog. Doch sie war schon lange kein Kind mehr, und Flucht war keine Lösung. Also straffte sie die Schultern und wappnete sich für die Auseinandersetzung.

»Das kommt überhaupt nicht infrage!«, donnerte ihr Großvater. »Die gesamte Familie ist eingeladen, und die gesamte Familie wird erscheinen!«

»Ich habe dir aber eben erklärt, dass …«

»Interessiert mich nicht. Du findest neuerdings immer gute Gründe, um dich vor deinen Verpflichtungen zu drücken.«

Franziska hasste es, wenn ihr jemand ins Wort fiel, aber sie zwang sich zur Ruhe.

»Meine Verpflichtungen«, sagte sie, und betonte jede Silbe einzeln, »gelten einzig und allein den Pferden. Das ist so üblich, wenn jemand ein Zuchtgestüt leitet.«

Hugo Brosin verlor unmerklich ein wenig von seinem Schwung. Sein Stock kam zur Ruhe, seine Hände schlossen sich Halt suchend um den Griff. Es trifft ihn immer noch, dachte Franziska überrascht. Nach all diesen Jahren hat er es immer noch nicht verkraftet, dass er nicht mehr der Chef ist.

»Da irrst du dich«, erwiderte er jetzt, und für einen Moment verriet ihn auch seine Stimme. Die gehörte plötzlich nicht mehr dem gefürchteten ehemaligen Herrn des Hauses, sondern einem fast neunzig Jahre alten, müden Mann.

»Für die Pferde gibt es schließlich auch die Stallburschen, aber eine Einladung des Grafen von Calsin kann nur die Familie annehmen.«

Die Familie. Es gab Tage, da wünschte sich Franziska, zu keinerlei Familie zu gehören, sondern ganz allein auf der Welt zu sein. Tage wie diesen. Nervös trat sie von einem Fuß auf den anderen. Draußen tobte ein Wintersturm um das große niederdeutsche Hallenhaus. Die Pferdetränken in den Ställen mussten dringend enteist werden, und der Hufschmied hatte sich für vier Uhr nachmittags angekündigt. Und was tat sie, anstatt sich um diese Probleme zu kümmern? Sie ließ sich nach einem schnellen Kaffee von ihrem Großvater in der Diele abfangen und zur Rede stellen. Als hätte sie nichts Wichtigeres zu tun!

Hugo Brosin deutete ihr Schweigen falsch. Seine einst klaren, vom grauen Star inzwischen eingetrübten Augen, leuchteten auf. »Siehst du«, sagte er und nickte heftig. »Ich wusste doch, dass du ein vernünftiges Mädchen bist.«

»Großvater, ich ...«

»Franziska!« Seine Stimme klang jetzt wieder schneidend. »Muss ich dich wirklich daran erinnern, wie viel Mühe es mich gekostet hat, hier in der Gegend eine neue Existenz aufzubauen? Hast du eine Ahnung, wie schwer es war, auch in der Gesellschaft anerkannt zu werden?«

O nein!, dachte sie. Nicht diesen Vortrag! Nicht jetzt! Wie oft hatte sie sich den schon anhören müssen.

Als kleines Mädchen hatte sie an Opas Lippen gehangen,

wenn er vom großen Treck, damals nach Kriegsende, erzählt hatte. Wie er mit den wertvollsten Pferden aus der familieneigenen Trakehnerzucht von Gumbinnen in Ostpreußen nach Westen gezogen war. Wie er gehungert und gefroren hatte. Wie seine junge Frau auf halber Strecke an Entkräftung gestorben war. Wie er um das Leben seines erst zweijährigen Sohnes gebangt hatte. Wie er schließlich mit dem abgemagerten Kind und neun Trakehnern auf einem Bauernhof in der Lüneburger Heide Unterschlupf fand.

Als Heranwachsende hatte Franziska die Leistung ihres Großvaters bewundert. Ganz auf sich allein gestellt, hatte er seinen Sohn und die Pferde durchgebracht, indem er jede Art von Arbeit annahm. Auch die wertvollen Tiere wurden auf den Feldern der umliegenden Höfe zur Arbeit eingesetzt. Erst als sein Sohn Herbert älter wurde und mit anpacken konnte, ging es langsam aufwärts. Gemeinsam bauten sie die Zucht wieder auf, und es folgten gute, ja sogar goldene Jahre. Mit dem Wirtschaftswunder ging es in der Bundesrepublik auch mit der Reiterei bergauf. Viele Pferdefreunde begeisterten sich für die temperamentvollen und ausdauernden Trakehner. Sogar in Niedersachsen, wo die Konkurrenz durch die Hannoveranerzucht beinahe übermächtig war.

Als junge Frau schließlich war es Franziska leid geworden, sich immer wieder dieselbe heldenhafte Geschichte anzuhören. Sie selbst war bereits auf dem Gestüt Brosin geboren worden. Ihr Großvater und ihr Vater hatten das große Gehöft unweit von Walsrode in halb verfallenem Zustand gekauft und zu einem ansehnlichen Gutshof umgebaut. Sie konnte sich nicht vorstellen, wie schwer die Anfänge gewesen waren. Wie jeder junge Mensch hasste sie es, von den Alten Sätze zu hören wie: »Du weißt ja gar nicht, wie gut du es hast. Du bist undankbar.«

Inzwischen war Franziska zweiunddreißig Jahre alt, und die goldenen Jahre waren schon längst vorbei. Schlimmer noch: Im Augenblick lasteten auf dem Gestüt große Geldsorgen, und Franziska würde bald eine schwierige Entscheidung treffen müssen.

Einzig ihr Großvater schien all das nicht zu bemerken. Er war mit seinen Gedanken offenbar vor ungefähr zehn Jahren stehen geblieben, und ein gesellschaftliches Ereignis bei ihren Nachbarn gehörte für ihn zu den wichtigsten Dingen im Leben.

Franziska warf einen Blick auf die Uhr. Viertel vor vier. Sie musste wählen: Entweder ein Vortrag, der sie für mindestens eine weitere halbe Stunde von der Arbeit abhalten würde, oder ihre Zustimmung.

»Also gut«, murmelte sie. »Ich komme heute Abend mit. Worum geht es noch mal?«

»Graf Olaf von Calsin lädt zur Verlobungsfeier seiner Tochter Annette ein. Das habe ich dir doch schon vor Tagen gesagt.«

»Ach ja«, erwiderte sie und wünschte sich plötzlich, sie hätte nicht nachgegeben. Bestimmt würde auch Ferdinand Sommerkamp zu diesem Fest erscheinen. Er war so ungefähr der letzte Mensch, den sie sehen wollte.

»Wann müssen wir losfahren?«

»Um punkt acht. Und zieh dir was Hübsches an.«

Auch das noch!, dachte sie. Laut sagte sie aber: »In Ordnung!« Schließlich konnte sie schlecht in alten Jeans und Männerhemd auf einer gräflichen Verlobungsfeier erscheinen. Eilig verließ Franziska die Diele, schlüpfte an der Tür wieder in ihre alten Gummistiefel und die wattierte Jacke. Dann stapfte sie hinaus in den eisigen Winternachmittag.

Ein Jammer, dachte Hugo Brosin, während er durch ein schmales Fenster zusah, wie seine Enkelin auf das Stallgebäude zuging. So ein bildschönes Mädchen, aber alles, was sie im Kopf hat, sind die Pferde.

Er selbst kannte zwar auch nichts anderes, wenn man mal von seinen Bemühungen um gesellschaftliche Anerkennung absah. Aber er war ja auch ein alter Mann, während Franziska in der Blüte ihrer Jugend stand. Kopfschüttelnd wandte er sich ab. Was sollte aus der Kleinen bloß werden? Für ihn war sie immer noch die Kleine, obwohl sie ihm schon vor vielen Jahren über den Kopf gewachsen war. Würde sie sich für den Rest ihres Lebens hier auf dem Hof verkriechen und sich wie ein Kerl kleiden? Sie hatte wundervolle Haare, doch sie versteckte sie unter einer hässlichen Mütze. Ihre grünen Augen schauten viel zu ernst in die Welt. Ihr hübscher Mund, wie bei ihrer Großmutter einen Hauch zu groß, lachte viel zu selten. Während er dem warmen Ofen in der Küche zustrebte, schüttelte Hugo ratlos den Kopf. Er wünschte, Franziska würde endlich einen guten Mann kennenlernen, heiraten und glücklich werden. Gleichzeitig fragte er sich, wie er ohne sie zurechtkommen sollte, wenn sie fortziehen würde. Es war eine vertrackte Situation, und weder seine weltfremde Schwiegertochter noch sein nichtsnutziger Enkel waren ihm da eine Hilfe.

»Was machst du denn hier?« Misstrauisch beäugte Franziska ihren Bruder Frido. Er war nur zwei Jahre jünger als sie, aber manchmal hatte sie den Eindruck, eine ganze Generation läge zwischen ihnen. So pflichtbewusst und ernsthaft wie sie selbst war, so leichtfertig und gedankenlos war er.

Frido grinste seine Schwester an. »Och, nichts Besonderes, Schwesterherz. Wollte nur mal nach Abendsonne sehen.«

»Seit wann interessierst du dich für ein krankes Pferd?«

Sie trat näher und strich der Stute liebevoll über die Nüstern. Abendsonne fühlte sich heiß an. Ihr beinahe schwarzes Fell glänzte unnatürlich, und tief aus ihrer Kehle kam ein trockener Husten. Franziska wurde das Herz schwer. Die Abstammung der Stute ließ sich lückenlos auf den berühmten Trakehnerhengst Abglanz zurückverfolgen. Sie war schon fünfundzwanzig, ein Greisenalter für Pferde, und als Zuchtstute seit Jahren nicht mehr zu gebrauchen. Dennoch wäre es Franziska nie in den Sinn gekommen, das Tier wegzugeben. Abendsonne hatte dem Gestüt im Laufe ihres Lebens zwölf Fohlen geboren, eines prächtiger und wertvoller als das andere.

»Ich lasse noch mal den Tierarzt kommen«, meinte Franziska.

»Das kostet doch gleich wieder einen Haufen Geld«, meinte Frido. »Warte lieber bis morgen.«

Franziska strich noch einmal sanft über die Nüstern der Stute, wandte sich dann um und ließ den Blick über ihren Bruder gleiten. Bewusst starrte sie eine halbe Minute lang auf sein linkes Bein, bevor sie antwortete: »Wenn du das nächste Mal mit zerschmetterten Knochen im Graben liegst, warten wir besser auch mit dem Rettungswagen. Es könnte ja ziemlich ins Geld gehen, oder?«

»Lass mich in Ruhe«, brummte Frido. Endlich zog er ab, und Franziska sah ihm mit gemischten Gefühlen nach. Sie liebte ihren Bruder, aber sie empfand nicht besonders viel Achtung für ihn. Seit einiger Zeit hatte sie außerdem das sichere Gefühl, dass er etwas im Schilde führte. So wie sie Frido kannte, konnte das nichts Gutes sein.

Die Auffahrt zum Herrenhaus des Grafen von Calsin war an diesem eisigen Februarabend hell erleuchtet. Im Schritttempo steuerte Franziska den dreißig Jahre alten Mercedes ihres Großvaters hinter den Luxuskarossen anderer Gäste her. Sie mochte diesen Wagen nicht, aber in ihrem Jeep hätten nicht alle Platz gefunden. Hugo saß im Fond neben Franziskas Mutter Bernadette, Frido auf dem Beifahrersitz starrte, noch immer beleidigt, nach draußen.

Das wird ein richtig fröhlicher Abend, dachte Franziska bei sich und warf ebenfalls einen Blick aus dem Seitenfenster. Wer noch nie im Sommer hier gewesen war, hätte die weitläufige Landschaft rund um die gewundene Auffahrt für langweilig halten können. Struppig wirkendes Kraut, niedrige Büsche, ein paar Findlinge, nichts Besonderes. Doch wenn dann im Frühsommer der Ginster hellgelb aufleuchtete, wenn im August das Heidekraut seinen violetten Schleier über das Gelände legte und der Wacholder würzig duftete, dann entfaltete sich die ganze Pracht dieser Heidelandschaft. Seinen staunenden Besuchern sagte Graf Olaf von Calsin gern: »Wozu wollen Sie nach Wilsede in den Naturschutzpark? Die schönste Heide finden Sie hier bei mir. Die Heidschnucken bekommen Sie sogar frisch aus dem Ofen.«

Beim Gedanken an den Grafen verbesserte sich Franziskas Laune. Sie mochte ihn, weil er keinerlei Standesdünkel hatte. Außerdem tat er ihr manchmal leid, da an seinen drei Töchtern jeglicher Versuch einer Erziehung offenbar spurlos vorübergegangen war. Seine Frau, Gräfin Carlotta von Calsin, war schon vor vielen Jahren gestorben, und der Graf war mit der weiblichen Übermacht eindeutig überfordert gewesen. Nun, heute würde wenigstens Annette einen Schritt ins erwachsene Leben tun.

Das Herrenhaus selbst war 1810 in klassizistischer Form erbaut worden und befand sich seitdem in Familienbesitz. Die geraden, schnörkellosen Linien strahlten Klarheit aus. In der großen Eingangshalle sammelten sich die Gäste, um von der Familie begrüßt zu werden.

»Franziska!«, rief Graf Olaf erfreut, als er sie entdeckte. »Du siehst bezaubernd aus. Jedes Männerherz wird dir heute Abend zu Füßen liegen.«

Sie spürte, wie sie unter dem Kompliment rot wurde, und zupfte verlegen an ihrem eng anliegenden Abendkleid aus grün changierender Seide. Sie hatte sich dafür entschieden, um ihrem Großvater eine Freude zu machen. Aber ein gewisser Ferdinand Sommerkamp sollte ruhig auch sehen, wie gut es ihr ging! Das Kleid betonte ihre weiblichen Formen, gab den Blick auf ihr verführerisches Dekolletée frei und unterstrich die Farbe ihrer Augen. Franziskas Haare fielen locker auf die Schultern und gaben ihr etwas Anziehendes, was sie im Alltag stets zu verbergen suchte. Viel Make-up brauchte sie nicht. Ihre Haut war makellos, obwohl sie Wind und Wetter ausgesetzt war. Ein wenig Lidschatten, Wimperntusche, ein kräftiger roter Lippenstift. Fertig war die Femme Fatale.

Franziska musste über ihre Gedanken lächeln. Femme Fatale! Ausgerechnet ich!

Doch bald verging ihre Fröhlichkeit. Nach dem Dinner, als im Ballsaal bereits die Band spielte, tauchte Ferdinand auf. Seine Frau wirkte selbst in festlicher Aufmachung unscheinbar, dennoch ließ Ferdinand sie nie aus den Augen. Nicht einmal, nicht ein einziges Mal schaute er zu Franziska hinüber.

Wütend, enttäuscht, traurig ging sie nach draußen. Sie wollte nur ein wenig Luft schnappen und dann versuchen, nach Hause zu kommen. Franziska beschleunigte ihren Schritt, stolperte auf der Außentreppe über ihren Kleidersaum, fiel und wurde aufgefangen. Zwei kräftige Armen hielten sie fest, und eine tiefe, melodische Stimme sagte: »Haben Sie sich wehgetan, Signorina?«

Es dauerte einen Moment, bis Franziska begriff, dass der Mann Italienisch sprach. Sie sah auf und blickte in ein Paar Augen, schwarz und geheimnisvoll. Voller Glut, voller Leidenschaft.

Was dachte sie da? Das musste am Sekt liegen. Franziska senkte verwirrt den Kopf, sah wieder auf, verlor sich erneut im Blick dieser Augen, spürte den fremden Körper an ihrem. Ein Schauer überkam sie. Plötzlich hatte sich der norddeutsche Winter in eine laue, südliche Sommernacht verwandelt.

2

Paolo della Ravere spürte ein Zittern in seiner Brust und wusste es nicht zu deuten. Diese Frau! Wer war sie? Aus welchem Traum hatte sie sich hierher in seine Arme geflüchtet? Dies war doch nur ein Traum, konnte nichts anderes sein. Seine Fingerspitzen ertasteten knisternde Seide und darunter warme, weiche Haut. Er blickte in ihre Augen und brauchte einen Moment, bis er deren Farbe einzuordnen wusste. Wie das Meer, dachte er. Aber nicht das Meer an einem strahlenden Sommertag, sondern mitten in einem Gewitter. Wenn das Wasser von hohen Wellen aufgewühlt wird, wenn die dunkelgrünen Algen vom Grund nach oben gespült werden.

Sie ist so schön, dachte er. La mia sirenetta. Meine Meerjungfrau.

Paolo begriff nicht, warum ihm plötzlich solche Gedanken durch den Kopf schossen. Er hielt diese bezaubernde fremde Frau für wenige Sekunden in seinen Armen, und die Welt sah plötzlich anders aus. Hell, strahlend, glücklich. Das passte so gar nicht zu ihm!

Er war ein blendend aussehender Mann von achtunddreißig Jahren. Der Kontrast zwischen seinen blonden Haaren und den nachtschwarzen Augen war umwerfend. Die Herzen der Frauen flogen ihm zu, und es war ihm nie schwergefallen, eine Eroberung zu machen. Doch erst in diesem Moment, in dieser eisigen nordischen Nacht, schlich sich eine Ahnung in sein Herz: Ich habe noch niemals eine Frau wirklich geliebt.

Diese Erkenntnis verwirrte ihn zutiefst, und er ließ die Sirenetta los.

»Haben Sie sich wehgetan?«, wiederholte er und war froh, dass seine Stimme so normal klang. Das kleinste Zittern wäre inakzeptabel gewesen.

»No, tutto a posto«, erwiderte sie in seiner Muttersprache. »Alles in Ordnung.«

»Sie sprechen Italienisch?«, erkundigte sich Paolo überrascht.

»Mein Kindermädchen Evelina stammt aus Palermo. Sie hat es mir beigebracht. Ich fürchte nur, meine Sprachkenntnisse reichen nicht mehr aus.«

»Wie wundervoll. Ich meine ... Sie ...« Er verhaspelte sich und verstummte, entsetzt über sein tölpelhaftes Verhalten. Er war kein Mann, der zum Stottern neigte. Ganz im Gegenteil. Paolo della Ravere war in seiner Heimat Italien ein erfolgreicher Pferdezüchter, in Fachkreisen geschätzt und auf dem gesellschaftlichen Parkett erfahren. In seinem ganzen Leben war er noch nicht um die richtigen Worte verlegen gewesen. Und nun stand er hier und brachte keinen vernünftigen Satz heraus. Wie konnte ihm das nur passieren!

Um seine Verwirrung zu überspielen, zog er seine Steppjacke aus und legte sie der jungen Frau um die Schultern. Sie schien nicht zu bemerken, wie sehr sie in der kalten Luft zitterte. Ihre Lippen waren schon blau vor Kälte.

Dann erinnerte er sich an seine gute Erziehung und sagte: »Darf ich mich vorstellen? Ich bin Paolo della Ravere aus Pesaro. Das ist eine Stadt in den italienischen Marken an der Adria.« Erleichtert stellte er fest, dass er wieder normal reden konnte.

»Ich weiß«, erwiderte die Schöne zu seiner Überraschung. »Mit meinen Eltern bin ich einmal bis hinunter nach Ancona gefahren. Ihre Heimat ist sehr schön.«

Er nickte. »O ja. Die Marken haben den Slogan ›Italien in einer Region‹. Bei uns finden Sie nämlich nicht nur das Meer, sondern auch hügeliges Hinterland und sogar hohe Berge.«

Noch immer wurde Paolo das Gefühl der Unwirklichkeit nicht los. Stand er tatsächlich in dieser kalten Nacht vor einer fremden jungen Frau und plauderte über seine Heimat? Ihm fiel auf, dass ihm die Sirenetta ihren richtigen Namen noch nicht verraten hatte. Gerade als er sie danach fragen wollte, sagte sie: »Ich nehme an, Sie sind auch ein Gast des Grafen Olaf.«

Mit dem Namen konnte Paolo nichts anfangen. »Von wem bitte?«, fragte er.

»Olaf Graf von Calsin.« Sie wies mit dem Kopf zum erleuchteten Portal hinter sich. »Der Gastgeber dieses Abends. Es ist die Verlobungsfeier seiner Tochter Annette.«

Jetzt verstand er und er schüttelte den Kopf. »Nein. Ich habe mich verfahren. Da ich hier Licht gesehen habe, wollte ich nach dem Weg fragen.«

»Wo müssen Sie denn hin?«

Dio mio! Mein Gott! Wenn sie nicht aufhörte, ihn mit diesen verwirrend grünen Augen anzuschauen, dann würde er … ja, was dann? Sie in seine Arme reißen und sie küssen? Sie so lange festhalten, bis seine Hitze auf sie übersprang? Pazzesco! Er war ganz verändert. Kein Zweifel.

Paolo räusperte sich umständlich und zog dann einen Zettel aus seiner Hosentasche. »Das Gestüt Brosin. Das müsste nicht weit von hier sein, aber mein Navigationssystem scheint heute Nacht überfordert zu sein.«

»Das Gestüt Brosin?«

Täuschte er sich, oder änderte sich die Farbe ihrer Augen? Wirkte ihr Blick nicht plötzlich dunkler? Zum ersten Mal seit er seine Jacke ausgezogen hatte, spürte er die Winterkälte durch seinen Pullover kriechen.

»Was haben Sie dort zu tun?«

Paolo zögerte mit der Antwort. Doch dann erinnerte er sich daran, dass er hier ein Fremder war. Möglicherweise gehörte es in dieser Gegend zum guten Ton, die Leute auszufragen.

»Ich betreibe in Italien eine Pferdezucht«, erwiderte er daher höflich.

»So?« Ihre Augenbrauen wanderten in die Höhe, eine Welle des Fröstelns überkam sie.

Paolo fühlte sich wie ein Schuljunge, der bei einem Streich ertappt worden war. Er schluckte, bevor er weitersprach. »Es mag Sie vielleicht verwundern, aber ich züchte Trakehner. Das ist in Italien eher ungewöhnlich, und manche Kollegen schmunzeln wohl auch über mich. Doch ich habe die Leidenschaft für diese herrliche Rasse von meiner deutschen Mutter geerbt. Sie hat zu ihrer Zeit auf einem Trakehnerhengst beachtliche Erfolge im Dressurreiten erzielt. Anfangs in Deutschland und später, als sie zu meinem Vater nach Italien gezogen ist, auch in ihrer neuen Heimat. Der Hengst war ein Nachkomme von Jagdheld, der wiederum ein Sohn des legendären englischen Vollbluts Perfectionist war …«

»Danke«, wurde er unterbrochen. »Ich kenne mich selbst ganz gut in der Abstammungsfolge aus.«

Paolo nickte. »Sicher, bitte verzeihen Sie. Ich wollte Ihnen nur erzählen, dass Fluvio, so hieß der Hengst meiner Mutter, der Begründer unserer Zucht war.« Er verstummte und fragte sich verzweifelt, was er noch sagen konnte, um den hart gewordenen Blick der jungen Frau wieder fortzuzaubern. Ihm fiel nichts Vernünftiges mehr ein, daher schloss er nur: »Ich bin hier, um zwei trächtige Stuten zu kaufen.«

»Ach ja?« Ihre Stimme klang plötzlich schneidend. »Und Sie haben die weite Fahrt von Pesaro bis hierher einfach so auf gut Glück gemacht?«

Langsam verlor er die Geduld. »Natürlich nicht«, gab er kühl zurück. »Ich habe eine Anzeige im Internet und in Fachzeitschriften aufgeben. Jetzt bin ich auf Einladung eines gewissen Frido Brosin hergekommen, dem Gestütsleiter.«

»Interessant«, sagte die junge Frau, die schlagartig alle Lieblichkeit verloren hatte. Mit einer heftigen Bewegung riss sie sich seine Jacke von den Schultern und schleuderte sie ihm vor die Füße. »Dann wünsche ich Ihnen viel Spaß bei Ihren Verhandlungen mit dem Gestütsleiter!«

Sie lief davon und stieß noch ein paar Flüche und Beschimpfungen aus, die Paolo nicht verstand. Dem Tonfall entnahm er allerdings, dass es sich nicht um freundliche Worte handelte. Eine halbe Minute später sah er einen museumsreifen Mercedes mit quietschenden Reifen die Auffahrt in Richtung Straße hinunterbrausen.

»Guten Abend«, ertönte hinter ihm eine tiefe Stimme. »Kann ich Ihnen helfen?«

Paolo wandte sich um und blickte in das freundliche Gesicht eines etwa sechzigjährigen schlanken Mannes mit vollem grauen Haar und feinen Gesichtszügen. Seine vornehme Haltung strahlte Autorität aus, und Paolo vermutete, dass es sich bei ihm um den Hausherrn handelte. Der Mann war ihm auf den ersten Blick sympathisch.

»Guten Abend«, erwiderte er auf Englisch, hob seine Jacke auf und klopfte sie notdürftig ab. »Ich fürchte, ich habe mich verfahren.«

»Und zu allem Übel hatten sie auch noch einen Zusammenstoß mit unserer streitbaren Franziska«, erwiderte der Graf augenzwinkernd in derselben Sprache.

»Franziska?«, fragte Paolo interessiert.

»Genau. Franziska Brosin. Die junge Dame, die Sie gerade als unverschämten, eingebildeten und selbstgerechten Typen bezeichnet hat.«

»Ach, hat sie das.« Paolo musste trotz seiner Verwirrung grinsen, und der Graf lachte laut.

»Kommen Sie herein, mein Lieber, bevor Sie da draußen erfrieren. Ein heißer Glühwein wird Ihnen guttun.« Er machte eine einladende Handbewegung.

Paolo zögerte nur kurz, dann folgte er der Einladung. »Mille grazie. Vielleicht können Sie mir ein Hotel hier in der Nähe empfehlen? Ich habe mich verfahren und muss irgendwo übernachten.«

Graf Olaf hob die Brauen. »Ein Hotel? Kommt überhaupt nicht infrage. Sie sind natürlich mein Gast oder wollen Sie mich beleidigen?«

»Nichts läge mir ferner.« Froh, endlich ins Warme zu kommen, folgte Paolo dem Grafen durch das Portal. Dann fragte er: »Franziska Brosin, sagten Sie? Etwa vom Gestüt Brosin?«

»Ganz genau.«

Eine vage Ahnung befiel ihn. »Hat sie auch mit der Trakehnerzucht zu tun?«

»Sagen wir mal so: Sie ist die Chefin.«

»Dann wird mir einiges klar«, meinte Paolo niedergeschlagen. »Und ich dachte, ich könnte mit dem Gestüt ins Geschäft kommen.«

Plötzlich fühlte er sich furchtbar müde. Er war zu Hause morgens um vier aufgestanden, um die Strecke von knapp tausendvierhundert Kilometern zu schaffen. So groß war seine Vorfreude gewesen, dass er nur kurze Pausen eingelegt hatte und so schnell, wie es gerade noch erlaubt war, gefahren war.

Zwei trächtige Zuchtstuten von einem der besten deutschen Trakehnergestüte! Er hatte sein Glück kaum fassen können, als letzte Woche die Einladung in die Lüneburger Heide gekommen war. Seine eigene Zucht würde in den nächsten Generationen dadurch einen Quantensprung an Qualität erleben. Und nun das! Nun geriet er offenbar in einen Familienstreit, den er nicht durchschauen konnte. Paolo wurde mit einem Mal klar, dass er die weite Reise möglicherweise vergeblich unternommen hatte.

Der Graf unterbrach seine Gedanken: »Im großen Saal wird gefeiert, aber Sie sehen nicht so aus, als ob Sie Lust auf Gesellschaft hätten.«

Paolo nickte dankbar. »Das stimmt. Es war eine recht lange Fahrt.«

»Dann lasse ich Sie jetzt in ein Gästezimmer bringen. Ein Imbiss und ein Glas Glühwein werden nachgereicht.« Er hob abwehrend die Hand, als sein italienischer Besucher zu einer Dankesrede ansetzte. »Morgen können wir uns in Ruhe unterhalten. Ich habe nämlich auch eine sehr schöne Pferdezucht.« Mit einem Augenzwinkern verabschiedete er seinen Überraschungsgast und ging wieder auf den Ballsaal zu.

Für einen Moment erhaschte Paolo einen Blick auf feiernde und tanzende Menschen. Gelächter und laute Stimmen klangen zu ihm herüber, Musik erfüllte den weitläufigen Raum. Beinahe wäre Paolo dem Grafen nachgegangen. Doch er blieb, wo er war. Ihm war nicht nach Feiern zumute. Er musste allein sein, sich ausruhen und nachdenken.

Ein Mann im schwarzen Frack, so steif und vornehm, wie es nur ein Butler sein konnte, trat auf ihn zu. »Wenn Sie mir Ihre Autoschlüssel geben möchten, Sir, lasse ich Ihr Gepäck holen.«

»Danke. Der schwarze Alfa Romeo gleich in der Auffahrt ist mein Wagen.«

Der Butler nickte, reichte den Schlüssel weiter und begleitete Paolo dann nach oben.

Eine Stunde später lag Paolo auf der burgunderroten Brokatdecke seines großen Bettes und hielt nur mit Mühe die Augen auf. Das gesamte Zimmer war mit herrlichen Möbeln im Empirestil ausgestattet. Doch Paolo nahm nichts von der Einrichtung wahr. Vor seinen Augen sah er wieder die wunderschöne junge Frau, seine Sirenetta. Den zweiten, eher unangenehmen Teil ihrer Begegnung verdrängte er aus seiner Erinnerung. »Franziska«, flüsterte er, dann auf Italienisch: »Francesca.« Er fand, das klang noch schöner. Er stellte sich vor, wie ihr voller Mund sich unter seinen Lippen anfühlen mochte, und daraufhin brauchte er sehr lange, bis er einschlafen konnte.

Franziska schreckte hoch. Es dauerte einen Moment, bis sie wieder wusste, wo sie war. Dann stand sie von der schmalen Pritsche im Stallgang auf, um nach Abendsonne zu sehen. Die Stute wieherte ein zweites Mal leise, und es klang wie eine Aufforderung. Franziska lächelte.

»Du vermisst deine Freunde, nicht wahr?«, murmelte sie und schlüpfte rasch in die Box. Gestern Nachmittag noch hatte der Tierarzt angeordnet, das Pferd von den anderen zu trennen.

»Verdacht auf Druse«, hatte er in seiner üblichen unterkühlten Art gemurmelt. Franziskas Herz hatte vor Angst einen Schlag ausgesetzt. Druse! Diese hoch ansteckende Infektionskrankheit konnte die gesamte Zucht gefährden. Ihr Instinkt sagte ihr allerdings, dass der Tierarzt sich irrte. Abendsonne hatte einen fiebrigen Husten, mehr nicht! Dennoch hatte sie den Rat von Dr. Michaelis befolgt und das Tier von den anderen abgesondert. Hier, in dem kleinen Nebengebäude gleich neben der Reithalle, befand sich die Isolierbox, die für solche Notfälle gedacht war.

Kaum zurück von dem Fest auf Gut Calsin und von der Begegnung mit diesem unmöglichen Italiener, war sie nur schnell ins Haus gelaufen. Oben in ihrem Zimmer hatte sie sich umgezogen, das Seidenkleid auf den Bügel gehängt und war wieder in ihre geliebten Jeans geschlüpft. Ein Flanellhemd, ein dicker Schafwollpulli, Stiefel und Jacke gehörten zu ihrer Verwandlung. Mit jedem gewohnten Kleidungsstück schwand ein wenig von ihrer Verwirrung, und Franziska schlüpfte wieder in die Rolle, die sie kannte. Sie war Franziska Brosin, Chefin über eine in Fachkreisen anerkannte Trakehnerzucht, selbstständig, emanzipiert, unantastbar.

Derart gestärkt hatte sie sich zur Isolierbox aufgemacht, um nach der kranken Stute zu sehen. Zu ihrer großen Erleichterung stellte sie fest, dass es dem Pferd besser ging. Die Augen blickten klarer, der Husten klang weniger trocken.

Endlich war Franziska auf dem unbequemen Feldbett in einen unruhigen Schlaf gefallen. An diesen unverschämten Mann hatte sie keine Sekunde mehr gedacht.

Doch jetzt, im ersten Morgenlicht, kehrte die Erinnerung mit ganzer Kraft zurück. Franziska lehnte sich Schutz suchend an den warmen Pferdekörper und fühlte sich ein wenig wie früher, als kleines Mädchen. Damals war sie vor ihrem Großvater geflüchtet, diesmal floh sie vor ihren eigenen Gefühlen. Doch es gab kein Entrinnen. Sie tätschelte die Stute und stellte erleichtert fest, dass sich kein eitriger Nasenausfluss gebildet hatte. Dann setzte sie sich auf die leere Krippe, und Abendsonne streckte ihr den großen edlen Kopf hin. Franziska verstand die Aufforderung und kraulte sie sanft zwischen den Ohren. Doch ihre Gedanken waren bei dem Mann, dem sie gestern Abend in die Arme gelaufen war. Paolo della Ravere. Ein Italiener, der hier nur kurz zu Besuch war. »Ich muss mich ausgerechnet in einen Italiener verlieben«, murmelte sie der Stute ins Ohr.

Halt! Was redete sie denn da? Sie war nicht verliebt! Nicht die Spur! Außerdem – und in diesem Moment fiel ihr wieder ein, was Paolo gesagt hatte. Weshalb er nach Deutschland gekommen war. Erneut kochte die Wut in ihr hoch, und sie sprang auf. Die Stute machte erschrocken einen Satz zurück, doch Franziska war schon aus der Box. Mit langen Schritten lief sie über den Hof auf das Wohnhaus zu. Noch lag alles im Dunkeln, einzig in der Küche brannte Licht.

Einen Moment lang verharrte sie. Was war das da hinter dem Getreidesilo? Ein Schatten? Oder die Silhouette eines Menschen? Ach, Unsinn, schalt sich Franziska. Jetzt sehe ich schon Gespenster. Niemand, der hier nichts zu suchen hatte, trieb sich um diese Zeit auf dem Gestüt herum. Trotzdem, als sie weiterging, blieb ein unangenehmes Gefühl zurück.

Das Gefühl, aus der Dunkelheit heraus von fremden Augen beobachtet zu werden.

Entschlossen schüttelte sie die aufkeimende Angst ab und widmete sich wieder ganz ihrer Wut. Das half. Zumindest im Augenblick.

Sie stürmte auf die Küchentür zu, die direkt auf den Hof hinausführte, riss sie auf und rief: »Ist mein Bruder schon wach?«

»Wo denkst du hin«, erwiderte Evelina Rossi. »Der ist ja erst vor einer Stunde heimgekommen. Kaffee, meine Liebe? Du siehst aus, als könntest du einen vertragen.«

3

Evelina Rossi kochte den besten Espresso nördlich der Alpen. Davon war sie überzeugt und darauf war sie stolz. Als sie vor beinahe vierzig Jahren in diesen Haushalt gekommen war, hatte sie bei den Mitgliedern der Familie Brosin den italienischen Kaffee eingeführt. Zunächst mit einem kleinen, verbeulten Espressokocher, der auf den Herd gestellt wurde. Damit hatte sie schon als sechzehnjähriges Mädchen zu Hause in Palermo ihrem Vater eine Freude gemacht; morgens um fünf, wenn er zur Schicht in die Papierfabrik musste.

Zwei Angewohnheiten hatte sie aus jenen Tagen beibehalten: erstens das frühe Aufstehen, zweitens den guten Kaffee.

Als ihr Vater sie ins Wirtschaftswunderland Deutschland mitnahm, zog auch der alte Espressokocher mit in den Norden. Mit knapp achtzehn trat Evelina ihre Stelle als Hausmädchen auf dem Gestüt Brosin an. Ihr Vater schenkte ihr zum Abschied einen neuen Espressokocher. Inzwischen kam das fast schwarze Gebräu aus einer modernen Kaffeemaschine, wie sie in jeder italienischen Bar südlich und auch nördlich der Alpen steht.

Zu Evelinas größtem Bedauern war ihre Überzeugungskunst schon vor Jahren nicht wirklich bei der Familie Brosin angekommen. Sie selbst stieg zwar vom Hausmädchen zur Gouvernante und schließlich zur Haushälterin auf. Zu ihrem geliebten Espresso aber hatte sie nur Franziska und Frido Brosin bekehrt. Der alte Herr Hugo weigerte sich standhaft, dieses schwarze Zeug auch nur zu probieren. Er verlangte morgens und nachmittags seinen geliebten Filterkaffee. Sein

Sohn, der arme Herbert, hatte manchmal einen Espresso bei ihr bestellt. Nur Evelina nannte ihn so. Il povero Herbert. Das war in ihrer Heimat die übliche Redewendung für Verstorbene. Er war ein guter Mann gewesen, ohne jedoch die innere Kraft seines Vaters zu besitzen. Sein Herz war irgendwann den Ansprüchen des Lebens nicht mehr gewachsen.

Manchmal hatte Herbert sich die Zeit genommen und war in die Küche gekommen, um einen Espresso zu trinken. Aber Evelina hegte den Verdacht, dass er das nur ihr zuliebe getan hatte. Seine Witwe Bernadette trank schon seit Langem nur noch Kamillentee, um ihre Nerven zu beruhigen. Allerdings – Evelina lachte leise vor sich hin – gestern früh hatte sie ihr einen herrlich duftenden Latte Macchiato hingestellt, und Bernadette hatte tatsächlich ein paar Schlucke getrunken.

»Was gibt's zu lachen?«, erkundigte sich Franziska und ging mit langen Schritten durch die große Bauernküche. Ihre Stiefel hinterließen Dreckspuren auf den Holzdielen, doch sie achtete nicht darauf. Vor dem riesigen Buffet aus dunkel gebeizter Eiche blieb sie stehen, drehte sich um, ging zurück.

Evelina stellte sich ihr in den Weg. Obwohl sie sich weit hochreckte, reichte sie Franziska nur knapp bis zur Schulter. »Setz dich hin und renn hier nicht rum wie eine aufgeregte Jungstute, die zum ersten Mal den Deckhengst sieht«, sagte sie energisch.

Franziska lief purpurrot an, kam schlagartig zur Ruhe und ließ sich auf einen Küchenstuhl fallen.

Das gab Evelina einiges zu denken. Sie drehte sich zur Kaffeemaschine um, und während sie Espressopulver abmaß, dachte sie angestrengt nach.

Nach einer Weile fragte sie: »Ich nehme an, Ferdinand war auf dem Fest?«

»Wer?« Franziska klang dermaßen geistesabwesend, dass Evelina noch mehr ins Grübeln kam. Was ging hier bloß vor?

»Ferdinand Sommerkamp. Der Mann, den du letztes Jahr um diese Zeit heiraten wolltest.«

»Der … ach ja, richtig.« Franziska zog die Stirn kraus. »Der ist mit seiner Frau gekommen.«

Sie sprach von ihm wie von einem entfernten Bekannten. Strano, dachte Evelina. Seltsam. Es war noch keine vierundzwanzig Stunden her, da hatte Franziska ihr geschworen, sie würde den verdammten Ferdinand bis an ihr Lebensende hassen. Und wer konnte ihr das verdenken? Zwei Jahre lang waren die beiden verlobt gewesen. Die große Liebe, nun ja, die war es vielleicht nicht. Aber sie passten gut zusammen, waren beide von guter Herkunft. Und woran war die Sache letztendlich gescheitert? Evelina seufzte und machte sich daran, einen Schluck Milch aufzuschäumen. Dann gab sie sich selbst die Antwort: am Geld natürlich, wie meistens.

Von der Verbindung mit Franziska hatte sich Ferdinand Sommerkamp eine Verbesserung seiner finanziellen Situation erhofft. Er betrieb einen exklusiven Reiterhof für betuchte Gäste aus Hamburg, der von allein nicht mehr aus den roten Zahlen herauskam.

Als jedoch auf dem Gestüt Brosin auch nicht mehr alles zum Besten stand, löste er kurzerhand die Verlobung mit Franziska. Nur einen Monat später heiratete er die unscheinbare, aber reiche Amerikanerin Loretta Saunders.

Seitdem hatte sich Franziska verändert. Sie kleidete sich wie ein Mann und war oft nicht ansprechbar. Evelina seufzte ein zweites Mal, tat Zucker und Milchschaum in den Espresso und reichte ihrem Schützling die winzige Tasse Caffè Macchiato. »Trink erst mal und dann erzählst du mir, was los ist. Wer ist der Mann?«

Franziska tat, als hörte sie nicht richtig. Langsam trank sie einen Schluck Kaffee. »Welcher Mann?«, fragte sie dann scheinbar gleichgültig. Wem wollte sie damit etwas vormachen? Sich selbst vielleicht?

»Der dich so aus der Fassung bringt. Nun sag schon. Wie heißt er?«

»So ein Blödsinn, ich ...«

»Franziska!« Evelina stemmte die Hände in die nur leicht gerundeten Hüften und sah sie genau an. »Ich kenne dich seit deiner Geburt. Vor mir kannst du nichts geheim halten. Das solltest du langsam begriffen haben. Also raus mit der Sprache. Wie heißt der Mann, wo kommt er her und wie sieht er aus?«

»Paolo della Ravere«, sagte Franziska, und in ihre Augen trat ein Leuchten. Sie trank den Kaffee in einem Schluck aus und fuhr fort: »Er kommt aus Italien. Er ist einen halben Kopf größer als ich, hat blonde Haare und schwarze Augen. Nicht dunkelbraun, sondern ganz schwarz. Seine Nase ist ziemlich lang, und im Profil hat sie einen leichten Haken. Aber nicht schlimm. Eigentlich wirkt das sogar besonders interessant, finde ich. Die Ohren sind dafür nicht sehr groß, und der Mund könnte vielleicht einen Hauch voller sein. Aber für einen Mann ist er sehr schön, bestimmt sind seine Lippen ...« Sie brach ab und schüttelte den Kopf, als würde sie aus einem Traum aufwachen. Sie war rot geworden beim Sprechen und ihre Unterlippe zitterte.

Evelina betrachtete sie fasziniert. Noch nie hatte sie Franziska in einer solchen Verfassung erlebt.

Ah, l'amore!, dachte sie und seufzte zum dritten Mal. Sie wusste genau, wie sich Franziska in diesem Moment fühlte. Ihr selbst ging es nämlich seit Wochen ganz genauso. Aber das war eine andere Geschichte, die im Augenblick nicht hierhergehörte.

»Und aus welcher Gegend von Italien stammt dieser wunderbare Kerl?«

»Aus Pesaro.«

»Tatsächlich?« Dies hatte nun doch etwas mit ihrer eigenen Geschichte zu tun, und Evelina merkte sich die Information gut. Man konnte ja nie wissen. Pesaro lag schließlich keine zwanzig Kilometer von Riccione entfernt, und dort … »Was? Was hast du gesagt?«

»Frido, dieser Idiot!«

Das war an sich nichts Neues. Aber irgendetwas musste Evelina verpasst haben. Wo war der Zusammenhang? Da Franziska jetzt in Schweigen verfiel, übernahm Evelina das Reden. »Dein Bruder hat kurz vor Mitternacht deinen Großvater und deine Mutter heimgebracht. Hugo war ziemlich verärgert, weil sie sich von Graf Olaf einen Wagen ausleihen mussten. Mit dem ist Frido dann noch nach Lüneburg gefahren, um irgendwelche Freunde zu treffen.«

Weitere Seufzer erschienen ihr nicht angebracht, deshalb beschränkte sie sich auf die Feststellung: »Zum Glück war er kurz nach fünf wieder hier. Ich hatte mir schon Sorgen um ihn gemacht.«

Franziska stieß einen Laut aus, der nicht besonders freundlich klang. »Frido ist kein Kind mehr, Evelina, auch wenn er sich meistens so aufführt.«

»Du hast ja recht.« Trotzdem. Sie konnte einfach nicht aufhören, sich um den Jungen zu sorgen. Er war schon immer ein Wildfang gewesen, und das hatte sich nie gelegt. Als Erwachsener musste er ausgerechnet Veranstalter von Abenteuerreisen in alle Welt werden. Selbstverständlich begleitete er so viele Reisegruppen wie möglich höchstpersönlich. Mal führte er eine Gruppe durch den Urwald von Borneo, mal ging's mit Schlittenhunden durch Alaskas Eiswüste. Jedes Mal stand Evelina Todesängste um ihn aus.

Zum Verhängnis wurde ihm jedoch ein ganz banaler Reitunfall. Der dreijährige Hengst ›Senator‹ war letzten Herbst einen schlammigen Abhang hinuntergerutscht und hatte Frido unter sich begraben. Sein linkes Bein wurde zerschmettert und musste in zwei großen Operationen wieder gerichtet werden. Doch trotz aller Bemühungen der Ärzte blieb es einen Zentimeter kürzer als das rechte. Es durfte keinen schweren Belastungen ausgesetzt werden, und besonders bei schlechtem Wetter litt Frido unter schlimmen Schmerzen. Seine Abenteuerreisen musste er natürlich aufgeben. Seitdem langweilte er sich auf dem Hof, feierte zu viele Nächte durch und ärgerte seine ältere Schwester nach Kräften.

»Was genau hat der Junge diesmal verbrochen?«, fragte Evelina nun.

Franziska holte tief Luft und erzählte es ihr.

»Capisco«, sagte Evelina langsam, als sie geendet hatte. »Und was ist so schlimm daran? Erst vor ein paar Tagen hast du doch selbst gesagt, dass wir uns von ein paar Tieren trennen müssen, um den Fortbestand des Gestüts zu sichern.«

»Das ist ja wohl ein Unterschied«, gab Franziska giftig zurück. »Wenn ich über eine geschäftliche Entscheidung nachdenke, ist das eine Sache. Aber wenn mein Bruder sich hier plötzlich zum Chef aufschwingt, dann kriegt er Ärger. Sehr großen Ärger! Und dieser Paolo Soundso kann gleich wieder umkehren. Von mir kriegt er kein Pferd. Schon gar nicht zwei trächtige Zuchtstuten. Ha! So weit kommt das noch!«

»So weit kommt was?«, erklang von der Küchentür her die zarte Stimme ihrer Mutter. Augenblicklich verwandelte sich Franziskas Zorn in sanfte Besorgnis, und ihr Blick wurde weich.

»Nichts, Mama. Es ist alles in Ordnung. Wieso bist du schon auf? Das Fest hat dich doch bestimmt sehr angestrengt.

Willst du nicht noch ein bisschen schlafen? Du bist sicher noch müde.«

Bernadette Brosin lächelte ihr typisches Lächeln. »Ach, nein. Es geht schon, Liebling. Ich fühle mich nur ein bisschen matt.«

»Setz dich hierher, Mama. Soll ich dir einen Kamillentee machen?«

Evelina beobachtete die Szene mit gemischten Gefühlen. Gewiss, Bernadette besaß eine schwache Gesundheit. Sie holte sich leicht eine Erkältung, kränkelte dann wochenlang vor sich hin und blieb oft den ganzen Tag im Bett. Auch hatte sie mindestens fünf Kilo Untergewicht, was sie zerbrechlich wirken ließ. Trotzdem. Evelina hatte manchmal den Eindruck, Bernadette müsse nur wieder eine richtige Aufgabe bekommen, dann würde es ihr auch besser gehen. Doch seit ihr Mann Herbert vor fünf Jahren gestorben war, schien sie sich immer mehr von dem Hier und Jetzt zu entfernen.

Wie eine alte Frau, die vom Leben nichts mehr erwartete, ließ sie sich nun von ihrer Tochter zu einem Stuhl bringen. Dort sank sie nieder, stützte ihre Ellenbogen auf die Tischplatte, legte die Hände ans Gesicht und sagte: »Es gehört sich nicht, in der Küche zu sitzen. Wir sollten in den Salon gehen.«

»Schon gut«, sagte Franziska und setzte sich wieder. »Es sieht uns ja niemand, der daran Anstoß nehmen könnte.« Aus dem Obstkorb nahm sie eine Banane, schälte sie und legte sie ihrer Mutter auf einen Teller. Als diese den Kopf schüttelte, aß Franziska die Frucht selbst mit drei großen Bissen.

»Du solltest mehr essen«, sagte sie dann. »Du bist viel zu dünn.«

Bernadette strich sich müde über die Stirn. »Ach, Kind, ich habe so wenig Appetit. Mir will einfach nichts so richtig schmecken. Hast du dich eben mit unserer lieben Evelina gestritten? Das will ich doch nicht hoffen.«

Franziska schüttelte schnell den Kopf. »Nein, keine Sorge, es ist alles in Ordnung.«

Als wäre Bernadette das Kind und Franziska die Mutter, dachte die Haushälterin.

»Dann ist es gut. Du weißt, dass ich ohne sie nicht zurechtkommen könnte.«

Evelina wandte sich schnell zu ihrer geliebten Kaffeemaschine um, damit keine der beiden anderen Frauen ihren Gesichtsausdruck bemerken konnte. Wenn sie sich da mal nicht täuscht, überlegte sie und presste die Lippen aufeinander. Manchmal war sie es leid, unersetzlich zu sein.

Als sie sich wieder gefangen hatte, bereitete sie einen Latte Macchiato für Bernadette vor.

»Ach«, sagte diese, als sie ihr das hohe Glas hinstellte. »Das schmeckt ja wirklich gut, aber ob mir so viel Milch auch bekommt?«

»Ganz bestimmt«, gab Evelina zurück und wechselte einen Blick mit Franziska. Die grinste und vergaß für einen Moment ihren Ärger. »Bald fehlt nur noch Großvater in der Schar deiner Anhänger«, sagte sie.

»Eher trinkt er Abwaschwasser.« Meinte Evelina verächtlich.

Die beiden Frauen kicherten und achteten nicht darauf, wie im nächsten Moment hinter ihnen die Küchentür erneut aufgestoßen wurde.

»Franziska!«, donnerte Hugo Brosin. »Ich verlange augenblicklich eine Erklärung!«

Franziska straffte die Schultern. Alle Weichheit verschwand mit einem Schlag aus ihrem Gesicht. »Wofür?«

Hugo Brosin trat einen Schritt näher und stützte sich

schwer auf seinen Stock. »Was ist das für eine Geschichte mit diesem Italiener?«

Franziska und Evelina wurden gleichzeitig rot, und jede hatte ihre guten Gründe dafür.

Der alte Herr aber bemerkte nichts davon. Er war im Augenblick selbst so über alle Maßen aufgebracht, dass er nicht einmal auf seine zarte, blasse Schwiegertochter Rücksicht nahm.

»Du meinst Paolo della Ravere?«, fragte Franziska vorsichtig.

»Wen sonst, zum Teufel!«

»Vater, ich muss doch bitten«, ließ sich Bernadette mit leiser Stimme vernehmen. Doch niemand in der Küche achtete auf sie.

»Graf Olaf hat behauptet, der Mann wäre hier, um von uns Pferde zu kaufen. Stimmt das?«

Sein Blick war durchdringend, doch Franziska hielt ihm stand.

»Das solltest du besser deinen Enkel Frido fragen«, erwiderte sie kühl. »Die Geschichte hat er uns nämlich eingebrockt.«

»Ich frage aber dich. Du bist hier die Gestütsherrin!« Hugos Stimme überschlug sich vor Zorn. »Du bist hier verantwortlich, Franziska! Seit wann erlaubst du deinem Bruder, über deinen Kopf hinweg Entscheidungen zu treffen? Kann es sein, dass du mit deinen Aufgaben überfordert bist?«

Franziska sprang auf, auch sie wurde jetzt laut. »Ich habe ihm überhaupt nichts erlaubt! Bis gestern Abend hatte ich selbst keine Ahnung von der Sache!«

»Dann bring das jetzt augenblicklich wieder in Ordnung! Keine meiner wertvollen Zuchtstuten wird an irgendeinen fremden Italiener verkauft!«

Evelina überlegte, ob sie beleidigt sein sollte. Sozusagen

stellvertretend für ihren Landsmann. Aber dafür war jetzt keine Zeit. Gerade schluchzte nämlich Bernadette laut auf, stieß ihr Glas mit Latte Macchiato um und flüchtete nach draußen. Sie hörte noch, wie Bernadette die Tür zu ihrem Zimmer zufallen ließ. Später, dachte sie. Später werde ich mich um sie kümmern.

In der Küche hatte sich inzwischen eisiges Schweigen ausgebreitet. Hugo und Franziska starrten einander böse und unversöhnlich an. Auf Evelina wirkten sie wie zwei Kampfhähne, die in jedem Moment aufeinander losgehen wollten.

Endlich sagte Franziska ruhig: »Du hast ganz recht, Großvater. Ich bin die Gestütsherrin, und ich allein werde eine Entscheidung treffen. Falls mich jemand sucht,« damit wandte sie sich an die Haushälterin. »Ich gehe noch einmal nach Abendsonne sehen.«

Eine Minute später verließ auch Hugo die Küche, nicht ohne mehrmals mit seinem Stock aufzuschlagen.

Evelina war wieder allein. Ruhig dachte sie über die Ereignisse nach, ließ sich alle Informationen noch einmal durch den Kopf gehen.

Schließlich nahm ein Plan Gestalt an, und sie kochte sich einen zweiten Espresso, um besser darüber nachdenken zu können. Warum nicht?, überlegte sie schließlich. Es konnte zumindest nicht schaden, sich den Mann aus Pesaro einmal anzusehen. Möglicherweise taten sich da ungeahnte Möglichkeiten auf. Und zwar nicht nur für die Familie Brosin, sondern auch für sie selbst, Evelina Rossi aus Palermo.

4

Seit drei Tagen war Paolo della Ravere schon auf Gut Calsin zu Gast und er fühlte sich ausgesprochen wohl. Einzig das Essen war für seinen italienischen Gaumen gewöhnungsbedürftig. Graf Olaf liebte die deutsche Hausmannskost, und Paolo begann um seine gute Figur zu fürchten. Täglich gab es das Beste, was die regionale Küche zu bieten hatte: Heidschnuckenbraten mit Heidekartoffeln und knackigem Wintergemüse, Buchweizenpfannkuchen mit Heidelbeeren und schließlich, für Paolo der exotische Höhepunkt: Knipp mit warmem Speckkartoffelsalat. Es hatte ziemlich lange gedauert, bis Paolo verstanden hatte, dass Knipp nichts anderes als eine Grützwurst ist, was ihm auch nicht viel mehr sagte, bis ihm der Graf das Rezept aus Schweineschwarte, Fleisch, Leber und Graupen erklärte.

Nun, dachte Paolo, nur gut, dass die Menschen hier in der Heide auch einen guten Schnaps brannten, einen Haidmärker zum Beispiel, mit dem er die ungewohnte Kost verdauen konnte.

Davon einmal abgesehen verbrachte Paolo im Herrenhaus eine angenehme Zeit. Dafür sorgte nicht zuletzt die jüngste Tochter des Hauses. Komtess Charlotte war ein achtzehnjähriges, fröhliches und hübsches Mädchen, das ihm vom ersten Moment an schöne Augen gemacht hatte. Unter normalen Umständen hätte Paolo sich nicht lange bitten lassen, doch in diesem Fall hielten ihn zwei Überlegungen zurück: Graf Olaf wachte eifersüchtig über sein Nesthäkchen, und Paolos Gedanken wurden von einer anderen Frau beherrscht.

Zu dieser Erkenntnis war er schon in seiner ersten schlaflosen Nacht gelangt. Während im Ballsaal die Verlobungsfeier ihren Höhepunkt erreicht hatte, war er von dem riesigen Bett wieder aufgestanden. Dann hatte er stundenlang bewegungslos am Fenster gestanden und ebenso ratlos in die dunkle eiskalte Winternacht hinausgestarrt.

Franziska Brosin ging ihm nicht aus dem Kopf. Nicht aus dem Kopf und nicht aus dem Herzen.

Paolo kam mit diesen Gefühlen nicht zurecht. Er war doch ein Mann mit Erfahrung! Einer, der wusste, wie man mit Frauen umging. Einer, der bald aus Vernunft heiraten würde, damit die Familie della Ravere nicht ausstarb. Isotta! Wenn er an Isotta dachte, formte sich ein fester Klumpen in seinem Magen. Nicht aus Angst, natürlich nicht. Aber … nun ja, Paolo zog es vor, sämtliche Gedanken an die Heimat vorerst beiseitezulassen.

Zum Glück fiel ihm das auf Gut Calsin leicht. Er genoss die Tage wie einen unverdienten Urlaub. Er unternahm lange Ausritte mit Charlotte und ließ sich von der ältesten Tochter Elise die Gegend zeigen. Elise wäre übrigens noch mehr nach seinem Geschmack gewesen. Ebenfalls bildschön und als Frau schon reifer als ihre Schwester.

Selbst sein Gastgeber hätte diese Verbindung möglicherweise mit Wohlwollen gesehen. Doch was sollte ein Mann tun, wenn ihm ständig eine Sirenetta vor Augen schwebte? Wie verdammt konnte man sich da auf irgendeine andere Frau konzentrieren? Paolo fühlte sich wie ein Schiffbrüchiger auf hoher See. Riesige, stürmische Wellen, grau und eisig, schlugen über ihm zusammen, und er schluckte literweise Salzwasser. Er würde sterben, wenn nicht endlich seine Meerjungfrau käme, um ihn zu retten.

War das möglich? Konnte man vor Liebe sterben?

»Was haben Sie gesagt, lieber Paolo?«

Paolo erschrak. Jetzt führte er schon Selbstgespräche! Ein schneller Blick auf Graf Olaf beruhigte ihn. Sein Gastgeber hatte nichts verstanden.

Sie blieben vor einer mittleren Box in den gräflichen Stallungen stehen. Es roch nach würzigem Heu, dampfenden Pferdeleibern und frisch aufgetragenem Huffett.

Paolo gab sich Mühe, dem Grafen jetzt zuzuhören. Das war das Mindeste, was er ihm schuldete.

»Schauen Sie sich nur gut unsere Loreley an. Sie ist eine Urenkelin von Lützow, hat aber auch einen kräftigen Vollbluteinschlag. Sehen Sie? Sie ist großrahmig und doch elegant. Sie hat genau das richtige Temperament und ist außerordentlich rittig. Außerdem erwartet sie ein Fohlen von Lehnsherr, einem der besten Landbeschäler zurzeit. Na, was sagen Sie?«

Paolo nickte anerkennend, war allerdings um Worte verlegen. Dies war nun schon die dritte Stute aus seiner Hannoveranerzucht, die der Graf ihm anbot. Wenn das so weiterging, würde er sich bei dieser Pferderasse bald besser auskennen als bei den Trakehnern. Er hatte sogar erfahren, dass diese Linie nach dem Krieg mit Trakehnerhengsten veredelt worden war. Aber alles gute Zureden vonseiten des Grafen nutzte nichts: Paolo war nicht den weiten Weg bis in die Lüneburger Heide gekommen, um Hannoveraner zu kaufen.

»Es tut mir außerordentlich leid, Graf Olaf«, meinte er verlegen. »Aber Sie müssen bitte verstehen, dass ich wirklich nicht …«

»Schon gut, mein Lieber.« Sein Gastgeber klopfte ihm freundschaftlich auf die Schulter. »Ich glaube, ich habe endlich begriffen, dass Sie auf eine bestimmte Pferderasse fixiert sind.«

Paolo lächelte erleichtert. Offenbar war Graf Olaf ein Mann, der wusste, wann er aufgeben musste.

»Wissen Sie, meine Zucht braucht dringend frisches Blut.«

Der Graf strich sich über das Kinn. »Nun, heutzutage können Sie sich doch bestes Vererbungsmaterial zuschicken lassen.«

»Selbstverständlich. Auch bei uns in Italien geht man immer mehr zur künstlichen Befruchtung über. Dennoch bin ich nach einigen überraschend guten Verkäufen darauf angewiesen, tragende Zuchtstuten zu erwerben.«

»Dann wird es aber Zeit, dass Sie endlich zum Gestüt Brosin fahren.«

»Ich weiß.«

»Diese Situation muss sich doch irgendwie lösen lassen«, sagte Graf Olaf.

Paolo hatte ihn schon am ersten Tag in sein Problem eingeweiht. Die schriftliche Einladung von Frido Brosin hatte allerdings nur ein Kopfschütteln hervorgerufen sowie die Bemerkung: »Das wird Ärger geben.«

Ohne indiskret zu werden, hatte ihm Graf Olaf rasch ein grobes Bild der Familienverhältnisse auf dem Gestüt Brosin gegeben. Paolo erfuhr, dass er auf die Einladung eines jungen Mannes hereingefallen war, der im Zuchtbetrieb weder ein Mitspracherecht noch eine Entscheidungsgewalt besaß.

Seitdem hatte es Paolo vermieden, mit dem Grafen über das Thema zu sprechen. Er wollte zunächst in Ruhe nachdenken. Zu seinem Ärger war er mit seinen Überlegungen bisher zu keinem Ergebnis gekommen. Während sie nun weiterschlenderten, sagte er: »Ich muss bald etwas unternehmen. Schließlich möchte ich Ihnen auf Dauer nicht zur Last fallen.« Als der Graf abwehrend die Hände hob, fügte er schnell hinzu: »Außerdem hatte ich nicht geplant, meinen gesamten Urlaub hier im Norden zu verbringen. Ich muss mich dringend wieder um mein Gut kümmern.« Er dachte an La Ginestra und an die Frau, die dort während seiner Abwesenheit in seinem Namen alle Entscheidungen traf. Isotta kam in dieser Beziehung sehr gut ohne ihn zurecht. Dafür drängte sie ihn in anderer Sache zu einer Entscheidung. Er schob diesen Gedanken beiseite und konzentrierte sich wieder auf den Grafen.

»Wenn Sie möchten«, sagte dieser, »rufe ich Hugo Brosin an. Der ist zwar ein alter Sturkopf, aber auf mich hört er vielleicht.«

Paolo schüttelte den Kopf. Nach allem, was er bisher über den alten Herrn gehört hatte, zweifelte er stark am Gelingen eines solchen Unternehmens.

»Wenn Franziska die Gestütsherrin ist, dann muss ich auch mit ihr direkt verhandeln.«

So weit, so gut, dachte er. Doch wie verhandelte man mit einer Frau, in die man sich verliebt hatte, die einen selbst aber ablehnte? Laut sagte er: »Ich denke, heute Nachmittag statte ich der Dame mal einen Besuch ab.«

Vielleicht, so hoffte er im Stillen, verlor die Sirenetta an Wirkung, wenn er sie bei Tageslicht wiedersah. Während er dem Grafen nun zum Ausgang folgte, keimte Hoffnung in ihm auf. Es war doch möglich, oder nicht? Wahrscheinlich hatte er sich in diesen letzten Tagen viel zu sehr in die Sache hineingesteigert. Genau! Paolo war plötzlich entschlossen, sich von keiner nordischen Meerjungfrau mehr bezirzen zu lassen. So weit kommt das noch, dass ich hier unverrichteter Dinge wieder abfahre!, beschloss er im Stillen. Ich werde die Zuchtstuten bekommen, und die hitzige Franziska ist mir dabei absolut gleichgültig.

Irgendwo in seinem Innern gab es eine Stimme, die ihn auslachte, aber er hörte nicht hin.

Die beiden Männer strebten über den Hof dem Herrenhaus zu. Paolo sog tief die eiskalte, aber wunderbare klare

Morgenluft ein. Soweit er das beurteilen konnte, roch es nach Schnee. Graf Olaf schüttelte aber den Kopf, als er ihn danach fragte. »Bei uns hier im Flachland schneit es nur höchst selten, lieber Paolo.«

Paolo wollte etwas erwidern, wurde aber abgelenkt. Bei der Auffahrt kam ihnen ein Auto entgegen. Man konnte sich wundern, dass es überhaupt noch fuhr, so alt, wie es war. Die Frau aber, die ihm entstieg, wirkte gar nicht alt, sondern ausgesprochen energisch. Sie marschierte direkt auf Paolo zu und fragte auf Italienisch mit deutlichem sizilianischem Akzent: »Sind Sie Paolo della Ravere?«

Er nickte verblüfft, während Graf Olaf sagte: »Evelina, wie nett. Wollen Sie endlich zu mir überlaufen?«

Dann erinnerte er sich an seine gute Manieren: »Darf ich vorstellen, Evelina Rossi, die gute Seele im Haushalt Brosin. Ich versuche seit mindestens zwanzig Jahren, sie dort abzuwerben.«

Evelina, die kein Englisch verstand, sah fragend von einem zum anderen. Dann lächelte sie dem Grafen unverbindlich zu, packte Paolo am Ärmel und zog ihn mit sich fort zu einer Gruppe von Krüppelkiefern, die dunkel und abweisend auf den Frühling warteten.

»Wir haben etwas zu besprechen.«

»Gern«, murmelte Paolo, dem ohnehin keine andere Wahl blieb. Kaum allein, sagte Evelina Rossi mit Verschwörerstimme: »Ich wäre schon früher gekommen, aber ich konnte mich nicht schneller loseisen.«

Paolo sagte nichts. Dann erinnerte er sich daran, was der Graf gesagt hatte. »Sie arbeiten auf dem Gestüt Brosin?«

»Erraten, mein Lieber. Deswegen bin ich ja da. Sind Sie wirklich aus Pesaro?«

Paolo fragte sich zwar, was seine Herkunft in diesem Zusammenhang für eine Rolle spielte, nickte aber.

»Bene. Dann gebe ich Ihnen jetzt mal einen guten Rat. Wenn Sie mit Franziska sprechen, dann sagen Sie um Gottes willen nichts Falsches. Sie sollten …«

Paolo hörte aufmerksam zu, bis Evelina sagte: »Am besten, Sie kommen gleich mit.«

»Mit dem Auto da?«, fragte er und beäugte misstrauisch den alten Citroën.

»Sie können auch hinter mir herfahren«, gab Evelina beleidigt zurück. Paolo entschied, dass er seine neue Verbündete bei Laune halten sollte, und quetschte sich mit einem Lächeln in ihr Gefährt.

Der Stallbursche kam Paolo seltsam bekannt vor, aber das konnte doch nicht sein, oder? Er kannte niemanden auf dem Gestüt Brosin. Dann sah er noch einmal genauer hin. Dabei bemerkte er, wie sich eine lange Haarsträhne aus der speckigen Mütze kringelte.

»Impossibile! Das gibt's doch nicht!«

Franziska warf einen Blick über die Schulter. Sie stand in der Reithalle und longierte einen knapp dreijährigen Hengst. Adonis war noch nicht eingeritten, sollte aber schon einmal lernen, an der langen Leine im Kreis zu traben.

»Scheeritt!«, rief sie dem Pferd zu und half mit einem kurzem Ruck an der Longe nach. Dann fragte sie und klang dabei alles andere als freundlich: »Wie um alles in der Welt kommen Sie denn hierher?«

Paolo rieb sich die schmerzenden Lendenwirbel. »Darauf möchte ich lieber nicht eingehen.«

Er wartete ab, bis der Junghengst an ihm vorbei war, und stapfte dann durch das tiefe Sägemehl zu Franziska in die Mitte des großen Kreises.

Maledizione! Selbst in dieser entsetzlichen Verkleidung raubte sie ihm die Sinne. Verdammt! Er musste den Blick abwenden, um sich nicht zu verraten. Gleichzeitig spürte er, dass Evelina recht gehabt hatte, als sie ihm ihre persönliche Meinung über den Familienkrach sagte.

Franziska war gar nicht so sehr auf ihn wütend als vielmehr auf ihren Bruder. Der junge Mann hatte eigenmächtig gehandelt, und so etwas konnte sie als Gestütsherrin nicht akzeptieren. Ihre Haltung war für Paolo durchaus nachvollziehbar.

Die Haushälterin hatte ihm außerdem mit wenigen Worten verraten, wie er ganz leicht Franziskas Freundschaft gewinnen konnte: indem er ihr nämlich bewies, wie sehr er Pferde liebte. Allora, er war entschlossen, sein Bestes zu geben.

»Ein wundervolles Tier«, sagte er und zeigte auf den schwarzen Hengst, der sie beide mit raumgreifenden Schritten umkreiste.

»Stimmt. Er heißt Adonis.«

»Sehr passend«, sagte Paolo. »Der steht wohl nicht zum Verkauf?«

»Nein.«

Sonst sagte sie nichts. Sofort bemerkte er seinen Fehler. Sie hob die lange Peitsche, um den Hengst wieder zum Antraben zu bringen. Ein kurzes Antippen und das Pferd beschleunigte seinen Gang. Paolo hatte plötzlich Mühe, an Franziskas Seite zu bleiben, und seine Gucci-Schuhe hatten sich schon mit Sägemehl gefüllt.

»Entschuldigen Sie«, sagte er energisch. »Das war dumm von mir. Können wir nicht in Ruhe reden?«

»Scheeritt!«, rief Franziska wieder, was Adonis zunächst mit zwei Freudensprüngen quittierte. Dann aber folgte er brav dem Befehl.

»Worüber?«, fragte sie dann und sah Paolo an.

Moosgrün, dachte er plötzlich. Vielleicht sind ihre Augen

eher moosgrün. Vielleicht kam es auch auf ihre Stimmung an? In welcher Stimmung war sie gerade?

»Über Ihre wundervollen Aug … ähm … ich meine Ihre wundervollen Pferde.«

Sie legte ein wenig den Kopf schief. »Was fasziniert Sie so an Trakehnern?«, wollte sie dann wissen.

Er räusperte sich. »Das ist schwer in Worte zu fassen. Da ist zum einen die Geschichte meiner Mutter, von der ich Ihnen ja schon erzählt habe. Sie müssen wissen, dass meine Vorfahren mütterlicherseits aus Ostpreußen stammen. Manchmal denke ich, ich besitze so etwas wie eine genetische Erinnerung, was die Liebe zu dieser herrlichen Pferderasse betrifft. Außerdem …«. Er zögerte, entschloss sie dann aber weiterzusprechen, auch auf die Gefahr hin, dass sie ihn gleich auslachen würde. »Außerdem habe ich mich vor vielen Jahren auf einem Reitturnier Hals über Kopf verliebt. In eine Trakehnerfuchsstute von großer Schönheit und selten anmutigen Bewegungen. Sie wurde von einem jungen Deutschen geritten, und ich bot ihm eine horrende Summe für das edle Tier.«

»Und?«, fragte Franziska. Ihre Hände schienen ihn berühren zu wollen, ihre vollen Lippen sahen auf einmal ganz weich aus. Sie lachte nicht, sie schien ihn zu verstehen. »Hat er Ihnen sein Pferd verkauft?«

Paolos Unsicherheit verflog. »O ja. Morgensonne steht sogar immer noch bei mir im Stall. Sie ist schon alt und gebrechlich, aber ich würde sie für nichts in der Welt wieder hergeben. Sie hat unserer Zucht fast ein Dutzend wertvoller Fohlen geschenkt. Da hat sie sich ihr Gnadenbrot redlich verdient.«

Etwas in Franziskas Haltung änderte sich. »Morgensonne? So heißt die Stute?«

»Ja, warum?«

Statt einer Antwort lächelte sie ihn an, und das war zu viel für Paolo. Mit einem halben Schritt überwand er den Rest von Distanz zwischen ihnen. Er sah, wie sich ihre Brust hob und senkte, wie plötzliche Röte über ihr Gesicht zog. Sie vergaß, sich mit der Longe zu drehen, schaute Paolo nur weiter unverwandt an. Als er den Kopf neigte, um sie zu küssen, öffneten sich ihre Lippen. Ihm wurde schwindelig vor Glück. Er schlang sein Arme um sie und spürte, wie sie ihre Hände an seine Hüften legte. Nichts anderes nahm er mehr wahr als diese Frau, diesen Moment, dieses wunderbare Gefühl.

Stille legte sich über die Reithalle, in der ein Junghengst leise schnaubend einen weiteren Kreis durch das Sägemehl zog und in der Kälte kleine Dampfwolken ausstieß.

Voller Zärtlichkeit berührte Paolo mit dem Zeigefinger Franziskas Mund, strich ihr sanft über die Wange. Sein Herz klopfte heftig, Wärme breitete sich in seinem Innern aus. Plötzlich prustete ihm etwas heftig in den Nacken. Paolo fuhr zusammen, wollte sich umdrehen, stellte fest, dass er sich nicht rühren konnte.

Franziska begann, herzhaft zu lachen, Adonis hinter ihm schnaubte noch einmal. Der Hengst hatte im Weitergehen die Longe um sie beide geschlungen und war erst hinter Paolo zum Stehen gekommen, als die lange Leine zu Ende war.

»Wir sind aneinander gefesselt«, sagte Franziska noch immer lachend.

»Für immer und ewig«, erwiderte Paolo, und in diesem Moment war es ihm vollkommen ernst damit. Er hätte immer so stehen bleiben können. Gefesselt an die Frau seines Herzens in einer kalten Reithalle in der Lüneburger Heide. Einzig der schnaubende Hengst störte ihn, und so begann er, sich gemeinsam mit Franziska zu drehen, bis die Longe wieder abgerollt war. Wir tanzen, dachte er. Und wenn wir noch tausend Mal auf eleganten Festen gemeinsam tanzen werden: Diesen ersten Tanz werde ich niemals vergessen.

5

Adonis muss zurück in seine Box«, murmelte Franziska. Ihre Stimme gehorchte ihr kaum. Im Augenblick hatte sie nur einen Wunsch: wegkommen von diesem aufregenden, diesem verwirrenden Mann.

»Ich begleite dich«, sagte Paolo. Es schien für ihn selbstverständlich zu sein, sie plötzlich zu duzen, aber für Franziska war überhaupt nichts mehr selbstverständlich.

»Nein!«, erwiderte sie viel zu heftig, um locker zu klingen. »Ich … ich möchte allein sein. Bitte.«

Sein Blick tauchte in ihre Seele ein und entzündete dort ein Feuer. So hell und brennend, dass es ihr Angst machte. Dann wandte er sich mit einem leisen Lächeln ab. »Wie Sie wünschen, Signorina Brosin.«

Macht er sich jetzt über mich lustig?, überlegte Franziska. Ist das seine Art, mit Frauen umzugehen? Oder seine Art, Geschäfte zu machen?

Die Erinnerung an den wahren Grund seines Besuchs brachte sie noch mehr durcheinander. Jetzt nickte er ihr kurz zu und stapfte durch das Sägemehl davon. Er verließ die Reithalle, und sie hörte noch, wie er sich draußen die Schuhe abklopfte. Adonis zerrte an der Longe, und sie strich dem Hengst beruhigend über den muskulösen Hals. Auf einmal fühlte sich Franziska einsam wie nie zuvor in ihrem Leben. Sie wollte Paolo zurückrufen, wollte seine Lippen wieder auf ihren spüren, ihn umarmen, ihn für immer festhalten.

Ein Gedanke tauchte aus den Tiefen ihres Bewusstseins auf, klar und hell wie dieser Wintertag: Ich habe Ferdinand nie geliebt. Woher dieses Wissen plötzlich kam, verstand Franziska nicht. Aber sie zweifelte keine Sekunde daran. Paolo della Ravere hatte sie verzaubert. Franziska fühlte immer noch, wie Paolo sie berührt, sie geküsst hatte. Sie dachte an den Blick aus seinen schwarzen Augen und musste schlucken.

Erst als Adonis begann, unruhig hin und her zu tänzeln, löste sie sich aus ihrer Erstarrung. Sie fasste den Hengst am Halfter und führte ihn aus der Reithalle. Draußen übergab sie ihn einem Stallburschen und sah sich nach dem italienischen Pferdezüchter um.

Keine Spur von ihm.

Wahrscheinlich war er wieder weggefahren. Franziska sog tief die kalte Luft ein. Möglicherweise befand er sich jetzt schon auf der Heimreise, und sie würde ihn niemals wieder sehen. Bestimmt war ihm klar geworden, dass er auf dem Gestüt Brosin keine Geschäfte machen konnte. In ihren Augenwinkeln sammelten sich Tränen, und Franziska erschrak, dass sie ihre Gefühle so wenig kontrollieren konnte. Sie wandte sich dem Hauptgebäude der Stallungen zu. Keine zehn Minuten später trabte sie auf ihrer Lieblingsstute Seline über den Hof und verschwand in Richtung Wald.

Paolo sah seiner Sirenetta zu, wie sie auf einer hellbraunen Stute davonritt. Sie bildete mit dem eleganten Pferd eine vollkommene Einheit. Als sie hinter den ersten mächtigen Eichen aus seinem Blickfeld verschwand, spürte er einen Stich im Herzen. Sie ist fort, dachte er und war im selben Moment voller Sehnsucht und gleichzeitig bedrückt. Wer weiß, ob ich sie jemals wiedersehen werde. Das war ein törichter Gedanke und doch stärker als jede Vernunft.

Noch ein Mann beobachtete Franziska auf ihrer Stute. Mit aufmerksamem Blick sah er, wie das Tier nervös zur Seite ausbrach und nur mit Mühe von seiner Reiterin gebändigt werden konnte. Offenbar ein noch sehr junges Pferd, überlegte er, das noch leicht scheute. Er war mit seinem Wagen an den äußersten Rand der Weiden herangefahren und stand nun halb verborgen hinter einem Erdwall. Unter seinen Stiefeln bewegte sich der matschige Sand. Hier begann die weite Heidefläche, die im Sommer mit ihrem violetten Farbenspiel ein einmaliges Naturschauspiel bot.

Auch jetzt im Winter besaß die Landschaft ihren ganz eigenen, wenn auch düsteren Reiz. Über flache Hügel hinweg fand das Auge des Betrachters nur Halt an hohen Wacholderbüschen und wenigen Findlingen. Ein einsames Herz konnte sich hier verlieren, ein genauer Beobachter mochte erkennen, dass gerade diese Kargheit der Natur einen ganz besonderen Menschenschlag hervorgebracht hatte. Genügsam wie die Heimat, unverwüstlich wie das Heidekraut, und an Sommersonnentagen voller schillernder Lebensfreude. Dann wurden unvergessliche Feste gefeiert, und eine bezaubernde Heidekönigin wurde gewählt.

Doch der Mann verschwendete keine Gedanken an die Schönheit der Gegend oder an die Eigenheiten ihrer Bewohner. Es gab nur eine einzige Familie im weiten Umkreis, die ihn interessierte, und die ältesten Mitglieder dieser Familie stammten nicht aus der Lüneburger Heide. Sie kamen aus einem Land im Nordosten, das einst Ostpreußen geheißen hatte.

Der Mann hob jetzt ein starkes Fernglas hoch, stellte die Schärfe ein und sah sich genau die junge Frau auf dem Pferd an. Erst schien es, als käme sie direkt auf ihn zugeritten, doch dann bog sie nach links in ein Waldstück ab. Unwillkürlich atmete der Mann aus. Ihm war nicht bewusst gewesen, dass er die Luft angehalten hatte.

Es wäre zu früh gewesen, dachte er, viel zu früh. Franziska Brosin sollte noch nichts von seiner Existenz wissen, dasselbe galt für den Rest der Familie.

Brosin! Ein Lächeln erschien auf seinen Lippen. Ein schöner Name. Ein guter ostpreußischer Name. Als Franziska auf ihrem Pferd ganz im Wald verschwunden war, ließ der Mann sein Fernglas sinken. Seine Finger, die nur in dünnen Lederhandschuhen steckten, waren ganz kalt geworden, seine Augen schmerzten in der beißenden Kälte.

Endlich stieg er wieder in seinen Wagen, drehte die Heizung auf und fuhr gleich darauf fort. Aber er würde wiederkommen. Schon bald.

Und dann würde es Zeit sein für eine Begegnung mit Franziska Brosin.

Nach einer endlos scheinenden Weile drehte sich Paolo wieder vom Fenster weg und richtete seine Aufmerksamkeit auf Hugo Brosin. Der alte Herr hatte ihn von Evelina in den Salon rufen lassen, als Paolo aus der Reithalle aufgetaucht war. Er hatte ihm keinen Sitzplatz angeboten, und so hatte sich Paolo ans Fenster gestellt.

»Sie müssen einsehen«, sagte er jetzt, »dass mein Enkel Frido eigenmächtig und unverantwortlich gehandelt hat. Er besitzt keine Verfügungsgewalt. Somit ist Ihre Einladung null und nichtig. Wir trennen uns nicht von unseren wertvollen Zuchtstuten. Niemals!«

Paolo sah Evelina an, die für ihn übersetzte. Als sie geendet hatte, schwieg er eine Weile. In seine Sehnsucht nach Franziska mischte sich der Zorn über den Rest der Familie. Dennoch. Es musste eine friedliche Lösung geben.

»Warum?«, fragte er deshalb zunächst, um Zeit zu gewinnen. Er wollte wenigstens versuchen, den alten Mann besser zu verstehen. Nun hörte er, wie sein Gegenüber laut und zornig sprach, verstand aber kaum etwas. Worte wie Ostpreußen und Treck kamen darin vor.

Als er Evelina fragend ansah, meinte diese: »Das ist eine lange Geschichte. Herr Brosin hat nach dem Krieg nur wenige Trakehner in den Westen gerettet und ganz allein die Zucht wieder aufgebaut. Er kann es nicht ertragen, ausgerechnet Zuchtstuten abzugeben. Wenn Sie vielleicht wiederkommen möchten, wenn im Frühjahr die ersten Fohlen …«

»Nein!« Paolos Stimme klang schärfer als beabsichtigt. Er sah, wie es in den Augen des alten Herrn gefährlich aufblitzte, achtete aber nicht darauf. Aus seiner Jackentasche holte er Fridos Brief und hielt ihn hoch wie einen Fehdehandschuh.

»Diese Einladung«, sagte er langsam genug, damit Evelina übersetzen konnte. »Diese Einladung trägt den Briefkopf des Gestüts Brosin und ist unterschrieben von einem volljährigen Familienmitglied. Darin wird mir zugesagt, dass ich mir zwei trächtige Zuchtstuten aussuchen darf. Ich habe nicht die Absicht, darauf zu verzichten. Ich bin extra den weiten Weg hierhergefahren.«

Als die Haushälterin geendet hatte, trat eisiges Schweigen ein – so kalt, als wäre im Raum die ganze Wärme entwichen.

Paolo fröstelte, während der alte Mann bewusst an ihm vorbeisah. Sein Blick schien in die Vergangenheit gerichtet, er hielt seinen Kopf so, als sei er auf einmal für ihn zu schwer geworden. Seine Schultern waren im Alter eingefallen.

Auf einmal tat er Paolo leid. Er kann es einfach nicht einsehen, überlegte er. Frido Brosin hatte ihn über die finanziellen Schwierigkeiten des Gestüts aufgeklärt. Aber Hugo Brosin konnte nicht zugeben, dass es keinen anderen Ausweg gab. Die Summe, die Paolo für zwei Stuten seiner Wahl geboten hatte, war hoch. Kein vernünftiger Mensch würde ein solches Angebot ablehnen. Aber wer behauptete denn, dass er es hier mit vernünftigen Menschen zu tun hatte?

Draußen erklang Hufgetrappel, doch Paolo achtete nicht darauf. Seine gesamte Aufmerksamkeit war auf diesen sturen alten Mann gerichtet.

Franziska stieg ab und brachte Seline in den Stall. Sie hatte gehofft, draußen im Wald zur Ruhe zu kommen. Doch schon nach wenigen Minuten hatte sie einsehen müssen, dass es unmöglich war. Sie musste Paolo noch einmal sehen. Musste verstehen, was er in ihr auslöste. Der Gedanke, er könnte für immer verschwinden, war ihr so unerträglich, dass sie die Stute wendete und zurückritt. Sie lief auf das Wohnhaus zu, um sich schnell umzuziehen. Dann wollte sie zum Grafen Calsin fahren und … Weiter konnte sie im Augenblick nicht denken.

Franziska war schon an der Tür zum Salon vorbei, als sie die wütende Stimme ihres Großvaters vernahm. Überrascht blieb sie stehen. Bekam Frido etwa noch eine Strafpredigt zu hören? Sie fand, nun war es aber langsam genug. Ihr Bruder musste sich schon seit Tagen Beschimpfungen von allen Seiten anhören.

Franziska hatte schon die Hand auf der Klinke, als sie plötzlich Evelinas Stimme vernahm. Die Haushälterin übersetzte ins Italienische. Dann hörte sie Paolo antworten, und das Herz wurde ihr schwer.

»Ich wiederhole, Herr Brosin. Wenn Sie partout nicht einlenken wollen, muss ich rechtliche Schritte einleiten. Ich bedaure das zwar sehr, aber ich habe nicht die Absicht …«

Noch bevor er seinen Satz zu Ende gebracht hatte, stürmte Franziska in den Salon.

»Wie können Sie es wagen, meinem Großvater zu drohen!«, fuhr sie ihn an.

Paolo machte vor Überraschung einen Schritt zurück, stieß an die Fensterbank und hielt sich dort fest. Es hätte ihn nicht gewundert, wenn diese Frau jetzt auf ihn losgegangen wäre. Hatte er sie je als sanfte, liebliche Sirenetta bezeichnet? Im Moment wirkte sie eher wie eine Furie in all ihrem Zorn. Aber schön war sie dabei. Unendlich schön. Der Salon mit seinen ehrwürdigen Eichenmöbeln war auf einmal erfüllt von knisternder Spannung. Evelina warf ihm einen wissenden Blick zu, der ihn verlegen machte. Noch eine neue Erfahrung.

Einzig der alte Herr bemerkte nichts.

»Du kommst genau richtig«, sagte er zu seiner Enkelin. »Wirf ihn raus.«

Evelina weigerte sich, die Worte zu übersetzen, aber Paolo konnte sich den Inhalt auch so zusammenreimen. Wie erwartet sagte Franziska zu ihm: »Verlassen Sie unseren Hof! Und kommen Sie niemals wieder!«

Selbst jetzt noch, als sie ihn wie einen Dieb behandelte, wollte er sie küssen. Er sehnte sich nach ihren Lippen, nach dem frischen Duft ihres Halses, nach ihren Händen in seinem Nacken.

Doch dann ging ein Ruck durch seinen Körper. Wie konnte diese Familie es wagen, ihn so zu behandeln! Ihn, Paolo della Ravere! Seine Familie ließ sich lückenlos bis ins fünfzehnte Jahrhundert zurückverfolgen, und zu seinen Vorfahren zählten nicht weniger als zwei Päpste. Paolo ignorierte die warnenden Blicke Evelinas, deutete eine winzige Verbeugung an und sagte kalt: »Wie Sie wünschen. Ich reise morgen früh ab, aber Sie werden noch von mir hören. Signora Rossi, wären Sie so freundlich, mich zurückzufahren?«

Evelina murmelte etwas Unverständliches und folgte ihm dann nach draußen.

Während der unbequemen Rückfahrt schwieg Paolo eisern. Evelina versuchte mehr als einmal, mit ihm zu reden, doch er ließ sich nicht darauf ein. Diese verflixte Franziska und ihr sturer Großvater hatten ihn tief in seiner Ehre verletzt. So etwas ließ ein Paolo della Ravere sich nicht gefallen. Diese Leute würden ihn noch kennenlernen!

Den Rest des Tages verbrachte Paolo auf seinem Zimmer. Weder die junge, bezaubernde Charlotte noch ihre reizvolle Schwester Elise konnten ihn aus seiner selbst gewählten Einsamkeit locken. Als am frühen Nachmittag der Graf anklopfte und fragte, ob er mit zu einer Pferdeauktion fahren wolle, lehnte er dankend ab.

Stundenlang saß er in einem Sessel, starrte vor sich hin und wünschte, er wäre nie in dieses kalte Land zu diesen unfreundlichen Menschen gekommen. Endlich stand er auf, streckte sich und sah aus dem Fenster. Draußen wurde es bereits dunkel, und er überlegte, ob er einen kurzen Abendspaziergang unternehmen sollte. Die Bewegung würde ihm gut tun. Gerade als er nach seiner Jacke griff, klingelte sein Handy. Paolo runzelte die Stirn, als er auf dem Display die Nummer des Anrufers erkannte.

»Ist etwas passiert, Isotta?«, fragte er statt einer Begrüßung.

»Nein, mein Lieber. Wie kommst du darauf? Darf ich dich nur anrufen, wenn es Probleme gibt?« Ihre Stimme war wie immer einen Hauch zu streng, und Paolo sah sie vor sich: Isotta di Malafesta, von kerzengerader Haltung, die über ihre mangelnde Körpergröße hinwegtäuschen sollte. Schwarze, stets perfekt frisierte Haare, braune Augen über hohen Wangenknochen und ein etwas zu schmaler Mund. Isotta besaß die einmalige Eleganz einer italienischen Dame. Niemals würde sie einen Schritt vor die Tür setzen, bevor sie nicht perfekt geschminkt und frisiert war. Selbst den Pferdestall betrat sie in gepflegter Kleidung.

Plötzlich wurde Paolo bewusst, wie sehr sich Isotta von Franziska unterschied. Isotta überraschte ihn nicht mit plötzlichen Gefühlsausbrüchen. Sie war für ihn berechenbar und bewahrte in jeder Situation Haltung. Ihre Familien waren schon seit Jahrhunderten miteinander verschwägert, verfeindet und wieder verwandt gewesen. Isotta hatte die feste Absicht, diese Tradition fortzusetzen. Und zwar, indem sie Paolo heiratete. Als sie ihm diesen Plan vor zehn Jahren mitgeteilt hatte, da war er in lautes Gelächter ausgebrochen.

»Du bist wie eine Schwester für mich«, hatte er entgegnet. »Ich liebe dich nicht.«

»Das ist nicht so wichtig«, war ihre lapidare Antwort gewesen. »Wir sind füreinander geschaffen.«

Dann hatte sie sich zurückgezogen und abgewartet, bis er sich ausgetobt hatte. Nie war ihr offenbar in den Sinn gekommen, er könnte sich ernsthaft in eine andere Frau verlieben. Tatsächlich schien sie recht zu behalten. Seit einiger Zeit nun hatte sie ihren Druck verstärkt. Immerhin war sie vor Kurzem fünfunddreißig geworden, und für eine Familienplanung war es höchste Zeit.

Auf einmal musste Paolo lächeln. Auf Isotta war Verlass. Immer. Er legte bewusst viel Wärme in seine Stimme, als er antwortete: »Natürlich kannst du mich jederzeit anrufen, Carissima, das weißt du doch. Geht es dir gut?«

»Ja«, erwiderte sie und klang überrascht. Isotta war es nicht gewohnt, dass Paolo sich nach ihrem Befinden erkundigte. »Ich habe eine E-Mail aus Argentinien bekommen.«

»Von deinem Onkel Enrico?«

»Genau. Er lädt mich ein, ihn und seine Familie endlich einmal zu besuchen.«

»Und, willst du fahren?«

Sie ließ sich einen Moment Zeit mit der Antwort, dann sagte sie: »Das hängt ganz von dir ab, Paolo. Wann kommst du zurück?«

»Bald, Isotta, sehr bald. Und dann reden wir in Ruhe, ja?«

»Ja«, sagte sie wieder, und diesmal hörte er die unterdrückte Freude heraus. Als er sein Handy ausschaltete, hatte Paolo plötzlich das Gefühl, einen Riesenfehler begangen zu haben. Er zog seine Jacke an und lief hinaus in den kalten Winterabend. Er war ein Mann, der in zwei Jahren vierzig wurde. Doch er hatte sich wie ein dummer, verletzter Schuljunge benommen. Niedergeschlagen fragte er sich, welchen Preis er dafür würde zahlen müssen.

6

Der erste März begrüßte die Menschen in der Lüneburger Heide in diesem Jahr mit einer verzauberten Winterlandschaft. Über Nacht waren dicke schwere Flocken zur Erde gefallen und hatte die Natur in ein einheitliches weißes Gewand gehüllt.

Franziska hatte wenig geschlafen. Sie fühlte sich gleichzeitig müde und unruhig. Nicht einmal Evelinas starker Espresso gab ihr heute den gewohnten Energieschub. Sie hockte am Küchentisch und starrte vor sich hin.

Lustlos dachte sie an die Aufgaben des Tages und wünschte sich, zurück ins Bett zu kriechen. Dort wollte sie sich die Bettdecke über den Kopf ziehen und an gar nichts denken.

Aber das war natürlich unmöglich. Der Tierarzt hatte sich angekündigt, um die genesende Abendsonne noch einmal zu untersuchen. Alle anderen Pferde mussten die Wurmkur bekommen, was den ganzen Vormittag in Anspruch nehmen würde. Dann mussten dringend die Laufställe der trächtigen Stuten ausgemistet werden, und einer der Trecker musste in die Werkstatt.

»Post für dich«, unterbrach Evelina ihre Gedanken. »Ist schon gestern gekommen, aber ich habe den Brief erst vorhin unter den vielen Werbeprospekten entdeckt.« Sie reichte Franziska einen schlichten weißen Umschlag ohne Absender.

»Merkwürdig.« Franziska nahm den Brief entgegen und drehte ihn in den Händen. Der Poststempel war von Hamburg. »Vielleicht ein Züchterkollege?«, mutmaßte sie laut. »Oder ein Interessent für unsere Jährlinge?«

»Seit wann schreiben solche Leute Briefe ohne Absender?«, gab Evelina zurück. »Das läuft doch heutzutage alles übers Internet.«

»Stimmt auch wieder.« Etwas in ihr sträubte sich dagegen, den Brief zu lesen. Etwas machte ihr auf unerklärliche Weise Angst.

Evelina runzelte die Stirn. »Wir hätten den Umschlag nicht anfassen sollen. Du weißt schon, wegen der Fingerabdrücke.«

Plötzlich musste Franziska lachen. Ihre Angst war verflogen. »So ein Quatsch, Evelina. Wir sind hier in der Lüneburger Heide und nicht in Palermo. Es gibt bestimmt eine harmlose Erklärung für den fehlenden Absender. So, und nun mach mir bitte noch einen zweiten Espresso. Ich muss an die Arbeit.«

Damit faltete sie den dünnen Umschlag zusammen und steckte ihn in die Jeanstasche. Evelinas neugierige Blicke ignorierte Franziska ganz bewusst. Sie würde den Brief später lesen, wenn sie Zeit hatte.

Aber es sollte Nacht werden, bevor sie endlich dazu kommen würde.

Die Küchentür wurde schwungvoll aufgestoßen. »Guten Morgen, Schwesterherz!«, ertönte Fridos ungewohnt muntere Stimme. »Hast du schon aus dem Fenster gesehen?«

Sein Blick allerdings fragte etwas anderes: Hast du mir verziehen? Können wir wieder Freunde sein?

Franziska musterte ihn misstrauisch. »Was ist denn mit dir passiert? Bist du aus dem Bett gefallen oder warst du noch gar nicht drin?«

Statt einer Antwort zog Frido die mit Blumenmotiven bestickte Gardine am Küchenfenster beiseite und rief: »Schnee! Siehst du das? Ist es nicht herrlich? Das hatten wir zuletzt vor zehn Jahren.«

»Hm«, machte sie nur und trank langsam ihren Espresso

aus. Evelina stellte Franziska ein zweites Tässchen und Frido einen Cappuccino auf den Tisch. Dann ließ sie die beiden allein. Sie fand, es war höchste Zeit, dass die Geschwister sich wieder vertrugen.

Frido stieß seine Schwester an. »Mensch, nun komm schon! Lass uns fahren!«

Franziska wusste genau, was er vorhatte, aber sie dachte gar nicht daran, es ihm so leicht zu machen. Ein Teil von ihr war immer noch böse auf ihn. Dann aber erinnerte sie sich daran, wie viel Begeisterung er in diesem Winter in ein ganz besonderes Projekt gesteckt hatte. Einer von Fridos Freunden war Kutschenbauer. Ihr Bruder hatte den Freund überredet, gemeinsam mit ihm einen Pferdeschlitten zu bauen, und zwar nach einem historischen Vorbild. Großvater besaß ein vergilbtes Foto von dem Schlitten, den die Familie einst in Ostpreußen benutzt hatte. Monatelang hatte Frido mit seinem Freund an dem Gefährt gebastelt, und Franziska war froh darüber gewesen. Lenkte es ihn doch von seinem Unfall und den Schmerzen im Bein ab. Kurz vor Weihnachten war er fertig geworden, und seitdem wartete Frido auf Schnee. Wie früher, als sie noch Kinder waren und es nicht abwarten konnten, mit ihrem Rodelschlitten die einzige etwas höhere Erhebung in der Gegend hinabzusausen.

Sie sah ihn an, und eine Welle von Zärtlichkeit überkam sie. Er wirkte wieder so jung, so begeistert.

»In Ordnung. Aber nur eine Stunde. Dann kommt der Tierarzt. Wen willst du einspannen?«

»Admiral und Salut.«

Franziska nickte zustimmend. Die beiden Wallache gingen schon seit Jahren vor der Kutsche und würden auch den Schlitten zuverlässig ziehen.

Während Frido nach draußen lief, raffte Franziska noch ein paar warme Decken zusammen und folgte dann ihrem Bruder.

Zwanzig Minuten später hatten sie den Hof hinter sich gelassen und bogen auf einen verschneiten Sandweg ein, der die Heidelandschaft unter ihrer weißen Decke in zwei Hälften teilte.

»Im Wald liegt vielleicht nicht genug Schnee«, meinte Frido und ließ die Pferde antraben. Ein Zungenschnalzen genügte dafür. Admiral und Salut konnten es kaum abwarten, flott loszutraben. Franziska kuschelte sich tief in ihre Decke. Plötzlich war sie froh, mitgefahren zu sein. Erst jetzt merkte sie, wie gut sie ein bisschen Freizeit gebrauchen konnte.

Die eisenbeschlagenen Kufen glitten leicht über den weißen Untergrund, die Pferde stießen kleine Dampfwolken aus und schnaubten zufrieden. In der Ferne krähte ein Hahn, sonst war nichts zu hören außer dem dumpfen Aufschlagen der Hufe und dem Knarren des Lederzeugs.

Ein Gefühl von Frieden erfüllte sie, und sie wünschte sich, Paolo della Ravere würde hier neben ihr sitzen und die herrliche Winterlandschaft genießen.

Verdammt! Sollte das immer so weitergehen? Konnte sie nichts mehr tun, ohne andauernd an diesen Mann denken zu müssen?

Frido parierte die Pferde durch und ließ sie in flottem Schritt gehen.

»Wollen wir endlich mal in Ruhe über die ganze Geschichte reden?«, fragte er, schaute dabei aber geradeaus. Franziska hatte das schon erwartet. Obwohl er manchmal so jugendlich wirkte, war ihr Bruder nicht der Typ, der leicht aufgab. Im Grunde schätzte sie diese Eigenschaft an ihm. Wenn sie ganz ehrlich war, hatte sie sogar schon mal erwogen, ihn in die Leitung des Gestüts einzubinden. Jetzt, da er keine anderen Verpflichtungen mehr hatte, konnte er auf Dauer wertvolle Hilfe leisten.

Manchmal spürte sie die Last der Verantwortung schwer

auf ihren Schultern liegen. Als ihr Vater vor etwas mehr als fünf Jahren plötzlich gestorben war, hatte Franziska keinen Moment gezögert. Nach dem ersten großen Schock galt es, die Zukunft des Gestüts zu sichern.

Frido befand sich damals gerade irgendwo in Patagonien. Mit einer Gruppe von Fliegenfischern machte er Jagd auf die größten Forellen der Welt. Hugo behauptete zwar, er käme auf dem Gestüt auch wunderbar allein zurecht, doch Franziska zweifelte daran. Ihr Großvater hatte gerade eine komplizierte Hüftoperation hinter sich gebracht, er war alt und müde. Die schweren Jahre des Wiederaufbaus forderten jetzt im Alter ihren Tribut.

Und Bernadette? Franziska traute ihrer Mutter niemals zu, ein Gestüt mit mehr als siebzig Pferden zu leiten. Ihr blieb keine Wahl. Sie war die Einzige, die das Gestüt Brosin weiterführen konnte. Schließlich hatte sie schon seit Jahren mit ihrem Vater zusammengearbeitet. So blieb sie auf ihrem Posten und führte den Betrieb weiter.

Manchmal aber träumte sie davon, mal rauszukommen, zu reisen und wenigstens für eine Weile die große Verantwortung abzulegen.

Nachdenklich musterte Franziska jetzt ihren Bruder. Die Dinge hatten sich geändert. Frido saß auf dem Gestüt Brosin fest, und vielleicht war es ja sein größter Wunsch, selbst Züchter zu werden. Nun, da er keine Abenteuerreisen mehr begleiten konnte, sah er im Familienbetrieb offenbar seine einzige Chance für eine berufliche Zukunft. Bisher hat er sich dabei allerdings höchst ungeschickt angestellt, dachte Franziska und fühlte wieder Ärger in sich hochsteigen. Sie musste ein paarmal tief die Winterluft einatmen, um sich zu beruhigen.

»Gut«, meinte sie nach einer Weile friedfertig. »Reden wir darüber.«

Ihr Bruder lächelte erleichtert. »Weißt du eigentlich, wie

viel Geld Paolo della Ravere für zwei trächtige Zuchtstuten geboten hat?«

»Nein«, gab Franziska zu. So weit hatte sie bisher noch gar nicht gedacht.

Frido nannte ihr einen Preis, der sie aufhorchen ließ.

»So viel? Damit könnten wir den Bankkredit auslösen und das Stalldach neu decken lassen.«

»Genau.« Frido schnalzte mit der Zunge, um die beiden Wallache aufzumuntern, und wartete dann ab. Seine Schwester brauchte einen Moment, um die Neuigkeit auf sich wirken zu lassen.

»Das ist wirklich viel Geld«, sagte sie schließlich. »Aber ich bleibe dabei. Du hättest vorher mit mir darüber reden müssen!«

»Ich weiß.« Frido setzte eine zerknirschte Miene auf. »Die Versuchung war einfach zu groß. Als ich die Anzeige aus Italien las, habe ich gehandelt, ohne groß nachzudenken. Wahrscheinlich wollte ich dir beweisen, dass ich hier auch zu etwas gut sein kann.«

Näher würde er an eine Entschuldigung nicht herankommen, und Franziska wusste das.

»Ich glaube, wir haben keine andere Wahl«, sagte sie schließlich.

»Das sehe ich auch so. Es wäre sowieso nicht klug, sich mit dem Mann anzulegen. Ich habe erfahren, dass es in seiner Familie mehrere Rechtsanwälte gibt.«

»Das wusste ich nicht.« Franziska mochte gar nicht daran denken, was sie eine rechtliche Auseinandersetzung kosten würde.

»Die Frage ist nur, ob Paolo della Ravere heute überhaupt noch bereit ist, mit uns ins Geschäft zu kommen. Vielleicht ist er sogar schon abgereist. Frido, dreh um! Ich muss sofort zum Gut Calsin!«

»Mit dem Schlitten könnten wir in einer knappen Stunde dort sein.«

»Nein. Ich will vorher mit Evelina sprechen. Sie muss mir helfen.«

Daraufhin knallte Frido mit der langen Peitsche und ließ die Pferde einen weiten Bogen gehen. Dann ging es in flottem Trab nach Hause. Doch die Freude an diesem Ausflug war Franziska vergangen. Was mache ich nur, dachte sie verzweifelt, wenn Paolo della Ravere schon abgereist ist? Was wird dann aus unserem Gestüt? Was wird aus mir? Diesen letzten Gedanken allerdings schob sie energisch beiseite.

Evelina kam gerade aus Bernadettes Zimmer, als Franziska ins Haus stürmte. Die Ereignisse der letzten Tage hatten Bernadette schwer mitgenommen, und sie hütete mal wieder das Bett.

»Evelina, ich brauche deinen Rat!«, rief Franziska ihr entgegen.

»Psst, deine Mutter ist eben erst wieder eingeschlafen. Komm mit in die Küche.«

Fünf Minuten später musste sie sich schwer beherrschen, um nicht in lautes Gelächter auszubrechen. »Habe ich das richtig verstanden? Du möchtest von mir wissen, wie du mit Paolo della Ravere wieder ins Geschäft kommen kannst? Und zwar, nachdem du ihn so brüskiert hast?«

»Ja«, erwiderte Franziska kleinlaut. Evelina musterte sie eingehend. Und du willst auch noch etwas anderes wissen, aber das würdest du niemals zugeben, nicht wahr?

»Italienische Männer«, sagte sie langsam, »sind eine ziemlich stolze Rasse. Und Männer wie Paolo della Ravere sind in dieser Beziehung sozusagen eine Katastrophe. Ich fürchte, du wirst deinen gesamten ostpreußischen Stolz herunterschlucken müssen, um ihn zu besänftigen. Also, hör mir gut zu …«

Als Franziska kurz darauf in ihrem Jeep vom Hof fuhr, gingen Evelina zwei Gedanken gleichzeitig durch den Kopf: Hoffentlich hat das Mädel bei dem Mann Erfolg. Und hoffentlich finde ich wenigstens heute Zeit, mich ins Internet einzuloggen. Was das eine mit dem anderen zu tun hatte, blieb vorläufig Evelinas Geheimnis.

Auch Paolo hatte eine nahezu schlaflose Nacht hinter sich. Dennoch war er entschlossen, an diesem Morgen abzureisen.

»Warten Sie wenigstens, bis die Straßen geräumt sind«, empfahl ihm Graf Olaf. »Von hier bis zur Autobahn kann das noch ein oder zwei Stunden dauern. Sie wollen doch nicht irgendwo im Graben landen.«

Die Vernunft zwang Paolo, dem Rat zu folgen. Doch nun war es beinahe neun, und er wollte starten. Nur fort von hier, wo ihn alles an diese unmögliche Franziska erinnerte.

Gerade trat er aus dem Haus, als ein Jeep die Auffahrt heraufgeschossen kam. Der Wagen sah aus, als wäre er schon im Zweiten Weltkrieg eingesetzt worden. Er kam direkt vor Paolo zum Stehen, und ein Gemisch aus Schnee und Sand spritzte ihm vor die Füße. Sein Herz machte einen Satz, als er die Fahrerin erkannte.

»Möchten Sie mich jetzt auch noch totfahren?«, erkundigte er sich kühl, während eine Flamme der Leidenschaft durch seinen Körper jagte. Um sich abzulenken, starrte er auf einen großen Rostfleck am Jeep. Auf dem Gestüt Brosin hielt man offenbar nichts von Neuwagen.

»Es tut mir leid!«, rief Franziska und sprang heraus. Sie machte zwei Schritte auf ihn zu, zögerte, sah ihn an.

»Was genau?«, fragte er und zwang sich, ihren Blick mit abweisender Gleichgültigkeit zu erwidern.

»Wie bitte?«

»Was tut Ihnen leid?«

»Dass ich … dass wir … also, eigentlich alles.«

»Alles?« Jetzt ließ er seine Augen Funken sprühen, und als sie rot wurde, spürte er einen Moment lang Befriedigung.

»Mein Großvater hätte nicht so mit Ihnen umgehen dürfen«, sagte Franziska. »Und ich auch nicht. Ich entschuldige mich hiermit in aller Form für unser gestriges Verhalten.«

»Auch in seinem Namen?«

Die Röte auf ihren Wangen vertiefte sich. »Es müsste Ihnen doch genügen, wenn ich als Gestütsherrin Abbitte leiste. Außerdem lade ich Sie ein, mit mir zum Gestüt zu fahren und zwei unserer Zuchtstuten auszuwählen. Sofern Sie noch Interesse an dem Geschäft haben.«

Er schwieg.

»Ich bitte Sie, Signore della Ravere.«

Paolo ließ sie mit Absicht volle drei Minuten auf seine Antwort warten. Er sah in den strahlend blauen Winterhimmel und tat, als würde er mit einer Entscheidung ringen. Er fuhr sich durchs Haar und legte seine Stirn in Falten. Dabei jubilierte er innerlich. Geschafft!, dachte er. Ich habe es geschafft! Zwei trächtige Stuten. Mehr wollte ich von Anfang an nicht und etwas anderes will ich auch jetzt nicht.

Damit machte er sich selbst etwas vor, aber das war ihm in diesem Moment noch nicht klar.

»In Ordnung«, sagte er, als Franziska bereits nervös von einem Fuß auf den anderen trat und selbst dabei in seinen Augen hinreißend aussah.

»Ich komme mit, aber unter zwei Bedingungen.«

Sie war auf der Hut, das konnte er ihr ansehen. »Welche Bedingungen?«

»Sie berichten mir bereits auf der Fahrt, welche Stuten in Frage gekommen.«

»Okay. Und außerdem?«

»Wir fahren mit meinem Wagen.«

»Was haben Sie gegen den Jeep einzuwenden?«

Paolo lachte breit. »Sagen wir's mal so. Ich traue den fahrbaren Untersätzen des Gestüts Brosin nicht so ganz über den Weg.«

Da lachte auch Franziska laut heraus, und er musste plötzlich verdammt aufpassen, dass er sie nicht einfach in seine Arme zog.

Eine Stunde später war es um Paolos Selbstbeherrschung geschehen. Sie standen vor zwei nebeneinanderliegenden Boxen im Stutenstall, und er sah, wie Franziska mit den Tränen kämpfte.

»Fee und Sternentänzerin«, sagte sie. »Eine gute Wahl. Sie gehören zu unseren Besten.«

Paolo besah sich noch einmal die beiden Stuten. Mit ihrem hellbraunen Fell und den schwarzen Fesseln sahen sie sich sehr ähnlich. Aber nur auf den ersten Blick. Fee besaß eine kleine weiße Blesse auf der Stirn, Sternentänzerin war mindestens zehn Zentimeter größer und von kräftigerer Statur. Mit einem zufriedenen Lächeln musterte er die doppelte Elchschaufel auf den linken Hinterschenkeln der Stuten, das Brandzeichen, das sie als reinrassige Trakehner auswies. Dann kehrte sein Blick zu Franziska zurück.

Obwohl es ihr offensichtlich das Herz brach, sich von diesen Tieren zu trennen, nickte sie ihm zu. »Jede hat uns schon ein erstklassiges Fohlen geboren. Das zweite Fohlen von Sternentänzerin soll in etwas mehr als einem Monat kommen,

Fee ist noch nicht ganz so weit. Ihr Termin ist der fünfzehnte Mai.«

Dann reichte sie Paolo die Hand, um nach alter Tradition unter Pferdezüchtern den Verkauf zu besiegeln.

Er bemerkte, wie ihre Hände zitterten, und handelte instinktiv. Seine Hand ergriff ihre, und er zog die junge Frau zu sich heran. Sein linker Arm umfasste ihre Schultern und hielt sie fest. Paolo spürte, wie Franziska um ihre Fassung kämpfte, und sagte leise, beruhigende Worte in ihr Ohr. Als sie sich nach einer Weile entspannte, strich er ihr sanft übers Haar. Er gab ihr kleine Küsse auf den Hals.

»Francesca«, flüsterte er. Verwirrt stellte er fest, dass er ihren Namen auf Italienisch ausgesprochen hatte. Er fand, so klang er noch schöner.

»Nein! Nicht hier!« Plötzlich stieß sie ihn von sich weg, starrte ihn an, schien Mühe zu haben, wieder zu sich zu kommen.

Auch Paolo begriff, dass dies nicht der richtige Moment war. Alles passierte viel zu schnell. Es war zum Verrücktwerden! Kaum kam diese Frau in seine Nähe, vergaß er seine Beherrschung.

»Wo können wir die Papiere unterzeichnen?«, fragte er, um Fassung ringend. Es war das einzig unverfängliche Thema, das ihm einfiel.

Leuchtete da Enttäuschung in ihren Augen auf? Oder war es Erleichterung?

»In meinem Büro im Haupthaus«, erwiderte sie, drehte sich um und ging voraus. Er folgte ihr und blickte bewusst auf den Boden. Anders hätte er unmöglich seine Selbstbeherrschung zurückgewinnen können.

7

Hier sind die Abstammungsurkunden«, sagte Franziska. »Wie Sie sehen, geht Sternentänzerin in direkter Linie auf Consul zurück, Fee ist sogar eine Nachfahrin von Lateran.«

Paolo nickte anerkennend. Ihm waren die beiden berühmten Trakehnerhengste ein Begriff, und er ahnte, was für einen Schatz er mit nach Hause nehmen würde.

»Und das sind die Impfausweise. Ich stecke Ihnen alles zusammen mit dem Kaufvertrag in einen Umschlag.«

»Danke«, murmelte Paolo. »Das Geld liegt auf einem Sonderkonto bei der Deutschen Bank bereit. Ich hatte den Transfer bereits vorsorglich in die Wege geleitet. Dem Online-Banking traue ich nicht so recht.«

So sicher war er sich also seiner Sache, dachte Franziska, sagte aber nichts.

»Wenn Sie möchten«, fuhr er jetzt fort, »können wir gleich gemeinsam zur Filiale nach Lüneburg fahren und die Überweisung erledigen.«

Nein! Nur das nicht! Nicht schon wieder auf engem Raum mit ihm zusammen sein, den Duft seines Rasierwassers riechen, die Wärme seiner Haut spüren.

»Es genügt, wenn meine Bank mir Bescheid gibt«, erwiderte sie knapp.

»Wie Sie wünschen.« Sein Ton klang mindestens so neutral wie ihrer, und es schmerzte sie, dass er wieder zum distanzierten Sie übergegangen war.

War es tatsächlich keine Viertelstunde her, dass dieser Mann sie in der Stallgasse umarmt hatte? War dies derselbe

Mensch, der ihren Namen auf Italienisch geraunt hatte? Sie sah ihn an, sehnte sich nach ihm, schreckte vor ihm zurück. Franziska wusste nicht weiter. Schweigen entstand, füllte das kleine Büro aus, legte sich über das Paar, das keines war. Franziska ließ ihren Blick über die vollgestopften Regale schweifen. Aktenordner mit Abstammungsurkunden, Pokale von Leistungsschauen und Siegerschleifen von Turnieren stapelten sich auf jeder freien Fläche. Das Ergebnis von vielen Jahren Arbeit. Und ich würde all das hergeben, um noch einmal von ihm geküsst zu werden, dachte sie plötzlich. Der Gedanke erschreckte sie so sehr, dass sie abrupt aufstand.

»Dann ist ja alles so weit geregelt.«

»Ja.« Auch Paolo erhob sich. An seiner Schläfe pochte eine Ader als einziges Zeichen dafür, dass seine Ruhe nur vorgetäuscht war. Franziska war froh über Großvaters massiven Schreibtisch zwischen ihnen.

»Ich nehme an, Sie haben auch schon den Transport organisiert? Anderenfalls könnte ich Ihnen eine zuverlässige Firma empfehlen.«

Paolo schüttelte den Kopf. »Ich vertraue meine Pferde keinen fremden Leuten an, auch wenn sie noch so erfahren sind.«

Sieh an, dachte Franziska. Die Tinte unter den Verträgen ist noch nicht trocken, und schon sind es seine Pferde. Aber es war unsinnig, so zu denken, und sie wusste das.

»Kann ich verstehen«, erwiderte sie. »Sie haben aber keinen Pferdehänger mitgenommen, oder?«

Paolo schüttelte den Kopf, grinste plötzlich. »Ich kenne da eine äußerst abergläubische Dame, die mir davon abgeraten hat. Ich solle mein Glück nicht herausfordern, meinte sie. Sonst würde ich mit leeren Händen und leerem Hänger wieder heimkommen.«

Franziska richtete ihren Blick auf die Schreibtischplatte,

schob ein paar Papiere zusammen, biss sich auf die Lippen. Die Eifersucht war wie ein giftiger Stachel, der ihr Schmerzen zufügte. Eine abergläubische Dame, so, so. Wohl eine von seinen zahlreichen Freundinnen. So einer hat doch an jedem Finger zehn Frauen. Pah! Und hier will er nur mal testen, ob er in einem anderen Land genauso gut ankommt. Der will doch nur …

»Ist alles in Ordnung?«

»Klar, wieso?« Warum, verflixt, schaute er sie jetzt so an? So intensiv, dass seine schwarzen Augen eine Spur heller wurden? Sie ließ sich von seinem Blick einfangen, spürte, wie ihr wohlig warm wurde, lauschte dem sanften Klang seiner Stimme.

»Wie bitte? Was haben Sie gesagt?«

»Ob Sie mich wohl ein Leben lang lieben könnten?«

Franziska schüttelte verwundert den Kopf, kam wieder zur Vernunft, wiederholte im Geiste seine Frage noch einmal, diesmal korrekt: Ob Sie mir wohl einen Hänger leihen könnten?

»Ja«, erwiderte sie, vertrieb die aufkommende Eifersucht und dachte: Und diese Antwort gilt auch für die Frage, die ich mir nur eingebildet habe.

»Und würden Sie mich möglicherweise auf der Fahrt begleiten?«

Franziska wartete darauf, dass auch diese Sinnestäuschung verschwand. Als das nicht geschah, als Paolo della Ravere sie unverwandt ansah und auf eine Antwort wartete, lächelte sie plötzlich.

»Das meinen Sie jetzt aber nicht ernst.«

»Doch«, entgegnete er. »Ich gebe zu, der Gedanke ist mir erst in diesem Moment gekommen. Aber ich halte es für eine gute Idee.«

Bevor sie nachfragen konnte und vielleicht eine Antwort

erhielt, die sie noch mehr verunsichern würde, fuhr er fort: »Sie kennen doch die beiden Tiere von Geburt an. Ihnen vertrauen sie. Offen gestanden, ist mir erst jetzt klar geworden, wie lang die Fahrt mit zwei Pferden wird. Ich könnte natürlich jemanden aus Italien herkommen lassen, aber ich möchte so bald wie möglich starten. Am besten schon morgen früh.«

»Wie stellen Sie sich das vor«, sagte sie mit einer Stimme, die ihr selbst fremd war. Heiser und schwach. »Ich kann doch hier nicht so einfach weg.«

»Warum nicht?«

»Na, hören Sie! Ich bin die Gestütsherrin. Ohne mich läuft hier gar nichts.«

»Meinen Sie.«

»Weiß ich!«

»Ich glaube«, sagte Paolo langsam, und sein prüfender Blick ließ sie keine Sekunde los, »Ihr Bruder Frido würde das etwas anders sehen.«

»Dies zu beurteilen steht Ihnen wohl kaum zu.« Jetzt war es wieder ihre Stimme, kühl und distanziert. Einen Moment lang hoffte sie, er würde sich davon abschrecken lassen. Gleichzeitig fürchtete sie sich davor. Nach Italien! Zusammen mit Paolo! Das ist wundervoll. Das wäre ein Traum. Wenn ich doch nur wirklich hier wegkönnte, dachte sie. Einmal frei sein und keine große Verantwortung tragen. Wie herrlich würde das sein!

»Warum fragen Sie ihn nicht einfach? Mir scheint, Frido ist ein sehr vernünftiger Mann. Mir wären Sie eine große Hilfe. Und überlegen Sie nur, wenn es während der Reise mit den Stuten Probleme geben sollte. Wie soll ich allein damit fertig werden?«

»Das schaffen Sie schon.« Aber der Gedanke, einem Mann allein die beiden Stuten anzuvertrauen, behagte Franziska tatsächlich nicht. Und wenn sie auf seinen Vorschlag einging? Wenn sie wenigstens für kurze Zeit ihren Traum von einer Reise verwirklichte?

Etwas in ihrem Gesicht musste sie verraten haben, denn Paolo fügte schnell hinzu: »Es wäre ja nur für kurze Zeit. Sagen wir zwei Wochen. So helfen Sie den Pferden auch noch, sich auf La Ginestra einzugewöhnen.«

»La Ginestra?« erkundigte sich Franziska. »Ginster?«

Paolo nickte. »Im Juni, manchmal auch schon im Mai, verwandeln sich die grünen Hügel ringsherum in ein gelbes Blütenmeer. Es ist wunderschön, und da ich den Hof vor zehn Jahren zu dieser Jahreszeit gekauft habe, fand ich den Namen passend.«

Franziska senkte den Blick. »Ehrlich gesagt, hatte ich etwas anderes gedacht.«

»Ah sí? Was denn? Dass ich gemütlich auf einem uralten Familiensitz lebe und mein Erbe in mein kleines Hobby stecke?« Er lachte kurz und bitter auf. »Das hat dummerweise mein Vater schon vor mir erledigt. Er war ein Spieler, wissen Sie? Karten, Roulette, Pferderennen – alles, was ihm unterkam. Als ich volljährig wurde, besaßen wir gerade noch unsere kleine Stadtwohnung in Pesaro. Die habe ich auf meinen Namen überschreiben lassen. Zum Glück hatte meine Mutter unsere wertvollsten Pferde bei Freunden unterstellen können. Ich habe jahrelang jede Art von Job angenommen, um La Ginestra finanzieren zu können und um unserer Zucht eine neue Heimat geben zu können. Es ist mir gelungen, aber es war ein verdammt harter Weg. Nun?«

»Nun was?«

»Halten Sie mich immer noch für einen arroganten, verwöhnten Kerl?«

»Ich habe nie …«

»Schon gut.« Paolo wandte sich ab, ging zur Tür. Offenbar

war es ihm peinlich, so viel von sich selbst preisgegeben zu haben. »Ich fahre jetzt zur Bank nach Lüneburg. Sie können mir heute Abend Bescheid geben, wie Sie sich entschieden haben. Arrivederci.«

Mit einem lauten Seufzer ließ sich Franziska auf den Schreibtischstuhl sinken. Sie konnte keinen klaren Gedanken fassen.

»Wie ist es gelaufen?« Evelina steckte den Kopf zur Tür herein.

»Keine Ahnung«, erwiderte Franziska, sie fühlte sich ertappt.

Evelina zog die Augenbrauen zusammen und kam näher. »Verstehe ich nicht. Hat er die Stuten nun doch nicht gekauft?«

»Das schon und er hat den vollen Preis bezahlt. Aber da ist noch etwas.« Sie berichtete der Haushälterin von Paolos Bitte und schloss dann: »Ich weiß einfach nicht, was ich davon halten soll.«

»Ist doch ganz eindeutig.« Evelina bedachte sie mit einem wissenden Lächeln. »Der Mann ist in dich verliebt.«

Franziska zuckte wie unter einem Schlag zusammen. »Wie kommst du denn darauf?«

»Ach, Mädchen, manchmal bist du schrecklich naiv. Schau mal, wenn du ihm gleichgültig wärst, hätte er jemand anderen um Begleitung gebeten. Zum Beispiel deinen Bruder oder eine der schicken Töchter von Gut Calsin.«

»Die kennen aber unsere Stuten nicht.«

»Na gut«, räumte Evelina ein. »Dein Bruder aber schon. Doch da ist noch etwas.«

Franziska sah auf. »Was denn?«

»In der Geschichte dieses Gestüts ist so etwas meines Wissens noch nie vorgekommen.«

»Was, zum Kuckuck?«

Evelina lachte. »Dass jemand bei uns Pferde kauft, ohne auch nur einen Moment über den Preis zu verhandeln. Das ist recht ungewöhnlich, meinst du nicht?«

Franziska wurde über und über rot. »Wir haben ihm sowieso einen guten Preis gemacht.«

»Alles klar.«

Die Röte in Franziskas Gesicht vertiefte sich. »Was du nur von mir denkst!«

»Nun«, meinte Evelina. »An deinen Gefühlen besteht für mich auch kein Zweifel.«

»Was soll ich denn jetzt machen?«

»Du musst ihn selbstverständlich begleiten.« Dann wirst du in Pesaro glücklich und lädst mich so bald wie möglich ein, dich zu besuchen, fügte die Haushälterin im Geiste hinzu.

»Und das Gestüt? Frido? Großvater?«

»Darum kümmere ich mich schon, keine Sorge.«

Erst als Franziska spät an diesem Abend zu Bett ging, fand sie den geheimnisvollen Brief in ihrer Jeanstasche wieder und zog ihn heraus.

Stundenlang hatte sie zuvor mit Frido im Büro gesessen und ihn in alle Belange der Gestütsleitung eingewiesen. Endlich hatte ihr Bruder sich entspannt zurückgelehnt und gesagt: »Nun mach dir bloß nicht so einen Stress, Schwesterherz. Ich kriege das schon hin. Außerdem, wozu gibt es E-Mail und Handy? Wenn ich was nicht weiß, frage ich dich einfach.«

»Okay«, hatte sie müde geantwortet. Ihr blieb nur zu hoffen, dass Frido sie auch wirklich um Rat bitten würde.

Anschließend hatte sie sich von ihrem Großvater und ihrer Mutter verabschiedet.

Hugo hatte sie angestarrt wie ein General einen desertierten Soldaten und dann hatte er einen seiner berüchtigten Wutausbrüche gekriegt, den Franziska schweigend über sich ergehen ließ.

Bernadette hatte ihr immerhin eine gute Reise gewünscht. »Es ist gut, dass du auch einmal etwas für dich tust, meine Große. Das wurde wirklich mal Zeit.«

Daraufhin hatte sie ihre Tochter in die Arme geschlossen.

Schließlich war Franziska in ihr Zimmer gegangen, um zu packen, und erst dann fiel ihr der Brief wieder in die Hände. Da an Schlaf vor lauter Aufregung sowieso nicht zu denken war, schlitzte sie den Umschlag mit ihrer Nagelfeile auf und entdeckte ein einzelnes Blatt. Es handelte sich um die Fotokopie eines alten Briefes, geschrieben in einer schnörkeligen Handschrift und datiert auf den 15. August 1943.

Eine Weile starrte Franziska auf das Datum. Ein mehr als sechzig Jahre alter Brief, aus der Zeit des Zweiten Weltkrieges. Was hatte das zu bedeuten? Und, vor allem, wer schickte ihr so etwas? Gespannt begann sie zu lesen.

Gestüt Brosin, den 15. August 1943

Mein geliebter Helmut!
Wie geht es Dir? Ich hoffe, auch dieser Brief erreicht Dich. Hast Du das Päckchen mit der warmen Wäsche bekommen? Hoffentlich hast Du nicht gedacht, deine Frau ist nun verrückt geworden. Warme Unterwäsche im Hochsommer! Aber der letzte Winter in Rußland war doch so furchtbar kalt, und da dachte ich, ich schicke dir lieber rechtzeitig etwas, damit Du niemals frieren mußt.

Unser altes Mariechen sagt, nach diesem heißen Sommer, soll der Winter sehr kalt werden, und ich mag mir gar nicht ausmalen, wie kalt Du es dann haben wirst.

Halte dich warm, mein geliebter Mann, und bleib gesund.

Wie froh bin ich, daß Du nicht in Stalingrad dabei warst. Genaues erfahren wir ja nicht, aber es heißt, es muß grauenhaft gewesen sein. So viele Tote!

Dein letzter Feldpostbrief vom dritten Juli war so kurz, ich habe gar nicht herauslesen können, wie es Dir geht. Aber ich verstehe, daß Du keine Zeit für lange Briefe hast.

Sei nur schön vorsichtig, hörst Du?

Dein letzter Fronturlaub liegt nun schon bald vier Monate zurück, und Du fehlst mir sehr.

Doch ich habe eine freudige Nachricht. Meine Gebete sind erhört worden. Wir bekommen ein Kind! Ich wollte ganz sicher sein, bevor ich Dir schreibe. Doktor Keller sagt, ich muß mich nicht besonders schonen. Viel frische Luft und lange Spaziergänge. Und viel frisches Essen. Davon haben wir ja zum Glück noch reichlich. Manchmal kommt mir der Krieg so unwirklich vor. Wir merken hier fast gar nichts davon, das Leben geht seinen gewohnten Gang.

Die Männer fehlen, aber Schwiegervater sagt, zusammen mit den Mägden und den beiden jungen Reitburschen kommt er einigermaßen zurecht.

Er fürchtet jedoch, daß der ältere Bursche bald eingezogen wird. Er ist schon einundzwanzig, und obwohl er von schmächtiger Statur ist, erwarten wir jeden Tag seinen Marschbefehl. Daß er sich hier um die Pferde kümmert, wird ihn dann nicht mehr retten.

Ob wir es dann noch schaffen werden, fünfundsechzig Pferde zu versorgen?

Nur Gott allein kann das wissen.

Doch ich will Dich nicht mit unseren alltäglichen Sorgen bedrücken.

Freue Dich mit mir auf unser Kind und bete mit mir, daß es in einer Zeit des Friedens heranwachsen wird.

Ich umarme Dich, mein geliebter Mann,

Deine Helene

Mehrfach las Franziska die Zeilen, aber sie wurde nicht klug daraus. Gestüt Brosin – dabei handelte es sich natürlich um das ehemalige Gestüt ihrer Familie in Ostpreußen. Aber wer war Helmut? Und wer war Helene? Sie hatte niemals von Verwandten dieses Namens gehört.

Nachdenklich schaute Franziska das Schreiben an. Jemand schickte ihr die Kopie eines Briefes, der in irgendeiner Form ihre eigene Familiengeschichte betraf. Aber es war keine Erklärung beigelegt, und mit den Namen konnte sie nichts anfangen. Warum also sollte sie diesen Brief lesen? Es gab nur einen Menschen, der ihr möglicherweise alles erklären konnte, ihren Großvater. Aber sie zögerte, ihn mitten in der Nacht zu wecken, und am nächsten Morgen war es der Zorn in seinen Augen, der sie davon abhielt.

Wenn ich wiederkomme, beschloss Franziska. Dann ist immer noch Zeit genug.

8

Hoffentlich geht zu Hause nur alles gut, dachte Franziska, während sie gegen die Müdigkeit ankämpfte. Seit dreizehn Stunden tat sie nichts anderes, als sich Sorgen zu machen.

Sie sah aus dem Fenster. München lag bereits hinter ihnen, der Verkehr in Richtung Brennerautobahn war zum Glück nicht besonders stark. Paolo neben ihr lenkte seinen großen Alfa Romeo sicher auf der rechten Spur.

Früh um fünf an diesem Morgen hatten sie gemeinsam die beiden Stuten aus dem Stall geholt. Fee und Sternentänzerin waren nervös. Sie spürten, dass eine große Veränderung bevorstand. Doch Franziskas vertraute Stimme und ein paar zusätzliche Möhren ließen sie bereitwillig auf den Hänger gehen.

Evelina reichte Espresso herum, Frido kam mit verschlafenem Gesicht, um sich zu verabschieden.

»Viel Spaß, Schwesterherz«, sagte er. »Und mach dir keine Sorgen. Es wird schon alles schiefgehen.«

Sie hätte sich von ihm weniger flapsige Worte gewünscht. Vielleicht wäre ihr Vertrauen in seine Fähigkeiten dann größer gewesen. So seufzte sie nur und gab ihm ein letztes Mal gute Ratschläge. Bis Frido ergeben die Hände hob. »Ist ja gut! Ich werde an alles denken. Du machst mich noch ganz verrückt. Jetzt fahr endlich.«

Da hatte sie sich von Paolo ins Auto drängen lassen und sich nicht mehr umgedreht, als sie vom Hof fuhren. Ihr Großvater hatte sich geweigert, auch nur ein Wort mit ihr zu wechseln. Er fühlte sich von seiner Familie verraten. Nach dem ersten großen Wutausbruch über Franziskas Entscheidung hatte er sich in eisiges Schweigen gehüllt.

Das tat weh. Sie hätte sich so sehr ein versöhnliches Wort von ihm gewünscht.

»Der alte Herr wird sich schon wieder beruhigen«, sagte Paolo jetzt, als hätte er ihre Gedanken erraten.

Franziska seufzte. »Er kann sehr stur sein.«

»Es wird ihm aber guttun festzustellen, dass auch sein Enkel zu etwas taugt.«

»Wollen wir's hoffen.« Franziska betrachtete Paolos Profil, und eine Welle von Zärtlichkeit erfasste sie. Im Laufe dieser Reise hatte sie begriffen, wie sehr er die Pferde liebte. Alle zwei Stunden fuhr er von der Autobahn ab, suchte einen ruhigen Platz und entlud mit ihr die Stuten. Dann durften Fee und Sternentänzerin mindestens zwanzig Minuten umhergehen.

Mit dem Wetter hatten sie Glück. Von dem verspäteten Wintereinbruch war nirgends mehr eine Spur zu sehen. Die Frühlingssonne erwärmte das Land und ließ die Pferde munter schnauben. So wurde die Reise für sie keine Strapaze. Die letzte Pause hatten sie kurz vor München eingelegt.

Wenn alles glatt lief, würden sie sich nach dem Brennerpass ein Quartier für die Nacht nehmen. Paolo hatte Bekannte in Brixen, bei denen auch die Pferde unterkommen konnten. Die Pause würde ihnen allen gut tun, damit sie morgen erfrischt weiterfahren konnten.

Mit diesen beruhigenden Gedanken legte Franziska den Kopf zurück und schlief ein.

Ruckartig fuhr Franziska hoch. Es kam ihr vor, als hätte sie nur wenige Minuten geschlafen. Dann bemerkte sie, wovon sie wach geworden war. Das beruhigende Brummen des Motors war verstummt, der Wagen stand. Sie stieg aus, und ging nach hinten zum Hänger, wo Paolo gerade einen Haken an der Klappe löste.

»Was ist los?«

»Irgendetwas stimmt nicht. Die Pferde sind viel zu unruhig.«

»Wo sind wir?« Sie machte sich am Haken auf der anderen Seite zu schaffen.

»Kurz vor Innsbruck. Ich habe die erstbeste Ausfahrt genommen.«

Franziska sah sich um. In der Ferne leuchteten die Lichter eines Dorfes in der frühen Abenddämmerung, und um sie herum ragten die Berge hoch in den Abendhimmel. Franziska fühlte sich plötzlich eingeengt. Sie war die weite, nahezu flache Landschaft der Lüneburger Heide gewöhnt, wo der Horizont unendlich schien und kein Hindernis den freien Blick verstellte. Mühsam schluckte sie ihr Unbehagen hinunter.

Dann senkte sie gemeinsam mit Paolo die Klappe auf den Boden. Ein Blick auf Sternentänzerin ließ sie vor Schreck aufschreien. Die Stute war schweißgebadet und stampfte unruhig mit den Hufen auf.

»Schnell!«, rief sie. »Wir müssen sofort einen Stall finden. Das Fohlen kommt!«

»Mehr als einen Monat zu früh«, sagte Paolo.

Einen Moment lang waren beide vor Schreck wie erstarrt. Paolo fasste sich als Erster.

»Wir fahren in das Dorf«, sagte er, während Franziska immer noch regungslos auf das schwitzende Tier blickte. Als sie darauf nicht reagierte, schob er sie sanft zur Seite und wuchtete allein die schwere Hängerklappe wieder hoch. Franziska bewunderte ihn für seine Ruhe, während sie selbst mit einer aufsteigenden Panik kämpfte. Vorsichtig fuhr er an, im Hänger ruckte und wackelte es.

»Okay«, sagte er dann. »Sobald wir im Dorf sind, fahre ich Schritttempo. Du läufst von Tür zu Tür und fragst nach einem Stall. Schaffst du das?«

»Klar«, murmelte sie und betete, sie mögen jemanden finden, der ihnen half.

»Nein«, sagte die junge Frau aus einem Bungalow am Ortsrand von Stens. Dies war Franziskas dritter Versuch, und bisher hatte sie nur bedauerndes Kopfschütteln und neugierige Blicke geerntet. »Wir haben leider keinen Stall. Aber fahren Sie doch zu den Mosers.«

Sofort schöpfte Franziska neue Hoffnung. »Wo finde ich die?«

»Biegen Sie vorn an der Kirche links ab. Nach zweihundert Metern liegt der Hof auf der rechten Seite. Sie können ihn nicht verfehlen. Es ist das größte Bauernhaus, und draußen hängt ein großes Schild Fremdenzimmer. Die Mosers bieten nämlich Urlaub auf dem Bauernhof an.«

»Und sie haben auch Pferde?«, fragte Franziska. Als die junge Frau verneinte, verließ sie wieder der Mut. »Aber ich glaube, sie haben ein paar Boxen. Für Gäste, die ihre eigenen Pferde mitbringen.«

»Danke!«, sagte Franziska freudig. »Das wird unsere Rettung sein.«

»Fahren Sie ruhig hin, ich rufe in der Zeit den Franz an und sage, dass Sie kommen.«

Keine zehn Minuten später wurden sie von Franz und Anna Moser mit ihren drei Söhnen empfangen. Franz Moser erkannte sofort den Ernst der Lage und half, Sternentänzerin in die größere der drei Boxen zu bringen. Seine Jungs kümmerten sich inzwischen um Fee, fütterten sie mit Hafer und rieben ihr das Fell ab. Dann scheuchte der Familienvater alle nach draußen. Er selbst war auf einem Bauernhof groß geworden und wusste, dass zu viele Menschen in diesem Fall hinderlich sein konnten. Manche Stuten zögerten die Geburt hinaus, pressten dann zu hastig, wenn sie endlich allein waren. Das führte häufig zu Komplikationen.

Mit ruhigen, sanften Bewegungen wusch Franziska Sternentänzerin mit einem leichten Desinfektionsmittel ab. Dann nahm sie eine große Bandage und wickelte sie um den Schweif. Die Stute schnaubte nervös, ließ sie aber gewähren.

Paolo beeilte sich, so viel Stroh wie möglich an den Wänden der Box aufzuhäufen. Franziska nickte anerkennend. Sie arbeiteten ohne viele Worte zusammen, und das war ein beglückendes Gefühl. Mit der breiten Schicht aus Stroh an den Wänden würde sich die Stute zur Geburt zwangsläufig in die Mitte der Box legen. Auf diese Weise war während der Austreibung genügend Platz für das Fohlen gewährleistet.

Von draußen drang Stimmengemurmel herein. Offenbar hatte sich Familie Moser vollzählig versammelt, um dem Ereignis in einiger Entfernung beizuwohnen. Noch immer konnte Franziska kaum glauben, wie viel Glück sie gehabt hatten. Unsere Reise steht unter einem guten Stern, sagte sie sich und lächelte.

Um Sternentänzerin nun die nötige Ruhe zu lassen, zogen sich Franziska und Paolo in die äußerste Ecke des Stalls zurück. Anna Moser hatte ihnen dort einen Campingtisch mit zwei Stühlen aufgestellt. Auf dem Tisch stand eine Thermoskanne mit Kaffee, unter einer Plastikfolie lagen belegte Brote.

Paolo reichte Franziska ein Brot mit Tiroler Schinkenspeck, aber sie schüttelte den Kopf.

»Ich bekomme jetzt bestimmt keinen Bissen hinunter«, behauptete sie.

Paolo hielt ihr das Brot hin. »Unsinn. Du musst etwas essen. Es war ein langer Tag.«

Versuchsweise biss sie ein kleines Stück Schinken an. Bei dem herzhaften Geschmack auf ihrer Zunge merkte sie plötzlich, wie hungrig sie war.

»Siehst du«, sagte Paolo später und wischte sich den Mund mit einer Papierserviette ab. »Das war jetzt genau das Richtige.«

Auf einmal wurde Franziska bewusst, wie sich ihr Umgang miteinander im Laufe dieser Reise verändert hatte. Früh am Morgen hatten sie sich kaum angeschaut. Sie waren beide unsicher gewesen, hatten sich fremd gefühlt, trotz der Küsse und Umarmungen in den Tagen zuvor. Die gemeinsame Sorge um die Pferde hatte sie im Laufe des Tages auf einer freundschaftlichen Ebene einander nähergebracht.

Genau das sind wir jetzt, überlegte Franziska. Gute Freunde, die zusammen ein Abenteuer überstehen.

Sie hatte sich gerade selbst ausreichend von dieser Freundschaft überzeugt, als Paolo die Hand hob. Sanft strich er durch ihr Haar. Ein Zittern lief durch ihren Körper, und sie spürte seine Fingerspitzen plötzlich in ihrem Nacken.

»Francesca«, murmelte er. »Du hast mich verzaubert.«

Wenn er nur nicht aufhörte, sie zu streicheln! Wenn er es nur nicht wagte, seine Hand wegzunehmen!

Ein Geräusch aus der Box ließ sie auffahren.

»Ich glaube, Sternentänzerin legt sich jetzt hin«, flüsterte sie. Paolo stand auf, reichte ihr die Hand – so schlichen sie vorsichtig zur Box, in der nur ein Notlicht brannte. Gerade ließ sich die Stute mit einem langen, tiefen Ächzen nieder.

Paolo wollte zu ihr hinein, doch Franziska umklammerte seine Hand und hielt ihn zurück. Sie konnte verstehen, was er fühlte. Aber sie wusste auch aus jahrelanger Erfahrung, dass bei einer Geburt nur selten menschliche Hilfe nötig war. Ihre Hauptsorge galt dem Fohlen, das als Frühgeburt zur Welt kommen würde. Sie konnte nur hoffen, dass es lebensfähig war. Hand in Hand blieben Paolo und Franziska draußen stehen und beobachteten, wie Sternentänzerin jetzt begann, kräftig zu pressen. Schon wenige Minuten später konnten sie die Fruchtblase erkennen.

Franziska und Paolo atmeten gleichzeitig auf, als zuerst die ausgestreckten Fohlenbeine und dann der Kopf sichtbar wurden. Damit war der schwerste Teil vorbei. Nun stand die Stute auf, die Fruchtblase platzte und die Nabelschnur riss ab. Schon lag das Neugeborene im Stroh. Franziska hielt die Luft an, dann betrat sie vorsichtig die Box. Das Fohlen war klein, erschreckend klein. Während Paolo beruhigend auf Sternentänzerin einsprach, näherte sich Franziska dem Neugeborenen. Es bemühte sich bereits, den Kopf zu heben, das war ein gutes Zeichen. Als Fluchttiere waren die Pferde einst darauf angewiesen, gleich nach der Geburt aufstehen und laufen zu können.

»Es ist ein Hengstfohlen«, sagte Franziska zu Paolo. Dann befreite sie die kleinen Nüstern von Schleim, nahm ein Büschel Stroh und rieb damit das noch feuchte Fell ab. Auf diese Weise brachte sie auch den Kreislauf in Gang. Keine fünf Minuten später versuchte der Kleine bereits aufzustehen.

»Er ist ein mutiger kleiner Kämpfer«, sagte Franziska

»Dann soll er Coraggioso heißen«, beschloss Paolo und blickte voller Besitzerstolz auf das langbeinige Wesen. »Der Mutige, das passt.«

Das Fohlen stand auf wackeligen Beinen, fiel hin, versuchte es erneut. Endlich blieb es stehen, erschöpft, aber schon mit dem stolzen Blick eines späteren Hengstes. Sein Fell war von dunkelbrauner, beinahe schwarzer Farbe.

»Er ist wunderschön«, flüsterte Franziska. In der Zwischenzeit hatte sich bei Sternentänzerin die Nachgeburt abgelöst. Nun stupste die Stute ihr Fohlen aufmunternd an. Coraggioso fand schnell die Zitzen zwischen den Hinterbeinen und saugte das erste Mal die nahrhafte Muttermilch.

Für die beiden Menschen gab es nichts mehr zu tun. Sie zogen sich auf die Stallgasse zurück und sahen dem jungen Mutterglück zu. Paolo legte Franziska einen Arm um die Schultern, und sie kuschelte sich an ihn. Kaum spürte sie seinen zärtlichen Kuss auf ihrem Haar. Erst eine Bewegung hinter ihnen löste sie aus ihrer Verzauberung.

»Alles gut überstanden?«, erkundigte sich Franz Moser leise. Franziska nickte. »Ja, Gott sei Dank. Das Fohlen ist natürlich etwas klein, aber kräftig.«

Ihr Gastgeber warf einen Blick in die Box.

»Doch, das sieht gut aus«, lautete schließlich sein Kommentar. »Ich schlage vor, Sie beide gehen jetzt schlafen. Meine Frau hat Ihnen unsere beste Ferienwohnung hergerichtet.«

Paolo sah Franziska an, und sie übersetzte für ihn. Dann sagte sie zu Franz Moser: »Wir möchten die Stute und ihr Fohlen in der ersten Nacht lieber nicht allein lassen.«

»Das übernehmen meine Söhne und ich«, kam die prompte Antwort. »Die Jungs sind ganz wild auf eine Nachtwache und hundertprozentig zuverlässig.«

Nach kurzer Beratung war Paolo einverstanden. »Ich vertraue diesem Mann«, sagte er zu Franziska.

Sie ließen sich von Anna Moser zu dem kleinen, etwas abseits gelegenen Häuschen bringen, in dem sonst zahlende Gäste ihre Ferien auf dem Bauernhof verbrachten.

Im Kamin prasselte ein wärmendes Feuer, auf dem Couchtisch davor standen eine Flasche Obstler und zwei Gläser.

»Wie aufmerksam von Ihnen«, sagte Franziska dankbar.

»Ein, zwei Gläschen und Sie werden nach der Aufregung wunderbar schlafen.« Damit ließ die Wirtin ihre Gäste allein und verschwand in die Nacht.

»Wirklich sehr aufmerksam«, wiederholte Franziska auf Italienisch.

»Allerdings.« Paolo winkte sie zur Schlafzimmertür und wies hinein. Dort war ein riesiges Doppelbett mit überdimensionalen Federbetten frisch bezogen. Franziska spürte, wie sie errötete. Paolo grinste verlegen. »Wie ist denn das Sofa?«

»Nicht besonders lang, fürchte ich.«

»Nun, da brauche ich wohl tatsächlich einen Schnaps.«

Aber sie hatten beide erst an ihren Gläsern genippt, als von draußen laut gegen die Tür geklopft wurde.

»Schnell!«, rief Franz Moser. »Kommen Sie. Dem Fohlen geht es schlecht. Ich habe schon den Tierarzt angerufen, er ist gleich da.«

Sekundenlang starrten sich Franziska und Paolo an, dann sprangen sie auf und rannten nach draußen.

Coraggioso lag in einer Ecke und keuchte schwer.

»Was ist passiert?«, fragte Franziska und hörte selbst die Panik in ihrer Stimme.

»Es ist ein bisschen herumgestakst und dann einfach umgekippt«, sagte der älteste Sohn. »Wir können echt nichts dafür.«

»Wahrscheinlich hat sich der Kleine nur überanstrengt«, meinte sein Vater, aber in seinem Gesicht stand etwas anderes. Der Tierarzt traf eine Viertelstunde später ein. Er war ein etwa fünfzigjähriger, bulliger Mann mit klugen Augen.

»Das sind die Lungen«, sagte er nach kurzer Untersuchung.

»Die sind wie bei den Menschenbabys die größte Gefahr bei Frühgeburten, wenn sie nicht ausgereift sind. Ich gebe ihm eine Spritze, um die Lungenflügel zu erweitern. Dann braucht er Sauerstoff. Ich lasse Ihnen das Gerät hier. Viel mehr können wir nicht tun.«

In Franziskas Ohren klang das wie ein Todesurteil, und alles in ihr sträubte sich dagegen. Nein!, schrie es in ihr. Dieses Fohlen wird nicht sterben! Sie konnte sich es nicht erklären, aber es war, als würde auch ihre Zukunft vom Leben dieses kleinen Geschöpfes abhängen.

Zehn Minuten später ließ sie sich mit dem Sauerstoffgerät in einer Ecke der Box nieder. Sie nahm den Kopf des Fohlens auf ihren Schoß und hielt ihm die Maske, so dicht es ging, davor.

»Ich löse dich in einer halben Stunde ab«, entschied Paolo. Und so verbrachten sie die Nacht. Manchmal atmete Coraggioso so schwer, dass sie glaubte, er würde jeden Augenblick sterben. Manchmal fiel er in einen kurzen Schlaf, was noch schlimmer war. Doch als der Morgen graute, schien es ihm endlich besser zu gehen.

»Er will trinken«, sagte Paolo. Gemeinsam halfen sie dem geschwächten Tier, an das Euter der Mutterstute zu kommen. Sternentänzerin blickte ihren Sohn an, als wolle sie sagen: Das wurde aber auch Zeit, mein Kleiner.

Ein verschlafener Franz Moser kam gegen sechs Uhr früh, um Franziska und Paolo abzulösen. Mit schweren Schritten gingen sie zum Ferienhaus hinüber. Franziska fiel ins Bett, ohne sich auszuziehen. Innerhalb von Sekunden war sie fest eingeschlafen, kaum bekam sie noch mit, wie Paolo sich nebenan auf dem unbequemen Sofa hin und her wälzte.

Als Franziska wieder zu sich kam, war es heller Tag. Nebenan rauschte die Dusche und kurz darauf hörte sie Paolo in der kleinen Küche hantieren.

Sie ging selbst unter die Dusche, stellte das Wasser kalt und wurde endlich richtig wach.

»Wie geht es dem Fohlen?«, fragte sie zwanzig Minuten später als Erstes.

»Gut, denke ich. Unser Gastgeber war gerade hier. Ich habe zwar nicht verstanden, was er gesagt hat, aber er hat richtig gestrahlt.«

Er goss ihr Kaffee ein und reichte ihr den Brotkorb.

Franziska schüttelte den Kopf. »Ich möchte erst nach dem Fohlen sehen.«

»Nein«, erwiderte Paolo. »Du musst erst frühstücken. Wie hast du das eigentlich bisher geschafft?«

»Was?«, fragte sie mit gerunzelter Stirn.

In seinem Lächeln lag ein Anflug von Spott. »In kritischen Zeiten nicht zu verhungern.«

Sie warf eine Serviette nach ihm, aber dann fügte sie sich und merkte auf einmal, wie hungrig sie war.

Knapp tausend Kilometer weiter nördlich ließ ein Mann sein Fernglas sinken. Es gab keinen Zweifel mehr. Sie war fort. Er kannte ihren normalen Arbeitstag genau, und dies war schon der zweite Morgen, an dem sie nicht mit einem der Dreijährigen ausgeritten war, ein zweites junges Pferd in der Ausbildung an der Führleine. Seit Wochen beobachtete er Franziska, und in der ganzen Zeit war kein Vormittag ohne einen solchen Ritt um Punkt acht Uhr vergangen.

Der Mann ballte seine Hände zu Fäusten. Verdammt! Sollte alles umsonst gewesen sein? Wo war Franziska hin? Ihr Bruder Frido führte sich jetzt auf wie der Herr im Hause, aber er war nicht derjenige, dem sein Interesse galt.

Der alte Hugo Brosin – bei dem Namen musste der Mann

schlucken –, der war auch noch sehr interessant für ihn. Aber alles zu seiner Zeit.

Eine überraschend warme Sonne ließ den restlichen Schnee schmelzen und versprach einen prachtvollen Frühling. Aber der Mann spürte nicht die Wärme auf seiner Haut. Eine innere Kälte hatte ihn ergriffen, und wieder fragte er sich: Wo ist Franziska?

9

Franziska reichte ihrem Gastgeber die Hand, dann umarmte sie seine Frau. »Danke«, sagte sie. »Vielen Dank für alles.«

Die Mosers waren in dieser vergangenen Woche ihre Freunde geworden. In ihrem ganzen Leben würde Franziska diese freundliche Familie aus Österreich nicht vergessen. Denn noch nie war sie so glücklich gewesen wie auf diesem Ferienhof in Tirol.

Während es Coraggioso jeden Tag ein bisschen besser gegangen war, hatten Franziska und Paolo ihre Zuneigung füreinander entdeckt. Aus ihrer anfänglichen Unsicherheit im Umgang miteinander wurde ein tiefes, wahres Gefühl. So schien es Franziska zumindest.

Sie brauchten einander nur anzusehen, um zu wissen, was der andere empfand. Sie verbrachten die Tage bei den Pferden und auf langen Spaziergängen. Hier im Tal hielt der Frühling bereits Einzug, während auf den Bergen der Winter mit Schnee und Eis noch vorherrschte.

Paolo bestand darauf, noch in Stens zu bleiben, obwohl er in Pesaro gebraucht wurde. Der Tierarzt hatte der Stute und dem Fohlen eine Woche Ruhe verordnet, damit Coraggioso zu Kräften kommen konnte.

Paolo dachte gar nicht daran, Franziska mit den Pferden allein zu lassen. »Im Moment kommen sie zu Hause ohne mich klar«, sagte er einfach.

Als hätten wir nur diese paar Tage und nicht ein ganzes Leben vor uns, dachte Franziska.

Ein ganzes Leben! An dieser Stelle ihrer Überlegungen geriet sie jedes Mal ins Stocken. Nicht ein einziges Mal hatte Paolo bisher von der Zukunft gesprochen. Nicht ein einziges Wort hatte er über seine Gefühle verloren, obwohl sie glaubte, dass er sie liebte. Doch war es für die großen Gefühle nicht auch viel zu früh? Sie kannten einander doch kaum. War sie nicht selbst noch unsicher? Ja, gab sie sich dann die Antwort. Diese Tage mit Paolo, sie vergingen wie in einem Rausch. Nur die Zeit konnte zeigen, was aus ihnen werden konnte.

Wenn wir erst einmal in Italien sind, überlegte Franziska, dann wird er mir vielleicht seine Liebe offenbaren. Paolo della Ravere war ein Mann mit Traditionsbewusstsein. Deshalb wartete er auf den richtigen Zeitpunkt am richtigen Ort. Und sie selbst würde sich dann ihrer Gefühle auch sicherer sein. Davon war sie überzeugt. Etwas anderes kam nicht infrage.

Dermaßen beruhigt freute sich Franziska auf die Weiterfahrt. Sie ahnte ja nicht, was sie auf La Ginestra erwartete. Genauer gesagt, wer sie dort erwartete.

»Vielleicht kommt ihr einmal wieder«, sagte Anna Moser jetzt hoffnungsvoll.

»Das wäre schön«, stimmte ihr Franziska zu. »Dann aber ohne die Aufregung einer Frühgeburt.«

Aus den Augenwinkeln sah sie, wie Paolo Franz Moser einen Scheck aufdrängte. Der sträubte sich zunächst, nahm ihn dann aber doch an. Franziska war froh darüber. Von Anna wusste sie, dass die Familie oft knapp dran war, besonders nach einem langen Winter wie diesem.

Aus dem Hänger drang hell und ängstlich die Stimme von Coraggioso. Das kleine Hengstfohlen fühlte sich im Augenblick kein bisschen mutig. Nur zögernd war es seiner Mutter in diese unbekannte, dunkle und wackelige Höhle gefolgt.

Sternentänzerin ließ ein tiefes, beruhigendes Wiehern erklingen, und aus dem Stall der Mosers antwortete ihr Fee. Für alle drei Tiere war kein Platz auf dem Hänger, deshalb musste Fee sich noch zwei Tage gedulden. Dann würde ein Stallbursche von La Ginestra sie abholen.

»Lass uns fahren«, sagte nun Paolo zu Franziska. Sie nickte, obwohl ihr der Abschied schwerfiel. Plötzlich fürchtete sie, nie wieder so glücklich zu sein wie in dieser vergangenen Woche. Aber sie schalt sich selbst einen Dummkopf, stieg ein und winkte den Mosers noch einmal zu. Die ganze Familie winkte zurück.

Zehn Minuten später waren sie auf der Autobahn in Richtung Süden unterwegs. Franziska verfiel in Schweigen, und Paolo tat nichts, um sie daraus zu befreien. Obwohl eine warme Frühlingssonne schien, fröstelte Franziska. Mit jedem Kilometer, mit dem sie ihrem Ziel näher kamen, schien sich der Mann an ihrer Seite zu verändern. Während einer längeren Pause in Höhe von Trento sprach sie ihn darauf an.

»Ist alles in Ordnung, Paolo?«

»Natürlich, warum?« Doch er sah sie dabei nicht an, sondern tat, als wäre er mit dem Halfterstrick von Sternentänzerin beschäftigt. Sie waren bis zu einem abgelegenen Waldstück gefahren, wo sie Mutterstute und Fohlen eine Weile herumführen konnten.

»Du bist so … still.«

Jetzt endlich hob er den Blick.

»Tut mir leid, Franziska. Es hat nichts mit dir zu tun. Ich bin wohl zu sehr mit verschiedenen Problemen beschäftigt.«

Sie nickte verständnisvoll, glaubte ihm, weil sie ihm glauben wollte. Erst viel später, als sie die Dolomiten schon hinter sich gelassen hatten, fiel ihr auf, dass er Franziska zu ihr gesagt hatte. Nicht mehr Francesca, wie er sie bisher liebevoll genannt hatte. In Tirol hatte er es geliebt, ihren Namen auf

Italienisch auszusprechen. Die deutsche Version klang in ihren Ohren plötzlich kühl und lieblos. Während sie nun schnurgerade durch die eintönige, endlos scheinende Po-Ebene fuhren, nahmen ihre Zweifel mit jedem Kilometer zu. Noch ein anderes Gefühl schlich sich in ihr Unwohlsein, doch sie konnte es nicht einordnen. Erst viel später sollte sie sich eingestehen, dass es Heimweh war. Heimweh nach der einmaligen Landschaft der Lüneburger Heide, Heimweh nach ihrem Gestüt und Heimweh nach ihrer Familie.

Paolo della Ravere spürte, dass Franziska neben ihm verunsichert war. Aber was sollte er machen? Er wusste doch im Moment selbst nicht, wie es um ihn stand. Die ganze Geschichte wuchs ihm allmählich über den Kopf. Sicher, die Woche da oben in Tirol war etwas ganz Besonderes gewesen. Ein paarmal war er sogar dicht dran, Franziska seine Gefühle zu gestehen. Doch im letzten Moment hatte ihn etwas zurückgehalten. Du kennst sie doch kaum, hatte er sich dann selbst gesagt. Vielleicht verwechselst du bloß Leidenschaft mit Liebe.

Und jetzt? Paolo seufzte unhörbar und warf seiner Begleiterin einen Seitenblick zu. Sie hatten bereits Rimini passiert, und das Land begann, sich in sanften Hügeln zu erheben. In höchstens fünfzehn Minuten würden sie die Ausfahrt Pesaro-Urbino nehmen. Dann noch eine halbe Stunde Fahrt bis zu seinem Gut, und Paolo zog es vor, diesen Gedanken nicht weiter zu verfolgen.

Santo cielo! Gütiger Himmel! Er hatte doch wahrhaftig andere Probleme. Vielleicht schon morgen, spätestens übermorgen würde er nach Rom fahren müssen, um an einer Züchtertagung teilzunehmen. Er war ein Mann mit Verantwortung! Einer, der sich ehrenamtlich um die Trakehnerzucht in Italien verdient machte! Er konnte sich jetzt nicht um private Probleme kümmern! Was er brauchte, war Zeit, um sein Leben zu ordnen. Paolo ahnte wohl, dass er es sich damit zu leicht machte, doch ihm fiel keine bessere Lösung ein.

Wie schön sie war! Er musste sich zwingen, seinen Blick wieder auf die Straße zu richten.

»Ich möchte dich um etwas bitten«, sagte er, bevor er es sich anders überlegen konnte.

»Ja?« Franziska wandte sich ihm zu. In ihren Augen flackerte Hoffnung auf, das wusste er, ohne es zu sehen.

Er musste sich räuspern. »Könntest du länger als geplant auf La Ginestra bleiben?«

»Wie lange?« Hoffnung war jetzt auch in ihrer Stimme zu spüren.

»Nun«, er hasste sich für das, was er gleich sagen würde, aber wenigstens verschaffte ihm das Zeit. »Ich dachte, wenigstens bis auch Fees Fohlen da ist. Also vielleicht einen Monat oder länger.«

Ihr Schweigen währte so lange, dass er irgendwann zu ihr hinübersah. Gerade fuhren sie an der Burg Gradara vorbei. Die meterdicken Wände aus gelbbraunem Sandstein wurden von der Nachmittagssonne angeleuchtet, die charakteristischen Zinnen ragten wie mahnende steinerne Finger in den Himmel. Ein uraltes Wissen schoss Paolo wie ein Blitz durch den Kopf: Auf Gradara hat sich die unglückliche Liebesgeschichte zwischen Paolo und Francesca abgespielt. Paolo und Francesca – so wie wir.

Er drängte den Gedanken in einen geheimen Winkel seines Innern und konzentrierte sich wieder auf die Fahrbahn.

»In Ordnung«, sagte Franziska, als er schon längst nicht mehr mit einer Antwort rechnete. »Ich werde bleiben, bis

Fees Fohlen da ist.« Dann verfiel sie erneut in Schweigen, sah stur geradeaus, reagierte nicht mehr auf seine Versuche, über unverfängliche Themen zu reden.

Erst als sie die Autobahn verlassen hatten und ins Landesinnere fuhren, spürte Paolo, wie sich Franziskas Stimmung änderte. Das Hügelland von Pesaro besaß nicht das südliche Flair der Toskana, doch es hatte einen ganz eigenen Reiz. Es gab nur wenig Baumbestand, beinahe wirkte die Gegend karg. Doch die grünen Weideflächen lösten sich harmonisch mit hellbraunen, noch brachliegenden Feldern ab. Auf einer Hügelkuppe nahe der kleinen Ortschaft Tavullia sah man auf der einen Seite die Adria in der Abendsonne glitzern. Auf der anderen Seite erhoben sich die Bergspitzen des Apennin in den Himmel wie eine unüberwindbare Grenze.

Franziska nahm das Panorama in sich auf, und Paolo dankte Gott für die Schönheit seiner Heimat.

Es gefällt ihr, überlegte er. Sie wird eine Weile bleiben, und dann sehen wir weiter.

Franziska gab sich Mühe, nichts von ihren Gefühlen nach außen dringen zu lassen. Wie schön es hier war! Sie liebte diese Landschaft auf den ersten Blick. Verschwommene Erinnerungen an die einzige Reise in diese Gegend stiegen plötzlich in ihr auf.

Damals war sie noch klein gewesen, und die Eltern hatten sich dicht an der Küste gehalten. Aber die große Burg war ihr damals schon aufgefallen, das wusste sie noch genau. Vorhin auf der Autobahn hatte sie die mächtige Festung erkannt. Ein starkes Gefühl hatte sie dorthin gezogen, es klang wie ein Ruf aus ferner Vergangenheit. Aus einer Zeit, die viel älter war als ihre eigene Kindheit. Hier oben auf der Hügelkuppe sah sie die Burg wieder. Sie wollte Paolo schon nach ihrem Namen fragen, als er sagte: »In fünf Minuten sind wir da.«

Als sie das Gut erreichten, hielt Franziska unwillkürlich den Atem an. Das L-förmige Haupthaus wirkte einladend und abweisend zugleich. Es war aus hellem Naturstein erbaut und schien schon seit Jahrhunderten Wind und Wetter zu trotzen.

»Die Bauern haben den Stein früher aus den Bergen geholt«, erklärte Paolo, während er seinen Wagen vorsichtig die schmale Straße entlangsteuerte. Hinter ihnen schaukelte der Anhänger bedenklich. »Im Erdgeschoss wurde das Vieh untergebracht, im ersten Stock schliefen die Menschen. Äußerlich habe ich so wenig wie möglich verändert, aber drinnen ist das Haus mit allem Komfort ausgestattet.«

Franziska nickte und fragte sich, warum er plötzlich so viel redete. Er schien nervös und unsicher. Ihr gefiel, was sie sah, obwohl kein Gehöft so schön sein konnte wie der alte niedersächsische Fachwerkbau des Gestüts Brosin.

»Die Stallungen sind neu, und die Ländereien des Bauern habe ich zu Weideflächen umfunktioniert.«

Sie waren auf dem Hof angekommen. Paolo bremste sanft ab. Sie stiegen gleichzeitig aus, und noch bevor sie nach hinten zum Hänger gehen konnten, erschien eine Frau in der Haustür. Sie war recht klein, doch ihre hochhackigen Stiefel ließen sie größer erscheinen. Sie trug einen offenbar eleganten Hosenanzug und darunter eine cremefarbene Seidenbluse. Ihr schwarzes Haar war kunstvoll hochgesteckt, die dunklen Augen wirkten durch die starke Schminke riesig. Einzig der Mund wurde selbst durch eine dicke Schicht Lippenstift nicht voller.

Eben noch trug die Frau ein freudiges Lächeln zur Schau, jetzt entdeckte sie die Fremde an Paolos Seite. Ihr Lächeln verschwand, und ihre Augen musterten die Ankommenden. Ihre Körperhaltung war die einer Statue. Voller Unbehagen dachte Franziska an ihr eigenes Erscheinungsbild. Wie würde sie wirken in Jeans und Pulli, ausgetretenen Sportschuhen, das Haar zu einem schlichten langen Zopf geflochten? Noch nie in ihrem Leben hatte sie sich einer anderen Frau so unterlegen gefühlt, wenigstens in diesem Moment.

»Darf ich vorstellen«, sagte Paolo, wie schwer ihm die Worte fielen, konnte man deutlich heraushören. »Isotta di Malafesta. Wir sind um viele Ecken miteinander verwandt. Isotta ist die gute Seele von La Ginestra. Ohne sie würde ich hier überhaupt nicht klarkommen.« Ganz kurz legte er Franziska eine Hand auf die Schultern. Zu kurz, um ihr Halt zu geben. »Das ist Franziska Brosin, sie war so freundlich, mich bis hierher zu begleiten. Es gab auf der Reise einen Zwischenfall. Ohne Franziska wäre ich verloren gewesen.«

Maledetto Bugiardo!, dachte Isotta.

Verdammter Lügner!, dachte Franziska.

Evelina Rossi drehte den Briefumschlag ratlos in den Händen hin und her. So einer war doch schon vor Franziskas Abreise angekommen. Ohne Absender, mit Hamburger Poststempel. Trotz aller Aufregungen konnte sich Evelina sehr wohl daran erinnern. Was sollte sie nun damit anfangen? Ihn Frido geben? Bernadette? Oder dem alten Herrn Hugo?

Nein, beschloss sie. Frido musste sich schon mit genug Problemen herumschlagen, Bernadette fühlte sich mal wieder nicht wohl, und Hugo war vor lauter Zorn nicht ansprechbar. Außerdem war der Brief ganz eindeutig an Franziska gerichtet, nicht an das Gestüt. Da blieb nur eines zu tun. Sie musste ihn Franziska nach Italien nachschicken. Die Neugierde, die Evelina nun erfasste, war nahezu übermächtig, aber sie zwang sich dazu, den Brief nicht zu öffnen. Wäre ja ganz leicht gegangen, über Wasserdampf. Niemand hätte etwas bemerkt.

Doch Evelina Rossi hatte ihren Stolz. Nie hätte sie so viele Jahre als Haushälterin arbeiten können, wenn Diskretion nicht zu ihren höchsten Tugenden gehört hätte. Schweren Herzens steckte sie den Brief in einen größeren Umschlag, schrieb Franziskas Namen und die italienische Adresse darauf und legte ihn in ihre Handtasche. Gleich morgen früh, wenn sie ins Dorf zum Einkaufen fuhr, wollte sie ihn bei der Post aufgeben.

10

Probieren Sie etwas von der Porchetta, Signorina Brosin.« Isotta schob ihr die große Platte mit dem aufgeschnittenen Spanferkel hin. »Unsere gute Marisa ist sonst schwer beleidigt.« Ihr Lächeln war ohne Wärme, ihre Augen blickten voller Kälte den Eindringling an.

Franziska hielt ihrem Blick stand. »Es duftet wunderbar. Aber danke. Ich bin satt.«

Das stimmte sogar. Als sie sich mit Paolo und dieser überheblichen, selbst ernannten Hausherrin zu Tisch begeben hatte, war sie davon überzeugt gewesen, keinen Bissen schlucken zu können. So sehr hatte ihr Isottas Erscheinen auf den Magen geschlagen. Ihre Existenz allein hätte ja schon gereicht, um Franziska den Appetit zu verderben. Aber Isotta hatte nur wenige Sekunden wie eine Statue dagestanden und dann sogleich die Initiative ergriffen. Wie um der Fremden zu signalisieren: Schau her, dieser Mann gehört mir!

Sie war auf Paolo zugegangen, hatte ihn fest umarmt und zärtlich auf die Wange geküsst.

Bewegungslos hatte Franziska daneben gestanden, während Paolo vor Verlegenheit rot geworden war. Doch er hatte nichts – nichts! – getan, um Isottas Begrüßung abzuwehren.

Als ein Stallbursche aufgetaucht war, hatte sich Franziska, froh über die Ablenkung, gemeinsam mit dem Mann um die Pferde gekümmert. Sternentänzerin und Coraggioso bekamen eine weitläufige Box, die direkt auf die große Weide führte. So lange wie irgend möglich war Franziska bei den Pferden geblieben. »Du wirst es hier gut haben«, flüsterte sie der Stute zu. Im Gegensatz zu mir, fügte sie in Gedanken hinzu. Doch sie konnte sich nicht für den Rest des Tages im Stall verstecken. Irgendwann kam eine kleine, energische Italienerin aus dem Haus herübergelaufen, um sie zu holen.

»Ich bin Marisa Ottaviani, die Köchin auf La Ginestra. Herzlich willkommen bei uns.«

Erst da wurde Franziska bewusst, dass sie bisher noch niemand willkommen geheißen hatte. Beinahe wäre sie in Tränen ausgebrochen, einzig ihr Stolz hielt sie zurück. Stumm, weil sie ihrer Stimme nicht traute, folgte sie Marisa daraufhin ins Haus. Sie schätzte, dass die Köchin ungefähr in Evelinas Alter war, aber sonst gab es keine Ähnlichkeiten. Evelina war klein und schmächtig. Marisa dagegen war fast so groß wie Franziska und brachte mindestens das Doppelte an Gewicht auf die Waage. Aber genau wie Evelina zu Hause auf Gestüt Brosin schien auch Marisa ein gutes Herz zu haben. Ihre Augen blickten warm, ihr Lächeln war echt. Franziska fand das tröstlich.

Als Franziska sah, dass der Tisch im rustikalen Esszimmer für drei Personen gedeckt war, wollte sie schon wieder flüchten. Doch dann schimpfte sie sich selbst einen Feigling und ging sich die Hände waschen. Als sie zurückkehrte, hatten Isotta und Paolo bereits Platz genommen. Paolo hatte sich ein frisches Hemd angezogen, Isotta glänzte in einem schulterfreien Abendkleid aus schwarzer Seide. Ihre Aufmachung wirkte in einem Raum mit massiven Eichenmöbeln und gusseisernen Wandlampen denkbar deplatziert, doch Isotta schien das nicht zu stören.

Franziska hob das Kinn, setzte sich und besann sich auf ihre Erfahrung in belangloser Konversation. Sie probierte die

Crostini, geröstete Brotscheiben mit Olivenöl und Tomatenwürfeln, und fand sie köstlich. Sie rollte Tagliatelle mit einer Soße aus eingelegten Pilzen auf die Gabel und vergaß beinahe, wo sie war. Manchmal spürte sie Paolos Blick auf sich ruhen, doch sie wich ihm aus. Stattdessen ließ sie sich von Isotta über das Gestüt Brosin ausfragen und blieb dabei immer höflich.

»Danke nein«, wiederholte sie jetzt. »Aber ich kann wirklich nicht noch mehr essen.«

»Peccato.« Isotta sah sie fast mit Bedauern an. »Schade. Ich dachte immer, die Deutschen hätten einen besonders guten Appetit.« Bevor Franziska sich eine Erwiderung einfallen lassen konnte, fuhr Paolo dazwischen. »Den Kaffee können wir später nehmen. Ich will jetzt nach den Pferden schauen. Kommst du mit, Franziska?«

»In Ordnung«, erwiderte sie, stand auf und vermied es, in Isottas Richtung zu schauen.

Als sie kurz darauf vor der neuen Box von Sternentänzerin standen, hörte Franziska draußen einen Motor aufheulen. Sie sah durch die offene Stalltür hinaus und bemerkte, wie ein roter Sportwagen vom Hof fuhr.

»Es ist Samstagabend«, erklärte ihr Paolo mit einem Schmunzeln. »Isotta fährt wie immer zum Tanzen nach Riccione, wo sie einem Haufen bedauernswerter Männer den Kopf verdrehen wird.«

Auch dir?, hätte Franziska am liebsten gefragt. Hat sie auch dir schon den Kopf verdreht? Bist du deshalb so abweisend?

Laut fragte sie nur: »Ihr kennt euch schon lange?«

Paolo nickte. »Unsere Großeltern waren Cousin und Cousine, aber die beiden Familien haben sich schon oft im Laufe der Jahrhunderte verschwägert. Wir haben bereits als Kinder zusammen gespielt. Als ich den Hof hier kaufte, hat sich Isotta bereit erklärt, mir zu helfen.«

»Und sie lebt hier?«

»Ja und nein. Sie hat ein Zimmer im Haus, besitzt aber auch eine kleine Villa am Meer. Nötig hätte sie es übrigens nicht, hier zu arbeiten. Ihre Eltern sind früh gestorben und haben ihr ein großes Erbe hinterlassen. Sie tut es aus Freundschaft zu mir. Vielleicht auch, weil sie eine Aufgabe braucht. Immer nur tanzen und flirten ist schließlich kein Lebensinhalt.«

Franziska war klar, dass Paolo ihr etwas Entscheidendes verschwieg. Doch sie fühlte sich ihm nicht nah genug, um ihn danach zu fragen.

Aus selbstloser Freundschaft tut diese Dame jedenfalls nichts, überlegte sie. Die hat es eindeutig auf dich abgesehen, mein Lieber.

»Ich muss dir noch etwas sagen, Franziska«, begann Paolo. Auf einmal wollte sie die Wahrheit nicht hören, hatte Angst, er würde mit wenigen Worten ihren gemeinsamen Traum zerstören. So schnell, so schnell. Doch dann sagte er etwas ganz anderes, als sie erwartet hatte: »Ich fahre morgen früh nach Rom. Glaubst du, du kommst hier für eine Weile allein klar?«

»Wie lange bleibst du weg?« Ihre Stimme klang normal, und sie war froh darüber.

Paolo hob die Schultern. »Die Züchtertagung dauert nur drei Tage, aber danach muss ich noch einige Gespräche mit Kollegen führen. Ich fürchte, ein, zwei Wochen werde ich fortbleiben müssen. «

Geh nicht!, wollte sie rufen. Lass mich nicht allein! Nicht jetzt! Wir haben uns doch gerade erst gefunden, und ich spüre jetzt schon, wie ich dich wieder verliere.

Laut aber sagte sie: »Kein Problem. Fees Fohlen wird bestimmt noch auf sich warten lassen.«

Er schaute sie an, und ein paar Sekunden lang sah es so aus, als wollte er sie küssen. Später dachte Franziska oft an diesen Moment im Stall zurück. Hätte Paolo diesen kleinen Schritt auf sie zugemacht, hätte er seine Arme nach ihr ausgestreckt – ach, wie anders wäre dann manches gelaufen.

Doch er spürte die Barriere zwischen ihnen, lächelte hilflos, wandte sich ab.

So früh fuhr Paolo am nächsten Morgen los, dass Franziska sich nicht mehr verabschieden konnte. Sie hatte die halbe Nacht wach gelegen und voller Kummer an ihn gedacht. Erst im Morgengrauen war sie dann in einen Schlaf der Erschöpfung gefallen.

Das Haus wirkte wie ausgestorben, nur aus der Küche drang fröhliches Kindergeplapper.

»Stimmt!«, rief ein kleines Mädchen aus, als Franziska die Tür aufstieß. »Sie hat Haare wie flüssiger Honig. Sind die auch klebrig?«

»Chiara, sei nicht so frech!«, schimpfte Marisa, die gerade duftende Brötchen aus dem Ofen holte.

»Guten Morgen. Ich habe im Salotto für Sie gedeckt.«

Die kleine Chiara, sie mochte fünf, höchstens sechs Jahre alt sein, beobachtete sie gespannt. Sie selbst besaß einen braunen, kaum zu bändigenden Krauskopf.

»Weißt du«, sagte Franziska. »In deinem Alter waren meine Haare auch noch dunkler.«

»Davvero? Meinst du, ich kriege dann später auch so eine Farbe?«

»Warum nicht?«

»Das wäre toll!«

»Chiara, lass jetzt endlich die junge Dame …«

»Ach bitte, nennen Sie mich doch Franziska. Und kann ich nicht hier frühstücken?« Die Küche erschien ihr auf einmal als der einzig heimelige Ort im ganzen Haus. Ihr Zimmer, groß und modern eingerichtet, wirkte auf sie kühl, beinahe abweisend. Der Salotto erinnerte sie zu sehr an das gestrige Abendessen.

Marisa warf ihr einen verständnisvollen Blick zu. »Gern. Aber lassen Sie sich nicht von meiner Enkelin mit Beschlag belegen. Sie ist oft am Wochenende bei mir, wissen Sie. Meine Tochter arbeitet in einem Hotel in Cattolica, und mein Schwiegersohn ist Krankenpfleger. Wenn beide am Sonntag Dienst haben, kommt die Kleine hierher.«

»Ich bin überhaupt nicht klein. Im September komme ich schon in die Schule!«

Marisa und Franziska lachten beide, dann sagte die Köchin: »Ich habe versucht, Ihnen einen deutschen Kaffee zu machen. Aber …«

»Ein Espresso wäre mir lieber«, gestand Franziska. Dann erzählte sie ihren beiden neuen Freundinnen von Evelina im fernen Niedersachsen und ihrer Liebe zum italienischen Kaffee. Dabei überkam sie das Heimweh so stark, dass sie laut aufatmete. Marisa legte ihr mitfühlend eine Hand auf die Schulter. Dann stellte sie ihr die noch warmen Brötchen, selbst gemachte Feigenmarmelade und Gebäck hin.

»Essen Sie nur ordentlich, dann geht es Ihnen gleich besser.«

Dankbar griff Franziska zu. Chiara begleitete ihr Frühstück mit ununterbrochenem Geplapper, Marisa begann, Teig für Tortellini auszurollen.

Wann immer Franziska sich in den folgenden Tagen einsam fühlte, ging sie zu Marisa in die Küche. Von Isotta wurde sie mit eisiger Höflichkeit behandelte und gab es mit gleicher Münze zurück.

»Darf ich Sie fragen, warum Sie mit nach Italien gekommen sind?«, begann Isotta ein Gespräch. Es war der Tag, an dem die trächtige Fee gebracht wurde, und Franziska öffnete gerade mit dem Stallmeister Michele die Hängerklappe. Isotta hatte sich unauffällig herangeschlichen, wie es ihre Art war. Michele sah von einer Frau zur anderen, half noch, die Klappe herunterzulassen, und verdrückte sich dann.

»Ich kümmere mich um die beiden Stuten und ihre Fohlen«, gab Franziska zurück.

»Verstehe. Und sobald auch diese Stute gefohlt hat, reisen Sie ab?« Es war eine Frage, klang aber wie ein Befehl.

Um Zeit zu gewinnen, stieg Franziska zu Fee in den Hänger und machte sich am Halfterstrick zu schaffen. Die Stute begrüßte sie mit einem freudigen Schnauben. »Hallo, meine Schöne, ich habe dich vermisst.«

Dann führte sie das Tier rückwärts hinaus, in der Hoffnung, Isotta hätte inzwischen das Feld geräumt. Doch die Italienerin stand noch da, putzte an ihren Wildlederstiefeln herum und hob jetzt den Blick.

»Nun?«

»Wie bitte?«

»Werden Sie wieder abreisen, wenn auch dieses Fohlen da ist?«

»Das«, erwiderte Franziska kühl, »werde ich zu gegebener Zeit entscheiden.«

»Capisco«, sagte Isotta, drehte sich ohne ein weiteres Wort herum und ging weg. Franziska hatte nicht das Gefühl, einen Sieg davongetragen zu haben. Sie merkte, wie ihre Knie zitterten, und dachte: Diese Frau wird alles tun, um mich zu vertreiben.

Sie sollte recht behalten. Sobald sie sich begegneten, sparte Isotta nicht mit spitzen Bemerkungen. Mal kritisierte sie Franziskas Art, mit Coraggioso umzugehen. »So wird das ja ein verhätscheltes Tier werden!« Ein anderes Mal mokierte sie sich über Franziskas Kleidung. »Sehr hübsch, aber vielleicht ein wenig abgetragen?«

Franziska gab sich bei keiner Gelegenheit eine Blöße, ließ sich nie provozieren.

Doch kaum hatte ihr Isotta den Rücken zugewandt, ging sie wenigstens für ein paar Minuten in die Küche. Hier, an dem riesigen alten Holztisch, fand sie so etwas wie Geborgenheit. Selbst das Heimweh tat hier ein bisschen weniger weh.

Hierher kam sie auch an einem schon warmen Frühlingsmorgen, nachdem sie wieder einmal die halbe Nacht wach gelegen hatte. Der Ärger mit Isotta war nicht der Grund. Franziska machte sich Sorgen um das Gestüt Brosin, um ihre Familie, um die Pferde. Noch mochte sie es nicht zugeben, aber die Heimat und ihre Aufgabe dort fehlten ihr jeden Tag ein bisschen mehr. Aber es war nicht nur das Heimweh, das sie nicht zur Ruhe kommen ließ. Es war ihr Pflichtgefühl, das ihr zu schaffen machte.

War es nicht doch ein Fehler gewesen, das Gestüt in dieser kritischen Zeit Frido zu überlassen? Konnte sie ihrem Bruder wirklich vertrauen? Würde er die richtigen Entscheidungen treffen? Bald fand die jährliche Pferdeauktion in Lüneburg statt. Würde Frido die passenden Zwei- und Dreijährigen dafür auswählen?

Franziska betrat die Küche und stieß einen langen Seufzer aus. Marisa war nicht da, aber auf dem Tisch stand ihr Frühstück. Es duftete nach Espresso und nach frisch gebackenen Croissants.

Im Augenblick jedoch war Franziska der Appetit vergangen. Sie musste unbedingt mit Frido telefonieren und die möglichen Auktionskandidaten noch einmal durchgehen.

Sie hatte ihm zwar eine Liste dagelassen, aber vielleicht kam er ja auf die Idee, seine eigene Wahl zu treffen. Dann konnte es passieren, dass er einen Junghengst wie Adonis zur Auktion schickte, während Franziska beschlossen hatte, ihn noch zwei Jahre zu behalten und zum Dressurpferd auszubilden, da er hervorragende Anlagen zeigte. Als Fünfjähriger würde er dann einen sehr viel höheren Kaufpreis erzielen.

Franziska griff bereits nach ihrem Handy in der Hosentasche, als sie den Briefumschlag auf dem Küchentisch entdeckte. Eine Sekunde lang dachte sie an den rätselhaften anonymen Brief, den sie noch auf dem Gestüt Brosin bekommen hatte, und schauderte. Dann aber erkannte sie Evelinas Handschrift. Sie atmete auf, setzte sich und riss den Umschlag auf. Im nächsten Moment war ihre Ruhe dahin. Nichts anderes befand sich in Evelinas Brief als ein schlichter Umschlag von der Art, wie Franziska ihn schon einmal erhalten hatte. Dazu ein Zettel, auf dem stand: »Der ist für dich gekommen. Ich dachte, ich schicke ihn dir am besten nach. Mille baci, Evelina.«

Ratlos drehte Franziska den unscheinbaren Umschlag in den Händen. Endlich riss sie ihn auf und war nicht überrascht, als sie wieder die Kopie eines alten Briefes in Händen hielt, diesmal datiert auf den 5. November 1943.

Mein geliebter Helmut!
Wie geht es Dir? Ich weiß kaum noch etwas von Dir, aber ich verzage nicht. Gestern war ich in Gumbinnen im Kino. Die Wochenschau zeigte uns den heldenhaften Kampf der deutschen Wehrmacht in Rußland. Das Land ist so unendlich groß, es macht mir angst. Meine Gebete für Dich steigen noch inniger zum Himmel.

Hier bei uns ist es immer noch so ruhig, daß man kaum glauben möchte, daß anderswo gekämpft wird, daß Bomben fallen. Schwiegervater sagt, es ist die Ruhe vor dem Sturm.

Lieber denke ich an unser Kind. Mein Bauch ist schon richtig rund geworden, und ich fühle mich dick. Hoffentlich wird es ein Junge, dann kannst Du ihm eines Tages das Reiten beibringen und mit ihm im Herbst an den Fuchsjagden teilnehmen.

Ist es Dir recht, wenn wir ihn Kurt nach meinem Vater nennen? Ich bin so sicher, daß es ein Junge wird. Bitte halte mich nicht für töricht.

Nun muss ich Dir noch erzählen, daß Schwiegervater einen Unfall hatte. Nur unserem Reitburschen Ernst Deicher ist es zu verdanken, daß nichts Schlimmes passiert ist.

Ich denke, ich habe ihn schon einmal erwähnt.

Er ist ein schmächtiger einundzwanzigjähriger junger Mann, den wir zu unserem Glück vom Landgestüt »Trakehnen« abwerben konnten. Dort hätte er frühestens in fünf Jahren Gestütswärter werden können. Bei uns auf dem Gestüt Brosin kann er schneller aufsteigen. Ich denke, Schwiegervater hat ihn auch mit einem höheren Lohn gelockt. Ausschlaggebend war für den jungen Mann letztendlich aber wohl seine Liebe zu einem unserer Küchenmädchen. Inzwischen ist er bereits stolzer Vater eines kleinen Sohnes.

Glaubst Du an Vorsehung, lieber Helmut?

Nun, ohne den Burschen wäre Schwiegervater vielleicht nicht mehr am Leben. Folgendes ist geschehen: Der Junghengst Admiral ist mit der Kutsche in der Birkenallee durchgegangen. Erst vor zwei Wochen hat man ihn das erste Mal davorgespannt. Er war noch sehr schreckhaft. Schwiegervater saß auf dem Bock und hatte die Fahrleine verloren. Er bangte um seine Leben.

Ernst Deicher nun wollte just die trächtigen Stuten von der Weide holen und hat gesehen, was geschah. Beherzt ist er dem Hengst in den Weg gesprungen. Admiral ist ihm wie erwartet ausgewichen, die Kutsche jedoch traf den Burschen an der Schulter.

Dabei hat er sich einen komplizierten Bruch zugezogen.

Der Hengst blieb vor Schreck stehen, und Schwiegervater konnte absteigen.

Nun trägt der Bursche einen schweren Gips um den halben Brustkorb, aber er ist guter Dinge. »So schnell muß ich jetzt nicht in den Krieg ziehen«, soll er gesagt haben.

Mutig ist er wirklich! So eine Äußerung könnte ihn leicht an den Galgen bringen. Ich denke, es ist die Liebe zu seiner jungen Familie und die Liebe zu den Pferden, die ihn so reden läßt.

Ach, mein geliebter Helmut, erneut bedrücke ich Dich mit den Geschehnissen in der Heimat. Doch Du sollst wissen, daß es uns allen gutgeht.

Ich warte sehnsüchtig auf deinen nächsten Fronturlaub, ich küsse und umarme Dich,

Deine Dich liebende Helene

Sosehr sie auch grübelte, Franziska fand einfach keine Erklärung für diesen Brief. Was hatte das alles mit ihr zu tun? Wollte ihr jemand erzählen, wie es damals gewesen war auf Gut Brosin? Erst jetzt fiel ihr auf, dass ihr Großvater zwar immer stolz von der Flucht und den Aufbaujahren in der Heide gesprochen hatte, aber selten, nein, eigentlich nie vom Leben damals in Ostpreußen. Merkwürdig, dachte Franziska. Und wer waren diese Leute? Helene? Helmut? Kurt? Franziska fuhr sich über die Stirn, als könnte sie so Klarheit in ihre Gedanken bringen. Ihr Vater war schon 1943 geboren worden, außerdem wurde er Herbert getauft. Ihre Großmutter war auf der Flucht an Entkräftung gestorben. Ihr Name war Martha gewesen. Und ihr Großvater hieß Hugo und nicht Helmut.

Von einem gewissen Ernst Deicher hatte sie auch noch nie etwas gehört. Nein, so kam sie nicht weiter. Diese Menschen hatten überhaupt nichts mit ihr und ihrer Familie zu tun. Jemand erlaubte sich einen dummen Scherz mit ihr. Aber Franziska konnte sich beim besten Willen nicht vorstellen, wer so etwas tun sollte.

11

Marisa Ottaviani hatte keine höhere Schulbildung genossen. Aber sie war eine Frau mit viel Lebenserfahrung und sie besaß eine gute Menschenkenntnis. Als Paolo heimgekehrt war, hatte ihr ein einziger Blick aus dem Küchenfenster genügt. Er hat eine wunderbare Frau gefunden, war es ihr durch den Kopf geschossen. Isotta wird Gift und Galle spucken!

Mit Letzterem hatte sie zumindest recht behalten. Es war eine Schande, wie Isotta mit Franziska umging. Sie behandelte sie, als wäre sie nichts weiter als eine Bauernmagd. Insgeheim bewunderte Marisa ihre neue Freundin für ihre Haltung. Sie selbst hatte dieser arroganten Signorina di Malafesta schon längst ordentlich die Meinung gesagt! Manchmal, wenn sie Teig für Brot oder Pasta knetete, stellte sie sich vor … Basta! Das alles ging sie nichts an. Es war ratsam, sich um seine eigenen Angelegenheiten zu kümmern. Außerdem: Vielleicht hatte sie sich ja getäuscht, und die Romanze hatte nur in ihrem eigenen Kopf stattgefunden. Einfach weil sie schon seit Jahren hoffte, Paolo würde eine andere finden und sich nicht von Isotta einfangen lassen.

Doch dann schaute sie wieder in Franziskas Gesicht, das jeden Tag ein wenig blasser schien, und dachte: Irgendetwas muss geschehen! Es war bestimmt nur Zufall, dass die Deutsche sie an diesem Punkt ihrer Überlegungen fragte: »Kannst du mir etwas über die Burg sagen, die man bei gutem Wetter in der Ferne sieht?«

Aber Marisa glaubte nicht an Zufälle. Tief in ihrem Herzen war sie sogar entsetzlich abergläubisch, obwohl sie jeden zweiten Sonntag zur Messe ging. Deshalb nahm sie die Frage als Wink des Schicksals und sagte: »Ich habe eine bessere Idee: Übermorgen ist mein freier Tag, da fahre ich mit dir hin. Es gibt nämlich eine ganz besondere Geschichte, die sich der Legende nach auf Gradara abgespielt hat. Die werde ich dir dort erzählen.«

»Ach ja?«, erkundigte sich Franziska neugierig. »Hoffentlich ist es eine schöne Legende.«

Marisa lächelte geheimnisvoll. »O ja. Es geht um eine große Liebe.«

Franziska hielt den Telefonhörer so fest umklammert, als könnte sie damit Paolo festhalten. Es war ein herrlicher Frühlingsmorgen, und in einer halben Stunde würde sie mit Marisa nach Gradara fahren. Isotta hatte ihr das schnurlose Telefon in die Küche gebracht und gezischt: »Paolo möchte auch mit Ihnen sprechen.« So wie sie das sagte, klang es nach einer geradezu unerhörten Bitte.

»Danke«, sagte Franziska kühl und wartete, bis Isotta die Küche wieder verlassen hatte. Marisa sagte: »Ich muss mich noch umziehen«, und verschwand ebenfalls.

»Es sieht gut aus«, meinte Paolo jetzt. »Ich habe bereits zwei Sponsoren gewinnen können.«

Franziska wusste, worum es ging. Die italienischen Trakehnerzüchter planten für das kommende Jahr eine große Pferdemesse in Rom, mit Reitturnier, Spielen und vielen Attraktionen für das Publikum. Doch ohne größere Finanzspritzen war so ein Event nicht auf die Beine zu stellen, und Paolo hatte sich bereit erklärt, Sponsoren anzuwerben.

»Ich freue mich.« Franziska spürte selbst, wie gestelzt das klang, aber etwas Besseres fiel ihr nicht ein.

Seit er vor zehn Tagen nach Rom aufgebrochen war, hatte er nur ein paarmal angerufen. Jedes Mal erzählte er kurz von seiner Arbeit, erkundigte sich nach den Pferden, fragte, wie es ihr ging. Doch was hätte sie antworten sollen? Dass er ihr fehlte? Dass Isotta sich nach Kräften bemühte, sie zu vergraulen? Dass sie es selbst kaum noch abwarten konnte, nach Hause zurückzukehren? Nein, unmöglich. Paolo hatte zurzeit wahrhaftig andere Sorgen. Und sie wollte auf keinen Fall zu einem weiteren Problem für ihn werden.

Auch jetzt gab sie sich Mühe, ihm in lockerem Ton von den Trakehnern zu berichten. »Sternentänzerin hat die Reise und die Geburt prima überstanden, und Coraggioso wird jeden Tag munterer und frecher. Fee geht es gut. Ich glaube nicht, dass bei ihr eine Frühgeburt droht. Vor Mai ist mit ihrem Fohlen nicht zu rechnen. Dein Tierarzt Dottore Torresin ist jedenfalls zufrieden.«

»Gut«, sagte Paolo. »Und du? Wie geht es dir? Hast du dich ein wenig einleben können?«

Einen Augenblick lang war Franziska versucht, ihm die Wahrheit zu gestehen. Sie war erschöpft und mutlos und sie dachte daran, vorzeitig abzureisen. Doch dann hörte sie, wie er im Hintergrund gerufen wurde. Es blieb keine Zeit für ein längeres Gespräch. Deshalb sagte sie nur schnell: »Alles bestens. Ich unternehme heute einen Ausflug mit Marisa.«

»Schön«, murmelte Paolo, aber sie spürte, dass er mit seinen Gedanken schon nicht mehr bei ihr war. Der Abschied fiel knapp aus, und Franziska musste plötzlich um ihre Fassung kämpfen.

»Liebe, die keinem, der geliebt, zu lieben erlässet ...«, rezitierte Marisa mit tragischer Stimme.

»Wie bitte?« Franziska verstand kein Wort. Sie befanden sich in den Schlafgemächern der Burg Gradara. Marisa sah aus, als wolle sie sich gleich seufzend auf das riesige Himmelbett niedersinken lassen. Einzig die Absperrung hielt sie zurück. Franziska war von der riesigen Festungsanlage zunächst enttäuscht gewesen. Auf der Hauptstraße reihte sich ein Souvenirshop an den anderen und vermittelte keinerlei mittelalterliche Atmosphäre. Doch nun, im einstigen Wohnsitz der wechselnden Besitzer, war die Historie zum Greifen nahe.

»Das ist aus Dantes Göttlicher Komödie, du Banause«, erwiderte Marisa. »Das kann bei uns jedes Kind aufsagen. Schließlich hat der große italienische Dichter unser schönes Schloss damit in der ganzen Welt berühmt gemacht.«

»Ja, aber was bedeutet es?«

»Francesca hat diese Worte ihrem Geliebten ins Ohr geflüstert. Sie will ihm damit sagen, dass ihre Liebe verboten ist und dass ihnen nicht vergeben wird. Aber ich denke mal, das wusste der gute Mann sowieso schon.« Marisa grinste. »Er war nämlich ihr Schwager und nicht ihr Ehemann.«

»Francesca?«, fragte Franziska verwirrt.

»Hmm. Sie hieß wie du. Willst du die ganze Legende hören?«

»Bitte.«

»In Ordnung, aber erst suchen wir uns draußen ein Lokal, ich bin am Verhungern.«

Zehn Minuten später saßen sie im Ristorante Mastin Vecchio. Marisa bestellte für beide Polenta al ragù, gelben Maisbrei mit Fleischsoße, und sagte dann: »So nannte Dante übrigens Francescas Schwiegervater.«

»Wie? Polenta?«

»Nein, Mastin Vecchio. Der alte Turm. Weil er über neunzig Jahre alt geworden ist und wie ein massiver Turm allen Unbilden trotzte. Polenta hieß das Mädchen mit Nachnamen.«

»Marisa, könntest du bitte der Reihe nach erzählen?«

»Aber gern. Der Alte hat seinen Sohn Giovanni, den hat Dante Alighieri übrigens den Hinkefuß genannt, mit der Tochter von Guido da Polenta aus Ravenna vermählt. Das war Ende des 13. Jahrhunderts unter den Feudalherren so üblich. Giovanni war leider alles andere als ein schöner Mann, wie des Dichters Spitzname ja schon sagt. Sein Bruder sah umwerfend gut aus, und er besuchte die unglückliche Francesca gern auf dem Schloss. Tja« – Marisa schaute träumerisch in ihr Weinglas –, »so kam es, wie es kommen musste. Die beiden entbrannten in leidenschaftlicher Liebe zueinander.«

Franziska war sich nicht ganz sicher, warum die Freundin ihr diese Geschichte erzählte. Aber sie sollte es gleich erfahren. Zunächst brachte der Kellner ihre Polenta, und die Frauen gaben sich dem herzhaften Genuss hin. Allerdings behauptete Marisa, der Brei sei zu dünnflüssig und die Soße nicht ordentlich durchgekocht. Vermutlich fühlte sie sich in ihrer Ehre als Köchin gekränkt, weil die Deutsche mit so großem Appetit aß.

»Habe ich dir schon gesagt, wie Francescas Geliebter hieß?«, fragte sie nun mit Unschuldsmiene.

»Nein.«

»Paolo. Er hieß Paolo. Ist das nicht erstaunlich? Und blond soll er auch gewesen sein.«

Franziska schwieg dazu, was Marisa sichtlich irritierte. »Verstehst du nicht? Paolo und Francesca. Die große Liebe. Genau wie bei unserem Paolo und dir.«

Einen schmerzlichen Moment lang dachte Franziska an Tirol. Dort hatte Paolo ihren Namen liebevoll auf Italienisch ausgesprochen. Dann verdrängte sie die Erinnerung und sagte: »Dieser Liebe war natürlich kein Happy-End vergönnt.«

Marisa schob ihren Teller beiseite. »Wie wär's mit einem schönen Stück Formaggio di Fossa zum Nachtisch? Das ist eine echte Spezialität der Gegend. Der Schafskäse reift in tiefen Gruben. Mit etwas Honig dazu schmeckt er einfach köstlich.«

Franziska nickte, dachte aber gar nicht daran, sich ablenken zu lassen. »Also, wie ist die Geschichte von Paolo und Francesca ausgegangen?«

Eine Weile druckste Marisa herum, aber dann gestand sie: »Na ja, sie sind von Giovanni im ehelichen Schlafgemach überrascht worden. Hinkefuß zog seinen Säbel und stürmte auf den Bruder zu. Francesca warf sich dazwischen, und so sind beide gestorben.«

»Wie tragisch.«

Marisa beeilte sich, der traurigen Geschichte doch noch eine gute Wendung zu geben: »Aber es war eine wunderbare, große Liebe. Und du und Paolo, ich meine ... ihr habt ...« Sie verhaspelte sich, nahm einen Schluck Wein und fuhr dann entschlossen fort: »Bestimmt denkst du jetzt, ich sollte mich nicht einmischen. Aber ich weiß einfach, dass ihr füreinander geschaffen seid.«

»Du vergisst Isotta«, wandte Franziska leise ein. Und nur in Gedanken fügte sie hinzu: Und ich weiß gar nicht mehr, was ich fühlen soll. Er ist mir fremd geworden.

»Die ist aber nicht mit Paolo verheiratet«, erwiderte Marisa. »Außerdem habe ich sie noch nie einen Säbel in die Hand nehmen sehen.«

Franziska wollte lachen, stattdessen rannen ihr plötzlich Tränen über die Wangen. Marisa griff über den Tisch nach ihren Händen.

»Ach, Kindchen. Verzeih mir, das wollte ich nicht. Eigentlich hatte ich vor, dir heute ein wenig Mut zu machen.«

Erst auf der Heimfahrt nach La Ginestra kam Franziska wieder auf das Thema zu sprechen. »Ich war eigentlich so weit, dass ich abreisen wollte. Aber nun werde ich wenigstens so lange bleiben, bis Paolo aus Rom wieder da ist. Ich kann nur Klarheit gewinnen, wenn ich mit ihm rede.«

»Dann war der Ausflug ja doch zu etwas nütze«, erwiderte Marisa erleichtert.

Doch sie hatte kaum zu Ende gesprochen, als Franziskas Handy klingelte. Sie sah, wie ihre deutsche Freundin blass wurde, und ahnte Schlimmes.

»Mein Großvater«, sagte Franziska und schaltete das Handy aus.

»Was ist mit ihm?«

»Ein Schlaganfall. Er liegt im Sterben. Ich muss sofort heimfahren.«

Das Letzte, was Franziska von La Ginestra sah, war Isottas triumphierender Blick, als das Auto um die Ecke bog. Michele, der Stallmeister, fuhr sie zum Flughafen nach Rimini. Sie würde über München nach Hannover fliegen, wo Frido sie abholen wollte. Franziska dachte: Addio, Paolo. Dies ist vielleicht ein Abschied für immer.

Nach außen hin wirkte sie sehr beherrscht, doch ihr Herz weinte im Verborgenen.

Franziska hatte versucht, Paolo nach ihrer Rückkehr aus Gradara zu erreichen. Vergebens. Sein Handy war ausgeschaltet gewesen. Erst spät am Abend hatte er zurückgerufen.

»Mi dispiace«, sagte er. »Aber ich habe bis sieben Uhr mit einem Sponsor verhandelt und war dann mit ein paar Züchterkollegen essen. Ich habe erst jetzt gesehen, dass du angerufen hast. Ist etwas passiert?«

»Ich reise morgen früh ab«, sagte sie müde und erzählte ihm den Grund dafür.

»Das tut mir sehr leid«, sagte Paolo leise. »Ich habe mich mit Hugo Brosin nicht besonders gut verstanden, aber ich respektiere ihn. Er ist ein Mann mit Prinzipien.« Doch er sagte nicht die Worte, die sie hören wollte. Worte wie: Ich denke an dich, oder: Ich umarme dich. Stattdessen folgten ein paar Anteil nehmende Floskeln, bis Franziska das Gespräch beendete.

»Ist alles in Ordnung?«

Sie spürte, wie Michele sie von der Seite beobachtete.

»Natürlich.« Die Stimme kühl, präzise, der Mund verschlossen. Haltung bewahren! Das war im Moment alles, was ihr blieb. Den Stallmeister brachte sie jedenfalls damit zum Schweigen. Erst am Flughafen murmelte er noch ein halblautes »Arrivederci« und ging schnell davon.

Franziska schaffte es gerade noch rechtzeitig an das Sterbebett ihres Großvaters. Sie erschrak, so sehr hatte er sich in der kurzen Zeit verändert. Hätte sie nicht gewusst, dass er es war, sie hätte ihn kaum erkannt. Hugo Brosin war nur noch ein Schatten seiner selbst. Die Augen glanzlos, die Wangen eingefallen. Aber als sie seine Hand nahm, kehrte ein wenig Leben in ihn zurück, und plötzlich schien es Franziska, als wollte Hugo ihr etwas sagen. Etwas Wichtiges. Er öffnete die schmalen Lippen, aber es kamen nur schwache unverständliche Töne heraus. Seine Augen sahen sie an, als wollte er sie für etwas um Verzeihung bitten.

»Ist gut, Großvater«, sagte sie leise. »Ich bin es, die dich um Verzeihung bitten muss. Ich hätte das Gestüt nicht im Stich lassen dürfen.«

Zu ihrer Verwunderung beruhigte er sich aber nicht, sondern wirkte noch erregter auf sie. Hugo Brosin schien ihr unbedingt noch etwas sagen zu müssen, aber er schaffte es nicht mehr. Verzweiflung stand in seinen Augen, dann starb er.

Zwei Tage später wurde Hugo Brosin beerdigt. Franziska staunte über die große Anzahl der Trauergäste. Viele harrten sogar im Frühlingsregen draußen vor der Dorfkirche aus, bis der Trauergottesdienst vorüber war. Auf dem Friedhof dann drängten sich die Menschen, um dem alten Herrn Lebewohl zu sagen.

Franziska drückte so viele Hände, sah in so viele verschiedene Gesichter, dass ihr bald ganz schwindelig wurde. Menschen, die sie mehr oder weniger gut kannte, waren gekommen. Freunde wie Olaf Graf von Calsin und seine Familie, Züchterkollegen aus der näheren und weiteren Umgebung und vermutlich sämtliche Dorfbewohner.

Ein Mann fiel Franziska auf, ein Mann, von dem sie ganz sicher wusste, dass sie ihn noch nie gesehen hatte. Er war vornehm gekleidet und kam nicht aus der Gegend. Das konnte sie aus seiner Haltung, seiner Art, sich zu geben, ablesen. Sie schätzte ihn auf Ende dreißig, höchstens Anfang vierzig. Er stand abseits von den anderen, unter einer ausladenden Buche, sprach mit niemandem und blickte aufmerksam zu ihnen hinüber. Es schien ihr, als schaue er die ganz Zeit nur sie an, aber das mochte auch Einbildung sein.

Sie warf nur ein paar Blicke aus den Augenwinkeln in seine Richtung, aber es genügte, um festzustellen, dass er auf eine unauffällige Art gut aussah. Er war ziemlich groß, jedoch kaum größer als sie selbst, und er wirkte nicht besonders sportlich. Trotzdem faszinierte er sie, obwohl Franziska nicht zu sagen gewusst hätte, warum. Gleichzeitig fühlte sie ein Unbehagen. Sie verspürte Angst vor dem Fremden, eine vollkommen unerklärliche Angst.

Dann wandte Franziska ihm den Rücken zu und ging nach vorn zum offenen Grab.

Erst als sie eine Handvoll Erde auf seinen Sarg warf, konnte Franziska endlich um ihren Großvater weinen. Er war es gewesen, der ihr das Reiten beigebracht hatte. Seine Anerkennung war ihr besonders wichtig gewesen, als sie das Gestüt übernahm. Und nun, am Ende seines Lebens hatte sie ihm so großen Kummer bereitet …

Frido griff nach ihrer Hand und drückte sie. »Vergiss nicht, dass er manchmal auch ein schrecklicher Tyrann war«, raunte er ihr zu.

Sie lächelte ihn an. Er meinte es gut, aber ihre Tränen wollten einfach nicht aufhören zu fließen. Franziska trauerte um ihren Großvater, wie sie es nie für möglich gehalten hätte.

Der Mann verließ seinen Beobachtungsposten unter der Buche, noch bevor die Beerdigung zu Ende war, und strebte dem Ausgang des kleinen Dorffriedhofs zu. In ihm herrschten widerstreitende Gefühle. Der Tod hatte zugeschlagen, bevor er mit seinen Nachforschungen einen entscheidenden Schritt weitergekommen war. Ärger stieg in ihm hoch. Franziska war wieder da und aus der Nähe betrachtet war sie noch schöner. Das verwirrte ihn und machte ihn auf unerwartete Weise froh.

Mit langen schnellen Schritten lief der Mann auf seinen Wagen zu und stieg ein, als er ihn erreicht hatte. Er musste heimfahren und nachdenken. Dann würde er entscheiden, wie er weiter vorgehen sollte.

Er drehte den Schlüssel im Zündschloss, griff ins Lenkrad und manövrierte seinen Wagen aus der Parkbucht. Gleich darauf fuhr er davon, nahm die Landstraße bis zur Autobahn, die ihn zurück nach Hamburg führte.

12

Nein«, sagte Bernadette Brosin, und die neue Festigkeit in ihrem Ton überraschte Franziska. »Dein Großvater hat einen Schlaganfall erlitten, und du hast nichts damit zu tun. Er war alt, und seine Zeit war gekommen. Bilde dir also keine unnützen Schuldgefühle ein. Erstens machst du dir damit das Leben nur unnötig schwer, und zweitens bringt uns das jetzt überhaupt nicht weiter. Wir müssen beschließen, wie es weitergehen soll, und dafür brauchen wir alle zusammen einen klaren Kopf.«

Bernadette, Frido und Franziska saßen im Salon und hielten Familienrat ab.

Die Beerdigung lag zwei Tage zurück, und Franziska fühlte sich immer noch wie gelähmt. Ihre Schuldgefühle raubten ihr den Schlaf. Wenn sie doch nur nicht gegen Großvaters Willen gehandelt hätte. Wenn sie doch nur nicht die beiden Stuten verkauft hätte, nicht nach Italien gefahren wäre, und wenn sie bloß nie Paolo della Ravere begegnet wäre.

»Franziska!« In Bernadettes Stimme lag leiser Vorwurf. »Du bist nicht bei der Sache. Könntest du dich jetzt bitte auf dieses Gespräch konzentrieren?«

»Mama, ich weiß, du meinst es gut. Aber ich hätte nicht über seinen Kopf hinweg entscheiden dürfen. Das hat er nicht verkraftet.«

»Unsinn. Ohne den Verkauf von Sternentänzerin und Fee hätten wir womöglich das ganze Gestüt verloren. Stimmt das nicht, Frido?«

»Schon möglich, Mama.« Dabei sah er seine Schwester mit

einem Blick an, der so viel sagen sollte wie: Was sagst du zu der wundersamen Wandlung unserer Mutter? Ist sie nicht fast wie früher? Wenn sie so weitermacht, wird sie wieder hier vieles in die Hand nehmen, und wir beide sind arbeitslos.

Franziska musterte ihre Mutter unauffällig. Tatsächlich schien sie sich endlich aus ihrer selbst gewählten Zurückgezogenheit befreit zu haben. Ob es an Großvaters Tod oder an ihrer eigenen Abreise lag, vermochte Franziska nicht zu sagen. Aber sie war froh darüber, sehr froh sogar. Es bedeutete eine Sorge weniger für sie als Tochter, wenn Bernadette Brosin ihr Leben wieder in den Griff bekam.

Und Frido? Auch er hatte sich in den vergangenen drei Wochen verändert. Die neue Verantwortung ließ ihn reifer erscheinen. Das Gestüt hatte er offensichtlich gut im Griff. Was er ihr bisher erzählt hatte, klang vernünftig, obwohl sie den Eindruck hatte, dass er bereits begann, sich zu langweilen. Die Abenteuerreisen schienen ihm immer noch zu fehlen, die Trakehnerzucht bot ihm vermutlich keinen ausreichenden Ersatz.

Trotzdem fragte sich Franziska, was aus ihr selbst werden sollte. Ist hier überhaupt noch Platz für mich?, überlegte sie. Was wird Frido dazu sagen, wenn ich plötzlich die Gestütsleitung wieder übernehmen will?

Doch dann verwarf sie diese Zweifel. Sie würde sich mit ihrem Bruder schon einigen können. Vielleicht konnten sie die Aufgaben untereinander aufteilen. Vielleicht wollte er sowieso wieder fort, hinaus in die Welt, eine neue Herausforderung suchen.

Franziska stockte. Ihr wurde bewusst, dass sie über eine Zukunft ohne Paolo nachdachte. Es fühlte sich an wie ein Messerstich mitten ins Herz. Und doch, dachte sie. Und doch wäre es das Klügste. Paolo gehört ins Reich der schönen Legenden, aber ich, ja, ich muss ein wirkliches Leben führen.

Mein Leben.

»Kind, du hörst mir überhaupt nicht zu.« Diesmal klang Bernadettes Stimme wirklich ungeduldig, und zwischen ihren Brauen stand eine steile Falte.

»Entschuldige, Mama.«

»Also, wie gesagt. Die Testamentseröffnung ist erst in drei Tagen, aber ich weiß, dass Hugo seinen Anteil am Gestüt euch beiden zu gleichen Teilen vererbt hat. Zusammen mit dem Erbe eures Vaters steht jedem von uns also ungefähr ein Drittel zu. Das ist gerecht, oder? Habt ihr dagegen irgendwelche Einwände?«

Die Geschwister sahen einander kurz an und schüttelten dann gleichzeitig den Kopf.

»Natürlich nicht«, sagte Franziska.

»Hauptsache, keiner von euch will sein Erbteil ausgezahlt haben«, sagte Frido. »Das würde der Betrieb bei seiner derzeitigen Lage nicht verkraften.«

Diesmal schüttelte Bernadette gemeinsam mit ihrer Tochter den Kopf.

»Und wie geht es jetzt weiter?«, fragte Franziska nach einer Weile des Schweigens. Die Spannung im Raum war beinahe mit Händen greifbar.

»Das kommt ganz darauf an, was du für Pläne hast«, erwiderte ihr Bruder.

»Ich … weiß es noch nicht. Lasst mir ein paar Tage Zeit, um in Ruhe nachzudenken, ja?«

Draußen runzelte Evelina die Stirn. Sie hatte gelauscht, was sich nicht gehörte, aber ausnahmsweise nötig war. Franziska gab ihr plötzlich Rätsel auf. Was sollte das heißen, sie müsste in Ruhe nachdenken? Was gab es noch zu überlegen? Franziska muss so schnell wie möglich zurück nach Italien reisen, sagte sich Evelina. Und ich will mitfahren. Was das eine mit dem anderen zu tun hatte, brauchte vorerst niemand zu wissen.

An einem regnerischen Nachmittag saß Evelina Rossi vor ihrem Computer und überlegte sich eine Antwort auf die Frage, die ihr gerade gestellt worden war. Und das war alles andere als leicht.

Der PC war ein großes, älteres Modell, das sie mit Fridos Hilfe in Lüneburg günstig erstanden hatte. Für ihre Zwecke reichte er völlig, obwohl er nicht der Schnellste war. Endlich tippte sie auf Italienisch ein: »Ich weiß es noch nicht.«

Die Antwort erschien einige Sekunden später auf ihrem Monitor: »Aber warum nur? Ich dachte, es wäre alles geregelt.«

Evelina konnte die Enttäuschung hinter den Worten förmlich spüren und gab schnell zurück: »Es hängt nicht von mir ab.«

»Von wem dann?«

»Franziska.«

»Du könntest doch auch allein kommen.«

»Nein. Dann hätte ich das Gefühl, jemanden im Stich gelassen zu haben. Und Franziskas Glück liegt mir sehr am Herzen.«

Eine Weile blieb die nächste Zeile leer. Endlich erschienen zwei kurze Worte: »Ich weiß.«

Diesmal glaubte Evelina, einen tiefen Seufzer zu hören.

»Hab Geduld!«, bat sie, und ihr Zeigefinger suchte sich langsam jeden Buchstaben. »Nur noch ein kleines bisschen Geduld.«

»Va bene, Carissima. Aber ich bin kein sehr geduldiger Mensch.«

Unten in der Diele rief jemand ihren Namen. Evelina verabschiedete sich aus dem Chatroom und schaltete den PC aus.

»Ich komme ja schon.« So schnell sie konnte, lief sie die Treppe hinunter.

Birthe hielt ihr den Telefonhörer entgegen. Sie war eine Bauerstochter aus dem Dorf, die sich auf dem Gestüt Brosin als Hausmädchen verdingt hatte. Ihre Schwester Karen kam oft als zusätzliche Hilfe auf den Hof. In Evelinas Plänen spielten die beiden eine wichtige Rolle.

»Ein Anruf aus Italien«, sagte Birthe jetzt. »Ich verstehe kein Wort.« Einen Moment stockte Evelina der Atem. Von ihren Verwandten auf Sizilien lebte nur noch eine alte, kranke Tante. Seit einigen Jahren schon rechnete Evelina mit deren Tod.

Doch die weibliche Stimme, die ihr jetzt aus dem Hörer entgegenschallte, klang keineswegs schwach, sondern ausgesprochen energisch.

»Ich möchte mit Franziska sprechen«, sagte eine Frau. Evelina versuchte, ihren Akzent einzuordnen. Ein sizilianischer Dialekt war es auf jeden Fall nicht.

»Franziska ist mit ihrem Bruder zu einem Turnier gefahren«, antwortete sie. »Sie werden erst spät am Abend zurückkommen.«

Die Frau murmelte etwas Unverständliches, aber es klang enttäuscht. Schließlich sagte sie laut: »Also versuche ich es morgen wieder.«

»Warten Sie!« Plötzlich wusste Evelina, wer da am anderen Ende der Leitung war. Franziska hatte ihr in den vergangenen Tagen ausführlich die Bewohner von La Ginestra beschrieben.

»Sie sind Marisa Ottaviani, nicht wahr?«

»Sí. Spreche ich mit Signora Rossi?«

»Sono io.«

Für einen Moment wusste keine von beiden weiter. Sie waren sich fremd und fühlten sich verlegen.

Dann sagte Marisa: »Ich habe gehört, Sie kochen einen ausgezeichneten Espresso, Signora Evelina. Franziska schwärmt richtig davon.«

Damit war das Eis gebrochen, und die beiden Frauen unterhielten sich wie alte Freundinnen. Gegenstand ihres Gesprächs waren Paolo und Franziska. Evelina erfuhr Details, die Franziska ihr bisher nicht erzählt hatte. Vermutlich aus Stolz. In deren Bericht war Isotta eine eher unscheinbare entfernte Verwandte, die Paolo ein wenig zur Hand ging, wo sie gebraucht wurde. Nun erhielt sie von Marisa ein ganz anders Bild über die Dame, und ihr wurde so einiges klar.

»Deshalb zögert Franziska also mit der Rückkehr«, sagte sie langsam.

»Isotta ist eine falsche Schlange«, sagte Marisa. »Sie behauptet, Paolo zu lieben, aber sie will ihn nur aus Prestigegründen heiraten.«

»Hm«, machte Evelina nachdenklich. Franziska war ihrer Meinung nach zu gutmütig, um mit so einer Frau fertig zu werden.

»Es ist natürlich eine unglückliche Fügung, dass Paolo ausgerechnet jetzt in Rom festsitzt«, fuhr Marisa fort. »Trotzdem finde ich, dass sie unbedingt wiederkommen muss.«

»Ganz Ihrer Meinung.« Davon hing schließlich auch ihr eigenes Glück ab. Doch davon wusste im Moment außer ihr selbst nur ein einziger anderer Mensch. Carlo. Evelina dachte an haselnussbraune Augen in einem wettergegerbten Gesicht und seufzte verhalten. Ach, wenn sie nur endlich bei ihm sein könnte!

»Glauben Sie an Legenden?«, unterbrach Marisa ihre Gedanken.

»Ich bin katholisch«, gab Evelina zurück. Auf einmal war ihr die andere Frau wieder sehr fremd.

Am anderen Ende der Leitung wurde verhalten gelacht. »Ich auch. Dennoch glaube ich, dass bei Paolo und Franziska das Schicksal seine Hand mit im Spiel hat. Eine uralte Liebe soll sich endlich erfüllen.«

»Können Sie mir das näher erklären?«

»Gern. Keine zehn Kilometer von hier entfernt steht die mittelalterliche Burg Gradara. Sie war einst der Schauplatz einer großen Leidenschaft.«

So erfuhr auch Evelina Rossi die Geschichte der unglücklichen Liebe von Paolo und Francesca. Als sie endlich den Hörer auflegte, runzelte sie nachdenklich die Stirn.

Von Natur aus gehörte Evelina zu den tatkräftigen Menschen, die mit beiden Beinen fest im Leben stehen. Selbst ihr katholischer Glaube war eher praktischer Natur. Zumal er im protestantischen Norddeutschland einen schweren Stand hatte. Aber vielleicht, dachte sie jetzt, vielleicht gibt es ja doch Dinge außerhalb unseres Verstandes? Dinge, die ohne unser Zutun vom Schicksal gelenkt werden? Wieso maße ich mir eigentlich an, für alles immer eine logische Erklärung geben zu wollen?

Diese geradezu philosophischen Gedanken verwirrten sie, und Evelina Rossi nahm sich vor, lieber wieder zur Tat zu schreiten.

»Du bist jetzt schon seit einer Woche wieder hier«, sagte Evelina früh am nächsten Morgen zu Franziska. Sie war nicht in die Küche gekommen, und Evelina hatte sie suchen müssen.

Sie fand Franziska in der Reithalle, wo sie den Hengst Adonis longierte, als wäre sie nie vom Gestüt Brosin weg gewesen.

»Brrrr«, sagte Franziska laut und dann: »Scheeritt! Braver Junge, so ist es gut.«

Evelina ließ sich davon nicht aus dem Konzept bringen. Sie blieb außerhalb des Zirkels stehen und verschränkte die Arme vor der Brust. »Wie lange bleibst du noch?«

»Keine Ahnung. Es gibt ziemlich viel zu tun. Adonis zum Beispiel ist nicht genug bewegt worden, und das trifft auch für die anderen Dreijährigen zu. Frido kann nicht alles allein schaffen.«

»Zufällig weiß ich, dass dein Bruder vorhat, jemand einzustellen. Dann wird er entlastet.«

Franziska war wütend und stampfte mit dem Fuß auf, was im weichen Sägemehl jedoch keinerlei Wirkung zeigte. Nicht einmal Adonis ließ sich davon erschrecken, sondern stapfte weiter seine Runde. »Es ist aber nicht sicher, ob wir uns das leisten können.«

»Ich denke, das kann Frido sehr gut allein entscheiden«, erwiderte Evelina. »Soweit ich das beurteilen kann, macht er seine Arbeit gut.«

»Klar. Aber glaubst du auch, dass es wirklich das ist, was er will? Oder gibt er sich nur so viel Mühe, weil er uns allen und sich selbst etwas beweisen will?«

»Das ist mir zu kompliziert«, sagte Evelina und sah weg, damit Franziska nicht an ihrem zweifelnden Blick ablesen konnte, dass ihr genau diese Gedanken auch schon durch den Kopf gegangen waren. »Ich sehe nur, dass er sich seit deiner Abreise sehr zu seinem Vorteil verändert hat. Er feiert nicht mehr die Nächte durch, sondern steht morgens früh auf und verbringt seine Zeit im Büro oder im Stall.«

»Aber in seinem Herzen ist mein Bruder ein Abenteurer. Ich glaube, er sucht nur noch nach dem richtigen Weg, wie er trotz seines Handicaps wieder hinaus in die Welt kann. Er kann auf Dauer nicht glücklich sein, wenn er immer an demselben Ort bleiben muss.«

»Vielleicht unterschätzt du ihn«, meinte Evelina, selbst nicht überzeugt, aber fest entschlossen, ihren Plan in die Tat umzusetzen.

Franziska ruckte kurz an der Longe, ließ den großen Hengst zu sich in die Mitte kommen und versteckte ihr Gesicht in seiner dichten Mähne.

Evelina blieb am Eingang der Reithalle stehen. Sie würde sich eher über den Haufen rennen lassen, als ihre Stellung aufzugeben. Von diesem Gespräch hing zu viel ab. Nicht nur Franziskas Liebesglück.

»Gestern hat jemand angerufen«, sagte sie. »Aus Italien.«

Franziska drehte sich zu ihr um, und der sehnsüchtige Ausdruck in ihren Augen bestärkte Evelina in ihrem Entschluss.

»Wer?«

»Marisa Ottaviani, die Köchin. Eine sehr nette Frau .«

»Ja, das ist sie.« Die Sehnsucht verwandelte sich in Enttäuschung. Die Augen, die kurz aufgeleuchtet hatten, blickten wieder ganz traurig.

Evelina tat, als bemerke sie nichts. »Sie hat gefragt, wann du zurückkommst.«

»Das weiß ich nicht«, sagte Franziska und dann etwas leiser: »Es ist möglich, dass ich überhaupt nicht wieder nach Italien fahre.«

»Kind, so geht das nicht.« Auf einmal erschien Evelina die Reithalle doch nicht geeignet für eine so wichtige Unterredung. »Ich schlage vor, du bringst den Hengst jetzt zurück in den Stall und kommst frühstücken. Ich muss in Ruhe mit dir reden.«

Franziska nickte, aber dann ließ sie die Haushälterin über eine Stunde warten.

13

So langsam wie möglich trank Franziska ihren Espresso, als könnte sie mit jedem winzigen Schluck Zeit gewinnen.

»Ich fühle mich für das Gestüt verantwortlich«, sagte sie dann. Einen Augenblick fragte sie sich, warum sie dieses Thema eigentlich mit der Haushälterin diskutierte. Dann schalt sie sich selbst einen Dummkopf. Evelina war weit mehr als eine Haushälterin. Sie war die Seele, die diese Familie zusammenhielt.

»Solange Großvater noch da war, fiel es mir einigermaßen leicht wegzufahren. Aber jetzt …«

»Jetzt hat Frido das Gestüt übernommen und er führt es mit Umsicht und Sachverstand. Das müsstest du in dieser Woche festgestellt haben.«

»Schon, aber …«

»Franziska, sei doch mal ehrlich. Es geht hier gar nicht um das Gestüt. Du hast Angst, das ist alles.«

»Also, hör mal …«

»Nein! Hör du mir mal gut zu!« In diesem Ton hatte Evelina noch nie mit ihr geredet. Franziska hielt den Mund, mehr aus Überraschung, denn aus Furcht.

»Ich habe von Marisa Ottaviani einiges erfahren, das du mir nicht erzählt hast.«

Franziskas Gedanken schweiften ab. Sie erinnerte sich daran, wie grundlos eifersüchtig sie gewesen war, als Paolo drüben im Büro von einer abergläubischen Dame gesprochen hatte. Mein Gott, wie falsch hatte sie da gelegen! Nicht Marisa, die an Legenden und Vorzeichen glaubte, hatte ihr das

Leben auf La Ginestra schwer gemacht, sondern eine ganz andere Frau.

»Manchmal muss man der Liebe auf die Sprünge helfen«, sagte Evelina gerade.

»Mag ja sein«, erwiderte Franziska zögernd. »Sofern man davon überzeugt ist, dass man denjenigen Menschen wirklich liebt.«

»Bist du es nicht?«

Franziska zögerte. Was sollte sie jetzt antworten? Dass Paolos Bild bereits verblasste? Dass sie sich ihre aufkeimenden Gefühle möglicherweise nur eingeredet hatte, weil sie den Mann so faszinierend fand? Er hätte mich nicht gleich nach unserer Ankunft in Italien allein lassen dürfen, dachte sie. So wichtig die Züchtertagung auch sein mochte. Wäre ich ihm wirklich wichtig gewesen, dann hätte er einen Weg gefunden, bei mir zu sein.

Der Gedanke erschreckte Franziska, denn er hinterließ einen tiefen Kratzer auf dem rosaroten Bild, das sie sich anfangs von Paolo gemalt hatte.

»Ich weiß es nicht genau«, erwiderte sie schließlich. »Alles kommt mir so unwirklich vor. Mit meinem wirklichen Leben hat das nichts zu tun.«

»Das wirkliche Leben«, wiederholte Evelina. »Wer weiß schon, was das ist?«

»Für mich ist es das Gestüt«, entgegnete Franziska fest. Zugleich war sie unsicher.

Evelina schien ihre Zweifel zu spüren. »Du wirst es nie genau wissen, wenn du diesem Mann nicht noch eine Chance gibst«, sagte sie. »Wie gesagt. Manchmal muss man um seine Liebe kämpfen. Und ich werde dir zeigen, wie das geht.«

»Du?« Franziska überlegte, ob sie einen wichtigen Teil der Rede verpasst hatte. Die Haushälterin machte allerdings noch ein sehr geheimnisvolles Gesicht.

»Ja, ich. Glaubst du etwa, ich träume nicht auch von der großen Liebe?«

»Äh ...«

»Glaubst du, mein Glück hängt nur von einer guten Kaffeemaschine ab? Oder davon, dass ich zu eurem Familienfrieden beitrage?«

»Eigentlich nicht«, sagte Franziska verwundert.

»Oder denkst du vielleicht, ich will den Rest meines Lebens hier auf dem Gestüt versauern?«

»Ehrlich gesagt, ich weiß jetzt gar nicht mehr, was ich denken soll.«

Auf Evelinas Gesicht erschien ein fast glückliches Lächeln. »Dafür hast du ja mich. Und ich sage dir sogar auch noch, was du tun sollst. Nämlich packen. Mein Koffer ist fertig.«

Franziska starrte in ihre leere Tasse, als könnte sie dort eine vernünftige Erklärung finden. Stattdessen fuhr Evelina fort: »Wir beide fliegen zusammen nach Italien. Du musst um dein Glück mit Paolo kämpfen, und ich werde mich um Carlo kümmern.«

»Evelina, bitte! Du machst mich wahnsinnig. Wer um Gottes willen ist Carlo?«

»Carlo Cecchini, achtundfünfzig Jahre alt, Bademeister aus Riccione. Seine Frau ist vor fünf Jahren an Krebs gestorben. Er ist nicht sehr groß, aber kräftig und hat schöne Augen. Haselnussbraun, soweit ich das auf dem Foto erkennen konnte. Reicht das?«

»Nein!«

»Macht nichts. Alles Weitere erkläre ich dir während der Reise. Also, bist du bereit, dein Glück zu suchen? Oder willst du das Feld kampflos einer gewissen Isotta di Malafesta überlassen?«

»Isotta«, sagte Franziska, und Wut kam in ihr hoch. »Mit Isotta hätte ich noch zwei Wörtchen zu reden.«

Was ihr Glück betraf – da kam ihr ein ganz neuer Gedanke. Einen Moment lang schwieg sie, dann sagte sie langsam: »Ich würde immer mit dem Zweifel leben müssen, wenn ich Paolo jetzt nicht noch wenigstens einmal wiedersehe.«

Evelina nickte nur.

»Und ich würde mich mein Leben lang fragen müssen, ob es richtig war, einfach so aufzugeben. Ob ich ihm und mir nicht noch eine zweite Chance hätte geben müssen. Das wäre schrecklich, oder?«

Erneut nickte Evelina.

»Und mal ganz davon abgesehen. Ich hatte versprochen, auf La Ginestra zu bleiben, bis Fees Fohlen da ist. Ich habe vor, mein Versprechen zu halten. Ich mache mir Sorgen um Fee. Sie hatte sich noch nicht richtig in die neue Umgebung eingewöhnt, als ich so überstürzt abgereist bin.«

Evelina gab das Nicken auf und warf ihr nur noch einen ziemlich ungeduldigen Blick zu.

»Ich fürchte«, sagte Franziska langsam, stockte, fing noch einmal von vorne an: »Ich fürchte, dann muss ich mich mit dem Packen wohl beeilen.«

Sie war bereits an der Tür, als ihr noch etwas einfiel. Mit langen Schritten kam sie zu Evelina zurück. »Der Brief, den du mir nach Italien hinterhergeschickt hast …«

»Welcher Brief?«

»Tu nicht so, als ob du es nicht wüsstest.«

Evelina zuckte nur ganz leicht zusammen, aber Franziska spürte, wie sehr die Haushälterin nun fürchtete, ein neues Hindernis könnte sie von der geplanten Italienreise abhalten.

»Keine Sorge«, sagte sie daher schnell. »Wir fahren auf jeden Fall. Ich wollte nur wissen, ob du ihn gelesen hast.«

»Selbstverständlich nicht«, gab Evelina empört zurück. »Ich respektiere das Briefgeheimnis.«

Franziska glaubte ihr, aber etwas an der Art, wie Evelina jetzt den Blick senkte, ließ sie aufmerken.

»Es ist noch einer gekommen, nicht wahr?«

»Ja.«

»Wann?«

Evelina wurde rot und schwieg.

»Wann?«, wiederholte Franziska.

»Vor vier Tagen.«

»So. Und warum hast du ihn mir bisher noch nicht gegeben?«

»Du hast so viele andere Sorgen«, verteidigte sich Evelina. »Ich dachte, ich lasse dich wenigstens damit für eine Weile in Ruhe.«

»Zum Beispiel so lange, bis ich dich mit nach Italien genommen habe?« Kaum ausgesprochen, taten Franziska die Worte schon wieder leid. »Entschuldige«, sagte sie schnell. »So war das nicht gemeint.«

Evelina sagte nichts, ging aber zum Küchenschrank, wühlte in einer Schublade herum und fischte den Umschlag heraus. »Hier, bitte.«

Franziska spürte, wie auch dieser Brief ihr zu schaffen machte, besonders die Ungewissheit, wer ihn geschrieben hat. Aber sie ließ sich nichts anmerken. »Danke.«

»Worum geht es eigentlich?«

»Es sind Kopien alter Briefe aus dem Zweiten Weltkrieg«, erwiderte Franziska zögernd.

»Was hat das denn mit dir zu tun? Und wer schickt dir so etwas?«

»Genau das würde ich selbst gern herausfinden.«

Franziska verließ die Küche und ging auf ihr Zimmer. Aber bevor sie ihren Koffer hervorholte, öffnete sie den Umschlag.

Gestüt Brosin, den 20. Januar 1944

Mein geliebter Helmut!
Verzeih mir, daß ich Dir nicht eher schreiben konnte. Die Geburt war schwer, und ich habe lange gebraucht, um mich zu erholen.

Unser süßer Kurt wollte und wollte nicht auf die Welt kommen. Beinahe zwei Tage habe ich in den Wehen gelegen. Schwiegervater war schon ganz außer sich vor Sorge.

Nun jedoch geht es mir langsam besser, und dein Sohn ist schon zwei Wochen alt. Ach, wenn Du ihn nur sehen könntest! Gewiß, er kommt ganz nach Dir und Deiner Familie. Seine Augen sind so hell und weit wie der Himmel über Ostpreußen. Sie schauen mit jedem Tag klüger in die Welt.

Wenn Du nur hier sein könntest bei Deiner Dich liebenden Familie!

Die zwei gemeinsamen Tage zu Weihnachten waren ja so kostbar. Weißt Du noch, wie du mich zärtlich meine kleine Tonne genannt hast? Und Deine Hände lagen auf meinem Bauch, und Dein geliebtes erschöpftes Gesicht strahlte vor innigem Glück.

Ich habe es Dir nicht gesagt, aber ich war so furchtbar erschrocken darüber, wie dünn und blass Du geworden bist. Sogar ein paar graue Strähnen habe ich in Deinen Haaren entdeckt.

Was tut dieser Krieg uns an?

Ach, wäre nur bald alles vorbei!

Schwiegervater sagt, ich soll nach Schleswig-Holstein zu meiner Schwester Beate reisen, sobald der kleine Kurt kräftig genug für so eine lange Reise ist. Dort wären wir besser aufgehoben. Aber ich will nicht fort. Ich will Dir nicht noch ferner sein.

Außerdem werde ich hier auf dem Gestüt gebraucht. Es wird immer schwieriger, Menschen und Pferde zu ernähren. Unsere wundervollen Trakehner magern ab, und ich kann es kaum erwarten, daß es Frühling wird, damit sie sich am jungen Gras endlich wieder satt fressen können.

Unter den Leuten auf dem Gestüt grassiert eine böse Grippe. Auch unser Küchenmädchen hat es erwischt. Du weißt, das fröhliche kleine Ding, das Dir zu Weihnachten immer den heißen Punsch gebracht hat. Sie ist die Frau von unserem Reitburschen Ernst Deicher, und ihr kleiner Sohn ist jetzt ein Jahr alt. Nun hat sie einen bösen Husten zurückbehalten, und ich mache mir Sorgen.

Ach, mein geliebter Helmut, wäre nur rasch wieder Frieden. Möge Gott seine schützende Hand über Dich halten,
in immerwährender Liebe,

Deine Helene

Langsam ließ Franziska den Brief sinken. Nun war also der Junge geboren, mitten im Krieg. Ein Kind mit einer ungewissen Zukunft. Ob es je seinen Vater kennengelernt hatte? Waren diese Menschen und ihre Pferde im Jahr darauf der Roten Armee entkommen? Hatten sie heil den Westen erreicht? Oder hatte die junge Frau, Helene, auf ihren weitsichtigen Schwiegervater gehört und war schon vorher mit dem Kind nach Schleswig-Holstein gereist?

Fragen über Fragen, und Franziska spürte auf einmal, wie sehr sie am Schicksal dieser ihr fremden Menschen Anteil nahm. Sofern sie wirklich fremd waren. Aber ob nun verwandt oder nicht, sie fühlte sich mit Helene, Helmut und dem kleinen Kurt verbunden. Auch mit dem Schwiegervater, der nicht namentlich erwähnt wurde, und mit dem Reitburschen Ernst Deicher, der so jung schon eine Familie gegründet hatte. Mit seiner Frau, die krank geworden war, mit dem gemeinsamen kleinen Sohn. So oder ähnlich mochte sich in jenen Tagen auch ihre eigene Familie um das Wohl von Mensch und Tier gesorgt haben.

Erst nach einer langen Weile stand sie auf und begann zu packen.

Zu Franziskas größtem Erstaunen erlitt ihre Mutter keinen Nervenzusammenbruch. Als Evelina der Dame des Hauses am Nachmittag ihre Kündigung überreichte, sagte diese gefasst: »Sie werden mir schrecklich fehlen. Aber ich denke, ich werde es auch allein schaffen. Wir sind ja nur noch zu zweit, Frido und ich.«

Dann machte sie zwei Schritte auf ihre Tochter zu und nahm sie fest in die Arme. »Pass gut auf dich auf, mein Kind. Und komm wieder, wenn dieser Mann dich nicht glücklich macht. Du hast hier immer ein Zuhause. Denk daran.« Einen Teil der Geschichte hatte sie sich selbst zusammengereimt, den Rest hatte sie sich von Evelina erzählen lassen.

Franziska schluckte den Kloß hinunter, der plötzlich in ihrem Hals saß, und nickte. »Vielleicht bin ich sogar ganz schnell wieder da.«

»Das sollst du selbst entscheiden.«

Mit seinem frechsten Grinsen rief Frido aus: »Meine große Schwester und meine Haushälterin kommen! Italiener, bringt euch in Sicherheit!«

Franziska verpasste ihm einen Stoß mit dem Ellenbogen, aber in Wahrheit war sie ihm dankbar. Mit seiner unbekümmerten Art machte Frido es ihr leicht, bei diesem zweiten Abschied innerhalb so kurzer Zeit die Fassung zu bewahren.

»Und für das große Haus habe ich ja Birthe und Karen«, sagte Bernadette gerade zu Evelina. »Das ist mehr als genug Hilfe für mich. Aber ich muss Ihnen ein Geständnis machen: Ihren köstlichen Latte Macchiato werde ich schrecklich vermissen.«

Die Haushälterin lächelte vergnügt. »Wissen Sie was? Ich mache Ihnen meine Kaffeemaschine zum Geschenk und bringe Ihnen vorher bei, wie man sie bedient. Kommen Sie mit, liebe Bernadette.«

Die beiden Frauen, die mehr als vierzig Jahre auf dem Gestüt zusammengelebt hatten, verschwanden in der Küche. Frido behauptete kurz darauf, noch einen Berg Arbeit im Büro zu haben, und Franziska war plötzlich allein. Sie lief zum Stall hinüber, ging von einer Box zur anderen und sagte leise Lebwohl.

Die Pferde waren für die Nacht bereits wieder von der Weide hereingekommen und fraßen jetzt ruhig ihren abendlichen Hafer. Lange blieb Franziska bei Seline stehen. Ihre Lieblingsstute sah sie aus großen, klugen Augen an. Sie war erst knapp vier Jahre alt und befand sich noch mitten in der Ausbildung. Franziska fragte sich, ob Frido es bei allen anderen Aufgaben schaffen würde, Seline regelmäßig zu reiten. Sonst musste sie einen der Stallburschen damit beauftragen, zumal Frido mit seinem Bein sowieso vorsichtig sein musste.

»Ich werde dich schrecklich vermissen«, murmelte Franziska. Ihr war, als würde ihr der Abschied noch schwerer fallen.

Während sie zum Haus zurückging, dachte sie voller Zweifel an Paolo.

Evelina, ihre Mutter, ja, sogar Frido schienen davon überzeugt zu sein, dass sie auf La Ginestra glücklich wurde. Doch sie selbst war sich da alles andere als sicher. Zweimal hatte sie mit Paolo telefoniert. Nur zweimal während dieser endlos langen Tage auf Gut Brosin. Ihre Gespräche waren förmlich und ohne Wärme gewesen. Keiner von beiden hatte sein Herz sprechen lassen. Die glückliche Woche in Tirol schien nur noch ein ferner Traum zu sein. Franziska fühlte, wie sich eine lähmende Kälte in ihrem Innern ausbreitete. Wohin war all die Liebe gegangen?

14

Sie ist fort«, sagte die männliche Stimme am Telefon. »Abgereist. Heute früh. Ich bedaure, dass ich Ihnen keine andere Nachricht geben kann. Es ging alles ziemlich schnell.«

Der Mann umschloss sein Handy so fest mit den Fingern, dass es jeden Moment unter dem Druck zerspringen konnte.

»Verdammt!«, sagte er laut. Ich hätte vor Ort bleiben müssen, fügte er in Gedanken hinzu. Anstatt einen Detektiv aus Lüneburg zu engagieren, der noch keine Erfahrung hat. Der überhaupt keine Ahnung hat …

Freia Hansen, seine Sekretärin, erschien in der Tür und deutete auf das Telefon auf seinem Schreibtisch, auf den roten Knopf, der hektisch blinkte. »Dringend«, formte sie dazu lautlos mit den Lippen.

Er schüttelte den Kopf und scheuchte sie mit einer Handbewegung hinaus. Nichts konnte im Moment dringender sein als Franziska Brosins neuerliche Abreise. Wenigstens hörte er auf, dem Detektiv die Schuld zu geben. Was hätte er selbst denn ausrichten können? Hätte er Franziska anbinden sollen? Unsinn. Und er hatte auch nicht die Zeit, ständig persönlich vor Ort zu sein. Schließlich war er ein Mann mit einer ganzen Reihe von Verpflichtungen.

»Sind Sie noch dran?« Der junge Detektiv klang ein wenig ängstlich.

Der Mann erwiderte unwirsch: »Ich nehme an, Franziska Brosin ist schon wieder nach Italien gereist.«

»So ist es«, erwiderte der Detektiv schnell, offenbar froh, seinem Auftraggeber auch eine brauchbare Information liefern zu können. »Und zwar zusammen mit der langjährigen Haushälterin der Familie, einer gewissen Evelina Rossi.«

Verblüfft hob der Mann die Augenbrauen. Was war da in der Lüneburger Heide schon wieder los? Wieso nahm Franziska ihre Haushälterin mit nach Italien? Und, die wichtigste Frage, die er sich stellte: Wann würde sie wiederkommen?

Denn an der Tatsache, dass sie früher oder später zurückkehren würde, bestand für ihn kein Zweifel. Es durfte einfach kein Zweifel bestehen. Andernfalls hätte er nicht mehr weitergewusst.

»Wenn Sie es wünschen, kann ich gleich morgen früh nach Italien reisen und Ihnen dann Bericht erstatten«, schlug der Detektiv vor.

Ha!, dachte der Mann. Was für ein schlaues Kerlchen! Da will wohl jemand auf meine Kosten bella Italia sehen und sich eine schöne Zeit machen. So weit käme das noch!

»Nicht nötig«, erwiderte er knapp. »Beobachten Sie nur weiterhin das Gestüt Brosin und halten Sie mich auf dem Laufenden.«

»Wie Sie wünschen.« Die Enttäuschung in der Stimme war nicht zu überhören.

Der Mann beendete das Gespräch und saß noch eine Weile reglos da. Eine innere Unruhe hatte ihn erfasst, die er sich nicht erklären konnte. Hätte er den Detektiv doch nach Italien schicken sollen?, fragte er sich. War es nicht wichtig zu erfahren, was dort unten vorging? Musste er nicht wissen, warum Franziska erneut die Lüneburger Heide verlassen hatte?

Ja, dachte er im nächsten Moment. Es war absolut notwendig für ihn, über ihre Pläne informiert zu bleiben. Und nein, dachte er im selben Atemzug. Nicht der Detektiv sollte nach

Italien fahren. Er selbst musste reisen. Mit eigenen Augen wollte er sehen, was dort unten vor sich ging, und dann eine endgültige Entscheidung treffen. Sein genaues Ziel kannte er. Hatte er doch ausreichend Erkundigungen über diesen Pferdezüchter Paolo della Ravere eingezogen.

Der rote Knopf an seinem Telefon hatte aufgehört zu blinken. Gut so. Er hatte jetzt keine Zeit für Geschäfte, obwohl er ahnte, dass es nicht so leicht werden würde, sich für längere Zeit frei zu machen. Schließlich lastete eine große Verantwortung auf seinen Schultern. Doch irgendwie musste es gehen.

Der Mann rief seine Sekretärin herein und gab ihr knappe Anweisungen.

»Möglicherweise werden Sie sich auch um meinen Vater kümmern müssen«, sagte er abschließend.

Freia Hansen nickte. »Das ist kein Problem.«

Er wusste zwar, dass es für seine Sekretärin sehr wohl ein Problem darstellte, denn Freia Hansen bewegte sich sicher in der Welt der Geschäfte, jedoch hatte sie keine Erfahrung mit kranken und pflegebedürftigen Menschen, aber er tat, als glaube er ihr.

Dann schickte er sie hinaus und hing seinen Gedanken nach.

Es sollten noch mehr als zwei Wochen vergehen, bis der Mann sein Vorhaben in die Tat umsetzen konnte, aber er würde genau zum richtigen Zeitpunkt in Italien eintreffen.

15

Willkommen zurück«, sagte Michele zu Franziska und nahm ihr den Gepäckkarren ab. Dann musterte er Evelina, fand Gefallen an ihr und begann zu plaudern. Franziska musste trotz ihrer Anspannung lächeln. Wenigstens eine von uns scheint hier gute Karten zu haben, dachte sie.

Evelina nahm die Haltung einer Königin auf Staatsbesuch an und ließ sich von dem Stallmeister von La Ginestra hofieren.

»Wenn das nur nicht dein Carlo erfährt«, flüsterte Franziska ihr auf Deutsch zu, während sie unter einer heißen Frühlingssonne zum Parkplatz gingen.

Evelina lief dunkelrot an.

Sofort tat Franziska ihre Hänselei leid. Sie dachte an die unglaubliche Liebesgeschichte, die Evelina ihr auf dem Flug nach Rimini erzählt hatte. Nach zwei gescheiterten Verlobungen in ihrer Jugend hatte die Sizilianerin die Hoffnung auf ein eigenes kleines Glück schon längst aufgegeben. Zumal: Im weiten Umkreis des Gestüts Brosin gab es einfach keine heiratsfähigen Männer in ihrem Alter. Doch in den vergangenen paar Jahren las sie immer wieder von den wunderbaren Möglichkeiten des Internet, und ihr kam eine Idee.

Als im letzten Herbst die dunklen Tage anbrachen, überredete Evelina Frido, ihr zu helfen. Sie kaufte sich einen Computer und ließ sich von ihm beibringen, wie man damit umging.

»Damit wart ihr beide also stundenlang im Winter beschäftigt«, sagte Franziska, als sie über die schneebedeckten Gipfel der Alpen flogen. »Ich habe mich schon gewundert, warum ihr auf einmal so viel zusammensitzt.«

Evelina nickte. »Dein Bruder war froh über die Abwechslung. Er musste mit seinem gebrochenen Bein ja noch fast liegen. Ein geduldiger Lehrer war er zwar nicht gerade, aber irgendwann hatte ich dann einigermaßen den Dreh raus. Ich habe ihn allerdings zum Stillschweigen verpflichtet.«

»Warum eigentlich? Glaubst du, ich hätte kein Verständnis für dich gehabt?«

»Du hattest andere Sorgen, Franziska. Aber stell dir mal vor, was der alte Hugo dazu gesagt hätte. Seine brave Haushälterin lustwandelt im Internet! Welch ein Skandal für die Familie!«

Franziska kicherte. »Ja, da hast du wohl recht. Und wann kam Carlo?«

Evelinas Gesicht wurde weich. »Kurz vor Weihnachten. Wir haben uns in einem Chatroom getroffen und konnten uns sofort wunderbar unterhalten.«

»Also Liebe auf den ersten Klick.«

»Hm.«

»Das ist doch wunderbar.«

»Meinst du?«

»Natürlich.«

Evelina schien erleichtert. So ganz glaubte sie offenbar nicht an diese virtuelle Liebe. Vielleicht, dachte sie, aber eigentlich ist das nur was für junge Leute.

»Aber ihr habt euch noch nie getroffen?«, hakte Franziska nach.

»Nein. Wir haben uns nur Fotos geschickt.« Das klang dermaßen kleinlaut, dass Franziska dachte: Ich bin hier wohl nicht die Einzige, die es mit der Angst vor der eigenen Courage zu tun hat.

Als sie jetzt ins Auto stiegen, legte Franziska Evelina beruhigend eine Hand auf den Arm. Es wird schon alles gut gehen, wollte sie damit sagen. Die Autofahrt verbrachte sie damit, diesen Gedanken immer wieder für sich selbst zu wiederholen. Es wird schon alles gut gehen. Wenn sie daran nur hätte glauben können!

Paolo della Ravere war müde. Die Züchtertagung in Rom war lang und arbeitsreich gewesen. Nun hatte er nur einen einzigen Wunsch: nach La Ginestra heimkehren und endlich Franziska wiedersehen. Für die Rückfahrt aus Rom hatte er bewusst die zwar längere, aber schönere Strecke durch die Berge gewählt. Das gab ihm Zeit, Abstand von der Tagung zu gewinnen. Außerdem versuchte er, sich über seine Gefühle für Franziska klar zu werden. Allerdings ohne Erfolg. Seit vier Stunden dachte er an sie und wusste nicht, ob er sie liebte.

War die Woche in Tirol nur ein einmaliges Ereignis gewesen? Hatten sie sich beide von der Romantik verführen lassen? Wie sollte eine Liebe zwischen ihnen beiden im Alltag überhaupt funktionieren?

Die wichtigste Frage von allen stellte er sich erst am Schluss: Würde Franziska überhaupt noch einmal wiederkommen?

Paolo war sich nicht sicher, ob er das wünschte. Mein Leben, dachte er, mein Leben wäre ohne sie einfacher. Mit Isotta an meiner Seite, mit ein paar Kindern, mit einer Zukunft, die keine bösen Überraschungen mit sich brachte.

Dann jedoch erinnerte er sich an Franziskas grüne Augen, an den großen lachenden Mund, an ihre zärtlichen Hände. La mia sirenetta.

Er dachte an ihre energische Art, an ihren klaren Charakter, der keine Falschheit kannte. Da schnitt die Sehnsucht in sein Herz, und er nahm sich vor: Zur Not fahre ich noch einmal nach Deutschland. Ich muss Franziska wenigstens noch einmal wiedersehen.

Vor zehn Minuten war er an Urbino mit seinem prachtvollen Herzogspalast vorbeigefahren. Nun bog er in die Straße zu seinem Gut ein.

Als er vor dem Haupthaus anhielt und ausstieg, kam Isotta herausgelaufen, schlang ihm die Arme um den Hals, küsste ihn und rief: »O Paolo, endlich bist du wieder da. Ich habe dich ja so sehr vermisst!« Dann küsste sie ihn noch einmal, und er fühlte sich gefangen wie im Griff einer Würgeschlange. Wortlos ließ er alles geschehen.

In diesem Augenblick begriff Paolo: Ich werde Isotta niemals lieben können. Noch ein zweiter Gedanke schoss ihm durch den Kopf: Es wäre besser gewesen, wenn sie die Einladung von ihren Verwandten in Argentinien angenommen hätte. Besser für uns alle.

Immerhin, überlegte er weiter und atmete ihr viel zu intensives Parfum ein. Immerhin ist mir das alles schon mal klar geworden.

Während er noch versuchte, sich aus Isottas Umarmung zu befreien, kam ein zweites Auto an. Paolo vernahm Türenschlagen, einen erstickten Ausruf.

Kurz danach heulte der Motor erneut auf. Er wandte sich um, sah Michele und eine fremde, kleine Frau, die ihn zornig ansah. Da wurde ihm mit Schrecken klar, wer in dem Auto saß, das so plötzlich davongefahren war. Er stieß Isotta von sich, doch es war zu spät.

Der Tränenschleier vor ihren Augen nahm Franziska die Sicht, aber es fiel ihr nicht ein, das Tempo zu drosseln. Erst als Micheles Wagen in einer Kurve gefährlich ins Schleudern geriet, nahm sie den Fuß vom Gas. Wohin jetzt? Einem ersten Impuls folgend, war sie nur geflüchtet. Nun musste sie nachdenken. Zurück zum Flughafen? Ihr Gepäck war noch im Auto. Sie wusste jedoch, die nächste Maschine nach Deutschland ging erst am nächsten Morgen.

Egal, dann musste sie sich eben in Rimini für eine Nacht ein Hotelzimmer nehmen. Und dann musste sie zurück zu ihrer Familie, in die Sicherheit ihres gewohnten Lebens. Wo es keinen italienischen Mann gab, der ihr das Herz brach.

Die Umarmung! Wie sie einander festgehalten und sich geküsst hatten!

»Verdammt!«, schrie sie laut. »Verdammt! Ich hätte es wissen müssen!«

Männer entschieden sich immer für die bequeme Lösung, das hatte sie doch schon bei Ferdinand Sommerkamp erlebt.

Franziska schluchzte laut auf und krampfte die Finger um das Lenkrad. Der Strahl der Abendsonne traf ihr Gesicht, blendete sie. Kurz wandte sie den Kopf, dann trat sie mit aller Kraft auf die Bremse.

Da war es!

Schloss Gradara thronte machtvoll über dem Land und schien sie zu rufen. Wie durch Magie fühlte sich Franziska angezogen. Ihre Tränen versiegten, ihr Schluchzen wurde leiser. Die große Burg wirkte so friedlich und kraftvoll.

Warum nicht, schoss es ihr durch den Kopf. Vielleicht kann ich dort einen klaren Gedanken fassen.

Zehn Minuten später erreichte sie den Ort Gradara und schlängelte sich hinter einer Karawane von Autos den Berg hinauf. Sie wunderte sich über den vielen Verkehr, fand nur mit Mühe einen Parkplatz. Erst am Eingang zur Burg ahnte sie den Grund. Ticketverkäufer in mittelalterlichen Kostümen standen unter einem großen Transparent. Seduzione al

Castello, war darauf in großen Lettern zu lesen. Verführung im Schloss.

Franziska erkundigte sich an der Kasse nach der Veranstaltung und erfuhr, dass dieses historische Fest jedes Jahr gefeiert wurde.

»Es wird Ihnen gefallen«, sagte die junge Frau im brokatbestickten Kleid einer Edeldame. »Mit diesem Fest erinnern wir an die tragische Liebesgeschichte von Paolo und Francesca.«

Franziska war sich keineswegs sicher, dass ihr ausgerechnet dieses Thema gefiel, aber hinter ihr drängten sich die nächsten Besucher, und ihr fehlte die Energie, um aus der Reihe auszuscheren und wieder wegzugehen. Beinahe willenlos ließ sie sich mitziehen und landete in einer anderen Welt. Spielleute ließen uralte Melodien erklingen, Gaukler trieben ihre Späße mit dem Publikum. Entlang der Außenmauer zeigten Handwerker das Können ihrer Vorväter. Da gab es Münzpräger, Eisenschmiede, Weber und Glasbläser.

Eine alte Frau winkte Franziska herbei, um ihr aus keltischen Runen die Zukunft zu lesen. Franziska schreckte zurück, lief weiter. Sie fühlte sich zugleich verloren und geborgen. Eine Weile sah sie einem Turnier von Bogenschützen zu, dann zog ein Falkner sie mit seinen Tieren in den Bann. Auf einem Platz gab es historische Spiele für Kinder, und überall freuten sich die Besucher an dem grandiosen mittelalterlichen Schauspiel.

Nur Franziska lief wie betäubt durch die Gassen. Einmal klingelte ihr Handy. Sie ging ran, ohne auf die Nummer des Anrufers zu achten. Als sie Paolos Stimme erkannte, ließ sie das Handy ohne ein Wort zurück in ihre Tasche gleiten. Es fiel ihr nicht auf, dass sie vergessen hatte, das Gerät wieder auszuschalten. Der Nachmittag ging in einen warmen Abend über, und an den Burgmauern wurden Fackeln entzündet.

Paolo lief suchend durch die Festungsanlage und wich dabei einem historischen Umzug aus. Ritter, Kaufmannsleute und Edelfräuleins marschierten hinter der kleinen Musikkapelle her. Selbst die Kinder waren in zauberhafte Gewänder gekleidet, und ein besonders vornehmes Paar stellte offensichtlich den Burgherrn mit seiner Gemahlin dar.

Paolo hatte für die Schönheiten der Vorführung keinen Blick. Irgendwo hier war Francesca, und er war entschlossen, sie zu finden. Als er sie vorhin angerufen hatte, waren ihm sofort die lauten Hintergrundgeräusche aufgefallen. Das Rufen der vielen Menschen, der Klang einer Laute, das Schellengeläut. Augenblicklich hatte er sich auf den Weg gemacht.

Zweimal schon glaubte er, sie entdeckt zu haben. Er lief auf sie zu, sprach sie an und blickte in das erstaunte Gesicht einer fremden Touristin.

Da! Bei dem alten Mann mit dem Ziegenkäse. Das musste sie sein. Paolo beschleunigte seinen Schritt, zögerte, ging dann schneller.

»Probieren Sie ein Stückchen, Signorina«, sagte der alte Mann. »Er riecht ein bisschen streng, aber er schmeckt wunderbar.«

Franziska sah in das faltige, freundliche Gesicht, suchte nach Worten, fühlte sich auf einmal schwindelig. Eine Hand legte sich auf ihren Arm, und eine Stimme, die sie so gut kannte, sagte: »Komm.«

Paolo!

»Wie … hast du mich gefunden?«

Er lächelte. »Das war nicht schwer. Dein Handy hat mich hergeführt.«

Sie verstand nicht, war viel zu durcheinander, um logisch

denken zu können. Freute sie sich, Paolo hier zu sehen? Franziska wusste es nicht.

Sie ließ sich mitziehen, während der alte Käseverkäufer ihr hinterherlachte. »Ah, l'amore!«

Sie kamen an einem kleinen Platz vorbei, auf dem ein Podium aufgebaut war. Das junge Paar auf der Bühne stellte das Liebespaar der Legende dar und spielte die historische Szene nach. Gerade beugte sich Paolo über seine Francesca und drückte ihr den berühmten Kuss auf die Lippen.

Franziska erschauerte. Auch ihre Lippen empfingen einen Kuss, und diese Leidenschaft war nicht gespielt. Legende und Wirklichkeit verschmolzen miteinander, das Gestern und das Heute wurden eins. Es mochte an der besonderen Stimmung dieser Nacht liegen, aber in diesem Moment waren all ihre Zweifel wie fortgewischt.

»Komm«, flüsterte Paolo wieder. »Lass uns irgendwo hingehen, wo wir in Ruhe reden können.«

Sie folgte ihm durch eine Maueröffnung aus der Festung heraus. Er zog sie weiter, einen schmalen Weg entlang, bis sie in den Schutz eines Pinienwäldchens gelangten. Dort blieb er stehen und sah ihr in die Augen. »Francesca, du musst mir glauben. Diese Umarmung heute. Das ging einzig und allein von Isotta aus. Ich habe sie sofort weggestoßen, aber da warst du schon weg. Ich liebe Isotta nicht. Ich habe sie nie geliebt.«

Sie schwieg. Er hatte sie wieder Francesca genannt, und seine Augen blickten sie offen und ehrlich an.

»Ich glaube dir«, sagte sie endlich.

»Grazie.« Er zog sie an sich und küsste sie.

Der Vollmond schickte sein kühles Licht durch die Baumkronen, und in der Luft lag der würzige Duft nach Pinienzapfen.

Franziska gab sich ganz Paolos Umarmung hin und in diesem Augenblick war sie wunschlos glücklich. Sie wollte an diese Liebe glauben und sie verscheuchte jeden Gedanken an Isotta.

Erst später, als sie gemeinsam nach La Ginestra zurückfuhren, erinnerte sie sich an seine Worte. Ich liebe Isotta nicht, hatte er gesagt. Doch die anderen drei Worte, auf die sie so sehr wartete, waren ihm nicht über die Lippen gekommen. Er hatte nicht gesagt: »Ich liebe dich.«

Da zog sie sich wieder in sich selbst zurück und stieg grußlos aus dem Auto, kaum, dass Paolo im Hof gehalten hatte.

16

Amore mio, du machst mich verrückt!« Carlo Cecchini rang die Hände. In seiner Stimme lag Verzweiflung. »Du hast mir mein Herz gestohlen und jetzt trittst du es mit Füßen!«

Evelina verdrehte die Augen und lachte. »Sei nicht albern. Wir sind zu alt für solche Szenen.«

Carlos Miene war eine einzige riesige Entrüstung. »Zu alt? Pah! Hier, fühl mal, wie alt ich bin.«

Er packte ihre Hand, und Evelina errötete. Er würde doch nicht ... Sie saßen in einer Pasticceria in Riccionés bekannter Einkaufs- und Flaniermeile Viale Ceccarini. Um sie herum genossen Touristen und Einheimische die warme Frühlingssonne. Es war Ende April, und die Saison begann mit bestem Wetter. Zu Evelinas größer Erleichterung führte Carlo ihre Hand lediglich an seinen breiten Brustkorb.

»Spürst du das, Carissima? Fühlst du, wie laut und stark mein Herz für dich schlägt? Das ist die wahre Liebe. Il vero amore!«

Evelina kicherte. »Ich dachte, ich hätte es gerade mit Füßen getreten?«

Er sah sie verständnislos an. Carlo war kein Mann der feinen Ironie. Dann zog er sie an sich, wobei ihr Stuhl gefährlich ins Wanken geriet.

»Du machst dich über mich lustig, aber ich liebe dich.«

Plötzlich war es Evelina egal, dass sie beide auf die sechzig zugingen. So viele Jahre hatte sie auf gutes Benehmen in der Öffentlichkeit geachtet, aber hier kannte sie ja niemand. Sie genoss die körperliche Nähe und schob ihre Kaffeetasse zur

Seite. Der Espresso schmeckte sowieso nicht – dafür kostete er drei Euro!

Carlo roch nach Meer, nach Sonne und Sand. Allmächtiger!, dachte Evelina. Das muss wohl wirklich Liebe sein. Meer geht ja noch, aber seit wann kann jemand nach Sonne oder Sand riechen?

Sie hütete sich, Carlo ihre Gedanken mitzuteilen. Es war schon schwierig genug, den Mann im Zaum zu halten. Seit ihrer ersten persönlichen Begegnung bestürmte er sie mit seinen Gefühlen. Sie hatten sich drei Tage nach ihrer Ankunft in Italien zum ersten Mal getroffen. Evelina fand ihn sympathisch, ja auch anziehend, aber sie hielt sich zurück. Gut Ding will Weile haben, hatte der alte Hugo immer gesagt, und Evelina war mit ihm darin vollkommen einer Meinung.

Carlo nicht. Er berief sich auf sein italienisches Temperament und schlang seine muskulösen Arme um sie. Seine Hände, große kraftvolle Männerhände, die ihren Rücken streichelten, lösten in ihr längst vergessen geglaubte Gefühle aus. Es war nicht leicht, sich aus dieser Umarmung zu befreien, zumal er so gut roch – eben nach Meer und Sonne und Sand. Doch Evelina hatte nicht umsonst den größten Teil ihres Lebens in einer Familie verbracht, die sich zu beherrschen wusste. Sie stieß ihn von sich und schlug vor: »Wir sollten uns erst ein bisschen besser kennenlernen.«

»Typisch Mann«, lautete später Marisas Kommentar. Die Köchin von La Ginestra war innerhalb kürzester Zeit Evelinas Freundin geworden. »Die Kerle starten immer im fünften Gang, während wir Frauen vernünftigerweise zunächst den Leerlauf einlegen. Wenn wir dann endlich anfahren, sind die oft schon über alle Berge.«

Das gab Evelina zu denken, denn sie verfügte über herzlich wenig Erfahrung mit dem starken Geschlecht.

Marisa, die seit zehn Jahren Witwe war, hatte schon ein

bisschen mehr erlebt. Gern ließ sie Evelina an ihrem Erfahrungsschatz teilhaben. »Weißt du, normalerweise läuft das hier folgendermaßen ab. Man lernt sich meistens in einem Tanzlokal kennen. Da gibt es einige. Zum Beispiel das Bollicine in Riccione. Dort wird der Liscio getanzt, das ist der berühmte Walzer aus der Emilia-Romagna. Der Mann wartet aber gern auf einen Lento, einen langsamen Tanz. Da kann er schon mal ein bisschen vorfühlen. Ein paar Tage später lädt er dich zum Essen ein. Fisch oder Pizza, je nachdem, wie spendabel er ist. Am dritten Abend geht es dann zu ihm oder zu dir. Zur Not auch in ein Hotel, falls ihr beide verheiratet seid. Tja«, sie schnippte mit den Fingern, »das war's dann.«

»Wie furchtbar.«

Marisa hob die Schultern. »Es gibt natürlich auch Ausnahmen. Hin und wieder finden sich zwei Menschen, die sich wirklich lieben. Aber du musst vorsichtig sein. Von der Liebe reden können die Männer nämlich ausgezeichnet.«

Evelina nahm sich die Warnung zu Herzen, traf sich regelmäßig mit Carlo, hielt ihn sich aber vorläufig vom Leib. Doch nicht nur Marisas Erfahrungen mit Männern waren der Grund für ihre Zurückhaltung. Es lag auch an Franziska. Als sie zur Welt gekommen war, hatte Evelina sie wie eine eigene Tochter ins Herz geschlossen. An diesen Gefühlen hatte sich nie etwas geändert. Franziska war für sie die Tochter, die sie selbst nie gehabt hatte. Und so kam deren Glück für Evelina an erster Stelle. Das mochte unvernünftig sein, dumm sogar. Doch Evelina konnte aus ihrer Haut nicht heraus. In diesem Punkt fühlte sie sich zu alt, um sich zu ändern.

Das Problem war nun: Keiner wusste so recht, wie es nun wirklich um Franziskas Glück bestellt war. Seit Wochen herrschte auf La Ginestra ein trügerischer Frieden. Paolo war viel unterwegs. Er traf sich mit Sponsoren und Züchterkollegen und steckte viel Energie in die Organisation der Trakehner-Pferdemesse, die im nächsten Jahr in Rom stattfinden sollte. Doch wann immer er konnte, kam er zum Gut, aß mit Franziska wenigstens zu Abend und benahm sich ganz wie ein liebender Mann.

Isotta di Malafesta wiederum schlief nicht mehr im Haus, erschien nur morgens, um ihren Pflichten nachzugehen. Wenn sie Franziska begegnete, war sie ausgesprochen höflich zu ihr.

Genau das war es, was sowohl Marisa als auch Evelina misstrauisch machte. Die beiden Frauen trauten Isottas Wandlung zum guten Menschen nicht eine Sekunde lang über den Weg.

»Irgendwas wird passieren«, sagte Marisa einmal. »Das spüre ich in meinen Knochen.«

»Amore mio«, murmelte Carlo. »Wo bist du mit deinen Gedanken?«

Evelina zuckte zusammen. Sie fühlte sich ertappt. »Bei dir, mein Lieber«, sagte sie schnell. »Ganz bei dir.«

Das war eine Notlüge, für die sie mit einem Kuss bezahlen musste. Doch sie fand die Strafe gerecht.

»Ich muss gehen«, sagte Evelina endlich und löste sich von Carlo.

»Jetzt schon? Ich dachte, wir verbringen den Tag zusammen.«

»Musst du nicht deinem Sohn helfen?«, fragte sie zurück.

Sein Ältester sollte bald den Strandabschnitt des Bademeisters übernehmen. Aber Carlo konnte sich noch nicht so recht von der Arbeit trennen. Im Augenblick bereiteten Vater und Sohn ihren Arbeitsplatz auf die Saison vor. Die Umkleidekabinen mussten neu in leuchtendem Gelb gestrichen werden, die Sonnenschirme wurden gewaschen. Die Platten für den Gehweg wurden verlegt, und nächste Woche würden sie tiefe Löcher in den Sand bohren. Danach konnten sie die Sonnenschirme wie stramm stehende Soldaten in schnurgeraden Reihen aufstellen.

Wenn ihn Evelina endlich erhören wollte, so hatte Carlo versprochen, würde er sich zur Ruhe setzen. Aber sie hatte da so ihre Zweifel. Er liebte den Betrieb viel zu sehr, um ganz darauf zu verzichten. Außerdem, was sollten sie beide den lieben langen Tag tun, wenn es keine Arbeit gab? Ihm würde da gewiss etwas einfallen, vermutete sie. Aber selbst die größte Liebe wurde Evelinas Meinung nach irgendwann langweilig. Deshalb spielte sie neuerdings mit dem Gedanken an eine kleine Bar auf Carlos Strandabschnitt. Ihren Espresso würde sie zu zivilen Preisen verkaufen! Dazu könnte sie selbst gebackenen Kuchen anbieten, ein oder zwei Pastagerichte.

Ach, die Zukunftsträume! Wie schön war es, überhaupt welche zu haben, aber wie wunderbar wäre es, sie auch wahr werden zu lassen.

»Emanuele kommt auch gut ohne mich klar«, sagte ihr Freund jetzt und versuchte, sich einen zweiten Kuss zu holen.

Evelina wich ihm aus und stand auf. »Aber ich muss zurück zum Gut.«

»Warum?«, fragte Carlo und wirkte so geknickt, dass eine Welle von Zärtlichkeit über sie hinwegspülte. »Was hast du denn da so Wichtiges zu tun?«

»Aufpassen«, sagte sie nach einigem Zögern. »Ich muss aufpassen.«

Beim besten Willen konnte sie ihm keine bessere Erklärung liefern.

Franziska war in ein Gespräch mit Michele vertieft, als Isotta hinzukam.

»Ich glaube nicht, dass es schon so weit ist«, sagte der Stallmeister gerade und tätschelte Fees Flanke. Franziska nickte. Sie hatte Micheles Pferdeverstand in den letzten Wochen schätzen gelernt. Fee wirkte heute Morgen besonders unruhig, aber das mochte auch andere Gründe haben. Bis zum errechneten Geburtstermin am fünfzehnten Mai fehlte noch knapp eine Woche. Trotzdem. Franziska zog es vor, eine zweite Meinung einzuholen.

»Es sind auch noch keine Harztöpfchen an den Zitzen zu sehen«, sagte sie jetzt. Das war meist ein untrügliches Zeichen für eine bevorstehende Fohlengeburt. Sanft strich sie der Stute über die kleine weiße Blesse, als sie hinter sich Isottas Stimme hörte.

»Guten Morgen, ist es nicht ein herrlicher Tag?«

»Ja«, erwiderte Franziska freundlich.

Michele tat, was er immer tat, wenn die beiden Frauen irgendwo zusammentrafen: Er verschwand, so schnell er konnte.

Isotta schickte ihm ein Lächeln hinterher. »Ein guter Mann. Ich verstehe was von Buchhaltung und Betriebsführung, aber wenn's um die Pferde geht, stütze ich mich ganz auf Michele.«

»Hm«, machte Franziska.

»Und jetzt haben wir ja auch noch Sie mit Ihren Fachkenntnissen. Da fühle ich mich manchmal schon richtig überflüssig, obwohl der gute Paolo sich fast nur noch um die Pferdemesse kümmert.« Isotta stieß ein kleines, freudloses Lachen aus.

Darauf wusste Franziska nichts zu sagen, also schwieg sie. In der Hoffnung, Isotta würde weitergehen, begann sie, Fees ohnehin schon sauberes Fell zu striegeln. Doch die Italienerin blieb, wo sie war.

Als sie das Schweigen nicht mehr aushielt, fragte Franziska: »Ist es normal, dass es hier im Frühling so lange nicht regnet?«

»Nein, das ist ungewöhnlich. Im Sommer herrscht oft Trockenheit, aber bis in den Juni hinein regnet es normalerweise genug.«

Franziska dachte an ihr Zuhause in der Lüneburger Heide, an die sattgrünen Pferdeweiden, an das frische Laub von Eichen, Buchen und Birken, an den sanften Nieselregen, der im Frühjahr das Land erblühen ließ. Heftiges Heimweh überfiel sie, und sie musste sich schnell wieder auf das Hier und Jetzt konzentrieren, um nicht ihre Fassung zu verlieren. »Vielleicht ist Fee in diesen Tagen deshalb so unruhig«, sagte sie.

»Das Wetter kann einen schon ziemlich nervös machen«, meinte Isotta zweideutig und tat, als würde sie den ausladenden Bauch der Stute betrachten. Dann fragte sie ohne sichtbaren Zusammenhang. »Paolo ist heute in Pesaro, nicht wahr?«

Die Frage überraschte Franziska so sehr, dass sie, ohne zu überlegen, Isotta genaue Auskunft gab.

»Ja. Er hat im Hotel Flaminio den kleinen Konferenzsaal gemietet, um dort mit einem Hersteller von Pferdefutter aus Bologna und dem Inhaber einer Ladenkette für Reitsportartikel aus Pescara über ihre Unterstützung für die Pferdemesse zu verhandeln.«

»Hat Paolo Ihnen auch gesagt, wie lange die Konferenz dauern wird?«

»Nein. Aber ich denke, er kommt so gegen acht zurück. Wie immer.«

Isotta wandte sich ruckartig ab. »Va bene. Dann noch einen schönen Tag. Ich fahre in die Stadt, um einige Einkäufe zu erledigen.«

Fort war sie und ließ Franziska mit einem unguten Gefühl zurück. Seit der Nacht in Gradara schien sich Isotta verändert zu haben. Ob Paolo mit ihr geredet hatte, wusste Franziska nicht. Aber die Zärtlichkeit, mit der er Franziska seitdem behandelte, konnte Isotta nicht entgangen sein. Deshalb hoffte Franziska, dass ihre Nebenbuhlerin die eigenen Hoffnungen begraben hatte. Eine Ahnung sagte ihr, sie soll auf der Hut sein. Doch Franziska wollte davon nichts wissen. Die Liebe zwischen ihr und Paolo würde groß und stark werden, daran wollte sie fest glauben. Eine Isotta di Malafesta konnte dagegen gar nichts ausrichten. Franziska war eine Frau, die an das Gute im Menschen glaubte. Echte Boshaftigkeit und Falschheit waren ihr fremd. Deshalb fiel sie ihnen auch so leicht zum Opfer.

»Signor della Ravere«, sagte der Kellner mit leiser Stimme. »Draußen wartet eine Signora di Malafesta und möchte Sie dringend sprechen.«

Verblüfft sah Paolo hoch. Isotta? Hier im Hotel Flaminio? Was zum Teufel wollte sie von ihm? Im nächsten Moment beruhigte er sich. Früher hatte Isotta ihn gern mal mit solchen Besuchen überrascht. Egal, ob er sich in Pesaro oder weiter weg aufhielt. Sie waren dann in eine Bar gegangen, hatten einen Aperitif getrunken und über die Ereignisse des Tages geplaudert. In letzter Zeit hatte sie sich rar gemacht. Aus Eifersucht, das war ihm schon klar.

Er warf seinen beiden Gesprächspartnern einen schnellen Blick zu.

»Wir können gern eine Pause machen«, sagte der Mann aus Pescara. »In der Zwischenzeit gehen wir noch einmal Ihren Finanzierungsplan durch.«

Dankbar nickte Paolo ihm zu und verließ schnellen Schrittes den Konferenzraum.

Er entdeckte Isotta neben einer Sitzgruppe an einem der

Panoramafenster, die den Blick auf die Bucht der Baia Flaminia freigaben. Isotta wirkte entspannt, und er hoffte, sie habe endlich ein Einsehen. Vielleicht können wir Freunde sein, so wie früher, dachte er. Doch als sie sich nun zu ihm umwandte, sagte ihm ein Blick in ihr Gesicht, wie sehr er sich getäuscht hatte.

»Wir müssen miteinander reden, Paolo. Auf La Ginestra ist das ja nicht mehr möglich.«

»Gern«, gab er höflich zurück und überhörte bewusst ihre Spitze. »Wollen wir an der Bar etwas trinken?«

»No!« Isotta machte zwei Schritte auf ihn zu und baute sich vor ihm auf. Sie wirkte beinahe bedrohlich. Erstaunt spürte Paolo so etwas wie Angst in sich aufsteigen. Erst viel später sollte er erfahren, dass dieses Gefühl durchaus berechtigt war. Im Augenblick war es ihm nur peinlich. Zehn Sekunden später war er nur noch überrascht.

»Paolo, ti amo!«, rief Isotta aus und fiel ihm um den Hals. Er verlor das Gleichgewicht und sank in einen Sessel. Prompt setzte sich Isotta auf seinen Schoß. Sie bedeckte sein Gesicht mit kleinen Küssen und flüsterte dabei immer wieder: »Ti amo. Ti amo tanto.«

Ihr Atem roch nach Pfefferminz, ihr dunkelroter Lippenstift hinterließ vermutlich sichtbare Spuren auf seiner Haut. Zwischen den Küssen redete sie: »Die andere ist nicht die richtige Frau für dich. Ich bitte dich! Eine Fremde! Du kannst doch nicht eine Fremde heiraten wollen! Was weiß sie schon von uns und unserem Leben hier? Die hält sich doch für was Besseres! Denk doch mal nach. Zu Hause hat sie ein eigenes großes Gestüt geleitet. Glaubst du im Ernst, sie wird auf Dauer hier zufrieden sein? In spätestens einem halben Jahr langweilt sie sich zu Tode, oder das Heimweh überkommt sie. Dann ist sie auf und davon. Und was machst du dann mit deinem gebrochenen Herzen, mein lieber Paolo?«

Jedes einzelne Wort traf ihn wie ein Pfeil, denn dies waren genau die Zweifel, die ihn schon in mancher schlaflosen Nacht gequält hatten.

Würde Franziska zufrieden sein mit dem, was er ihr bieten konnte? Würde ihre Liebe stark genug sein, um auch im Alltag fern ihrer Heimat zu bestehen?

Plötzlich ertrug er Isottas Liebkosungen nicht mehr. Er stieß sie weg und sprang auf. »Mach dich nicht lächerlich!«, rief er. »Du musst endlich begreifen, dass ich dich nicht liebe. Ich weiß nicht, was aus mir und Franziska wird, aber eines weiß ich genau: Dich, Isotta di Malafesta, werde ich niemals heiraten. Eher sterbe ich kinderlos. Und jetzt geh mir aus den Augen!«

Sie schaute ihn bewegungslos an, und die eisige Kälte in seinem Blick ließ sie erstarren. Dann lächelte sie und sagte: »Ach, Paolo, du fällst aber auch auf jeden Scherz rein. Wie früher, als wir Kinder waren.«

Dann ging sie, aber die Kälte in seinem Innern wollte nicht weichen.

»Hattest du einen schweren Tag?«, fragte Franziska vorsichtig. Sie saßen beim Abendessen, und Paolo war wortkarg wie selten. Jetzt griff er nach dem Teller mit dem luftgetrockneten Schinken und meinte: »Ja, ziemlich.«

»Das tut mir leid. Soll ich dich nachher massieren?« Er liebte es, wenn ihre kräftigen Finger seine verspannten Nackenmuskeln lockern.

»Nicht nötig, danke.«

Verletzt sah sie ihn an, wartete auf ein versöhnliches Wort. Vergebens. Schließlich stand sie auf. »Ich gehe noch einmal nach Fee schauen.«

Er machte keinen Versuch, sie zurückzuhalten.

Die Stute war wieder ruhiger als am Morgen, und Franziska kraulte ihr sanft die Mähne. Sie versuchte, sich einen Reim auf Paolos Verhalten zu machen, doch es gelang ihr nicht. Als sie endlich ins Haus zurückkehrte, wusste sie nur eines mit Sicherheit: Diese Nacht würde Paolo nicht in ihr Zimmer kommen.

17

Paolo kam nicht in jener Nacht und nicht in den folgenden Nächten. Ratlos musste Franziska mit ansehen, wie er sich mehr und mehr zurückzog. Auf seiner Stirn standen zwei Falten, die täglich tiefer wurden. Wie gern wäre sie ihm mit einem Finger darüber gestrichen, doch sie wagte es nicht. Seine Augen schauten durch sie hindurch, und sie wünschte sich, seinen Blick einzufangen. Stattdessen sah sie weg. Plötzlich war sie wieder da, diese unsichtbare Barriere zwischen ihnen.

Warum nur, warum war Paolo wieder so abweisend zu ihr? Gesprächen wich er aus, überhaupt machte er sich auf La Ginestra rar.

Möglicherweise lag es daran, dass die Geburt von Fees Fohlen nun unmittelbar bevorstand. Vielleicht fürchtete er, Franziska würde ihn gleich danach verlassen. Nein, dachte sie sogleich, daran liegt es nicht. Das konnte sie sich nicht vorstellen.

Als er wieder einmal ohne einen Blick und ohne ein Wort davonfuhr, beschloss sie, ihn noch am selben Abend zur Rede zu stellen. Mein Gott! Sie waren doch zwei erwachsene Menschen! Sie liebten einander! Oder nicht? Nicht mehr? Konnte diese Liebe überhaupt Bestand haben oder hatte sie nur in der Flüchtigkeit des Augenblicks leben können?

Immer häufiger ertappte sich Franziska dabei, wie sie an ihren Gefühlen zweifelte. War es wirklich Liebe? Und woher, verflixt noch mal, wollte sie das überhaupt wissen? Besonders viel Erfahrung hatte sie nun mal nicht. Ja, sie war gern mit

Paolo zusammen, aber wenn die Nacht verging, ohne dass er zu ihr gekommen war, verspürte sie zwar Enttäuschung, gleichzeitig spürte sie aber auch nichts. Das machte ihr Angst, und sie fürchtete, mit ihr könnte etwas nicht stimmen.

Ich bin eben ein kalter gefühlloser Mensch, dachte sie dann und fröstelte.

Als Franziska nun seinem Wagen nachsah, wie er vom Hof fuhr und dabei Wolken von Staub aufwirbelte, fasste sie einen Entschluss. Es war höchste Zeit, sich mit Paolo auszusprechen!

Danach würde sie klarer sehen und sie konnte entscheiden, wie und wo sie in Zukunft leben wollte. Hier in Italien oder zu Hause in der Lüneburger Heide. Wieder ergriff das Heimweh von ihr Besitz, und ihr Frösteln ging in ein Zittern über, das sie nur mit Mühe unterdrücken konnte. Ihr Blick glitt über das sanfte Hügelland, das trotz der anhaltenden Trockenheit nichts von seiner besonderen Anmut verloren hatte. Dennoch sehnte sie sich mit der ganzen Kraft ihres Herzens nach Hause, in die Weite und Schönheit der Heide.

So oder so, dachte sie. Ein Gespräch mit Paolo musste endlich Klarheit bringen!

Hätte Franziska gewusst, unter welchen Umständen sie Paolo wiedersehen würde, vielleicht wäre sie ihm in diesem Moment nachgefahren. So aber übte sie sich in Geduld und glaubte, am Abend wäre auch noch genügend Zeit für ein Gespräch.

Vom Küchenfenster aus beobachteten Marisa und Evelina, wie Paolo davonfuhr.

»Was ist er nur für ein Dummkopf«, stöhnte die Köchin. »Es sah doch alles so prima aus. Aber plötzlich verkriecht er sich wieder in sein Schneckenhaus, und alle Welt darf raten, was mit ihm los ist.«

»Già«, murmelte Evelina. »Irgendwas muss passiert sein.

Aber was?« Tief in ihrem Innern war sie keineswegs sicher, ob Paolo wirklich der richtige Mann für Franziska war. So rundherum glücklich wirkte Franziska nie, und Evelina erriet, dass ihr die Heimat fehlte. Aber mit der Köchin sprach sie darüber lieber nicht.

»Daran kann nur Isotta schuld sein«, sagte Marisa in ihre Gedanken hinein.

Das Telefon in der Küche klingelte, und sie ging ran. »Für dich, Evelina«, sagte sie dann mit einem wissenden kleinen Lächeln.

»Amore mio«, tönte Carlos Stimme laut und vorwurfsvoll durch den Hörer. »Ich leide! Ich verzehre mich vor Sehnsucht nach dir.«

»Du Ärmster.« Evelina zwinkerte der Köchin zu. »Was machen wir da bloß?«

Carlo wurde ernst. »Wir müssen uns treffen. Heute noch. Sofort!«

Sie schüttelte den Kopf, obwohl er das nicht sehen konnte. »Unmöglich. Ich kann hier nicht weg.«

»Aber, Evelina, du bist grausam. Wie soll ich das aushalten? Weißt du, dass wir uns seit Tagen nicht gesehen haben?«

»So lange schon?« Auf einmal wurde sie nachdenklich. Obwohl sie mit Marisa manchmal über seine leidenschaftliche Verehrung lachte, fehlte ihr Carlo. Trotz seiner manchmal theatralischen Art spürte sie, dass seine Gefühle echt waren. Sie sehnte sich nach seiner festen Umarmung, nach seinem Lachen, nach seinen braunen Augen.

»Ich möchte dich auch gern wiedersehen«, sagte sie daher und schämte sich ein bisschen. Aber Marisas Augen bekamen einen nachsichtigen Ausdruck. Dann machte sich die Köchin am Herd zu schaffen.

»Wunderbar!«, rief Carlo aus. »In einer Stunde hole ich dich ab!«

Evelina sah wieder nach draußen, bemerkte Franziska, wie sie langsam zu den Stallungen ging, ihren gesenkten Kopf.

»Nein«, sagte sie, und ihr Bedauern war echt. »Heute nicht, Carlo. Lass uns bitte noch bis morgen warten. Dann habe ich Zeit für dich. Promesso.«

Nicht immer konnte man sein Versprechen halten, doch daran dachte Evelina Rossi im Augenblick nicht.

Isotta di Malafesta fand die Deutsche im Stall bei der hochträchtigen Fee.

Wenn sie nicht gerade in Paolos Bett liegt, ist sie hier, dachte sie. Dann zwang sie sich zu einem Lächeln und sagte: »Cinzia hat angerufen. Das ist Paolos Assistentin im Zuchtverband.«

»Ich weiß, wer Cinzia ist.«

Sieh an, sieh an, die Dame wird frech, dachte Isotta. Sie holte tief Luft. »Nun, Cinzia lässt ausrichten, dass Paolo heute noch nach Rom fahren muss.«

Franziska fuhr mit einem Ruck herum. »Heute? Aber es ist Freitagnachmittag. Wieso muss er schon wieder dahin? Und ausgerechnet zum Wochenende?«

Isotta hob die Schultern. »Tut mir leid, das weiß ich nicht.« Das war eine Lüge, denn die Assistentin hatte ihr genau erklärt, worum es ging. Paolo war vom Vorsitzenden des Zuchtverbandes zu einem exklusiven Fest eingeladen worden. Als Dankeschön und als Anerkennung für seine unermüdliche ehrenamtliche Arbeit.

Und dazu wäre ich die passende Begleiterin gewesen, dachte Isotta wütend.

Ihr einziger Trost war, dass er Franziska auch nicht mitnahm. Und wie es aussieht, hat er ihr noch nicht einmal davon erzählt, fügte sie in Gedanken hinzu. Tiefe Befriedigung machte sich in Isotta breit. Doch es war nicht genug, bei Weitem nicht genug.

Mit dem Kopf wies sie zur Stute. »Wird das Fohlen heute kommen?«

»Ich denke schon. Heute, spätestens morgen.« Die Deutsche sprach sachlich, aber Isotta hatte genau die Enttäuschung in ihren Augen gesehen.

Das Gefühl von Befriedigung jedoch währte nur kurz, viel zu kurz.

Als Isotta den Stall wieder verließ, wehte ihr ein heißer Wind entgegen. Seit Ostern hatte es nicht mehr geregnet, und das Land wurde schon braun unter der Trockenheit. Isotta atmete tief ein. Sie spürte wie der Hass in ihr immer stärker wurde, sie konnte es nicht ertragen, als Frau zurückgewiesen zu werden. Und in ihrem Kopf reifte ein verrückter Plan. Ein Plan, der alles verändern würde.

Ich könnte es tun, überlegte sie und eine unbändige Freude machte sich in ihr breit. Ich könnte es tun, damit Paolo begreift, was er mir angetan hat. Mein ganzes Leben lang habe ich auf ihn gewartet und mich um seine Pferde gekümmert. Und als Dank bekomme ich jetzt einen Tritt! O ja, Paolo della Ravere wird sich noch wundern! Und seine eingebildete deutsche Freundin bekommt bei der Gelegenheit auch gleich die Lektion, die sie schon lange verdient hat!

Isotta blieb mitten auf dem Hof stehen, erschrocken über ihren eigenen zügellosen Hass.

Nein, dachte sie. Das kann ich nicht tun. Dann, im Weitergehen: Warum nicht? Ich will ihnen ja nur einen ordentlichen Schrecken einjagen.

Hin- und hergerissen zwischen Vernunft und Rachegedanken, ging sie auf ihr Zimmer, fuhr ihren Computer hoch und schrieb eine E-Mail an ihren Onkel Enrico in Buenos Aires.

»Ich habe es mir überlegt«, tippte sie ein. »Ich nehme deine Einladung gern an. Vielleicht bleibe ich sogar eine Weile bei euch.«

Es konnte ja nicht schaden, sich einen Fluchtweg offen zu halten. Ganz gleich, wie sie sich entscheiden würde.

In dieser Nacht wurde Fees Fohlen geboren. Es war eine leichte Geburt, doch Franziska konnte sich über das hübsche Stutfohlen nicht freuen. Zu sehr schmerzte sie die Erinnerung an die Geburt von Coraggioso. Damals hatte sie gemeinsam mit Paolo der Stute beigestanden. Damals schien ihr Glück vollkommen. Heute war nur Michele bei ihr, der auf seine ruhige Art die nötigen Handgriffe verrichtete.

»Wissen Sie schon einen Namen?«, fragte er, als das kleine dunkelbraune Fohlen bereits die erste Milch trank. Franziska schüttelte den Kopf.

»Das soll Paolo entscheiden«, sagte sie müde. Es war schon fast Mitternacht, und sie fühlte sich erschöpft. Michele erklärte sich bereit, bei der Stute und dem Neugeborenen zu bleiben.

Langsam ging Franziska ins Haus, doch trotz ihrer Müdigkeit fand sie keinen Schlaf. Unruhig wälzte sie sich in ihrem Bett hin und her, während die Nacht voranschritt.

Am nächsten Morgen saß sie mit rotgeränderten Augen in der Küche. Zum ersten Mal, seit sie auf La Ginestra war, ging ihr das Geplapper der kleinen Chiara auf die Nerven. Das Kind wollte alles über das neue Fohlen wissen und löcherte Franziska mit Fragen.

»Basta!«, fuhr endlich ihre Großmutter dazwischen. Dann schickte sie Chiara nach draußen zum Spielen und entschuldigte sich bei Franziska.

»Schon gut. Es ist meine Schuld. Ich bin heute ungenießbar.«

Evelina betrat die Küche, und ihr sorgenvoller Blick galt Franziska. »Du siehst nicht gut aus.«

»Hm.«

Evelina runzelte die Stirn. »Warum legst du dich nicht noch ein bisschen hin?«

Franziska schüttelte den Kopf. »Ich könnte sowieso nicht schlafen. Kommst du mit auf einen Spaziergang? Ich brauche frische Luft.«

Sie bemerkte die steile Falte zwischen Evelinas Augenbrauen, und fügte schnell hinzu: »Aber du musst nicht, wenn du etwas andres vorhast.«

»Unsinn. Carlo wartet in Riccione auf mich, aber er kann auch noch ein bisschen länger warten. Inzwischen hat der Mann wohl begriffen, dass er mit mir ziemlich viel Geduld haben muss.« Evelina lächelte dazu ein kleines Lächeln, das nicht besonders gut gelang. »Man soll die Männer ja bekanntlich zappeln lassen.«

»Ich kann auch allein gehen. Wirklich.« Franziska bekam auf einmal ein schlechtes Gewissen. Vertieft in ihre eigenen Sorgen hatte sie ganz vergessen, dass Evelina auch ein eigenes Leben hatte, ein Recht auf ein wenig eigenes Glück.

»Jetzt hör auf. Du behandelst mich ja wie eine Märtyrerin. Ich habe Lust, ein wenig zu laufen. Also, nun komm schon.«

Zunächst sprachen sie wenig auf ihrem Spaziergang, und Franziska war froh darüber. Es tat ihr gut, Evelina an ihrer Seite zu wissen, aber sie brauchte Ruhe, um nachzudenken. Gradara erhob sich vor ihnen in den blauen Himmel, und auf einmal wirkte die Burg auf Franziska bedrohlich.

Merkwürdig, dachte sie. Bisher hatten ihr die festen Mauern immer Schutz versprochen, nun rieselte ein Schauer der Furcht über ihren Rücken. So als erzählten die uralten Steine von drohendem Unheil.

»Was ist?«, fragte Evelina, als Franziska stehen blieb.

»Nichts, alles in Ordnung«, erwiderte sie und ging weiter. Mit sehr schnellen Schritten.

Aber nichts war in Ordnung. Franziska konnte nicht länger die Augen vor der Tatsache verschließen, dass ihr Leben ein Scherbenhaufen war.

»Ich werde wieder nach Hause fahren«, sagte sie, als sie das Gut fast wieder erreicht hatten.

Sie musste lange auf eine Antwort von Evelina warten. Endlich sagte sie: »Du musst wissen, was für dich das Beste ist, Liebes. Ich will dir da nicht reinreden. Anfangs dachte ich, du könntest hier glücklicher werden, aber vermutlich habe ich mich getäuscht.«

Franziska hob die Schultern. »Ich kann einfach nicht mehr. Dieses Hin und Her macht mich fertig. Ich bin es müde, um Paolos Liebe zu kämpfen, und ich bin mir auch gar nicht sicher, ob ich ihn überhaupt liebe.«

»Allora«, sagte Evelina nachdenklich. »Man kann nicht gerade behaupten, dass er sich besonders viel Mühe um dich gibt, richtig?«

»Richtig.«

»Und ein Mann, der eine Frau wirklich liebt, wäre auch nicht ständig abwesend, ganz gleich, wie viel er zu tun hat, stimmt's?«

»Stimmt.«

»Bene, dann würde ich sagen, du hast etwas Besseres verdient.«

»Etwas Besseres«, murmelte Franziska und konnte sich nicht vorstellen, was das sein sollte.

»Ich habe einfach kein Glück in der Liebe«, sagte sie schließlich. »Aber das ist mir jetzt auch egal. Hauptsache, ich kann wieder zu Hause sein. Mama fehlt mir, Frido fehlt mir, und die Pferde fehlen mir sowieso.«

»Manchmal kommt die Liebe, wenn man sie am wenigsten erwartet.« Evelinas Augen glänzten, und sie fasste Franziska am Arm. »Du darfst die Hoffnung niemals aufgeben, hörst du?«

»Schon klar.« Der Blick ihrer eigenen Augen jedoch war eher getrübt. »Ich hatte eigentlich vor, mich mit Paolo auszusprechen, aber jetzt sehe ich keinen Sinn mehr darin. Es würde nichts ändern.«

»Bist du sicher?«

Franziska nickte heftig. »Ja. Ich will nur noch so schnell wie möglich nach Hause.«

In bedrücktem Schweigen legten die beiden Frauen die letzte Wegstrecke zurück.

Erst kurz bevor sie La Ginestra erreichten, ergriff Franziska noch einmal das Wort: »Es gibt noch einen Grund, weshalb ich nach Hause will.«

»Die Briefe«, riet Evelina.

»Ganz genau. Ich will wissen, wer sie mir geschickt hat, und ich will herausfinden, was das Schicksal dieser Menschen vor mehr als sechzig Jahren mit mir zu tun hat. Die Sache lässt mich nicht mehr los.«

»Vielleicht ist es besser, nicht jedes Geheimnis zu ergründen«, sagte Evelina.

Franziska musterte sie prüfend. »Wie meinst du denn das? Weißt du etwas, was ich nicht weiß?«

»Nein«, versicherte Evelina schnell. »Ich weiß nichts.«

Franziska glaubte ihr.

»Nenne es einfach gesunden Menschenverstand. Ich glaube, von diesen alten Briefen kann nichts Gutes ausgehen.«

Wieder erfasste ein Schaudern Franziska, aber die Burg Gradara hatte diesmal nichts damit zu tun.

»Vielleicht verbringst du zu viel Zeit mit Marisa«, versuchte sie sich in einem Scherz. »Die hat dich mit ihrem Aberglauben angesteckt.«

Der Scherz misslang, keine der beiden Frauen lachte. Stille entstand, in der nur das Zirpen der Grillen zu hören war. Endlich sagte Franziska: »Es gibt da noch etwas.«

»Ja?«

»Zu Hause auf dem Gestüt hatte ich ein, zwei Mal das Gefühl, beobachtet zu werden.«

»Wirklich?«, sagte Evelina. »Mir ist nichts Außergewöhnliches aufgefallen.«

»Nein? Bist du ganz sicher?«

»Absolut.«

Franziska seufzte. »Vielleicht habe ich mir auch nur was eingebildet. Und wahrscheinlich hat das eine mit dem anderen gar nichts zu tun.«

»Möglich.«

»Wie auch immer. Ich will wissen, was hinter diesen Briefen steckt.«

Evelina machte ein Gesicht, als fürchtete sie, dass Franziska diese Entschlossenheit eines Tages noch bereuen würde.

Von den Erwachsenen hatte niemand zum Mittagessen großen Hunger. Einzig die kleine Chiara aß für zwei und erzählte begeistert von dem Fohlen, bei dem sie den Vormittag verbracht hatte. Kaum aufgegessen, hielt es sie kaum noch auf dem Stuhl. »Michele sagt, heute Nachmittag darf ich zusehen, wenn der Tierarzt kommt, um es zu untersuchen. Ich darf doch hingehen, Nonnina?«

Marisa lächelte ihr zu. »Va bene. Aber nur wenn du versprichst, ganz ruhig zu sein und Dottore Torresin nicht zu stören. Schon gar nicht darfst du ihn mit deinen tausend Fragen löchern.«

»Das schwöre ich«, erwiderte Chiara feierlich.

Marisa gab sich damit zufrieden. Dann fragte sie in die kleine Runde: »Wo ist eigentlich Isotta? Ich habe sie heute noch gar nicht gesehen.«

»In ihrem Zimmer stehen zwei große gepackte Koffer«, sagte Evelina und handelte sich einen tadelnden Blick von Franziska ein. »Seit wann schnüffelst du ihr nach?«

»Ich bin ganz zufällig daran vorbeigekommen«, verteidigte sich Evelina. »Das hat nichts mit Schnüffeln zu tun. Danach ist Isotta übrigens weggefahren.«

Den Nachmittag verbrachte Franziska bei den Pferden. Sie ritt Sternentänzerin eine Weile im Dressurviereck, während der kleine Coraggioso fröhlich nebenherlief. Anschließend assistierte sie dem Tierarzt bei der Untersuchung des Neugeborenen.

»Ein wunderschönes Fohlen«, sagte Dottore Torresin anerkennend. »Äußerst vielversprechend. Paolo wird seine Freude daran haben.«

»Ja«, erwiderte sie geistesabwesend.

Später ritt Franziska nacheinander noch drei Pferde von Paolo, die dringend Bewegung brauchten. Sie hoffte, dadurch körperlich so erschöpft zu sein, dass sie in der folgenden Nacht schlafen könnte.

Und morgen, ja, morgen würde sie dann packen. Bevor Paolo aus Rom zurückkam, bevor sie der Mut wieder verlassen würde.

Jedes Mal, wenn sie an Fees Box vorbeikam, hockte die kleine Chiara auf der Krippe und betrachtete fasziniert das Fohlen.

18

Erst nach Einbruch der Dunkelheit kehrte Isotta di Malafesta in ihrem Sportwagen auf das Gut zurück. Eine Weile wartete sie, ob jemand von dem Motorengeräusch wach geworden war. Aber nichts rührte sich. Sie stieg aus und sah sich nach allen Seiten um, bevor sie um den Wagen herumging und einen schweren Kanister aus dem Kofferraum wuchtete. Schwitzend und stöhnend schleppte sie den Kanister über den Hof, dann hinter den Ställen entlang bis zu dem etwas abgelegenen ehemaligen Rauchhaus.

Es diente schon seit Jahren als Schuppen für Geräte und Futtervorräte. Für Isotta war es das perfekte Ziel. Hierher kam zu dieser späten Stunde niemand mehr. Sie war ganz allein.

Vorsichtig suchte sie sich ihren Weg zwischen ausrangierten alten Futterkrippen, kaputten Gummistiefeln und großen Hafersäcken bis in die Mitte des Schuppens. An einer Wand waren Mistforken aufgehängt wie eine Reihe spitzer Soldaten, nach hinten raus stapelten sich ein paar Strohballen, die in der Scheune keinen Platz mehr gefunden hatten.

Isotta griff mit beiden Händen in einen Ballen, riss trockenes, knisterndes Stroh heraus und verteilte mehrere Handvoll davon im Schuppen. Vermutlich völlig unnötig, überlegte sie, hier brennt sowieso alles wie Zunder. Aber sicher war sicher.

Einmal noch drehte sie sich um die eigene Achse und nahm den Anblick des Schuppens in sich auf, den sie schon so oft gesehen hatte, der in dieser Nacht jedoch völlig verändert wirkte. Unheilvoll. Irgendwie dunkler als sonst. Erdrückend.

»Blödsinn!«, sagte Isotta laut und erschrak über ihre eigene Stimme. Sie durfte jetzt nicht die Nerven verlieren. Schließlich hatte sie alles sorgfältig geplant.

Den Schrecken werden sie so schnell nicht vergessen, dachte sie noch, und dann schüttete sie das Benzin aus. Sofort breitete sich ein stechender Geruch im Schuppen aus, und sie musste die Luft anhalten, weil ihr sonst übel geworden wäre.

Am Boden bildeten sich kleine Lachen. Isotta musste aufpassen, um nicht auszurutschen.

Maledizione!, fluchte sie im Stillen. Sie hatte sich die ganze Aktion einfacher vorgestellt. Im Fernsehen sah so etwas wie ein Kinderspiel aus. Endlich war der Kanister leer, und sie stellte ihn neben der Tür ab.

Anschließend lief sie zum Haus. Auf Zehenspitzen schlich sie in ihr Zimmer, holte ihre Koffer und brachte sie nach draußen, um sie rasch im Auto zu verstauen.

Niemand im Haus bemerkte sie.

Niemand der Bewohner sah, wie sie mit Streichhölzern in der Hand noch einmal zum Geräteschuppen zurückging.

Und niemand von den schlafenden Menschen hörte, wie sie noch ein paarmal fluchte, weil die ersten drei Streichhölzer kalt und nutzlos zu Boden fielen.

Alles blieb ruhig.

Franziska schlief den Schlaf der Erschöpften. Die unruhige letzte Nacht und die vielen Stunden im Sattel forderten ihren Tribut. Und doch – etwas störte ihre Träume. Ein Geruch drang in ihr Unterbewusstsein. Plötzlich träumte sie, sie wäre wieder zehn Jahre alt und hätte sich zu dicht an das riesige Osterfeuer auf dem Gestüt Brosin herangewagt. Sie spürte wieder die starken Hände ihres Vaters, die sie zurückrissen, hörte die Stimme ihrer Mutter: »Kind, pass auf. Der Wind hat gedreht!«

Feuer. Wind. Brandgeruch.

Mit einem Schlag war Franziska wach. Durch das offene Fenster trug der trockene Wind den Geruch herein. Schon hörte sie das erste erschrockene Wiehern.

»Nein!«, schrie Franziska, rannte aus ihrem Zimmer, flog die Treppe hinunter. Hinaus auf den Hof, Luft holen, begreifen, was passierte. Da! Flammen züngelten auf dem Stalldach. Wo waren die anderen? Michele und die beiden Stallburschen schliefen nicht auf La Ginestra. Sie blieben nur manchmal über Nacht, wenn ein Tier krank war oder eine Geburt anstand.

Evelina, Marisa! Nein, entschied Franziska. Jetzt war keine Zeit zurückzulaufen, um sie zu wecken. Sie musste handeln, sofort!

Franziska stürzte auf den Stall zu, schrilles, panisches Wiehern empfing sie. Mit raschen, geübten Bewegungen entriegelte sie die Boxentüren und riss sie auf. Zu ihrem Entsetzen schienen die Pferde vor Schreck wie gelähmt. Sie rührten sich nicht aus ihren Boxen.

Franziska begann zu schreien. »Raus! Raus!«

Da stürmten die ersten Pferde los, gleich ein halbes Dutzend auf einmal. Sie gerieten in der schmalen Stallgasse aneinander, die schweren Leiber verkeilten sich. Zwei junge Stuten rutschten mit ihren glatten Hufeisen aus und kamen zu Fall. Nur durch einen schnellen Satz zur Seite konnte sich Franziska retten. Eng presste sie sich an die heiß gewordene Betonwand, spürte jede Unebenheit in ihrem Rücken.

Wieder schrie sie, nun selbst von Panik ergriffen. Sie war in der Hölle gelandet und wusste sich nicht zu helfen. War es das wert? Würde sie hier sterben müssen, nur weil sie die edlen Trakehner retten wollte? Kurz schloss sie die Augen, als würde der grauenvolle Anblick, der sich ihr bot, dadurch auf wundersame Weise verschwinden. Schwäche überkam sie, und Franziska rutschte ein paar Zentimeter an der Wand hinunter.

Am Waldrand, in etwa hundertfünfzig Metern Entfernung, beobachtete der Mann, wie die Flammen rasch von dem kleinen Nebengebäude auf den großen Pferdestall übergriffen.

Verdammt! Er hatte die Gefahr unterschätzt. Wie konnte er nur so dumm gewesen sein!

Zwar hatte er gesehen, wie die kleine schwarzhaarige Frau nach Einbruch der Dunkelheit zu dem Schuppen geschlichen war. Es war eher eine zufällige Entdeckung gewesen. An diesem Abend war er nur zum Gut La Ginestra gekommen, um sich einen ersten Überblick zu verschaffen. Die Möglichkeit, Franziska schon heute zu sehen, hatte er gar nicht in Betracht gezogen. Vielmehr war es ihm darum gegangen, ein Gefühl für dieses Gut zu bekommen, und für das Leben, das Franziska hier führte. Davon hing schließlich auch für ihn einiges ab.

Sein Beobachtungsposten war gut gewählt, und mit seinem starken Fernglas konnte er auf diese Entfernung alle Einzelheiten ausmachen.

Gerade hatte er beschlossen, es für diesen Tag gut sein zu lassen. Im Haupthaus brannte bereits kein Licht mehr, die Bewohner schienen zu schlafen. Er wollte das Fernglas schon sinken lassen, als er sah, wie ein Sportwagen vorfuhr und eine schwarzhaarige Frau ausstieg. Wenig später schleppte sie etwas Schweres, das wie ein Aktenkoffer aussah, zu dem Schuppen, kam bald darauf wieder heraus, lief ins Haus, schleppte größere Koffer zu ihrem Wagen und ging noch einmal zum Schuppen.

Als er die ersten Flammen bemerkte, glaubte er zunächst, seine Sinne spielten ihm einen Streich. Der Sportwagen war längst in der Nacht verschwunden, und der Mann dachte für einen Moment, er sei übermüdet und sehe plötzlich Blitze vor den Augen zucken.

Er kniff die Lider zusammen, riss sie wieder auf. Nein! Da war noch immer dieser helle Schein, der aus dem Schuppen drang. Plötzlich schossen die Flammen in die Höhe, und ein heißer Windstoß trug sie auf das Dach des Pferdestalls. All das geschah so wahnsinnig schnell, dass der Mann sich in einem Film wähnte, der in Zeitlupe ablief.

Er überlegte keine Sekunde länger. Mit einer einzigen Bewegung warf er das Fernglas ins Gras und stürmte los. Aber das Gelände war uneben, von vielen größeren und kleineren Felsbrocken gesäumt, und er musste immer wieder seinen Lauf verlangsamen, um den Hindernissen auszuweichen. Als er einmal hochsah, bemerkte er, wie eine Gestalt aus dem Haupthaus gestürzt kam und direkt in den Stall lief.

Franziska!, schoss es ihm durch den Kopf. Er hatte sie auf die Entfernung nicht mit hundertprozentiger Sicherheit erkennen können, aber er wusste einfach, dass sie es war.

»Franziska!«, rief er laut und stürmte noch schneller voran, doch sein Rufen wurde vom Prasseln der Flammen übertönt.

Der Augenblick der Schwäche verging. Woher sie die Kraft plötzlich nahm, wusste sie nicht, aber Franziska stemmte sich hoch, schnappte sich eine Longe, die neben ihr an der Wand hing, und schwang sie wie ein Lasso über die eingekeilten Pferdeleiber. Dazu stieß sie kurze, schnelle Befehle aus, die alle Tiere aus dem Unterricht kannten. Eine alte dunkelbraune Stute löste sich als Erste aus dem Pulk. Franziska erkannte dankbar Morgensonne, die nun die Rolle der Leitstute übernahm, und die kleine Herde in Sicherheit führte. Auch die beiden gestürzten jungen Stuten standen auf und galoppierten endlich nach draußen. Über ihnen leckten die Flammen am trockenen Gebälk, an einigen Stellen fielen glimmende Holzstücke herunter.

Franziska keuchte vor Anstrengung, sah sich um. Die vierzehn Jährlinge im großen Laufstall mussten noch befreit werden.

O mein Gott! Fast hätte sie das zusammengerollte Menschenbündel in der Futterkrippe von Fees Box übersehen! Chiara hatte die Arme um ihren kleinen Körper geschlungen und starrte wie in Trance mit weit aufgerissenen Augen auf das Inferno. Sie kam erst zu sich, als Franziska sie hochhob.

Vor lauter Angst fing sie nun an, laut zu weinen. Franziska schleppte das Kind auf einem Arm, mit der freien Hand öffnete sie das Tor, das vom Laufstall direkt auf die Weide führte. Schon stürmten die Jährlinge wiehernd und wild um sich schlagend hinaus.

Der Rauch wurde immer dichter, Franziska musste heftig husten. Dann war sie mit dem Kind auf dem Arm endlich draußen.

Im Hof stürzten ihr Marisa und Evelina entgegen, beide schreckensbleich im Gesicht. Marisa nahm ihr die verängstigte Chiara ab, Evelina stützte Franziska, als ihre Knie nachgaben.

Da hörte sie es! Das helle, verzweifelte Wiehern eines Fohlens!

Sie sah sich um. Coraggioso stand zitternd neben seiner Mutter, er war in Sicherheit. Aber Fee hob den Kopf und antwortete ihrem Kind.

»Nein!«, schrie Evelina, als Franziska zurück in den Stall stürzte. Doch sie hörte nicht, hustete im dichten Rauch, sah die züngelnden Flammen, spürte die Hitze. Das kleine Fohlen lief mitten in der Stallgasse hin und her, fand nicht den Weg nach draußen. Franziska legte ihm einen Arm um den Hals, wollte es mitziehen. Doch in panischer Angst stemmte es die langen Beinchen in den Boden. Da legte sie ihm einen Arm um den Brustkorb und einen um das Hinterteil, hob es ächzend hoch, wollte ins Freie stürzen. Doch nach wenigen Metern brach sie zusammen. Nur schemenhaft bemerkte sie noch, wie das Fohlen jetzt selbst den Weg nach draußen fand.

In der nächsten Sekunde spürte sie, wie sie von zwei starken Armen hochgehoben wurde. Paolo, dachte sie. Er ist gekommen, um mich zu retten.

Der Mann trug Franziska mitten durch den großen Laufstall auf die Weide. Der vordere Eingang war inzwischen vom Feuer versperrt, nur das kleine Fohlen war gerade noch durchgekommen. Erstaunt stellte er fest, wie leicht sie war. Das Halstuch, das er sich vor Mund und Nase gebunden hatte, verrutschte, und er hielt den Atem an, um keinen Rauch in die Lungen zu bekommen.

Noch drei Schritte, noch zwei, endlich war er draußen. Trotzdem lief er weiter, bis zu der alten Badewanne, die auf der Weide als Tränke diente. Erst dahinter ließ er Franziska sanft ins Gras gleiten und kauerte sich selbst neben ihr nieder.

Ihre Augenlider flatterten, und sie rang verzweifelt nach Luft.

Er war kein Arzt, aber er tat das Einzige, was ihm richtig erschien. Sein Mund umschloss ihre Lippen, und er hauchte ihr seinen Atem ein.

Franziska war nicht voll bei Bewusstsein, aber sie spürte, wie sich Lippen auf ihre legten, und sie nahm gierig die Luft in sich auf. Kurz sah sie hoch, erhaschte einen Blick auf sandfarbenes Haar, auf helle Augen, die ihr auf unheimliche Weise vertraut vorkamen. Der Kuss des Fremden erweckte sie wieder zum Leben, ihr Atem kam regelmäßig und doch fiel sie vor Erschöpfung in eine tiefe Bewusstlosigkeit.

Der Mann hörte Frauenstimmen, hörte, wie schnelle Schritte um den Stall herumliefen und laut nach Franziska riefen. Er musste schnell entscheiden. Sollte er sich zeigen? Aber wie sollte er dann erklären, wer er war und was er hier zu suchen hatte?

Nein, beschloss er. Dafür war es zu früh. Aber Franziska brauchte ärztliche Hilfe, und er zögerte, sie auch nur eine Sekunde allein zu lassen.

Erst als die Frauen schon ganz nah waren, als er ihre Silhouetten vor dem Feuerschein ausmachen konnte, zog er sich vorsichtig hinter ein paar Ginsterbüsche zurück. Er sah, wie die beiden Frauen Franziska entdeckten. Die eine trug das kleine Mädchen auf dem Arm, die andere wählte rasch eine Nummer mit ihrem Handy.

Gut, dachte er. Gut so. Ich werde nicht mehr gebraucht. Bald waren in der Ferne Sirenen zu hören, und er wählte einen weiten Umweg, um zu seinem Mietwagen zurückzukommen, den er nahe seines Beobachtungspostens am Waldrand abgestellt hatte.

Er stieg ein und wollte den Motor anlassen. Aber plötzlich überkam ihn ein heftiges Zittern. Der Schock, sagte er sich. Das ist nur der Schock. Tief im Innern ahnte er jedoch, dass da noch etwas war. Er hatte plötzlich Todesangst um Franziska ausgestanden, und er hatte sein eigenes Leben riskiert, um sie zu retten. Fassungslos schüttelte er den Kopf. Es gehörte nicht zu seinem Plan, Gefühle zu entwickeln. Es gehörte nicht zu seinem Plan, Franziska zu lieben. Das führte zu nichts.

Es dauerte lange, bis er sich wieder so weit im Griff hatte, dass er losfahren konnte. Langsam steuerte er seinen Wagen durch die Nacht bis zu seinem Hotel in Cattolica. Er hatte ein Zimmer für eine ganze Woche gebucht, aber nun nahm er sich vor, so bald wie möglich wieder abzureisen. Er wollte sich nur noch davon überzeugen, dass Franziska sich vollständig erholte. Dann würde er zurück nach Hamburg fliegen.

Was weiter geschehen würde – er vermochte es im Augenblick nicht zu sagen.

»Wie kannst du uns einen solchen Schrecken einjagen. Ich bin fast umgekommen vor Angst.«

Franziska hörte die Worte, nahm aber an, dass sie träumte. Dann erkannte sie die Stimme, schlug die Augen auf, wollte etwas sagen, hustete.

»Langsam, langsam.« Paolo griff nach einem Glas Wasser und half ihr, in kleinen Schlucken zu trinken. In diesem Moment war Franziska vollkommen zufrieden. Paolo war bei ihr, und ihr ging es gut. Bis auf diesen dummen Hustenreiz. Aber schon im nächsten Augenblick musste sie an den Fremden denken, der sie gerettet hatte, und ihr Herz geriet aus dem Takt.

»Du hast eine Rauchvergiftung erlitten«, erklärte ihr Paolo. Er wollte sie in die Arme nehmen, aber sie wich ihm aus. »Bitte«, flüsterte sie. »Ich bin ziemlich erschöpft.«

»Schon gut«, murmelte Paolo. Er lehnte sich zurück, und sie bemerkte, wie blass er war.

Als eine Krankenschwester erschien und Paolo hinausschickte, war Franziska erleichtert. Sie brauchte Zeit und Ruhe, um zu verarbeiten, was geschehen war. Und sie musste sich über ihre Gefühle klar werden. Bald war sie wieder eingeschlafen, und sie träumte von einem Mann, dessen Augen so hell wie der Himmel waren.

19

Drüben an Carlos Strandabschnitt erreichte die Hochzeitsfeier mit lauter Musik und Gelächter ihren Höhepunkt. In der Ferne schimmerte die Burg Gradara im Abendlicht. Paolo, der zum Wasser hinuntergegangen war, um einen Moment allein zu sein, ließ seinen Blick lange auf dem alten Gemäuer ruhen. Er dachte an die zwei Menschen, die einst mit dem Tod für ihre Liebe bezahlt hatten. Paolo und Francesca.

Ganz so schlimm war es ihm selbst zwar nicht ergangen, aber er hatte seine Francesca für immer verloren. Noch immer konnte Paolo es nicht fassen. Zwei Wochen waren seit der Feuernacht vergangen, und es schien ihm, als sei er seitdem in einem bösen Traum gefangen.

Als ihn Marisa angerufen hatte, war er wie ein Wahnsinniger von Rom nach Hause gefahren, außer sich vor Sorge um Francesca. Und während dieser nächtlichen Fahrt hatte er sich geschworen, alles zu tun, um sie glücklich zu machen, seinen eigenen Zweifeln zum Trotz. Nur, dass sein gutes Vorhaben nichts genutzt hatte, dachte er jetzt bitter.

Doch zunächst war es um die Klärung der Brandursache gegangen. Kaum war Francesca auf dem Weg der Besserung, hatte er Nachforschungen angestellt. Sehr schnell war er dabei auf Isotta gestoßen. Der Racheakt einer zurückgewiesenen Frau. Nie hätte er ihr eine solche Tat zugetraut.

Die Frau, die er seit seiner Kindheit kannte, die er zwar nicht liebte, aber doch achtete und mochte, diese Frau hatte auf seinem Hof Feuer gelegt.

Er fand schnell heraus, dass Isotta noch in derselben Nacht

in ihrem Sportwagen bis nach Mailand gefahren war und dort am frühen Morgen das Flugzeug nach Argentinien genommen hatte.

Seiner eigenen und ihrer Familie zuliebe hatte Paolo nach langem innerem Ringen von einer Anzeige abgesehen. Schließlich war ihm klar geworden, dass Isotta vermutlich nur einen bösen Streich geplant hatte, keinen Anschlag auf seine Pferde.

Noch weniger hatte sie ahnen können, dass die kleine Chiara am Abend zu ihrem geliebten Fohlen in die Box schleichen würde und dadurch in Lebensgefahr geriet. Der Wind hatte einige wenige Funken auf das hölzerne Stalldach getragen, das in seinem ausgetrockneten Zustand augenblicklich Feuer gefangen hatte.

Einzig Francescas mutigem Eingreifen war zu verdanken gewesen, dass nichts Schlimmeres passiert war.

Francesca, die nicht mehr da war. Die einen Tag nach ihrer Entlassung aus dem Krankenhaus ihren Koffer gepackt hatte und abgereist war.

Paolo hob die Flasche Rotwein, die er sich vom Büfett mitgenommen hatte, und goss sich sein Glas voll.

Seine Sirenetta.

Er zog Schuhe und Strümpfe aus und watete ein Stück weit ins Wasser. Kleine Wellen umspielten seine nackten Füße. Er wollte nur mit sich alleine sein. Laute Jubelrufe schreckten ihn aus seinen Gedanken auf. Irgendetwas ging da drüben vor sich, vielleicht entführte jemand gerade die Braut. Paolo blickte zu den bunten Lampions und den tanzenden Menschen; er hörte die flotte Musik der Romagna und fühlte sich so einsam wie noch nie in seinem Leben.

Erst nach dem Brand hatte er von Evelinas großer Liebe erfahren. Carlo Cecchini hatte wahrhaftig keine Zeit mehr verloren. An diesem Morgen waren die beiden kirchlich in Riccione getraut worden, seit dem Mittag feierten Freunde und Verwandte am Strand.

Paolo hatte gehofft, Francesca würde zur Hochzeit anreisen, aber sie war nicht gekommen. Evelina hatte gesagt, sie werde auf dem Gestüt Brosin zu sehr in Anspruch genommen. Aber das war natürlich nur eine Ausrede. Francesca wollte ihm nicht begegnen, das war ihm schon klar.

Tiefe Mutlosigkeit überkam ihn. Er trank sein Glas aus und goss es wieder voll. »Ho sbagliato tutto!«, erzählte er dem Meer, das unbeeindruckt weiterhin seine kleinen Wellen millionenfach an den Strand schickte.

Jemand anderes aber hatte ihn gehört.

»È vero«, sagte Marisa Ottaviani, die unbemerkt herangekommen war. Ihre Stimme war laut und energisch. »Du hast wirklich alles falsch gemacht.«

Paolo fühlte sich wie ein kleiner Junge, der bei einem dummen Streich ertappt worden war, und machte schnell zwei Schritte aus dem Wasser heraus, während er in einem Zug sein Glas austrank. Er spürte, wie ihm der Rotwein zu Kopf stieg.

»Von mir aus kannst du dir deine Armani-Hosen ruhig nass machen«, meinte Marisa und schickte ein kleines spöttisches Lachen hinterher. »Aber hör auf, dich zu betrinken. Das passt nicht zu dir.«

»Ah no?« Paolo hob die Flasche mit einem so heftigen Schwung, dass er fast nach hinten gekippt und im flachen Wasser gelandet wäre. Nur in letzter Sekunde fand er sein Gleichgewicht wieder. Marisa hatte keine Hand gerührt, um ihn im Notfall zu stützen. Vermutlich dachte sie, eine kleine Abkühlung würde ihm guttun.

Trotzig schenkte er sein Glas erneut voll. Als er es jedoch zum Mund führen wollte, nahm Marisa es ihm mit einer blitzschnellen Bewegung ab.

»Du hast vorhin schon den guten Prosecco wie Wasser getrunken, und einige Gläser Grappa habe ich auch gezählt. Jetzt ist Schluss mit der Trinkerei. Und komm ja nicht auf die Idee, direkt aus der Flasche zu trinken. Das könnte dir nicht bekommen.«

Paolo reichte ihr folgsam den halb ausgetrunkenen roten Sangiovese di Romagna.

»Gut so!«, murmelte Marisa.

Paolo wusste auf einmal nicht mehr, wohin mit seinen Händen, verschränkte sie schließlich unbeholfen hinter dem Rücken.

»Woher willst du wissen, was zu mir passt?«, fragte er dann und merkte selbst, dass ihm seine Stimme nicht ganz gehorchte. »Isotta jedenfalls passt nicht zu mir, Francesca anscheinend auch nicht. Warum dann nicht ein guter Rotwein? Der schmeckt wenigstens und bringt mich von meinen düsteren Gedanken weg.«

»Hör auf, dich wie ein Schuljunge zu benehmen, und komm mit.«

»Wohin?«

Marisa stieß ein Seufzen aus. »Wir laufen ein Stück, bis du wieder nüchtern bist.«

Paolo schüttelte den Kopf. »Mir ist nicht nach einem Spaziergang zumute.«

»Mir auch nicht«, erwiderte Marisa gereizt. »Ich würde viel lieber mit meiner Freundin Evelina ihr Glück feiern. Aber irgendjemand muss ja verhindern, dass du dich im Vollrausch in der Adria ertränkst.«

Paolo fand, dass Marisa ziemlich respektlos mit ihm umging, aber er war zu betrunken, um ihr das vorzuhalten. Er bemerkte, dass sie Weinflasche und Glas einfach im nassen Sand abstellte, ihn dann am Hemdsärmel packte und hinter sich herzog.

Eine Weile liefen sie schweigend und die frische salzhaltige Luft ließ seinen berauschten Kopf nach und nach wieder klarer werden.

»Das ist weit genug«, entschied Marisa endlich und ließ sich erschöpft auf die schmale Holzbank eines Katamarans sinken, auf dem tagsüber Rettungsschwimmer weiter draußen im Meer hin und her ruderten, immer auf der Suche nach Badegästen in Not.

»Grazie a Dio«, murmelte Paolo und setzte sich einfach in den Sand. Auf seine teure Hose kam es jetzt sowieso nicht mehr an.

»Dem lieben Gott brauchst du nicht zu danken«, erwiderte Marisa ungerührt. »Der hat mit der ganzen Sache sowieso nichts zu tun.«

Paolo schwieg. Alles, was er jetzt sagen konnte, hätte zu sehr nach Selbstverteidigung geklungen, und er sah nicht ganz ein, warum er sich seiner Köchin gegenüber rechtfertigen sollte.

Auch Marisa sprach eine lange Weile nichts, starrte auf das dunkle Meer hinaus und sagte nur ein paarmal etwas Unverständliches vor sich hin.

Endlich, als er schon glaubte, sie würden sich für den Rest der Nacht anschweigen, fragte sie leise: »Wie soll es denn jetzt weitergehen?«

Paolo, schon fast wieder nüchtern, erhob sich. »Keine Sorge. Alles bleibt beim Alten.«

Sie sah ihn an, und er entdeckte die tiefe Furcht in ihren

Augen, die nur langsam einer gewissen Erleichterung wich. Er begriff, dass sie Angst um ihren Arbeitsplatz hatte.

Marisa räusperte sich umständlich. »Das Gut wird also weitergeführt? So wie früher?«

»Natürlich«, erwiderte er fest. »Nur ohne Isotta. Hast du etwa geglaubt, ich gebe die Zucht auf, nur weil es ein paar Probleme gegeben hat?«

»Ich … na ja …«

»Also wirklich, Marisa. Ein bisschen mehr Mumm könntest du mir schon zutrauen.«

»Du hast nicht vor, aus lauter Liebeskummer dem Alkohol zu verfallen?«

Paolo musste schlucken. Marisas Sorge kam nicht von ungefähr. Tatsächlich hatte er in den vergangenen zwei Wochen mehr getrunken, als ihm guttat, und dabei mehr schlecht als recht in den Tag hineingelebt.

»No«, sagte er.

»Promesso?«

»Versprochen.«

Trotzdem konnte er spüren, dass sie noch an ihm zweifelte. »Ich gelobe Besserung«, fügte er daher hinzu. »Gleich morgen lasse ich die Handwerker für das neue Stallgebäude kommen. Im Augenblick ist es warm, und die Pferde können auch nachts auf der Weide bleiben, aber auf Dauer ist das kein Zustand.«

Marisas Seufzer hörte sich nun sehr deutlich nach großer Erleichterung an. »Und du wirst auch wieder vernünftig essen? Ich bin es nämlich leid, meine Kochkünste an die Stallburschen zu verschwenden, weil mein Arbeitgeber mal wieder nichts angerührt hat.«

»Ja«, sagte Paolo. »Ich esse wieder, ich arbeite wieder, ich lebe wieder. Zufrieden?«

»Einigermaßen.«

»Und einen Assistenten werde ich auch einstellen. Oder eine Assistentin. In Rom habe ich eine sehr kompetente Frau kennengelernt, die sich mit Pferden auskennt. Vielleicht ist sie bereit, zu uns zu kommen.«

»Hoffentlich ist sie nicht jung und hübsch und bringt eine Menge Probleme«, warf Marisa ein.

»Camilla? No. Ich schätze, sie hat die fünfzig bereits überschritten.«

»Va bene.«

Wieder schwiegen sie eine Weile, dann meinte Marisa: »Michele hat mir erzählt, dass sich Fees Fohlen sehr gut entwickelt.«

»Stimmt«, gab Paolo zurück. Er musste lächeln und war froh über die Dunkelheit, die sie umgab. Marisa sollte nicht merken, dass er sie durchschaute. Von Pferden verstand sie rein gar nichts. Mit ihrer präzisen Bemerkung wollte sie jedoch testen, ob er wirklich wieder nüchtern war.

»Hast du dir endlich einen Namen überlegt?«, hakte sie sofort nach.

Paolo schüttelte den Kopf, schaute nun selbst wieder aufs Meer hinaus. Er dachte an seine Meerjungfrau, und der Kummer über die verpasste Liebe schnürte ihm das Herz zu. Im nächsten Moment hatte er sich wieder im Griff. Sein Verstand arbeitete zum ersten Mal, seit Francesca ihn verlassen hatte, wieder normal. Er begriff endgültig, dass sie beide ohne einander am besten dran waren. Sie kamen aus zwei verschiedenen Welten, und früher oder später wäre es mit ihnen nicht gut gegangen. Außerdem hatte er durchaus gespürt, wie sehr sie sich nach ihrer deutschen Heimat sehnte und wie sehr sie unter dem Gefühl litt, ihren Zuchtbetrieb in der Lüneburger Heide im Stich gelassen zu haben.

Dadurch, dass sie abgereist war, hatte Francesca ihnen beiden vermutlich nur viel mehr Leid erspart. Auf einmal war ihm so wohl wie seit Langem nicht mehr zumute, und er ahnte, er würde sich immer gern an Francesca erinnern. Mit einer leisen Traurigkeit vielleicht, aber auch im Bewusstsein, für eine kurze Zeit mit ihr glücklich gewesen zu sein. Das war immerhin besser als nichts.

»Das Fohlen wird La Sirenetta heißen«, verkündete er schließlich.

»Es ist aber dunkelbraun und nicht grün«, wandte Marisa ein, die von geheimen Kosenamen noch weniger verstand als von Pferden.

Paolo lachte. »Wo du recht hast, hast du recht. Trotzdem ist es ein schöner Name.«

»Certamente. Sicher. Chiara wird er gefallen. Und ich hatte Angst, du würdest auf die verrückte Idee kommen, das arme Tier Francesca zu nennen.«

Erneut war Paolo froh über die Dunkelheit. Hätte Marisa gesehen, wie rot er plötzlich geworden war, sie hätte ihm wohl noch eine weitere Standpauke gehalten.

So aber erhob sie sich nur mit einem Stöhnen von der unbequemen Holzbank und ließ sich von ihm von dem Katamaran runterhelfen.

»Höchste Zeit zurückzugehen«, sagte sie. »Ich will noch ein bisschen was von der Feier haben.«

Sie gingen wie zwei alte Freunde im nassen Sand nebeneinander her. Als sie die Weinflasche und das Glas wieder erreicht hatten, staunten sie.

»Nun guck dir das an«, sagte Marisa empört.

»Ausgetrunken«, stellte Paolo fest.

Marisa kicherte. »Das war bestimmt eine Meerjungfrau.«

In dieser Sekunde hätte Paolo sein Versprechen gern zurückgenommen. Hatte er eben wirklich geglaubt, er habe sich wieder im Griff? Schon verspürte er den unwiderstehlichen Drang, sich wieder mit Alkohol zu betäuben, irgendwo ein einsames Plätzchen zu finden und so viel zu trinken, bis er nicht mehr ständig diese grünen Augen vor sich sah. Francesca!, stöhnte er innerlich. Ich hätte dich nicht gehen lassen dürfen. Ich hätte dich mehr lieben müssen. Ich hätte …

»Basta!« Marisas energische Stimme ließ ihn zusammenzucken. »Jetzt fang bloß nicht wieder von vorn an. Du kommst jetzt mit, trinkst einen Espresso, und dann lass ich dich nach Hause fahren. Und morgen früh wecke ich dich, damit du dich um die Handwerker kümmern kannst, va bene?«

»Va bene«, erwiderte Paolo, froh darüber, dass jemand die Dinge für ihn in die Hand nahm. Bald, vielleicht schon morgen, würde er wieder Herr seiner selbst sein. Dann begann ein neues Leben.

20

Morgentau überzog die sattgrünen Wiesen mit silbrigem Schimmer, und die Sonne blinzelte schläfrig hinter dem Kiefernwald hervor. Eine Kaltfront über Skandinavien war vor Tagen nach Süden gezogen und hatte die für Ende Juni ungewöhnlich kühle Witterung bis nach Norddeutschland gebracht. Gestern noch hatte es geregnet, erst an diesem Morgen hatten sich die dicken schweren Wolken endlich aufgelöst.

Franziska sog tief die frische, feuchtkalte Luft ein. Nach mehr als einem Monat seit ihrer Rückkehr aus Italien freute sie sich immer noch an der schönen Natur ihrer Heimat, so als wäre sie Jahre und nicht Wochen fort gewesen. An diesem Morgen hatte sie den Reitweg durch den Wald gewählt, nachdem sie zuvor viele Male durch die einmalige Heidelandschaft geritten war. Nichts war hier vertrocknet oder karg wie in Italien. Die Natur erblühte in ihrer ganzen prachtvollen Fülle.

Seline unter ihr tänzelte nervös, doch sie ließ die Stute weiter nur im flotten Schritt gehen. Zwei Kilometer in langsamer Gangart, so lautete die Regel, damit sich die Pferdemuskeln aufwärmen konnten.

Dies war für Franziska die schönste Zeit des Tages. Sie fühlte sich eins mit der Natur, genoss die kraftvollen Bewegungen eines Pferdes unter sich, und ihre Gedanken kreisten noch nicht unaufhörlich um ihre schwierige Situation.

Das kam erst später, wenn sie, zurück auf dem Hof, ihrem Bruder begegnen würde.

Seit sie wieder da war, spürte Franziska, dass Frido unter einer inneren Spannung litt. Anfangs hatte er ihr stolz von seiner Arbeit berichtet und sich über jedes Lob von ihr gefreut. Aber im Laufe der Tage und Wochen war er immer verschlossener geworden, bis er plötzlich nach dem vergangenen Sonntag wieder fröhlicher wurde. Beinahe ausgelassen war er, gleichzeitig jedoch auch nachdenklich. Er war an dem Sonntag mit Freunden nach Hamburg gefahren, und Franziska hatte nichts gesagt, als er am Montag bis spät in den Tag hinein geschlafen hatte, weil er erst in den frühen Morgenstunden heimgekehrt war. Hin und wieder, so hatte sie gedacht, brauchte ihr Bruder eine ausgiebige Partynacht.

Inzwischen glaubte sie jedoch, dass in Hamburg etwas passiert sein musste. Irgendetwas, was ihm sehr zu schaffen machte, und sie fürchtete, dass davon die ganze Familie und auch sie selbst betroffen sein würde. Deswegen ging sie ihm seit ein paar Tagen aus dem Weg, soweit das auf einem Gestüt möglich war. Sie fürchtete sich einfach vor dem, was sie vielleicht von ihm zu hören bekommen würde.

Aus dem Wald flatterte ein Fasan auf, und Seline zuckte zusammen. In der nächsten Sekunde machte sie einen gewaltigen Satz zur Seite, aber Franziska saß fest im Sattel und zog die Zügel an.

»Brrr, ist ja gut, Dicke. Alles in Ordnung.« Beruhigend klopfte sie den hellbraunen Hals. Der tiefe Ton ihrer Stimme tat ein Übriges. Seline senkte den Kopf und begann, auf dem Mundstück ihrer Trense herumzukauen, bis kleine Schaumflöckchen zu Boden tropften. Seit ihrer Rückkehr hatte Franziska die Stute regelmäßig geritten, um den Rückstand in deren Ausbildung wieder aufzuholen. Eine gewisse Schreckhaftigkeit hatte sie ihr aber noch nicht abgewöhnen können.

Aufmerksam suchte Franziska die Gegend ab. Ein Rudel

Rotwild, der heisere Ruf der Saatkrähen, oder ein Windstoß in einem vom letzten Herbst liegen gebliebenen Blätterhaufen hätten genügt, um die Stute erneut zu erschrecken.

Doch alles blieb still, und der Fasan hatte sich bereits in der Ferne verloren. Nur das leise Aufstampfen der Hufe auf dem matschigen Feldweg und das erste Zwitschern der Blaumeisen und Amseln waren zu hören.

Eine Locke löste sich aus Franziskas Pferdeschwanz, und sie schob sie hinters Ohr. Im nächsten Moment musste sie ein Gähnen unterdrücken. Seit Wochen litt sie unter chronischem Schlafmangel. Sie stand morgens um fünf auf und fiel oft erst spät am Abend todmüde ins Bett. Doch am nächsten Tag war sie wieder auf den Beinen, bereit zu kämpfen, bereit, so viel zu arbeiten, dass sie weder Zeit noch Kraft zum Nachdenken fand.

Was bin ich doch für eine tapfere Frau, dachte Franziska, und der Duft des frühen Morgens roch plötzlich bitter. Immer obenauf, immer stark. Zu dumm nur, dass ihr Herz beschlossen hatte, ihr einen bösen Streich zu spielen. Hatte sie gehofft, durch ihre Abreise aus Italien allen Kummer hinter sich zu lassen, so hatte sie sich getäuscht. Die Erinnerung an Paolo schmerzte mehr, als sie sich je hätte träumen lassen. Nun kam es ihr so vor, als würde sie jeden Tag ein Stück von ihrer Kraft verlieren. Wie lange sollte das noch so weitergehen?

Als junges Mädchen war Franziska fest entschlossen gewesen, spätestens mit Anfang dreißig eine Familie zu haben. Mindestens drei Kinder sollten es werden und sie sollten glücklich auf dem Gestüt Brosin aufwachsen.

Von diesem Wunschtraum war sie noch nie so weit entfernt gewesen wie gerade jetzt. Das Schicksal schien etwas anderes mit ihr vorzuhaben.

Franziska seufzte tief auf und verkürzte die Zügel. Vor ihr lag ein freies Feld und lud zum Galopp ein. Genau das brauchte sie jetzt!

Seline spitzte die Ohren, wartete auf das Kommando. Ein leichter Schenkeldruck genügte, und die Stute schoss augenblicklich vorwärts. Mit weiten Sprüngen jagte sie dahin, so kraftvoll und leicht, als besäße sie ein paar unsichtbare Flügel auf dem Rücken.

Franziska beugte sich vor, bis ihre Wange den Pferdehals berührte. Unter ihr flog die Grasnarbe wie ein wogendes grünes Meer vorbei, und der Wind brannte in ihren Augen. Sie wartete auf dieses besondere Glücksgefühl, das sich stets einstellte, wenn sie auf einem Pferderücken dahinflog, stattdessen rannen ihr die Tränen übers Gesicht, und daran war nicht der Wind schuld.

Endlich parierte Franziska durch und ließ Seline über einen langen Umweg zurück zum Stall gehen. Sie redete sich ein, dass die Stute erhitzt war und im Schritt abkühlen musste, doch in Wahrheit brauchte sie selbst Zeit, um ihre Fassung wiederzugewinnen.

»Da bist du ja endlich!« Frido kam ihr vor dem Stall entgegen und hielt Seline am Zügel, während Franziska absprang. »Ich warte seit einer Ewigkeit. Wir wollten doch zusammen frühstücken.«

Franziska machte sich daran, den Sattelgurt zu lösen, und wich dem Blick ihres Bruders aus. Dann nahm sie den Sattel ab, klopfte Seline den Hals, und nahm sie am Zügel, um sie in den Stall zu führen.

»Hab ich ganz vergessen«, murmelte sie.

Frido schien nichts aufzufallen. »Na, macht nichts. Eine halbe Stunde habe ich noch, dann muss ich nach Lüneburg zur

Bank. Lass nur, ich bring die Stute rein und reibe sie ab. Geh du dir die Hände waschen. Beeil dich. Ich muss dir endlich meine Neuigkeiten erzählen.« Frido lachte dazu sein lautes, ansteckendes Lachen. Alle Zweifel, die ihn in den letzten Tagen möglicherweise geplagt hatten, schienen nun verschwunden zu sein. Er sah aus wie ein Mann, der wusste, was er wollte.

Wie so oft kam es Franziska so vor, als läge eine ganze Generation zwischen ihnen. Frido vereinigte in sich all die Fröhlichkeit, Lebensfreude und Leichtigkeit, die Franziska so schmerzlich vermisste.

Während ihrer Abwesenheit war er gut mit den Anforderungen des Zuchtbetriebs zurechtgekommen, aber nun spürte sie, dass es ihn fortzog. Jetzt im Sommer plagten ihn die Schmerzen im Bein weniger als im Winter, und sie wusste, er wartete nur auf die richtige Gelegenheit, um der Lüneburger Heide den Rücken zu kehren.

Nur, was sollte dann aus ihr werden? Würde sie ganz allein mit ihrer Mutter auf dem Gestüt zurückbleiben? Wie viel einsamer würde ihr Leben ohne Frido sein? Sie zog es vor, nicht allzu genau darüber nachzudenken.

Heute konnte Franziska kaum noch nachvollziehen, wie wütend sie noch vor Monaten auf Frido gewesen war, weil er eigenmächtig zwei trächtige Stuten zum Verkauf angeboten hatte. Sie hatte sich längst eingestanden, dass ihr Gestüt nur dank Fridos eigenmächtigem Handeln es aus den roten Zahlen geschafft hatte.

Gut, die Frühjahrsauktion der Jährlinge war ebenfalls zufriedenstellend gelaufen, und sie hatten sich ein kleines finanzielles Polster zulegen können. Aber ohne Fridos tatkräftige Hilfe würde es schwer werden.

»Also?«, fragte sie eine halbe Stunde später in der großen Bauernküche. »Was ist das für eine große Neuigkeit? Raus mit der Sprache.«

Aber Frido ließ sich Zeit mit der Antwort. Umständlich schmierte er Butter auf ein ofenfrisches Brötchen und ließ dann Heidehonig darüberträufeln.

Franziska fasste sich in Geduld. Sie schnupperte an ihrem Espresso und probierte einen Schluck. Noch immer überrascht stellte sie fest, dass er fast so gut schmeckte wie der, den Evelina kochte. Bernadette Brosin war inzwischen die Kaffeespezialistin im Hause. Lächelnd hatte sie ihrer Tochter das heiße schwarze Getränk hingestellt, bevor sie sich mit den Worten zurückgezogen hatte: »Ich glaube, ihr zwei habt einiges zu besprechen. Da lass ich euch mal lieber allein.«

Trotzdem, dachte Franziska jetzt. Der Kaffee ist gut, dennoch fehlt Evelina auf dem Gestüt. Das Hausmädchen Birthe und ihre Schwester Karen, die oft zur Verstärkung gerufen wurde, machten unter Bernadettes strenger Anleitung ihre Arbeit gut, aber das war es auch nicht. Erst jetzt wurde Franziska bewusst, wie sehr sie die Sizilianerin liebte, wie sehr die ganze Familie Brosin von deren ebenso forscher wie mütterlicher Art zusammengehalten worden war. Andererseits war sie sehr glücklich für Evelina. Die Nachrichten, die jetzt regelmäßig per Mail aus Italien eintrafen, sprachen die eindeutige Sprache der großen wunderbaren Liebe.

Frido steckte sich eine Brötchenhälfte mit nur zwei Bissen in den Mund und kaute dann bewusst langsam darauf herum.

»Ich habe nicht den ganzen Tag Zeit«, sagte Franziska nervös.

»Du solltest auch was essen«, erwiderte er, ohne auf ihr Drängen einzugehen. »Ich finde, du bist in letzter Zeit ziemlich dünn geworden.«

Sie hob die Schultern und staunte. So etwas wäre Frido früher nie aufgefallen. Zögernd nahm sie ein Hörnchen, zerteilte es aber nur auf ihrem Teller.

Frido runzelte die Stirn. »Schwesterherz, du machst mir echt Sorgen.«

»Ach ja?«

»Und wie. Ich frage mich, wie ich es eigentlich verantworten soll, dich hier allein zu lassen ...« Schnell schlug er sich die Hand vor den Mund, aber Franziska hatte ihn natürlich genau gehört.

»Was soll das heißen? Willst du etwa weg von uns?« All ihre bösen Ahnungen schienen sich in dieser Sekunde zu bestätigen.

Frido senkte den Blick. »Noch ist nichts entschieden. Aber ich ... nun ja, ich habe ein Angebot von einem Hamburger Reiseunternehmen erhalten.«

»Verstehe.«

»Ist dir die Reederei Masannek ein Begriff?«

Franziska schüttelte den Kopf. »Nein, warum sollte sie? Ich kenne mich mit Schiffen nicht aus und interessiere mich auch nicht besonders dafür.«

»Schon klar.« Frido schien ihr das nicht übel zu nehmen. Er selbst fand alle Arten von Transportmitteln spannend, ganz gleich, ob sie sich im Wasser, zu Lande oder in der Luft fortbewegten. Aber er akzeptierte, dass nicht alle Leute so dachten wie er. »Die Reederei Masannek ist Ende der Sechzigerjahre gegründet worden«, erklärte er seiner Schwester. »Zunächst fuhren nur ein paar wenige Frachtschiffe unter ihrer Flagge. Aber bald wurden es mehr, und vor etwa zwanzig Jahren wurde auch das erste Passagierschiff in den Dienst gestellt. Inzwischen ist das Geschäft mit den Kreuzfahrten sogar schon wichtiger geworden als die Frachtschifffahrt.«

Franziska entging nicht, dass er vom eigentlichen Thema ablenken wollte. Als er einmal Luft holen musste, fragte sie deshalb schnell: »Und du hast von denen ein Angebot bekommen? Einfach so?«

Frido wurde rot, sagte nichts.

Sie dachte gar nicht daran, es ihm besonders leicht zu machen. »Du hast dich beworben.«

»Nicht ganz.«

»Willst du mich verschaukeln? Was denn nun?« Sie musste sich zwingen, ruhig zu bleiben. Die Versuchung, ihn an den Schultern zu packen und kräftig durchzuschütteln, war beinahe übermächtig.

»Der Chef der Reederei hat sich bei meinem früheren Arbeitgeber nach mir erkundigt. Und Sven hat offenbar in den höchsten Tönen von mir gesprochen.«

»Sven also.« Sie wollte nachhaken, aber dann schien es ihr auf einmal nicht mehr so wichtig zu sein, von wem die Initiative ausgegangen war.

»Du willst das Gestüt verlassen, weil du es hier mit mir nicht mehr aushältst. Hab ich recht?«

»Quatsch.«

»Warum dann, Frido?«

Er sah wieder hoch, und sie entdeckte die altbekannte Rastlosigkeit in seinen Augen.

»Die Pferde«, sagte er langsam. »Der Zuchtbetrieb, das Gut. Das alles ist immer dein Leben gewesen, nicht meines. Und so ist es bis heute.«

Franziska ballte die Hände zu Fäusten. »Tatsächlich. Vor ein paar Monaten hat das aber noch ganz anders geklungen. Da warst du ganz versessen darauf, hier die Leitung zu übernehmen.«

Er nickte bedächtig. »Ich fand damals, es war eine interessante Aufgabe, aber …«

»Aber nicht interessant genug.« Die Haut an ihren Handknöcheln trat weiß hervor.

»Ja.«

»Und du bist ganz sicher, dass du nicht jetzt auf einmal wegwillst, weil ich zurückgekommen bin? Weil ich wieder meine eigenen Entscheidungen treffe? Sei ehrlich, Frido. Glaubst du, hier ist kein Platz für uns beide?«

Er sah ihr fest in die Augen. »Ich bin froh, dass du wieder da bist. Natürlich hätte ich hier die Stellung gehalten, wenn du in Italien geblieben wärst. Das Gestüt darf schließlich nicht vor die Hunde gehen. Aber so ist natürlich alles einfacher.«

»Und was ist mit deinem Bein? Abenteuerreisen sind doch wohl nicht mehr drin.«

»Nein. Es geht um etwas anderes.« Dann erzählte er ihr, dass er als Berater für neue Routen arbeiten wollte. Er hatte einen guten Ruf in der Branche, und die Reederei Masannek wollte ihr bewährtes Kreuzfahrtprogramm um ein paar spannendere Fahrten erweitern.

»Die könnten meinen Rat gut gebrauchen, und die eine oder andere Reise werde ich vielleicht auch wieder machen können.«

Frido klopfte mit der einen Hand dreimal auf Holz und strich mit der anderen über sein Bein. »Es wird besser, weißt du? Mit viel Krankengymnastik und einer passenden Einlage im Schuh kann ich schon bald fast wieder der Alte werden.«

»Wie schön für dich.« Es klang bitter, und sie war sich dessen bewusst. Trotzdem entspannten sich ihre Finger wieder, und sie legte die Hände mit den kurz geschnittenen Nägeln flach auf den Tisch. Ihr war klar, dass sie hier sowieso nichts ausrichten konnte. Frido hatte seine Entscheidung bereits getroffen.

»Bitte, Franziska, verstehe mich doch. Mir fällt hier langsam die Decke auf den Kopf.«

»Das tue ich ja, aber …« Erschrocken merkte sie, dass sie

jeden Augenblick in Tränen ausbrechen würde, und schluckte krampfhaft. Dann, als sie sich wieder einigermaßen in der Gewalt hatte, sagte sie langsam: »Ich werde einsam sein ohne dich, und ich weiß nicht, wie ich alles allein schaffen soll.«

Frido beugte sich vor und legte seine große Hand auf ihre. »Bloß keine Panik. Erstens gehe ich ja nicht sofort. Morgen fahre ich nur zum Einstellungsgespräch nach Hamburg. Am Sonntag haben meine Freunde und ich uns alles bloß mal angesehen und uns mit ein paar Leuten von der Reederei unterhalten. Da wusste ich schon, dass meine Chancen sehr gut stehen. Na, jedenfalls wird es wahrscheinlich Herbst werden, bis es richtig losgeht. Zweitens bist du im Moment ein bisschen schlecht drauf, aber das gibt sich wieder, und du wirst bestimmt bald froh sein, mich nicht ständig zu sehen.«

Ein bisschen schlecht drauf – das war maßlos übertrieben, fand sie. Eben noch den Tränen nahe, musste sie trotzdem darüber lächeln.

»Durchdrehen tust du aber nicht, Schwesterherz, oder?« Fridos Blick wurde misstrauisch.

»Nein«, erwiderte Franziska. »Ich gebe mir jedenfalls alle Mühe.«

Es dauerte eine Weile, bis sie sich wieder gefangen hatte, und dann nahm sie sich endlich ein Brötchen, folgte dem Beispiel ihres Bruders und frühstückte ausgiebig. Frido hatte recht. Sie musste bei Kräften bleiben.

Erleichtert stand er auf und wollte schon die Küche verlassen, als ihm an der Tür noch etwas einfiel. »Da ist Post für dich gekommen. Liegt dahinten auf dem Stapel mit den Pferdezeitschriften. Irgend so ein komischer Brief. Keine Ahnung, von wem. Hat keinen Absender. Wahrscheinlich ein anonymer Verehrer.«

»Danke«, erwiderte Franziska, während ihr Magen sich zusammenkrampfte. Sie würde nichts mehr essen können. Wie in Zeitlupe schob sie den Teller mit dem angebissenen Brötchen weg und ging zur Anrichte.

Ein schlichter Brief ohne Absender. Franziska vergaß alles um sich herum, setzte sich wieder an den Tisch und schlitzte den Umschlag auf.

Sie begann zu lesen. Aus Gründen, die sie nicht verstand, rannen ihr schon nach der Hälfte des Briefes die Tränen über die Wangen.

21

Bad Oldesloe, den 13. Mai 1946

Meine liebe Schwester Beate!

Vielen herzlichen Dank für Deinen lieben Brief, der mich gestern erreicht hat. Du schreibst wieder, ich soll mit dem kleinen Kurt nach Hamburg kommen. Du hast eine gute Arbeit im Rathaus gefunden, und in Deiner Wohnung wäre auch ein Kämmerchen für uns frei.

Ich freue mich für Dich, daß Du es so gut getroffen hast. Jetzt bist Du Sekretärin bei einem englischen Oberst, und das Haus, in dem Du wohnst, ist in den Bombennächten verschont geblieben.

Jedoch, verstehe bitte, daß ich hierbleiben muß. Kurt und ich haben kaum genug zu essen, und die Kellerwohnung war im Winter furchtbar kalt. Aber dies ist die einzige Adresse, die mein Helmut von mir hat.

Wenn er nun plötzlich vor der Tür stünde, und niemand wäre mehr da? Was würde er dann denken? Würde er nicht gar den Lebenswillen, der ihn bis hierher getragen hat, gänzlich verlieren?

Dieser Gedanke ist mir unerträglich.

Sein letzter Feldpostbrief erreichte mich hier im November 44, wie Du weißt.

Seit ich auf Drängen meines Schwiegervaters mit Kurt hierhergekommen bin, war dies das erste Lebenszeichen von unserem geliebten Ehemann und Vater.

Seitdem habe ich keine Nachricht mehr bekommen.

Hoffnung ist alles, was mir geblieben ist. Jeden Abend bete ich mit Kurt gemeinsam für die baldige Rückkehr seines Vatis, den er doch noch gar nicht kennengelernt hat. Es bricht mir das Herz, wenn ich zuschaue, wie inbrünstig er seine Händchen faltet.

Auch von Schwiegervater kam noch keine Nachricht. Ich erfuhr lediglich, daß er im Februar 45 mit seinen Leuten und ungefähr zwanzig unserer wertvollsten Trakehner geflüchtet ist.

Ob ihm die Flucht geglückt ist? Zu jenem Zeitpunkt gab es ja nur noch den gefährlichen Weg über das Frische Haff. Und wie viele Abertausende von Seelen sind dabei umgekommen!

Es ist furchtbar, so gar nichts zu wissen.

Mein kleiner Kurt wächst und gedeiht trotz unserer Notlage. Er ist ein unverwüstlicher kleiner Kerl. Ein echter Ostpreuße. Aber mein eigenes Leben fühlt sich an wie eingefroren. Ich kann so gar nichts mehr empfinden, weder Trauer noch Glück. Einzig mein kleiner Liebling schafft es manchmal, mich mit seinem Kinderlachen aus meiner Einsamkeit zu locken. Und wenn er mich anschaut, aus Augen so strahlend hellblau wie die seines Vaters, dann fühle ich mich für einen Moment getröstet.

Hab Geduld mit mir, liebe Beate, und schreib mir recht bald wieder.

Deine Schwester Helene

P.S. Du hättest Kurt sehen sollen, als ich ihm ein Stückchen von der englischen Schokolade gegeben habe, die Du uns geschickt hast. Noch nie hat er etwas so Köstliches probiert. Ganz andächtig hat er darauf herumgelutscht und noch Stunden später hat er behauptet, er könne die Schokolade immer noch schmecken. Er bekommt jetzt jeden Sonntagabend ein Stückchen, damit es auch recht lange reicht.

Sei bedankt auch für das Mehl und das Dosenfleisch. Corned Beef! Wie das klingt! Jetzt lerne ich auch schon Englisch.

Für eine lange Weile dachte Franziska nicht an ihre Verpflichtungen, die draußen auf sie warteten. Sie blieb am Küchentisch sitzen und wischte sich ein paarmal geistesabwesend über das nass gewordene Gesicht. Mit der Fotokopie des alten Briefes in der Hand sinnierte sie über die Menschen nach, die ein so schweres Schicksal hatten erleiden müssen.

Wie grausam musste es sein, nicht zu wissen, was aus seinen Liebsten geworden war. Wie musste ein Mutterherz leiden, wenn der kleine Sohn für den unbekannten Vater betete. Und beinahe unvorstellbar war es, an ein Kind zu denken, das beim Genuss eines kleinen Stückchens Schokolade derart in Verzückung geriet. Ein Kind mit hellblauen Augen und …

Etwas wollte sich in ihre Gedanken drängen, aber Franziska bekam es nicht zu fassen. Stattdessen musste sie weiter an die Menschen denken, die damals in letzter Sekunde versucht hatten, vor den einmarschierenden Russen zu fliehen. Mit den Trakehnern über das zugefrorene Frische Haff. Bei Kälte und Hunger, von Tieffliegern beschossen, während unter ihnen das Eis nachgab, einem ungewissen Schicksal entgegen. Ihr war, als könnte sie selbst die Angst spüren, als hinge ihr eigenes Leben an einem seidenen Faden. Vielleicht, so überlegte sie schaudernd, gab es ja so etwas wie eine Familienerinnerung, und sie konnte nun nach so vielen Jahren im Geiste erleben, was jene durchgemacht hatten, die vor ihr gekommen waren.

Hatte ihr eigener Großvater nicht auch diese einzig mögliche Route genommen? Er hatte ihr doch immer erzählt, dass er damals …

Franziska stutzte. Nein, überlegte sie dann. Hugo Brosin hatte ihr in Wahrheit niemals Einzelheiten über seine Flucht erzählt. Nur, dass er in letzter Sekunde mit wenigen Trakehnern herausgekommen war und dass seine junge Frau, die

Mutter von Franziskas und Fridos Vater Herbert, unterwegs an Entkräftung gestorben war. Und Franziska hatte nie nachgefragt. Als Kind hatte sie sich nicht getraut, später kam sie gar nicht mehr auf die Idee. Was interessierten sie schon die alten Geschichten? Die Vergangenheit hatte mit ihrem eigenen Leben, mit ihrer Zukunft nichts mehr zu tun, glaubte sie.

Ein Irrtum, wie sie jetzt begriff. Grübelnd drehte Franziska die Kopie in ihren Händen hin und her. Was hätte sie jetzt darum gegeben, mehr Informationen über ihre eigene Familiengeschichte zu besitzen! Sie spürte, ohne es genau zu wissen, dass es eine Verbindung geben musste zwischen den wenigen tapferen Menschen, deren schweres Schicksal in diesen Briefen geschildert wurde, und ihren eigenen Großeltern.

Plötzlich war da wieder eine Erinnerung in ihren Gedanken, eine Farbe drängte sich ihr auf.

Blau.

Hellblau.

Hellblau wie der Himmel Ostpreußens. Wie die Augen des Kindes, Helenes Sohn. Kurt. Und seines Vaters Helmut. Wie die Augen des Mannes, der Franziska in Italien aus dem brennenden Stall gerettet hatte.

Ein Zufall, dachte sie. Bestimmt nur ein Zufall. Es gibt unzählige Menschen mit besonders hellblauen Augen. Aber ihr Gefühl sagte etwas anderes. Es musste einen Zusammenhang geben zwischen Helene und ihr, zwischen ihren beiden Familien, zwischen dem fremden Mann und den anonymen Briefen. Nur welcher Art dieser Zusammenhang war, das verstand sie nicht.

Und während sie regungslos am Küchentisch sitzen blieb, spürte Franziska, wie eine seltsame Angst nach ihr griff und ihren Herzschlag ins Stocken brachte. Und dies war nicht die nachgespürte Angst der Flüchtlinge, dies war eine neue

Angst, hundertmal bedrohlicher als die alte, weil sie in die Zukunft gerichtet war.

Erst nach einer kleinen Ewigkeit sah Franziska auf die Küchenuhr. Es war höchste Zeit, ihren Alltag wieder in Angriff zu nehmen.

Etwas anderes, das ahnte sie, blieb ihr ohnehin nicht übrig. Sie wusste nicht, welches Spiel hier mit ihr gespielt wurde, sie wusste nur, dass jemand anderes den nächsten Zug machen würde.

Franziska hatte nicht bemerkt, dass jemand die Küche betreten hatte, und sie schrak zusammen, als ihre Mutter sich auf einen Stuhl neben sie gleiten ließ.

Bernadette Brosin hatte in den vergangenen Wochen eine geradezu wundersame Verwandlung durchgemacht. Seit sie nicht mehr täglich von Evelina umsorgt wurde und seit dem Tod ihres Schwiegervaters war aus der leidenden, schwächlichen Frau eine starke Persönlichkeit geworden. Bernadette hatte ihren Haushalt im Griff, hielt sich viel an der frischen Luft auf und wirkte dadurch gesund und kräftig. Ihre früher so blasse Haut wies einen von der Sonne gebräunten Schimmer auf, die Augen blickten klar und durchdringend.

»Was ist passiert?«, fragte sie jetzt geradeheraus. »Hat es Ärger mit deinem Bruder gegeben?«

Franziska brauchte einen Moment, um aus ihren Gedanken aufzutauchen. Sie war ganz weit weg gewesen. Jahrzehnte weit weg. »Mit Frido?«

»Ja. Soweit ich weiß, hast du nur diesen einen Bruder. An einen anderen müsste ich mich erinnern können.«

Humor war auch so eine neue Eigenschaft, die Franziska an ihrer Mutter verblüffte.

»Jetzt erzähl mir, was los ist. Ihr wart vorhin ziemlich lange hier drinnen. Habt ihr euch gestritten?«

»Nein«, sagte Franziska langsam. »Eigentlich nicht. Wir hatten einiges zu klären.«

»Aha.« Bernadette sah sie auffordernd an. »Und worum ging es dabei?«

Bevor Franziska antworten konnte, kam das Hausmädchen in die Küche gelaufen. Birthe knickste vor Bernadette Brosin und fragte: »Soll ich Karen morgen kommen lassen? Für die große Wäsche?«

Die Hausherrin hob nur die Augenbrauen. »Selbstverständlich. Deine Schwester wird gebraucht. Was soll die dumme Frage? Sie ist doch inzwischen sowieso fast jeden Tag hier.«

Birthe wurde unter ihren dichten blonden Locken rot. »Verzeihung, gnädige Frau. Es ist nur …«

»Was gibt es noch?« Bernadettes strenger Ton hätte jeden wortlos und ängstlich gemacht, nur Birthe hielt stand und blickte ihre Chefin mit aller Entschlossenheit an.

Franziska unterdrückte ein Lächeln. Ihre Mutter, die gestrenge Gutsherrin. Wer hätte ihr diese Rolle noch vor ein paar Monaten zugetraut!

»Also … Karen möchte gern wissen, wie lange sie nur als Aushilfe arbeiten darf. Sie könnte nämlich vielleicht auf Gut Calsin in der Küche …«

»Pah!«, unterbrach Bernadette Brosin das Mädchen, dessen Farbe jetzt von dunkelrot zu blass wechselte. »Graf Olaf wird einen Teufel tun, mir ein Hausmädchen wegzuschnappen. Schon genug, dass er es jahrelang bei unserer Evelina versucht hat.«

Sie wandte sich ihrer Tochter zu. »Was meinst du, können wir uns ein zweites festangestelltes Mädchen leisten? Mein Gefühl sagt mir, dass ich diese Dinge ab sofort wieder mit dir besprechen muss.«

Franziska sah, wie Birthe jetzt neugierig von einer zur anderen schaute, und machte ihrer Mutter ein Zeichen. Bernadette verstand. »Geh zurück an deine Arbeit, Birthe. Ich gebe dir später Bescheid.«

Das Mädchen ging, Mutter und Tochter waren wieder allein.

»Nun?«, Bernadette stand auf, ging zur Espressomaschine und machte sich daran zu schaffen. »Willst du auch noch einen Kaffee?«

Franziska nickte und bekam gleich darauf einen zweiten Espresso serviert.

»Wie ist das nun mit Frido?«, fragte ihre Mutter dann mit einem Lächeln im Gesicht. Ganz so, als wüsste sie bereits alles.

»Er möchte weg.«

»Hab ich mir schon gedacht.«

»Du wusstest es?«

»Nein. Aber eine Mutter kennt ihre Kinder. Und Frido besitzt kein Sitzfleisch. Hatte er noch nie. Was genau hat er denn vor?«

Franziska erzählte es ihr.

»Reederei Masannek? Nie davon gehört. Ich werde das mal im Internet recherchieren.«

Franziska beschloss, sich nicht mehr über ihre Mutter zu wundern. Ein neuer Gedanke kam ihr, überraschend und beglückend zugleich.

»Wir beide können es auch allein schaffen, nicht wahr, Mama?«

»Wovon redest du?«, fragte ihre Mutter scheinbar ahnungslos zurück.

»Das weißt du genau. Wir können auch allein das Gestüt Brosin weiterführen.«

Bernadette lachte laut heraus, und Franziska wunderte sich

auch darüber. Schon vergaß sie, dass sie ja über die Veränderung nicht mehr erstaunt sein wollte.

»Selbstverständlich können wir das, mein Kind. Was hast du denn gedacht? Die Frauen sind grundsätzlich die stärkeren Mitglieder einer Familie. Ohne sie geht gar nichts. War dir das etwa noch nicht klar?«

Franziska nahm einen Schluck von ihrem Espresso. In Gedanken kehrte sie sofort zu den alten Briefen zurück. Die starken Frauen, die sich nicht unterkriegen ließen. Frauen wie Helene und ihre Schwester Beate. Gerade wollte sie ihrer Mutter davon erzählen, als diese fragte: »Also? Was meinst du. Können wir uns Karen als zweites Hausmädchen leisten?«

Franziska überlegte einen Moment. »Soweit ich weiß, ist sie eine Pferdenärrin. Wenn sie also damit einverstanden ist, auch mal drüben im Stall mitzuhelfen, können wir sie gut gebrauchen.«

»Abgemacht. Und jetzt zeigst du mir, was du da schnell unter die Pferdezeitung geschoben hast, als ich mich vorhin hergesetzt habe.«

Franziska war gar nicht bewusst gewesen, dass sie die Kopie vor ihrer Mutter versteckt hatte. Sie lächelte entschuldigend. »Das war so eine automatische Reaktion von mir. Noch von früher, als wir hier alle versucht haben, dir jede Aufregung zu ersparen.«

»Fein.« Bernadette verzog keine Miene. Offenbar mochte sie es nicht, an ihr altes Ich erinnert zu werden. »Diese Zeiten sind vorbei. Inzwischen liebe ich Aufregungen aller Art. Also, nun zeig schon her.«

»Gleich«, erwiderte Franziska zögernd. »Ich muss dir erst den Zusammenhang erklären, aber zuallererst möchte ich dich etwas fragen.«

»Nur zu.«

»Was weißt du über damals?«

»Damals? Wann?« Bernadette tat unwissend, aber Franziska glaubte zu spüren, dass sie ahnte, von welcher Zeit die Rede war. Ihr Gesicht verriet nichts.

»Ich meine den Zweiten Weltkrieg. Die Flucht aus Ostpreußen, die Zeit danach. Großvater hat mir nie irgendwelche Einzelheiten erzählt, und ich möchte so gern alles wissen. Dann kann ich vielleicht besser verstehen, was gerade passiert.«

Täuschte sie sich, oder flackerte da Furcht in Bernadettes Augen auf?

»Ich habe nicht die geringste Ahnung von alledem.« Ihre Stimme zitterte. »Wie du weißt, bin ich 1950 geboren. Da war der Krieg schon fünf Jahre aus.«

»Ja«, erwiderte Franziska langsam. »Das weiß ich. Aber du könntest doch mal etwas gehört haben. Vielleicht hat Vater etwas von der Flucht erzählt.«

»Mein Mann war fünfundvierzig ein Kleinkind, was soll er schon erzählt haben? Kind, du kannst mir glauben, wir hatten damals andere Sorgen.«

Mama weicht mir aus, dachte Franziska überrascht. Sie weiß etwas, ganz bestimmt weiß sie etwas. Aber sie will es mir nicht sagen.

Jetzt stand Bernadette wieder auf und räumte die Tassen weg. Ihre ganze Körperhaltung drückte Abwehr aus. »Ich verstehe nicht, warum dich so etwas interessieren sollte. Die Vergangenheit ist vorbei, und alle von unserer Familie, die damals dabei waren, sind tot. So, ich habe jetzt zu tun. Und auf dich warten draußen zwei Turnierreiter aus Frankfurt, die ein paar Pferde auswählen wollen. Beeil dich lieber.«

22

Das Reitturnier auf Gut Calsin fand wie in jedem Jahr am zweiten Wochenende im Juli statt. Es war der letzte Wettbewerb dieser Größenordnung der Saison und somit die letzte Gelegenheit für Reiter und Pferde, ihr Können unter Beweis zu stellen.

»Bei Calsin beginnen große Karriere«, hieß es unter Fachleuten. »Oder sie enden dort.«

Wer es hier schaffte, eine Dressur- oder Springprüfung zu gewinnen oder zumindest unter die Erstplatzierten zu kommen, der hatte gute Chancen, im folgenden Jahr an den Landesmeisterschaften von Niedersachsen teilzunehmen, und dann – ja, dann konnte es zu den deutschen Meisterschaften gehen und danach zu den großen internationalen Turnieren.

Seit Olaf Graf von Calsin sein erstes, noch bescheidenes Reitturnier ausgerichtet hatte, war ein halbes Dutzend Reiter in den vergangenen dreißig Jahren diesen erfolgreichen Weg gegangen. Eine verschwindend geringe Minderheit, so schien es, angesichts der ständig steigenden Teilnehmerzahlen. In diesem Jahr hatten zweihundertfünfunddreißig Reiter gemeldet, viele von ihnen nahmen an den verschiedenen Prüfungen mit mehreren Pferden teil. Dennoch waren die wenigen Erfolgsstorys für alle Teilnehmer Anreiz genug, auch in diesem Jahr wieder ihr Bestes zu geben.

Für die Züchter ging es weniger um eine erfolgreiche eigene Karriere als vielmehr darum, ihre Pferde auf bestmögliche Weise zu präsentieren. Andere dachten über Neuanschaffungen nach und sahen sich mit Kennerblick das Pferdematerial an.

Franziska, die im Alter von zwanzig Jahren vorübergehend von einer Zukunft als Springreiterin geträumt hatte, war mit drei jungen Pferden hier, darunter auch Seline. Die Stute war für die leichteste Springprüfung der Kategorie A gemeldet. Sie zeigte hervorragende Anlagen, und die Hindernisse von geringer Höhe würden für sie kein Problem darstellen. Franziska ging es vor allem darum, Seline an den Trubel eines großen Reitturniers zu gewöhnen. Die Stute musste sich endlich ihre Schreckhaftigkeit abgewöhnen, sonst verlor sie enorm an Wert. Kein Reiter wollte ein Pferd haben, das bei jeder Kleinigkeit zusammenzuckte oder gar durchging.

Während Franziska nun Seline auf dem Abreiteplatz im Schritt um die Bahn gehen ließ, gestand sie sich zum ersten Mal ein, wie schwer es ihr fallen würde, sich von der edlen Stute zu trennen.

Als Züchterin hätte sie daran gewöhnt sein müssen, auch Pferde, die sie ins Herz geschlossen hatte, irgendwann zu verkaufen. Aber bei Seline fiel ihr dieser Gedanke besonders schwer. Vielleicht lag es ja daran, dass es in letzter Zeit so viele Abschiede in Franziskas Leben gegeben hatte. Möglicherweise verband aber auch eine ganz besonders innige Zuneigung Franziska und Seline, so wie es manchmal zwischen Mensch und Pferd vorkommt, und mit reiner Vernunft nicht zu erklären ist.

Die Stute unter ihr entspannte sich in der langsamen Gangart, Franziska konnte spüren, wie die Muskeln weicher wurden. Schon die kurze Fahrt im Pferdetransporter hierher hatte für Seline puren Stress bedeutet. Die anderen beiden Pferde, zwei sechsjährige Wallache, besaßen einige Erfahrung mit Turnieren. Sie hatten ruhig im Transporter gestanden und sich nicht um die ängstlich wiehernde Stute gekümmert.

Kaum abgeladen, hatte Seline angefangen, am ganzen Leib zu zittern und zu schwitzen. Die vielen fremden Menschen und Pferde, die Geräuschkulisse, die unterschiedlichsten Gerüche – für die Nerven der jungen Stute war das zu viel gewesen.

Franziska hatte sich ganz um Seline kümmern müssen, die Wallache blieben in der Obhut von Pferdewirtin Maike. Die junge Frau war im Frühjahr von Frido eingestellt worden, und obwohl das Gestüt ein weiteres Gehalt kaum verkraften konnte, war Franziska inzwischen froh, Maike Overbeck zu haben. Sie waren im selben Alter und verstanden sich gut. Maike liebte die Pferde, besaß einen hervorragenden Sachverstand und eine weiche Hand und scherte sich nicht um Arbeitszeiten.

Ganz im Gegensatz zum ersten Pferdewirt des Gutes, Armin Sailer. Er war bereits Mitte fünfzig, hatte Franziska als Chefin nie richtig anerkannt, war sich seines Postens aber immer sicher gewesen, solange Hugo Brosin gelebt hatte. Der alte Herr hatte ihn schließlich einst persönlich eingestellt. Nun jedoch fürchtete er offenbar um seinen Job, denn er machte Maike das Leben schwer, wo er nur konnte, während er gleichzeitig seine eigenen Pflichten immer mehr vernachlässigte.

Franziska spürte ihre Wut, als sie jetzt über Armin nachdachte. Sie wusste, Maike erledigte oft seine Arbeit mit, was aber auf Dauer nicht zu schaffen war. Blieb nur zu hoffen, dass der Pferdewirt bald einsehen würde, wie sehr er nicht nur dem Gestüt, sondern auch sich selbst mit seinem Verhalten schadete. Sonst würde Franziska keine andere Wahl haben. Sie würde ihn entlassen müssen.

Im Schritttempo war sie nun am hinteren Ende des Abreiteplatzes angelangt und ließ Seline im Zirkel gehen, damit die Rückenmuskulatur weicher und entspannter wurde. Inzwischen hatte die Stute sich beruhigt, das geschäftige Treiben um sie herum schien ihr nicht mehr so viel auszumachen wie noch vor einer halben Stunde.

Franziska war gespannt, wie sich Seline auf dem großen Turnierplatz anstellen würde. Dort war es natürlich noch um einiges lauter und bunter.

Maike kam auf einem der beiden Wallache, dem Rappen Titus, angeritten.

»Frido kümmert sich um Sico«, teilte sie Franziska mit, als diese Seline durchparierte und fragend die Brauen hob. »So kann ich Titus schon ein bisschen für dich abreiten.«

»Wunderbar.«

Nach dem Springen wollte Franziska mit Titus an einer Dressurprüfung teilnehmen. Der zweite Wallach, Sico, war erst später am Tag in einem schweren Springen der Kategorie M an der Reihe.

Auf einmal kam Franziska eine Idee. »Eigentlich bin ich mit den beiden Springen ziemlich ausgelastet. Könntest du nicht Titus in der Dressurprüfung für mich reiten? Du würdest mich damit entlasten, und er macht sich mit dir im Sattel vielleicht noch besser als mit mir. Du reitest ihn ja schon seit Wochen.«

Maikes Augen leuchteten auf. »Wirklich? Das wäre wunderbar.«

Franziska lächelte der Pferdewirtin zu. Sie war froh, ihr endlich einmal eine Freude machen zu können. »Frido kann ihn kurz für dich halten, und du läufst rasch zur Meldestelle und lässt deinen Namen eintragen. Sollte es Probleme geben, sag einfach, die eingeplante Reiterin sei gestürzt und könne nicht mehr starten.«

Sie lachte, aber Maike lachte nicht mit. Wie alle Pferdemenschen war sie extrem abergläubisch. »Ich lasse einfach nur deinen Namen streichen und meinen einsetzen«, sagte sie, wendete den großen Rappen auf der Hinterhand und trabte davon.

Franziskas Lachen verklang. Im nächsten Moment schalt

sie sich selbst einen Dummkopf. Das fehlte noch, dachte sie, dass ich mir hier selbst Angst einjage.

Seline, die jede Stimmung ihrer Reiterin spürte, hatte begonnen, nervös zu tänzeln, aber als Franziska sie nun mit leichtem Schenkeldruck antraben ließ, beruhigte sie sich sofort und folgte mit weit ausholenden Schritten der Aufforderung.

»Braves Mädchen«, lobte Franziska und warf einen raschen Blick auf die Anschlagtafel. Noch sechs Starter vor ihr. Gut. Bald würde sie sich auf den Weg zum Turnierplatz machen.

Der Mann kam am Stand einer Sattlerei vorbei. Er blieb kurz stehen und sog tief diesen besonderen Duft nach Leder ein.

Die Ladenstraße begann gleich neben dem Parkplatz und führte am großen Herrenhaus vorbei bis zum Haupteingang und zum Turnierplatz neben den Tribünen. Von Pferdefutter über feinste englische Sättel und handgenähte Reitstiefel bis zu modernsten Boxen und Reiseapotheken für Pferde wurde hier so ziemlich alles angeboten, was das Fachpublikum interessieren konnte. Und noch einiges mehr, wie der Mann bereits festgestellt hatte. Obwohl er hochgradig nervös war, fragte er sich, was wohl ein Verkaufsstand mit Kuckucksuhren aus dem Schwarzwald bei einem Reitturnier in der Lüneburger Heide zu suchen hatte. Auch die Hamburger Buddelschiffe in ihren Flaschen, Berliner Bären aus Plüsch und die Schneekugeln von Schloss Neuschwanstein passten seiner Meinung nach nicht so recht hierher. Er nahm an, es habe sich auch bei den cleveren Geschäftsleuten herumgesprochen, dass es auf diesem Reitturnier zunehmend internationaler zuging. Und für Touristen aus Amerika oder Asien war es vermutlich einerlei, welches Souvenir sie mitnahmen – für sie war

Deutschland sowieso ein einziges großes Disneyland mit romantischen Fachwerkhäuschen, prachtvollen Schlössern und Männern in Lederhosen, die ganz erstaunliche Mengen an Bier vertragen konnten.

Immerhin, dachte der Mann und verließ jetzt den Stand der Sattlerei. Typische Heideprodukte wie echter Imkerhonig, Pullis aus der Wolle von Heidschnucken und ein anständiger Korn, der hier Köm genannt wurde, gab es ebenfalls reichlich zu kaufen.

Kurz war er versucht, sich einen typischen Flachmann mit Hochprozentigem zu besorgen. Das waren kleine flache Flaschen, passend für die Jackentasche. Vielleicht konnte er damit seine Nerven beruhigen. Dann aber entschied er sich dagegen. Was er vorhatte, musste er mit klarem Kopf erledigen.

Er hatte lange genug auf diesen Augenblick gewartet. Nun konnte ihn nichts und niemand mehr aufhalten.

Franziska wollte mit Seline gerade den Abreiteplatz verlassen, als sie jemanden auf sich zukommen sah. Kurz war sie versucht, die Stute noch einmal zu wenden. Sie hatte absolut keine Lust auf eine sorgenvolle Miene und gut gemeinte Ratschläge.

Aber es war zu spät. Olaf Graf von Calsin hob bereits die Hand zum Gruß. Offensichtlich war er auf der Suche nach ihr gewesen.

»Franziska, wie schön, dass ich dich antreffe.« Er klopfte Seline mit der flachen Hand den Hals, und die Stute blieb ruhig stehen. Graf Olaf hatte eine besondere Art, mit Pferden umzugehen. Franziska hatte ihn immer um diese Gabe beneidet. In seiner Gegenwart wurde auch das nervöseste Tier ganz ruhig.

Gar nicht so schlecht, dachte sie auf einmal, dass ich ihn treffe. Seline tut er jedenfalls gut. Dafür war sie gern bereit, sich ein, zwei Minuten mit ihm zu unterhalten. Sie konnte nur hoffen, dass er nicht allzu persönlich wurde. Auf Fragen nach ihrem Privatleben reagierte Franziska derzeit eher ungehalten.

»Guten Tag, Graf Olaf«, sagte sie höflich. »Wie geht es Ihnen? Sind Sie zufrieden mit dem Turnier? Ich finde, es wird jedes Jahr prachtvoller.«

Der Graf lachte leise. »Lass die Förmlichkeiten, Franziska. Du hast als Kleinkind mit meinen Töchtern gespielt und auf meinen Knien gesessen. Schon vergessen? Also, was soll jetzt die Siezerei?«

Wie zur Entschuldigung schüttelte Franziska den Kopf und sah dann auf ihre Armbanduhr. »Ich fürchte, ich muss rüber zum Start.«

»Nein«, erwiderte Graf Olaf. »Du hast noch ein wenig Zeit. Wegen der hohen Teilnehmerzahl beim A-Springen habe ich eine kurze Pause veranlasst. Hörst du? Es wird gerade durchgegeben.«

Tatsächlich. Eine Viertelstunde Pause. Franziska fluchte innerlich. Seline war jetzt bereit für den Wettkampf. Die Stute war leichtfüßig über die Probesprünge gegangen und sie besaß genau die richtige Spannung, ohne allzu nervös zu sein. In fünfzehn Minuten konnte sie schon wieder in ganz anderer Verfassung sein.

»Keine Panik«, sagte Graf Olaf. »Die Stute wird ihre Sache trotzdem gut machen. Komm, steig einen Moment ab und lass uns zwei Schritte gehen.«

Franziska blieb nichts anderes übrig, als der Aufforderung zu folgen.

Graf Olaf nahm Seline leicht am Zügel und führte sie über einen breiten Sandweg auf einen zweiten, kleineren Platz. Dort drehte er kurze Runden, damit die Stute in Bewegung blieb. Mit der freien Hand winkte er Franziska an seine Seite und begann ohne Umschweife zu reden. »Ich weiß, dass es mich eigentlich nichts angeht, aber ich mache mir Sorgen um dich.«

»Das … das ist sehr freundlich, aber völlig unnötig. Ich komme klar.«

Graf Olaf ließ ihren Einwand nicht gelten. »Du warst mal eine schöne und lebenslustige junge Frau, die alles schaffte, was sie sich vornahm. In letzter Zeit bist du nur noch ein Schatten deiner selbst.«

Franziska fand, er übertrieb maßlos, und erwiderte vorsichtig: »Es ist nett, dass Sie …. dass du dich um mich sorgst, aber es geht mir gut. Wirklich. Ich habe alles im Griff. Das Gestüt schreibt wieder schwarze Zahlen.«

»Du bist dünn geworden.«

»Das stimmt schon«, musste sie zugeben. »Ich habe ein bisschen abgenommen, aber Mama ist dabei, mich ständig vollzustopfen. Sie probiert jeden Tag ein neues Rezept aus.« Mit dem Hinweis auf ihre Mutter hoffte sie, ihm begreiflich zu machen, dass sie keine arme verlorene Waise war, die auf seine Hilfe und seinen Rat angewiesen war. Vergeblich.

»Um deine Mutter mache ich mir auch einige Gedanken, wenn ich ehrlich sein soll. Unsere Familien sind seit Jahrzehnten in Freundschaft verbunden, wie du wohl weißt. In letzter Zeit hattet ihr einiges zu verkraften. Wenn nun auch noch Frido geht …«

Franziska merkte, wie sie zornig wurde, und trat ein Stück zur Seite, damit Seline ihre Stimmung nicht spüren konnte. Mit einem halben Meter Abstand zu Graf Olaf und ihrer Stute lief sie weiter durch den Sand. Ihre am Morgen mit so viel Mühe blank polierten Reitstiefel wurden mit einer Staubschicht überzogen, aber das interessierte sie im Augenblick nicht.

»Ist die Nachricht also auch schon bis zu dir durchgedrungen«, meinte sie. »Das ging ja mal wieder ziemlich schnell.«

»Stimmt es denn nicht?«, erkundigte sich Graf Olaf in sanftem Ton.

»Noch ist gar nichts entschieden. Aber …« Sie begriff, es hatte keinen Sinn, ihm etwas vorzumachen. »Frido denkt tatsächlich darüber nach, sich neu zu orientieren.«

»Das war ja zu erwarten. Und was wird dann aus deiner Mutter und dir?«

»Wir Frauen der Familie Brosin«, sagte Franziska und betonte jede Silbe einzeln, »sind keineswegs hilflos ohne die Männer. Wir sind stärker, als du denkst. Wir lassen uns so leicht nicht unterkriegen.«

Immerhin besaß er den Anstand, ihrem zornigen Blick auszuweichen. »Entschuldige. So habe ich das nicht gemeint.«

»Nein? Wie denn?«

»Nun, ich wollte dir eigentlich nur meine Hilfe anbieten. Du weißt, dass du jederzeit mit jedem Problem zu mir kommen kannst.«

Jetzt war es an Franziska, beschämt den Blick zu senken. »Danke«, sagte sie leise. »Das weiß ich zu schätzen. Wirklich.«

Graf Olaf lächelte. »Ist Bernadette heute nicht hier? Ich hätte sie gern begrüßt.«

»Nein, sie ist lieber zu einer Kunstausstellung nach Hamburg gefahren. Sie sagt, ihr reichen die vielen Pferde schon im Alltag. Da will sie wenigstens am Sonntag etwas anderes sehen. Neuerdings unternimmt sie gern mal etwas mit ihren Freundinnen. Letzte Woche waren sie sogar in der Oper.«

»Bernadette?«, fragte Graf Olaf zurück, und es schien, als würden sie von zwei verschiedenen Frauen reden. »Die Bernadette Brosin, die wegen ihrer schwachen Gesundheit meistens das Bett hütet und nur mit viel Mühe überredet werden kann, mal an einem Fest teilzunehmen? Wirklich die Bernadette?«

Franziska lächelte. »Mir scheint, du hast meine Mutter eine ganze Weile nicht mehr gesehen.«

»Das scheint mir auch so«, erwiderte Graf Olaf, und die Verblüffung war ihm immer noch deutlich anzusehen.

»Bitte richte ihr meine besten Grüße aus. Ich werde sie bald einmal besuchen.« Dabei trat ein Ausdruck in seine Augen, den Franziska nicht gleich zu deuten wusste. Im nächsten Moment dachte sie: Um Gottes willen, er wird doch Mama hoffentlich nicht den Hof machen wollen?

Graf Olaf war schon seit mehr als zehn Jahren Witwer, und nie hatte es seitdem eine Frau an seiner Seite gegeben. Allgemein wurde angenommen, er habe die verstorbene Carlotta von Calsin so abgöttisch geliebt, dass er eine andere nicht einmal ansehen würde. Nach so langer Zeit nun ausgerechnet Bernadette Brosin?

Ungläubig schüttelte Franziska den Kopf. Und wenn schon, sagte sie sich dann. Mich geht das sowieso nichts an. Aber etwas anderes brannte ihr plötzlich auf der Seele, eine Frage, die ihr wichtiger schien als alles andere. Noch bevor sie richtig darüber nachdenken konnte, platzte sie schon heraus: »Hat mein Großvater dir je etwas über seine Flucht im Krieg erzählt?«

Graf Olaf blieb überrascht stehen, und auch Seline neben ihm verharrte wie auf Kommando auf der Stelle. Der große edle Pferdekopf senkte sich in Richtung einiger Grashalme am Randes des Platzes, aber der Graf hielt die Zügel fest. »Jetzt nicht, Mädchen. Später darfst du so viel grasen, wie du willst.«

Als hätte Seline ihn verstanden, hielt sie nun still.

Dann wandte sich Graf Olaf wieder an Franziska. »Die Flucht? Du meinst den Treck damals aus Ostpreußen Anfang 45?«

»Ja.«

Er zog die Brauen zusammen. »Wie um Himmels willen kommst du denn jetzt darauf?«

Franziska zögerte. »Ich habe in einer Schublade von Großvaters Schreibtisch ein paar alte Fotos gefunden. Es ist fast nichts mehr darauf zu erkennen, nur ein paar Gestalten auf Pferden. Trotzdem bin ich neugierig geworden.« Das war zumindest keine Lüge. Die alten Fotos gab es wirklich und boten ihr eine gute Erklärung für ihre Neugierde.

Graf Olaf strich über Selines sorgfältig geflochtene Mähne. »Interessant«, murmelte er und schien ganz in Gedanken versunken. »Mein Vater ist ja leider auch schon lange tot, er hat damals miterlebt, wie die Flüchtlinge aus dem Osten kamen. So weit ich weiß, hat er deinem Großvater in der ersten schweren Zeit geholfen. Das war damals keineswegs üblich. In erster Linie dachte jeder an sich selbst, und die Flüchtlinge waren alles andere als gern gesehen.«

»Ich weiß«, erwiderte Franziska. Ihr war klar, dass Graf Olaf nicht von der Hilfsbereitschaft seines Vaters sprach, um ein spätes Lob zu bekommen oder sich von einem vagen Schuldgefühl zu befreien, sondern weil er sich einfach besser erinnern konnte, wenn er laut redete.

»Aber«, sagte er nun. »Irgendwelche Einzelheiten über den Treck hat Hugo Brosin offenbar nie erzählt. Mein Vater hätte mir sicherlich davon berichtet, und ich selbst habe Hugo auch nie danach gefragt. Seltsam eigentlich. Er war doch sonst eher ein mitteilsamer Mann und immer sehr stolz darauf, wie er die Zucht wieder aufgebaut hat. Darüber konnte er stundenlang erzählen. Zuletzt auf Annettes Verlobungsfeier.«

Franziska dachte nicht sehr gern an das Fest im vergangenen Winter zurück. Es war der Abend gewesen, an dem sie Paolo kennengelernt hatte. »Ja«, sagte sie daher schnell. Sie war enttäuscht, dass Graf Olaf nicht mehr wusste. »Es ist wirklich sehr seltsam.«

Durch die Lautsprecher erklang die Durchsage, dass die Pause nun vorbei sei. Die Nummer neununddreißig wurde aufgerufen. Margarethe Albrecht auf Mylady. Als nächste möge sich Franziska Brosin auf Seline einfinden.

»Ich muss los«, sagte sie.

Graf Olaf hielt ihr den Steigbügel und reichte ihr die Zügel, als sie mit einem eleganten Schwung aufgestiegen war.

»Hals- und Beinbruch«, schickte er ihr noch den alten Reitergruß hinterher.

Franziska nickte ihm kurz zu und ritt dann in kurzem Trab los. Am Eingang zum Parcours parierte sie Seline durch und verfolgte aufmerksam den Ritt der Reiterin vor ihr. Ein einziger Abwurf und keine Zeitfehler. Applaus brandete auf, und Margarethe Albrecht streichelte ihr Pferd.

»Wenn wir das auch so hinkriegen, wäre das klasse«, raunte sie Seline zu, deren Ohren nervös hin und her zuckten. »Nur die Ruhe, Dicke. Wir schaffen das schon.«

Ihr Name wurde aufgerufen, und sie ritt ein.

Der Mann hatte die letzten Verkaufsstände passiert und reihte sich jetzt in die kurze Schlange vor dem Kassenhäuschen ein. Kurz darauf zeigte er am Eingang seine Eintrittskarte vor.

Tribünenplätze hatte es nicht mehr gegeben, und er hatte versäumt, rechtzeitig eine Reservierung zu veranlassen. Nun musste er versuchen, einen einigermaßen günstigen Stehplatz zu erwischen. Langsam ließ er seinen Blick über die Menge schweifen, die sich vor der Ehrentribüne staute. In dieser Sekunde tönte eine tiefe männliche Stimme durch die Lautsprecher: »Die nächste Starterin ist die Nummer vierzig. Franziska Brosin auf Seline.«

Er hatte keine Zeit mehr, sich in Ruhe einen Platz zu suchen. Ohne groß zu überlegen, bahnte er sich mit den Ellenbogen einen Weg durch die Zuschauer direkt vor ihm, die in fünf Reihen hintereinanderstanden.

»Frechheit!«, rief einer.

»Unerhört!«, ein anderer.

Ein Dritter drückte sich eindeutiger aus.

Der Mann schickte ein entschuldigendes Lächeln in die empörten Gesichter und sagte: »Pardon. Aber das da vorn ist meine Freundin.«

»Das Pferd oder das Mädchen?«, erkundigte sich ein Witzbold.

Es kostete ihn einige Mühe, aber er sagte nichts.

Die feindliche Stimmung war in Nachsicht umgeschlagen. Er war jetzt in der ersten Reihe angekommen. Vor ihm gab es zwischen zwei weißen Zäunen, die um den gesamten Springplatz herumführten, noch zwei Reihen mit langen Holzbänken, er hatte nun gute Sicht. Gespannt wartete er darauf, dass Franziska auf ihrer Stute hinter dem hohen Wacholderbaum auftauchte, der die Mitte des Turnierplatzes zierte. Direkt dahinter befand sich die Start- und Ziellinie.

23

Frido Brosin zwinkerte Maike zu. »Lass den Sico ruhig am Hänger angebunden, aber bleib mit Titus in der Nähe, damit er sich nicht so verlassen fühlt. Ich geh nur schnell rüber und schau mir Franziskas Ritt an.«

»Geht klar«, erwiderte die Pferdwirtin. »Ich hab ja noch genug Zeit.«

»Und nachher komme ich auch zu deiner Dressurprüfung und drück dir die Daumen.«

Maike lief vor Freude rot an, und Frido musste grinsen. Aber dann erinnerte er sich daran, wie aufgeregt er selbst früher bei seinen ersten Turnieren gewesen war. Er konnte das Mädchen gut verstehen.

Damals war er acht, neun Jahre alt gewesen, und die Reiterei war für ihn das größte Abenteuer auf Erden. Wenn sein Vater und sein Großvater ihn lobten, weil er, anfangs auf einem Pony, später auf einem großen Trakehner, einen guten Ritt hingelegt hatte, dann hatte sich das einfach wunderbar angefühlt.

Geschmälert wurden sein Stolz und seine Freude nur regelmäßig durch die Tatsache, dass seine ältere Schwester immer einen Tick erfolgreicher war. Sie machte weniger Fehler, gab eine bessere Figur ab, schien für die Reiterei geboren zu sein.

Wenn er in seiner Altersklasse bei einem Springen auf dem dritten Platz landete, gewann Franziska eine Stunde später garantiert ihren eigenen Wettkampf. Und prompt richtete sich die Aufmerksamkeit von Vater und Großvater auf das Mädchen.

Frido hatte sich nie anmerken lassen, wie sehr er darunter litt, immer nur der Zweitbeste zu sein. Aber es hatte Tage gegeben, an denen er nur auf einem wilden Ritt durch die Lüneburger Heide seine Wut loswerden konnte. Dann preschte er ohne Rücksicht auf Verluste mitten durch das Naturschutzgebiet und lachte nur über die Schreie eines Schäfers, wenn er seine Heidschnuckenherde zu Tode erschreckt hatte. Und es hatte Nächte gegeben, in denen er seine Enttäuschung über die erneute Zurücksetzung in die Kissen heulte.

Irgendwann hatte Frido aufgehört, sich mit Franziska messen zu wollen. Er war in die Pubertät gekommen, hatte sich mehr für Mädchen als für Pferde interessiert und war schließlich als junger Erwachsener seinen eigenen Weg gegangen. Hinaus in die Welt, zu Abenteuern, die den ganzen Mann verlangten.

Manchmal hatte er sich gefragt, ob sein Leben nicht nur eine Flucht war. Vor einem Zuhause, in dem er nur der Zweitbeste sein konnte, vor einer Schwester, die ihm in allem überlegen war.

Dann, als der dumme Reitunfall passierte, war er gezwungen, auf dem Gestüt Brosin zu bleiben und hatte sich mehr denn je als Versager gefühlt. Bis ihm klar wurde, dass der Zuchtbetrieb kurz vor dem Bankrott stand, und er endlich seine Chance sah.

Bei der Erinnerung an die Ereignisse vom Februar verzog Frido das Gesicht. Was als toller Plan begonnen hatte, lief plötzlich aus dem Ruder und brachte ihm beinahe die Feindschaft seiner Schwester ein. Nur gut, dass Franziska schließlich doch noch erkannt hatte, wie richtig er gehandelt hatte. Und bevor er so ganz begriff, was vor sich ging, war er plötzlich der Gestütsleiter. Franziska war nach Italien abgereist, und er trug die Verantwortung, er traf die Entscheidungen. O ja, am Anfang war das ein tolles Gefühl gewesen. Endlich kam er einmal an erster Stelle, nicht immer die überaus taffe Franziska. Weder sein Vater noch sein Großvater erlebten diesen Moment mit, aber immerhin spürte er, wie seine Mutter ihn plötzlich bewunderte.

Es dauerte einige Zeit, bis Frido merkte, dass er sich dabei selbst etwas vormachte, dass er die Rolle des umsichtigen Gestütsleiters nur spielte und in seinem Innern nicht wirklich bei der Sache war. Seine wahre Sehnsucht galt nach wie vor fremden Ländern, neuen Horizonten, aufregenden Abenteuern.

Wochenlang trug er diese Erkenntnis mit sich herum wie etwas, was einem einfach keine Ruhe ließ. Und dann traf diese E-Mail ein, die alles verändern sollte. Die Reederei Masannek bot ihm, Frido Brosin, eine Stellung an. Ein Anruf bei einem früheren Arbeitgeber brachte Klarheit. Ja, sagte Sven, sein einstiger Chef. Es habe da eine Anfrage gegeben, und er habe den Mann an ihn weiterverwiesen.

Frido hatte dennoch gestaunt. Es war ihm ein wenig seltsam erschienen, dass er in der Branche so bekannt sein sollte. Ein großes Unternehmen wie die Reederei Masannek suchte ganz speziell nach ihm? Wie konnte das angehen? Obwohl er inzwischen über ein gesundes Selbstvertrauen verfügte, kam ihm die Geschichte ziemlich komisch vor.

Aber dann war Frido nach Hamburg gefahren und hatte Ulrich Masannek persönlich kennengelernt. Ihr Gespräch war kurz und sachlich gewesen, dennoch hatte Frido sofort große Sympathie für den erfolgreichen Reeder empfunden. Masannek mochte zehn Jahre älter als er selbst sein, knapp vierzig also, und er sah aus wie ein Mann, der wusste, was er wollte und wie er seine Ziele erreichen konnte. Schon fünf

Minuten später hatte die Sekretärin den fertigen Arbeitsvertrag hereingebracht, und Frido hatte unterschrieben.

»Sie sind ein Mann der schnellen Entschlüsse«, hatte Masannek festgestellt. »Aber vielleicht auch ein bisschen leichtfertig. Wollen Sie den Vertrag nicht erst mal mit nach Hause nehmen und gründlich durchlesen?«

Frido hatte gelacht und den Kopf geschüttelt. »Nicht nötig. Ich vertraue Ihnen.«

Daraufhin hatte Masannek ihn mit einem langen nachdenklichen Blick angesehen, und unter diesem Blick war Frido plötzlich ganz nachdenklich geworden. Angst? Nein, so etwas kannte er nicht. Aber eine gewisse Nervosität hatte ihn schließlich befallen, und nun ärgerte er sich doch, dass er so schnell unterschrieben hatte.

Als er jedoch am Abend wieder auf dem Gestüt war und sich den Vertrag in aller Ruhe durchlas, konnte er keinen Haken daran feststellen.

Sein Aufgabenbereich war klar umrissen, genau wie abgesprochen. Seine Beraterfunktion in der Hamburger Zentrale würde den Hauptteil seiner Arbeit ausmachen, aber es standen ihm auch mindestens drei Reisen pro Jahr zu, auf denen er neue Routen ausprobieren sollte. Das Gehalt war angemessen, Arbeitsbeginn sollte der erste Oktober sein.

Alles in bester Ordnung.

Misstrauisch wurde Frido erst wieder, als Ulrich Masannek ihn vor einer Woche anrief und um ein Treffen in Lüneburg bat. Er habe geschäftlich dort zu tun, und man könne die Gelegenheit doch nutzen, sich ein wenig besser kennenzulernen. Frido war hingefahren, wieder mit diesem seltsamen Gefühl. Der erfolgreiche Reeder wollte sich mit einem seiner Angestellten treffen? Das war doch mehr als ungewöhnlich.

Und als sie am bevölkerten Stintmarkt einen Tisch direkt an der Ilmenau ergattert hatten und ein Pils tranken, hatte

Frido schnell gemerkt, dass Masanneks Fragen sich allesamt auf das Gestüt Brosin konzentrierten. Er selbst liebäugele mit einer kleinen Pferdezucht, erklärte er, und er sei ein Liebhaber von Trakehnern. Da könne er jeden fachlichen Rat gebrauchen.

Frido hatte sich zwar gewundert, war dann aber nach dem zweiten oder dritten Bier ins Erzählen gekommen, und das seltsame Gefühl hatte auch nachgelassen. Er hatte sogar den Eindruck, dass Masannek ein richtiger Kumpel war. Als er ihm jedoch anbot, ihn doch bald einmal auf dem Gestüt zu besuchen, damit er sich alles persönlich ansehen konnte, da hatte sein neuer Chef den Kopf geschüttelt. »Zu viele Termine, mein lieber Brosin. Ich fürchte, dafür habe ich im Augenblick absolut keine Zeit. Wer weiß, vielleicht später einmal.«

Dann hatte er sich verabschiedet, und Frido war mit dem Gefühl nach Hause gefahren, mit einer Art Phantom geredet zu haben. Nichts hatte Masannek von sich selbst erzählt. Rein gar nichts. Nur ausgefragt hatte er Frido, nach dem Gestüt, nach seiner Familie, besonders nach seiner Schwester Franziska. Frido hatte vorgehabt, ihr davon zu erzählen, aber auf dem Gestüt Brosin liefen die Vorbereitungen für das große Reitturnier auf Hochtouren, und Franziska hatte keine freie Minute. Am Ende war Frido ganz froh darüber. Was hätte er ihr auch sagen sollen? Dass sein neuer Chef Ulrich Masannek offenbar ein persönliches Interesse an ihr hatte?

»Ein Mann, der mich gar nicht kennt?«, hätte sie wahrscheinlich zurückgefragt und ihn dann ausgelacht. Und so wie er sie kannte, hätte sie noch hinzugefügt: »Lass mich mit solchen Spinnereien zufrieden. Ich habe Wichtigeres zu tun.«

Dabei wäre er sich ziemlich dumm vorgekommen, und diesen Zustand in ihrer Gegenwart kannte er zu gut, um ihn freiwillig herbeizuführen.

Frido hörte die Ansage, dass Franziska Brosin die nächste Starterin war, und nahm eine Abkürzung, um zum Turnierplatz zu kommen. Er lief hinter den Tribünen herum und sprang über eine Absperrung, ohne auf die Proteste eines Ordners zu achten. Er hielt dem Mann nur rasch seinen linken Arm hin. Am Handgelenk trug er ein blaues Plastikarmband, das ihn als Mitglied einer teilnehmenden Mannschaft auswies.

Der Ordner rief ihm noch etwas nach, was er nicht verstand, aber immerhin schien er ihn nicht aufhalten zu wollen, sondern hatte erkannt, dass er kein Zuschauer war, der sich kostenlos Zugang zum Turniergelände verschaffen wollte.

Der Mann wollte sich ihren Ritt anschauen und danach entscheiden, was er tun würde.

Er hatte Franziska seit zwei Monaten nicht mehr gesehen. Es hatte sich einfach keine Gelegenheit mehr ergeben. Mal war er selbst beruflich zu sehr eingespannt gewesen, mal war er in die Lüneburger Heide gefahren und hatte feststellen müssen, dass Franziska nicht da war, obwohl ihm dieser nichtsnutzige Detektiv das Gegenteil versichert hatte. Den Mann hatte er inzwischen entlassen. Wieder einmal hatte er begriffen, dass er sich um die wichtigen Dinge im Leben besser selbst kümmerte, wenn er nicht enttäuscht werden wollte.

Dieses Turnier hier, das wusste er, würde Franziska nicht verpassen. Da, endlich! In leichtem Galopp kam sie hinter dem Wacholderbaum hervor und ritt auf das erste Hindernis, einen niedrigen Steilsprung, zu. Die Stute unter ihr wirkte nervös, aber Franziska Brosin gab ihr ruhig die richtigen Schenkelhilfen, und so flogen Pferd und Reiterin problemlos über die rot-weißen Stangen.

Der Mann hob sein Fernglas und konzentrierte sich auf Franziskas Gesicht. Wie müde sie aussah! Und dünn! Geradezu verhärmt. Erschrocken ließ er das Fernglas sinken und sah zu, wie sie auf Sprung zwei zuritt. Der Oxer mit naturfarbenen Stangen und einer Hecke in seiner Mitte stellte ebenfalls kein Problem dar.

Der Mann jedoch verlor das Interesse an dem Ritt.

Damit hatte er nicht gerechnet. Dies hier war eine andere Franziska als die, die er seit dem Winter beobachtet hatte. Sie wirkte wie ein Mensch, der zwar nach außen hin sein Leben ganz normal lebte, nach innen aber wie ausgehöhlt war. Wie jemand, der keine weitere Aufregung mehr verkraften konnte.

Ratlos wandte er sich ab. Es war der falsche Moment, beschloss er.

Frido begann zu rennen. Franziska und Seline flogen gerade über den Oxer, jetzt ging es auf den Wassergraben zu, der direkt vor der Ehrentribüne lag. Unwillkürlich hielt er die Luft an. Die schreckhafte Stute hatte schon des Öfteren eine gewisse Furcht vor jeder Art von Wasser gezeigt. Und dieser flache Graben war mit hellblauer Plastikfolie ausgelegt, sodass die Sonne sich in grellen Lichtreflexen darin spiegelte. Frido hatte bei einem anderen Springen am Vormittag beobachtet, wie einige Pferde vor der glitzernden Oberfläche gescheut hatten, und er hatte seine Schwester vorhin noch gewarnt.

Franziska verkürzte die Zügel und presste die Unterschenkel an Selines Bauch. Sie spürte, wie die Stute angesichts des glitzernden Hindernisses langsamer werden wollte, wie sie nach einem Ausweg suchte. Franziska ließ es nicht zu. Energisch trieb sie Seline an, genau auf den Wassergraben zu.

Nur aus den Augenwinkeln sah sie, wie rechts von ihr etwas Helles, Rotes hoch in die Luft stieg und kurz wieder herabsank.

Verdammt!, dachte sie noch, als Seline mit einem großen Satz nach links ausbrach. Der rote Luftballon war von einem plötzlichen Windstoß genau am Kopf der Stute vorbeigetrieben worden.

Verdammt!

Eine Sekunde, zwei vielleicht, konnte Franziska sich noch im Sattel halten. Dann sprang Seline mitten in ein Hindernis hinein. Bunte Stangen rollten wie riesige Mikadostäbchen davon, Stute und Reiterin stürzten gemeinsam, blieben liegen.

Der Junge mit dem roten Luftballon hatte einen Meter vor dem Mann auf einer der Holzbänke gesessen. Als die Mutter ihm einen Bonbon reichte, ließ der Junge seinen Ballon los. Genau in dem Moment, als Franziska auf den Wassergraben zuritt.

Nein, dachte der Mann.

Nur: Nein.

Frido bremste mitten im Lauf ab. Er hatte nicht alles gesehen, aber er hatte den Aufschrei im Publikum gehört, und einen entsetzlichen Moment lang konnte er sich nicht mehr rühren.

Vor Schreck gelähmt. Endlich wusste er, was dieser Ausdruck bedeutete, den er schon so oft gehört, aber immer für übertrieben gehalten hatte.

Vor Schreck gelähmt. Das war er jetzt, während vor ihm Bewegung in die Leute kam.

Rufe wurden laut.

»Um Himmels willen!«

»Was ist passiert?«

»Ein schwerer Sturz!«

»Da! Schau! Das Pferd ist wieder aufgestanden. Aber die Reiterin liegt immer noch am Boden.«

»Wenn die sich man bloß nicht das Genick gebrochen hat. Weißt du noch damals, beim internationalen Hallenturnier in Bremen?«

Sensationslust lag in den Worten, und Frido spürte, wie ihm die Galle hochkam. Er würde sich übergeben müssen, hier, vor allen Leuten.

Woher er die Kraft nahm, konnte er später nicht mehr sagen. Aber plötzlich verschwand seine lähmende Angst, sein Herzschlag beruhigte sich, die brennende Übelkeit ließ nach. Seine Stimme war stark: »Lassen Sie mich durch! Platz da! Sofort!«

Zur Not würde er sich mit seinen Fäusten den Weg freikämpfen. Aber wie auf Kommando teilte sich die Menge vor ihm, Blicke trafen ihn, einige Gesichter kannte er. Die Leute riefen ihm etwas zu, er hörte es nicht. Frido lief nach vorn, sprang über den ersten weiß getünchten Zaun, stieg über die zwei Reihen der Holzbänke, hechtete über den zweiten Zaun, befand sich jetzt auf dem Springplatz.

Ein paar Hindernisrichter hatten Seline eingefangen. Die Stute ließ den Kopf hängen und zitterte am ganzen Leib. Rechts von ihm kamen zwei Sanitäter mit einer Trage angerannt, vor den beiden lief ein Arzt mit einem Notarztkoffer auf die Unfallstelle zu. Frido rannte weiter, war auf gleicher Höhe mit den Helfern.

Aber als er nun seinen Blick dorthin richtete, wo Franziska lag, geriet er ins Stolpern und wäre fast über eine der herabgefallenen Stangen gestürzt. Nur im letzten Moment fand er sein Gleichgewicht wieder, dann ging er weiter, langsamer diesmal.

Dort vorn, wo Franziska lag und zwei Hindernisrichter ratlos über ihr standen, dort, direkt neben ihrem Kopf, kniete ein Mann, den Frido nur zu gut kannte.

Was zum Teufel macht der denn hier?, dachte er noch. Dann hatte er seine bewusstlose Schwester und Ulrich Masannek erreicht.

24

So hell, so blau, so strahlend. Franziska schien es, als schaute sie direkt in den Himmel hinein. Geblendet schloss sie die Augen, blinzelte ein paarmal, lugte vorsichtig unter den Lidern hervor.

Immer noch dieses Blau, das etwas in ihr auslöste, eine Ahnung. Oder einen Gedanken, den sie nicht zu fassen bekam. Eine Erinnerung, die gleich unter ihrem Bewusstsein lauerte.

»Bleiben Sie ganz ruhig liegen. Nicht bewegen. Der Notarzt ist gleich da.«

Der Notarzt? Wozu das denn? Sie brauchte keinen Arzt. Sie träumte einen Traum und lag dabei in ihrem Bett zu Hause. Wenn nur der Schmerz im rechten Handgelenk nicht wäre, dazu das dumpfe Pochen im Kopf, eine merkwürdige Feuchtigkeit auf ihrer Stirn und das Gefühl, etwas drücke ihr in den Rücken, eine Hindernisstange vielleicht oder …

Stopp! Wie kam eine Hindernisstange in ihr Bett? Franziska hob den Arm, den linken, wo nichts schmerzte, und wollte sich übers Gesicht fahren. Vielleicht konnte sie dann besser denken.

»Nicht.« Dieselbe sanfte Stimme. Dann ein leichter Druck auf ihren Arm. »Sie haben eine kleine Wunde an der Stirn. Nichts Schlimmes, aber Sie sollten sie besser nicht anfassen, damit kein Schmutz hineinkommt.«

Das also war dieses feuchte Gefühl. Franziska entspannte ihre Armmuskeln, versuchte, sich zu konzentrieren. Jetzt nahm sie Gerüche war. Am stärksten war der Geruch nach Eisen. Der musste vom Blut in ihrem Gesicht kommen. Dazu mischte sich der Geruch nach sandigem Boden, nach reifen Wacholderbeeren, nach Leder und nach Pferdeschweiß. Im nächsten Moment gab es einen kurzen Ruck in ihrem Kopf, und Franziska wusste wieder, was mit ihr geschehen war.

Der glitzernde Wassergraben, der rote Luftballon, Seline, die ausbrach, der Sturz ...

»Seline! Was ist mit Seline?«

»Keine Sorge. Der Stute geht es gut. Sie wird gerade weggeführt, und soweit ich das beurteilen kann, ist ihr nichts geschehen.«

Erleichtert atmete sie auf. Dann endlich wurde auch ihr Blick klar, und sie sah in das Gesicht eines Mannes, das sie kannte. Nur, woher?

Die Augen! Diese unglaublich hellen Augen. Und das sandfarbene Haar.

Ein Schauer durchlief sie, und sie erinnerte sich an einen Kuss, an das Einhauchen seines Atems, an den Moment, als sie gierig seinen Sauerstoff einatmete, während ganz in ihrer Nähe der Stall von La Ginestra abbrannte.

»Sie! Wer sind Sie?«

Er lächelte, aber seine Augen lächelten nicht mit. »Das ist jetzt nicht wichtig. Ich will Ihnen nur helfen. Bleiben Sie ganz ruhig liegen.«

Franziska, die aufspringen und weglaufen wollte, blieb unter seinem strengen Blick tatsächlich unbeweglich liegen. Etwas geschah. Etwas, wofür sie keine Worte fand. Der Mann schien es auch zu spüren, denn nun wurde sein Blick weich. Wärme strahlte ihr entgegen, ein Gefühl von Geborgenheit.

»Franziska«, sagte er. Sie wartete, dass er weitersprach, wünschte, er möge sich zu ihr herabbeugen. In diesem Moment jedoch wurde der Mann vom Notarzt und den Sanitätern zur Seite gedrängt, und fast gleichzeitig war auch Frido da.

Sein Gesicht war bleich, aber Franziska bemerkte auch, wie er den Mann anstarrte. Ungläubig und irgendwie – sie zögerte. Ja, dachte sie dann, erschrocken. Irgendwie ängstlich.

Der Notarzt sprach sie an und begann mit seiner Untersuchung.

»Sieht so aus, als hätten Sie noch einmal Glück gehabt«, sagte er kurz darauf. »Das Handgelenk ist vermutlich angebrochen, aber die Wirbelsäule scheint in Ordnung zu sein, so weit ich das beurteilen kann. Trotzdem müssen Sie nach Lüneburg ins Krankenhaus. Nur zur Sicherheit. Sie werden so fixiert, dass die Wirbelsäule keinen Millimeter bewegt wird, und dann dürfen Sie mit dem Hubschrauber fliegen.«

»Ist das wirklich nötig?«, fragte Franziska, die sich in Gedanken immer noch mit dem fremden Mann befasste. Sie konnte ihn nicht mehr entdecken und bewegen, um nach ihm zu suchen, konnte sie sich auch nicht. »Ich fühle mich schon sehr viel besser. Wirklich. Ein bisschen Kopfweh und die Schmerzen im Handgelenk. Ist doch keine große Sache.«

Der Notarzt setzte eine strenge Miene auf. »Mit solchen Stürzen ist nicht zu spaßen. Selbst wenn Sie sonst keine Schmerzen haben, kann irgendwo etwas angeknackst sein. Nur eine Computertomografie kann da hundertprozentig Klarheit bringen.«

Franziska musste sich wohl oder übel in ihr Schicksal ergeben. »Na gut«, sagte sie. »Wenn es sein muss, dann mal los. Kommst du mit, Frido?«

»Logisch.«

»Sie müssen aber mit Ihrem Wagen hinterherfahren«, erklärte der Notarzt. »Im Hubschrauber ist nur Platz für die Patientin und mich.«

»Kein Problem.«

»Ich fahre auch mit.« Olaf Graf von Calsin war neben Franziska aufgetaucht, kniete nun neben ihr nieder und lächelte ihr beruhigend zu. In seinem Blick konnte sie noch die Sorge ablesen.

»Das ist nicht nötig. Sie ... du wirst doch hier gebraucht. Das Turnier ...«

»... findet auch ohne mich statt. Es gibt genügend Helfer, und meine Töchter können die Siegerpokale genauso gut überreichen wie ich. Was ist mit deiner Mutter? Sollen wir sie anrufen?«

»Lieber nicht«, erwiderte Franziska. »Ich will sie nicht unnötig aufregen.«

Frido war ganz ihrer Meinung. »Mama würde auf der Stelle in Hamburg losfahren, würde unterwegs tausend Ängste ausstehen, während Franziska schon längst wieder gesund und munter zu Hause wäre.«

Sie zwinkerte ihm zu. »Genau. Und sie muss nicht unnötig in Panik geraten. Ich werde sie anrufen, sobald ich wieder zu Hause bin.«

»In Ordnung. Was ist mit euren Pferden? Soll ich jemanden abstellen, um sie zurückzubringen?«

»Nicht nötig«, antwortete Frido an Franziskas Stelle. »Unsere Pferdewirte werden sich darum kümmern. Sie sind zu zweit und schaffen das schon. Armin hat auch einen Führerschein für den großen Transporter.«

»Vielleicht könnte Maike wenigstens mit Titus an der Dressurprüfung teilnehmen«, meinte Franziska. »Sie hat sich so darauf gefreut.«

Die Männer sahen sie an, als fürchteten sie um ihren Geisteszustand. »Sonst hast du keine Sorgen?«, erkundigte sich Frido.

»Das Mädchen wird noch genügend Gelegenheiten auf anderen Turnieren haben«, sagte Graf Olaf, und damit war die Sache entschieden.

Aus der Ferne war das Rauschen von Rotorblättern zu hören. Zwei Minuten später landete der Hubschrauber im südlichen Bereich des großen Springplatzes. Zwei Hindernisse, die für das A-Springen nicht benutzt worden waren, hatten ein paar Helfer in aller Eile fortgeräumt, sodass für den Rettungshubschrauber gerade Platz genug war. In seiner Nähe drängten sich die Schaulustigen, wurden aber von Ordnern und Polizeibeamten zurückgehalten. Sommerhüte flogen davon, aufgeregte Rufe drangen bis zu der kleinen Gruppe Menschen, die sich um die Verletzte geschart hatte.

Franziska war das Aufheben, das um sie gemacht wurde, ziemlich peinlich, aber sie wusste auch, dass der Arzt recht hatte. Sie durfte keinerlei Risiko eingehen. Es hatte schon Reitunfälle mit tödlichem Ausgang gegeben – für Pferde wie für Reiter.

»Wenn Sie jetzt bitte Platz machen würden«, sagte der Notarzt zu den anderen, während vom Hubschrauber eine spezielle Trage gebracht wurde. Darauf wurde Franziska in den folgenden Minuten mit viel hartem Schaumstoff so fixiert, dass ihre Wirbelsäule keinerlei Erschütterung ausgesetzt war. So ähnlich, dachte sie noch mit einem Anflug von Sarkasmus, müssen sich die ägyptischen Mumien gefühlt haben, wenn sie bei ihrer Einbalsamierung noch gelebt hätten. Dann schloss sie die Augen, um nicht die vielen neugierigen Blicke zu sehen.

Ulrich Masannek beobachtete, wie Franziska zum Hubschrauber getragen wurde. Er atmete aus und merkte erst jetzt, dass er in den letzten paar Minuten die Luft angehalten hatte. Er war zurückgewichen, als Frido, der Notarzt und die Sanitäter fast gleichzeitig eingetroffen waren, blieb aber in

Hörweite und erfuhr, dass Franziska höchstwahrscheinlich mit leichten Verletzungen davonkommen würde. Er hatte auch Fridos ungläubigen Blick auf sich gespürt, aber dann war der junge Mann zum Glück zu sehr mit seiner Schwester beschäftigt gewesen, um von ihm Erklärungen zu verlangen.

Eine Erklärung, dachte Ulrich Masannek und fuhr sich ratlos durchs Haar. Er hätte keine plausible Erklärung gehabt. Nicht zu diesem Zeitpunkt. Oder doch? Vielleicht, so überlegte er jetzt, vielleicht wäre es gar nicht so schwierig gewesen, Frido und Franziska Brosin seine Geschichte zu erzählen. Die ganze Wahrheit. So wie er sie selbst kannte, von Anfang an.

Aber hätten sie ihm geglaubt? Das war die Frage, die ihn am meisten beschäftigte. Er besaß ja keine echten Beweise. Nur die fünf Briefe seiner Großmutter, dazu eine Suchkarte des Deutschen Roten Kreuzes von 1952, die er nach ihrem Tod in einem Geheimfach ihres Sekretärs gefunden hatte, und seine eigenen Schlussfolgerungen.

Ulrich Masannek war hundertprozentig davon überzeugt, richtigzuliegen. Aber nur mit Worten würde er vermutlich niemanden in der Familie Brosin überzeugen können. Er musste etwas finden, das unumstößlich die Wahrheit ans Licht brachte. Und er hatte gehofft, an diesem Tag seinem Ziel ein Stück näherzukommen.

Stattdessen hatte er miterleben müssen, wie Franziska bei dem schweren Sturz ihr Leben riskierte. Und durch die Angst, die er in der vergangenen Viertelstunde ausgestanden hatte, war ihm endgültig bewusst geworden, dass es noch mehr Probleme geben würde: seine eigenen Gefühle. Was er zu Beginn seiner Nachforschungen niemals in Betracht gezogen hätte, war eingetreten. Ulrich Masannek musste sich eingestehen, dass er sich in Franziska Brosin verliebt hatte.

Nein, sagte er sich im nächsten Augenblick. Nicht in Franziska Brosin, sondern in Wahrheit in Franziska …

»Bitte verlassen Sie das Gelände. Wir müssen hier wieder aufbauen.« Der Hindernisrichter, ein noch junger Mann, forderte ihn dazu auf.

Ulrich Masannek nickte ihm zu und entfernte sich unauffällig über den Turnierplatz. Nicht nach vorn, zur Haupttribüne, auch nicht nach Süden, wo er womöglich noch einmal Frido über den Weg gelaufen wäre. Vielmehr wählte er den Weg über den Abreiteplatz, schlug dann einen großen Bogen und erreichte erst zwanzig Minuten später seinen Wagen.

Ulrich Masannek brauchte lange für die Fahrt zurück nach Hamburg. Viel länger als sonst. Mehr als zwei Stunden. Es lag nicht am Rückreiseverkehr der Hamburger nach einem langen Sommerwochenende auf dem Land. Dafür war es noch zu früh am Tag. Erst gegen Abend würde die Blechlawine aus dem Umland anrollen. Es lag vielmehr daran, dass Ulrich Masannek ganz langsam fuhr, so sehr wurde er von seinen Zweifeln geplagt.

Sollte er alles abblasen? Sollte er Franziska und ihre Familie in Ruhe lassen? Und Frido. War es wirklich eine gute Idee gewesen, ihn einzustellen? Anfangs hatte Ulrich sich selbst zu seinem Einfall gratuliert. Ein Mitglied der Familie in seinem Unternehmen. Da konnte er als Chef nach und nach so einiges in Erfahrung bringen, was dieser unfähige Detektiv nicht geschafft hatte.

Aber schon das zweite Treffen mit Frido in Lüneburg war ein Reinfall gewesen. Ulrich hatte selbst gemerkt, dass seine Fragen viel zu direkt waren, und natürlich war Frido misstrauisch geworden. Ulrich hatte sich nur mehr schlecht als recht mit seiner angeblich geplanten eigenen Pferdezucht herausreden können. Und als er dann eine Einladung zum Gestüt

Brosin ablehnte, da war in Sekundenschnelle wieder der Argwohn in Fridos Augen zu sehen.

Er konnte es ihm nicht verdenken, aber er hätte die Einladung unmöglich annehmen können. Was wäre geschehen, wenn Franziska in ihm den Mann erkannt hätte, der ihr auf La Ginestra das Leben gerettet hatte? Wie kompliziert wäre dann alles geworden? Es wäre zu früh, viel zu früh gewesen.

Ulrich Masannek konnte seine wahre Identität erst zu erkennen geben, wenn er einen handfesten Beweis besaß. Aber wie sollte er je einen solchen Beweis finden?

Als er die Elbbrücken erreichte, war er mit seinen Überlegungen noch keinen Schritt weitergekommen. Franziska, hatte sie ihn heute erkannt?

Er fürchtete, ja. Zugleich erhoffte er es, auf eine gänzlich unvernünftige Weise. Schon zum zweiten Mal war er ihr in einer dramatischen Situation begegnet. Ulrich wusste nicht, ob das etwas zu bedeuten hatte, aber er wünschte sich plötzlich, dass es eines Tages auch andere Begegnungen geben würde. Begegnungen, die weitaus erfreulicher wären. Er stellte sich vor, wie er und Franziska einfach zusammen spazieren gehen würden, oder irgendwo ein Glas Wein tranken. Es musste wundervoll sein, ein wenig Zeit in ihrer Gesellschaft zu verbringen.

Ulrich reihte sich in den spärlichen Verkehr der Ost-West-Straße ein und kehrte in Gedanken zu seinem eigentlichen Problem zurück.

Sollte er Franziska auch den fünften Brief schicken? Es war der letzte seiner Großmutter, der erhalten geblieben war. Würde Franziska begreifen, worum es ging? Würde sie die richtigen Schlüsse ziehen? Würde sie vielleicht sogar eigene Nachforschungen anstellen?

Das war es, was Ulrich Masannek von Anfang an beabsichtigt hatte. Einen Anstoß geben, eine Frage an das Leben auf dem Gestüt stellen, einen Zweifel streuen. Und somit vielleicht alte Verkrustungen aufbrechen, Erinnerungen hervorrufen und bequeme Lebenslügen entlarven. Und für sich selbst suchte er etwas, was nicht mit Geld zu bezahlen war.

Nachdem er den großen Strom überquert hatte und durch die sonntäglich ruhige Stadt fuhr, beschloss Ulrich Masannek, auch den letzten Brief abzuschicken.

Aber zunächst sollte sich Franziska in Ruhe erholen. Als er an einer roten Ampel halten musste, wählte er schnell die Nummer des Detektivs, den er eigentlich entlassen hatte. Einen weiteren Dienst konnte ihm der Mann noch erweisen.

»Franziska Brosin ist nach einem Reitunfall ins Krankenhaus gebracht worden. Finden Sie heraus, wie es ihr geht, und halten Sie mich auf dem Laufenden.«

25

Mitte August lockte die prachtvolle Heideblüte zahlreiche Touristen aus nah und fern in diese historische Kulturlandschaft. So weit der Blick reichte, erstreckte sich ein Blütenmeer über die sanften Hügel, und die Menschen genossen das Schauspiel. Die einzigartige Landschaft der Lüneburger Heide versprühte wie in jedem Jahr ihren ganz besonderen Charme. Das kräftige Lila von vielen Millionen Blüten betonte das Grün der Wacholder und Kiefern und das silbrige Weiß der Birken. Dies war die Zeit der Wanderer und Radfahrer. Auch zogen Planwagen und Kutschen über die gelbsandigen Wege und über allem lag der herbsüße Duft sonnenwarmer Blüten. Es wurden die Herden von Heidschnucken bestaunt, die alten, reetgedeckten Schafställe und natürlich auch die Schäfer, die sich von diesem alljährlichen Trubel nicht aus der Ruhe bringen ließen.

»Da draußen tobt der Bär«, sagte Frido, als er zu Franziska ins Büro kam. Er war mit Seline ausgeritten, damit die Stute etwas Bewegung hatte. Jetzt wischte er sich mit einem Taschentuch den Schweiß von der Stirn.

»Kann ich mir vorstellen«, erwiderte Franziska und legte den Brief beiseite, den sie gerade hatte lesen wollen. Sie hatte ihn vorhin gleich im Poststapel entdeckt. Ein schlichter Umschlag, ohne Absender, wie immer.

Die Versteckspielerei könnte er sich inzwischen sparen, hatte sie sofort gedacht. Für Franziska gab es inzwischen kaum noch Zweifel. Sie kannte zwar seinen Namen nicht, aber sie ahnte, es war der Mann mit den hellblauen Augen, der ihr diese Briefe schickte, inzwischen den fünften. Fast sechs Wochen waren seit dem letzten Brief vergangen, und sie hatte sich schon gefragt, ob überhaupt noch einer kommen würde. In diesen vergangenen Wochen hatte sie auch viel Zeit gehabt, über die mysteriöse Geschichte nachzudenken. Die Umsicht des Notarztes hatte sich als richtig erwiesen. Im Krankenhaus wurde festgestellt, dass Franziskas vierter Halswirbel angebrochen war. Das bedeutete: drei Wochen lang ruhiges Liegen, keine überflüssigen Bewegungen und sich dem strengen Regiment ihrer Mutter, erst im Krankenhaus und später zu Hause, unterwerfen.

Immer wenn Franziska klagte, sie würde es keine Sekunde länger im Bett aushalten, mahnte Bernadette Brosin: »Denk an Superman.«

Der Schauspieler Christopher Reeve, der den berühmten Helden gespielt hatte, war vor Jahren bei einem Reitturnier schwer gestürzt und hatte sich den zweiten Halswirbel gebrochen. Er blieb gelähmt und starb nach langem Kampf an den Folgen seines Unfalls.

Wenn ihre Mutter so mit ihr sprach, wurde Franziska ganz kleinlaut und sagte sich selbst, wie viel Glück sie gehabt hatte. Inzwischen musste sie nicht mehr im Bett liegen und konnte sich jeden Tag wieder ein bisschen mehr um das Gestüt kümmern.

Einmal, als sie noch im Krankenhaus lag, bekam sie einen riesigen Blumenstrauß gebracht. Es lag keine Karte dabei, dennoch dachte sie im ersten Moment an Paolo. Bernadette jedoch fand für sie heraus, dass die Blumenbestellung in Hamburg aufgegeben worden war. An jenem Abend horchte Franziska in ihr Herz hinein. Aber sie fand keine Enttäuschung, auch keine Sehnsucht mehr nach Paolo. Darüber war sie froh. Und sie ahnte plötzlich, dass der Blumenstrauß von dem Mann mit den hellblauen Augen kam. Er war ihr ein

Rätsel, aber in dieser schwierigen Zeit war sie beinahe froh darüber. Hatte sie doch etwas, worüber sie grübeln konnte.

Schließlich kam Franziska zu dem Schluss, dass dieser geheimnisvolle Mann auch der Absender der Briefe sein musste. Die verschiedenen Ereignisse der letzten Monate standen miteinander in Verbindung. Anders konnte es nicht sein. Es gab keine so großen Zufälle im Leben. Also, überlegte sie, es fing damit an, dass ich mich ein paarmal beobachtet gefühlt habe. Dann kamen nach und nach die Briefe, dann tauchte dieser Mann erst bei der Beerdigung ihres Großvaters auf, dann in Italien und jetzt auch noch beim Reitturnier.

Anschließend dachte sie tagelang über den Inhalt der vier Briefe nach, die sie bisher bekommen hatte. Die Vermutung lag nahe, dass die Verfasserin, Helene, eine Verwandte des Mannes sein musste. Warum sollte ihm sonst deren Geschichte so am Herzen liegen, dass er sie weitererzählte, wenn auch auf merkwürdige Art und Weise? Vielleicht eine Tante? Oder eher Großtante? Oder doch nein, möglicherweise die Großmutter. Die Erkenntnis traf sie wie ein Stromstoß. Dann war der kleine Kurt sein Vater und hatte ihm die hellblauen Augen der Familie weitervererbt.

Franziska war sich ziemlich sicher, auf der richtigen Spur zu sein. Aber noch immer fehlte ihr das Bindeglied zwischen dieser ostpreußischen Familie und ihrer eigenen. Außerdem wusste sie nach wie vor nicht, was genau dieser Mann von ihr wollte, aber sie würde es herausfinden – sofern sie nur endlich wieder in ihr normales Leben zurückkehren durfte. Sie erinnerte sich daran, wie sie zuerst seine Augen gesehen hatte, als sie nach dem Sturz zu sich gekommen war. Und da war ein Gefühl in ihr gewesen, zu flüchtig, um zu bleiben, zu schwach, um etwas zu bedeuten. Dennoch spürte sie auch Wochen später, dass da etwas Merkwürdiges zwischen ihr und dem Mann geschehen war.

Ein paarmal war Franziska versucht gewesen, ihren Bruder auf die Geschichte anzusprechen. Schließlich hatte sie kurz nach ihrem Unfall genau bemerkt, wie erschrocken Frido gewesen war, als er den Mann gesehen hatte. Offensichtlich kannte er ihn, und offensichtlich war er über diese Begegnung nicht glücklich gewesen. Aber Franziska kam nicht dazu. Anfangs sah sie Frido kaum, weil er keine Zeit hatte, sie im Lüneburger Krankenhaus zu besuchen. Er musste schließlich vorübergehend wieder die Gestütsleitung übernehmen. Und seit sie wieder zu Hause war und jeden Nachmittag zum Physiotherapeuten musste, hatten sie auch nicht ein einziges Mal in Ruhe miteinander gesprochen.

Vielleicht war jetzt der richtige Moment gekommen? Mit einer raschen Bewegung schob Franziska den Brief zur Seite und sah ihren Bruder an.

»Wie hat sich Seline benommen?«

»Gut. Sie ist nur einmal zusammengezuckt, als ein paar eindeutig angeheiterte Touristen ziemlich laut ›Auf der Lüneburger Heide‹ gesungen haben. Ich fand's übrigens auch furchtbar.« Er grinste und ließ sich auf einen Stuhl fallen.

Franziska nickte zufrieden. Sie war froh und dankbar, dass Frido neben all seinen anderen Aufgaben die Zeit fand, regelmäßig die junge Stute zu reiten.

Maike, die Pferdewirtin, schaffte es nicht, sich allein um alle Tiere zu kümmern. Armin Sailer hatte sich vor zwei Wochen krank gemeldet, und Franziska war kurz davor, mit dem Mann die Geduld zu verlieren.

»Der olle Sailer kann sich hier bald seine Papiere abholen«, sagte Frido, als hätte er ihre Gedanken gelesen. »Was meinst du, Schwesterherz?«

»Ganz deiner Meinung. Aber schaffen wir es auf Dauer ohne ihn?«

»Logisch. Der tut ja sowieso kaum noch was, und Karen

hat es schon lange satt, als Hausmädchen unter ihrer Schwester Birthe zu arbeiten. Sie ist ganz versessen darauf, mehr im Stall tun zu dürfen. Mit Maike versteht sie sich auch bestens.«

»Ich weiß«, erwiderte Franziska nachdenklich. »Karen ist sehr tüchtig. Sie hat allerdings keine Ausbildung zur Pferdewirtin.«

Frido hob die Schultern. »Na und? Sie kann anpacken, liebt die Tiere und kommt sogar mit den wilden Junghengsten klar. Und wenn alles gut läuft, kann sie ja nebenbei eine Lehre beginnen.«

»Das hast du alles schon gut durchdacht«, lobte Franziska.

»Bin immer noch zu was gut hier, was?«

»Daran habe ich nie gezweifelt, und das weißt du.«

»Klar.«

»Und du weißt auch, dass du mir fehlen wirst, wenn du nach Hamburg gehst.«

Seine Miene verdüsterte sich, aber nur einen Moment lang. Dann lachte er schon wieder. »Bis dahin bist du aber längst wieder fit und kannst es gar nicht abwarten, mich loszuwerden.«

»Quatsch.«

Frido winkte ab. »Eigentlich haben wir das Thema auch schon durch.«

»Stimmt.«

»Also? Schicken wir den Alten in die Wüste?«

»Ja«, sagte Franziska langsam. »Es ist die einzige Lösung. Trotzdem macht mir die Sache Sorge. Ich fürchte, er wird es sich nicht so einfach gefallen lassen, wenn wir ihm kündigen.«

»Was kann er schon machen? Vielleicht den Stall anzünden?«

Franziska wurde blass, und Frido entschuldigte sich schnell für seine dumme Bemerkung. »War blöd von mir. Tut mir leid, Schwesterherz.«

»Schon gut.«

Eine Weile schwiegen sie beide, dann fragte Frido vorsichtig: »Du hast mir nie alle Einzelheiten von dem Brand in Italien erzählt. Wie war das eigentlich genau? Wie hast du es geschafft, dieses kleine Mädchen und alle Pferde zu retten?«

Franziska rieb sich den Nacken, mehr aus Gewohnheit als aufgrund irgendwelcher Schmerzen. »So genau weiß ich das selbst nicht mehr, ich hab wohl instinktiv gehandelt. Aber ich wäre wohl dabei gestorben, wenn mir am Ende nicht jemand geholfen hätte.«

Interessiert beugte Frido sich vor. »Ach ja? Ein heldenhafter Retter? Davon weiß ich ja noch gar nichts. Kenne ich ihn? Dann will ich mich im Nachhinein persönlich bei ihm bedanken.«

»Ich bin mir nicht sicher«, sagte Franziska langsam. »Aber ich glaube, du kennst ihn tatsächlich.«

»Echt? Wie heißt er denn?«

»Das … weiß ich nicht.«

»Schwesterherz, du sprichst in Rätseln.«

Franziska aber spürte, dass seine lockere Art plötzlich nur noch aufgesetzt war. So als ahnte Frido, was kommen würde.

Sie holte tief Luft. »Es ist derselbe Mann, der mir auch bei meinem Unfall zu Hilfe gekommen ist, und ich hatte den Eindruck, du würdest ihn kennen. Ich schätze, er ist so Ende dreißig, Anfang vierzig, und er hat hellblaue Augen und sandfarbenes Haar.«

Nun war es an Frido, blass zu werden. »Ich habe keine Ahnung, von wem du redest. Und jetzt muss ich wieder in den Stall.« Damit stand er auf und verließ beinahe fluchtartig das Büro.

Franziska starrte noch lange die geschlossene Tür an. Er lügt, dachte sie. Und er konnte noch nie gut lügen, schon als kleiner Junge nicht.

Es dauerte lange, bis sie sich wieder an den Brief erinnerte, den sie bei Fridos Erscheinen zur Seite gelegt hatte. Nachdenklich holte Franziska die Kopie heraus und begann langsam zu lesen, und mit jedem Satz spürte sie, dass sie der Wahrheit auf der Spur war.

Hamburg, den 17. Dezember 1951

Meine liebe Schwester Beate!
Vielen herzlichen Dank für Dein Weihnachtspaket. Kurt ist schon sehr gespannt darauf, was ihm seine englische Tante zum Christfest schenkt. Selbstverständlich verrate ich ihm nichts von dem Modellschiff, das Du geschickt hast. Er darf das Geschenk erst Heiligabend auspacken.

Nun möchte ich auch Dir, Deinem Gatten Mortimer und Deiner süßen kleinen Tochter Elisabeth eine gesegnete Weihnacht wünschen. Gebe Gott, daß ihr alle gesund und munter bleibt.

Vielleicht kommt ihr uns im neuen Jahr einmal besuchen?

Kurt würde sich bestimmt freuen, seine kleine Cousine zu sehen.

Vielleicht kannst Du Deinen Oberst zu einer Reise nach Hamburg überreden?

Verzeih, wenn ich Mortimer immer noch so nenne, aber er wirkte auf mich immer so furchtbar einschüchternd.

Seit Du Dich 47 mit ihm verlobt hast, gehört Mortimer zur Familie, und ich sollte langsam lernen, ihn als Schwager anzusehen.

Wenn Du nur glücklich bist, liebe Schwester, will ich es auch für Dich sein.

In Deinem letzten Brief schreibst du, ich müsse die Vergangenheit endlich ruhen lassen. Nun, ich bemühe mich nach Kräften.

Seit drei Jahren leben Kurt und ich nun schon in Hamburg. Niemals werde ich Dir genug für die Wohnung danken können! Ich arbeite in der Fabrik, und wir haben genug zum Leben.

Du fragst nach einem neuen Mann in meinem Leben. Ach, liebe Beate, es ist so schwer, meinen geliebten Helmut zu vergessen. Ich weiß ja nun schon lange, daß er in der Nähe von Kiew gefallen ist. Aber wie soll ich Abschied nehmen, wenn es kein Grab gibt, an dem ich weinen kann?

Aber um deine Frage zu beantworten: Ja, ich habe einen Verehrer. Es ist der Besitzer des Ausflugslokals in Blankenese, das ich an den Sonntagen so gern mit Kurt besuche. Dort kann mein Kleiner die großen Schiffe auf der Elbe bewundern. Und dann erzählt er mir immer, daß er eines Tages ein wichtiger Hamburger Reeder werden wird.

Nun, der Besitzer dieses Lokals ist ein freundlicher, ruhiger Witwer. Er ist fünfzehn Jahre älter als ich, und er kümmert sich rührend um uns.

Ich glaube nicht, daß ich in ihn verliebt bin, jedoch empfinde ich große Zuneigung. Sollte das nicht genug sein? Ich kann mir vorstellen, an seiner Seite ein zufriedenes Leben zu führen, und für Kurt wird es immer wichtiger, einen Vater zu haben.

Bald schreibe ich Dir mehr von ihm.

Du hast auch nach meinem Schwiegervater und unseren Trakehnern gefragt. Nun, ich habe bis heute keinerlei Nachricht erhalten, und alle meine Nachforschungen waren bisher vergebens.

Vielleicht sind alle auf dem Treck umgekommen. Vielleicht haben sich ein paar wenige Menschen und Pferde von dem Gestüt Brosin retten können.

Werde ich es je erfahren? Manchmal frage ich mich inzwischen, ob ich es überhaupt noch wissen will. Jeder Gedanke an die verlorene Heimat ist so furchtbar schmerzhaft. Ob es irgendwo ein Erbe gibt, das ich für Kurt erkämpfen sollte? Ich weiß es nicht. Ich fürchte vielmehr, alles ist verloren.

Kurt hat keine Erinnerung an Ostpreußen. Er war ja kaum ein Jahr alt, als ich mit ihm fortzog. Er ist inzwischen ein echter kleiner Hanseat geworden.

Du hast recht, liebe Beate, ich muß die Vergangenheit ruhen lassen.

Liebe herzliche Weihnachtsgrüße

Deine Schwester Helene

Franziska las den Brief gleich noch ein zweites Mal, und wieder war es dieser eine Satz, der ihr Herz ins Stolpern brachte: Und dann erzählt er mir immer, daß er eines Tages ein wichtiger Hamburger Reeder werden wird.

Ihre Ahnung war richtig gewesen. Dieser Brief brachte sie ein ganzes Stück weiter. Frido hatte sich bei einer Hamburger Reederei beworben. Wie hieß die noch? Richtig: Masannek. Dies war das Ende eines losen Fadens, das sie nun aufnahm.

Sie griff nach ihrem Handy und wählte Fridos Nummer. Es antwortete ihr jedoch nur die Computerstimme seiner Mailbox.

Voller Unruhe sah Franziska aus dem Fenster. Von ihrem Bruder war keine Spur zu sehen.

Also gut, dachte sie. Ich werde mich noch gedulden. Aber nicht mehr lange. Und dann musste Frido ihr die Wahrheit sagen oder zumindest so viel von der Wahrheit, wie er selbst kannte.

26

Der alte Mann saß zusammengesunken in einem abgewetzten Ohrensessel am Fenster und sah auf die Elbe hinaus. Auf dem großen breiten Fluss herrschte reger Schiffsverkehr. Containerschiffe, von kundigen Lotsen gesteuert, fuhren in Richtung Hafen, andere nahmen ihren Weg zur Mündung auf die Nordsee zu. Segler und Ruderer nutzten den herrlichen Augusttag für einen Törn, und auf den Barkassen der Hafenrundfahrten gaben die Kapitäne durch ihre Megafone im Sekundentakt Anekdoten zum Besten, die hier im Norden Döntjes genannt wurden. Ihre Stimmen hallten über das trübe Wasser, fröhlich, rau und energisch.

Morgen früh um fünf, das wusste der alte Mann, würde der Schiffsverkehr eine Pause machen, denn dann wollte die Queen Mary II, das riesige und berühmte Passagierschiff aus England, mit der ersten Flut den Hamburger Hafen verlassen. Er war entschlossen, sich das Schauspiel nicht entgehen zu lassen.

Auf die Minute genau hatte er die Ein- und Auslaufzeiten von gut zwei Dutzend Fracht- und Passagierschiffen im Kopf, und darauf war er stolz. Was wirklich wichtig war, behielt er eben doch noch, da konnten die Ärzte sagen, was sie wollten. Er war nicht krank! Und er war topfit!

Zum Beweis stand er aus dem Sessel auf, stellte sich vors Fenster und machte ein paar Kniebeugen. Na also, klappte doch wunderbar. Die Gelenke knackten zwar ein bisschen, aber das war in seinem Alter normal. Er war ja kein junger Bursche mehr.

Im nächsten Moment verharrte er mitten in der Bewegung. Verwirrt sah er an sich herunter. Was machte er hier in der Hocke?

Die Tür zu seinem Zimmer ging auf. Er hatte es nicht klopfen hören.

»Habe ich ›Herein‹ gesagt?«, fuhr er die Schwester an. Heute hatte die kleine Rothaarige Dienst, die er eigentlich ganz gern mochte. Sie erinnerte ihn an jemanden. An eine fröhliche junge Frau. Es war sehr lange her. Er lief mit ihr zusammen am Elbstrand entlang, und sie hielten sich an den Händen. Dabei lachten sie, lachten die ganze Zeit. Worüber?

Der alte Mann fuhr sich durch sein schütteres graues Haar. An manchen Tagen hasste er alles und jeden und ganz besonders sich selbst.

Die junge Krankenschwester ließ sich von seiner ruppigen Art nicht aus der Fassung bringen. Klara Böhnke arbeitete seit fünf Jahren hier im Blankeneser Pflegeheim und sie wusste, dass ihre Schützlinge starken Stimmungsschwankungen ausgesetzt waren. Manchmal waren sie fröhlich, wie kleine Kinder fast, manchmal ernst und vollkommen klar im Kopf, manchmal aber wurden sie von namenloser Verzweiflung gepackt, und dann konnten sie leicht wütend werden.

Bei Kurt Masannek, der beim Mittagessen noch richtig ausgelassen gewirkt hatte, war die Stimmung innerhalb der letzten Stunde offenbar schlagartig umgeschlagen. Also zauberte Klara ein liebevolles Lächeln hervor und ging besonders langsam auf ihn zu. Auf keinen Fall wollte sie ihn jetzt erschrecken. »Aber, lieber Herr Masannek. Ich würde niemals einfach so hereinkommen. Das wissen Sie doch. Und ich habe sogar drei Mal geklopft.«

Klara Böhnke beobachtete ihn aufmerksam. In seinem Gesicht waren die unterschiedlichen Gefühle fast gleichzeitig zu sehen. Wut, Freude, Verzweiflung, Hoffnung. Es war noch kein wirklich altes Gesicht. Kurt Masannek war noch keine siebzig. Aber die Krankheit war schon vor fast zehn Jahren bei ihm ausgebrochen und hatte ihn vorzeitig altern lassen.

»So«, murmelte Kurt Masannek. »So. Dann habe ich es wohl nicht gehört.«

Sie sagte ganz liebevoll. »Möchten Sie sich wieder in den Sessel setzen? Es ist doch bestimmt ziemlich unbequem, so in der Hocke.«

»Sessel! Was soll ich in einem Sessel! Ich muss ins Büro. Sofort! Heute kommt die Perfectionist aus Brasilien zurück. Ich muss die Kaffeequalität prüfen lassen. Letzten Monat wurde minderwertige Qualität geliefert, und die Händler haben mir das Zeug um die Ohren gehauen. Ich musste …« Seine Aufregung legte sich so plötzlich, wie sie gekommen war, seine Augen füllten sich mit Tränen. »Haben Sie meine Frau gesehen? Ich warte schon den ganzen Tag. Sie ist … sie hat auch so schöne rote Haare. Warum kommt sie denn nicht?«

»Tut mir leid«, erwiderte Klara freundlich. In seiner Patientenakte stand, dass seine Frau, Marianne Masannek, geborene Voss, bereits im Alter von fünfundvierzig Jahren an Leberkrebs gestorben war. Wenn nun seine heimtückische Krankheit ihm half, diese Tragödie in seinem Leben zu vergessen, so wollte sie einfach nur froh sein für ihn.

»Ich weiß auch nicht, wo Ihre Frau ist.«

Aber die Freude währte nicht lange. Schon im nächsten Moment wirkte der Patient vollkommen klar. In seinem Gesicht stand ein alter Schmerz.

»Marianne hat nie einen Tropfen Alkohol getrunken. Wussten Sie das? Nur mal zu Silvester ein halbes Gläschen Sekt. Weihnachten vielleicht ein bisschen Eierlikör. Zum Anstoßen auf ein gutes neues Jahr. Marianne hat … sie ist … Können Sie mir erklären, wieso ausgerechnet sie Leberkrebs gekriegt hat? Das ist nicht gerecht, das … «

Klara drückte Kurt Masannek sanft in den Sessel, legte ihm ein kleines Kissen so in den Nacken, wie er es gern hatte, und tätschelte seine Hand. »Sie haben Besuch. Ihr Sohn ist gekommen. Freuen Sie sich?«

Der Blick aus seinen Augen, die mal hell und strahlend gewesen sein mussten, genau wie die seines Sohnes, verdüsterte sich.

»So«, sagte er wieder nur und sank erschöpft in sich zusammen.

Schwester Klara legte eine leichte Decke über seine Knie und kehrte dann zur Tür zurück. »Ich fürchte, er hat keinen guten Tag«, sagte sie zu Ulrich Masannek. Dann ging ihr Piepser los, und sie eilte davon.

Eine Weile blieb Ulrich im Türrahmen stehen und beobachtete seinen Vater. Dessen Aufmerksamkeit war jetzt wieder ganz nach draußen auf die Schiffe gerichtet. Dies waren, so dachte Ulrich manchmal, wahrscheinlich die einzigen Glücksmomente, die Kurt Masannek noch genießen konnte. Ulrich hatte darauf bestanden, dass sein Vater dieses Zimmer mit Aussicht auf die Elbe bekam, damals, als das Pflegeheim der einzige Ausweg war. Vier Jahre lag das jetzt schon zurück, und noch immer hatte Ulrich ein schlechtes Gewissen.

Doch was hätte er tun sollen? Zu Hause, in der Jugendstilvilla in Blankenese, war es mit dem Vater nicht mehr gegangen. Ulrich hatte nacheinander fünf Pflegerinnen für ihn eingestellt, aber alle gaben nach kurzer Zeit auf. Obwohl sie eine spezielle Ausbildung für die Betreuung von Alzheimerkranken besaßen, kamen sie mit Kurt Masannek nicht zurecht. In einem Moment saß er ruhig im Salon, im nächsten setzte er sich in seinen alten Mercedes und raste die Elbchaussee hinunter – es war ein Wunder, dass niemand dabei zu Schaden kam. Oder er verschwand für Stunden im Keller, und als sie ihn endlich fanden, hockte er an einer Wand, wimmerte wie ein Kleinkind und hatte Angst vor den Bomben, die angeblich aus den Flugzeugen fielen. Ulrich erinnerte sich, wie sehr er sich damals gewundert hatte. Sein Vater war bei Kriegsende fast noch ein Baby gewesen. Konnte ein so frühes Trauma nach über sechzig Jahren noch nachwirken?

Ein anderes Mal war Kurt Masannek in der Reederei aufgetaucht und hatte sämtliche Mitarbeiter entlassen. »Das Wirtschaftswunder ist vorbei!«, hatte er dabei gerufen. »Jetzt haben uns die Saudis auch noch den Ölhahn abgedreht. Unsere Schiffe können nicht mehr fahren.« Ein paar der Mitarbeiter, die über die Krankheit des Seniorchefs nicht Bescheid wussten, waren an dem Tag tatsächlich todunglücklich nach Hause gegangen. Die anderen hatten verstanden, dass er sich geistig gerade in den Siebzigerjahren aufhielt, und sie hatten schnell den Juniorchef benachrichtigt.

Die Krankheit schritt progressiv fort. In seinem Kopf unternahm Kurt Masannek wahllos Zeitreisen, und niemand konnte vorhersagen, wo er sich geistig im nächsten Augenblick befinden würde. Die Ärzte sprachen von einer besonders schweren Form von Alzheimer, und Ulrich dachte, dass sogar die Fachleute ein wenig ratlos wirkten. Er selbst fand schließlich für sich eine Erklärung, die er akzeptieren konnte: Sein Vater Kurt Masannek war sein Leben lang ein besonders aktiver Mensch gewesen. Aus dem Nichts hatte er eine florierende Reederei aufgebaut. Ein solcher Mann konnte sich nicht einfach einer solchen Krankheit ergeben. Er kämpfte dagegen an, auf seine Art. Was ihn jedoch zu einem unberechenbaren Risiko machte.

Nein, dachte Ulrich jetzt. Ich darf mir keine Vorwürfe mehr machen. Früher oder später hätte Vater sich selbst oder anderen Schaden zugefügt.

Wenigstens mit dem Ausblick auf die Elbe hatte sich Kurt Masannek angefreundet, nachdem er begriffen hatte, wo er gelandet war. Erst hatte er getobt, dann geweint, schließlich resigniert. Aber als Ulrich den alten Ohrensessel bringen ließ, war es, als fände der kranke Mann wenigstens ein kleines Stück von seinem Platz im Leben wieder.

Sogar ein winziger Balkon gehörte zu seinem Zimmer, gerade mal groß genug für einen Gartenstuhl. Aber den benutzte er nie. So als habe er Angst, dachte Ulrich, vor der Weite und der Tiefe. So als denke er, dass er fallen könnte, ohne irgendwo einen Halt zu finden.

Ulrich räusperte sich, trat näher und begrüßte seinen Vater. »Wie geht es dir? Ich habe dir Krabbensuppe mitgebracht. Wir können sie nachher in der Mikrowelle warm machen lassen. Hella schickt sie dir. Sie weiß ja, wie gern du echte Hamburger Krabbensuppe isst …« Ulrich merkte, dass er vor lauter Nervosität viel zu viel redete, und verstummte schlagartig. Die kleine Plastikbox mit der Suppe, die seine Haushälterin aus den frischesten Zutaten gekocht hatte, stellte er auf ein Beistelltischchen, dann ging er mit zwei langen Schritten zur Balkontür und öffnete sie. Die Luft im Zimmer war abgestanden.

Von der Elbe her wehte ein Windstoß herein. Er brachte das Gekreisch der Möwen und den Geruch nach der fernen Nordsee herein. Der Wind fuhr dem alten Mann über das Gesicht und schenkte ihm eine Erinnerung an glücklichere Zeiten.

»Wann erwarten wir die Tempelhüter zurück?«, erkundigte sich Kurt bei seinem Sohn und sah dabei aus wie der Vater, der er einmal gewesen war. Sachlich, außerordentlich geschäftstüchtig, selten liebevoll, aber immer gerecht.

»Die Tempelhüter«, murmelte Ulrich und fragte sich, welcher Frachter das gewesen sein mochte. Dann dachte er daran, dass es die seltsamen Namen von drei Schiffen unter Masanneks Flagge gewesen waren, die vor vielen Jahren sein Interesse für die eigene Familiengeschichte geweckt hatten.

Soweit er sich erinnerte, musste er acht oder neun gewesen sein, als er seinen Vater das erste Mal danach fragte.

Kurt hatte seinen Sohn eine Weile prüfend gemustert, so lange, bis Ulrich sich schon wünschte, diese Frage nie gestellt zu haben.

Dann hatte er ihn mit hinausgenommen in den kleinen Garten des Hauses, das damals noch ein bescheidener roter Klinkerbau mit spitzem Dach war. Die Villa kam erst später.

Schweigend setzte sich der Vater auf eine alte Holzbank. Ulrich tat es ihm nach, obwohl er kurze Hosen trug und Angst hatte, sich die Haut aufzuschürfen. Aber er spürte, dass er gleich etwas Wichtiges erfahren würde, und da wollte er nicht zimperlich sein.

Kurt Masannek schwieg lange, sehr lange. Und als er endlich zu sprechen begann, fuhr Ulrich erschrocken zusammen, denn er war in der warmen Sommersonne eingenickt.

»Perfectionist, Tempelhüter und Dampfroß sind einmal sehr berühmte Hengste gewesen. Sie waren Hauptbeschäler im Landgestüt Trakehnen. Das lag damals in Ostpreußen. Kannst du mir folgen?«

Ulrich nickte, obwohl er mit Begriffen wie Hauptbeschäler und Trakehnen nichts anfangen konnte. Ostpreußen kannte er. Das hatten sie in der Schule in Erdkunde durchgenommen. »Ostpreußen hat einmal zu Deutschland gehört«, sagte er. »Heute liegt es in Polen und Russland und heißt auch ganz anders.«

»Richtig. Deine Großmutter stammt von dort, und ich bin auch dort geboren.«

»Ach …« Ulrich gab sich Mühe, die Informationen zu verarbeiten. Er hatte immer gedacht, sein Vater sei Hamburger.

»Das stimmt«, erwiderte Kurt Masannek, als er diesen Gedanken aussprach. »Aber ich bin zum Teil auch Ostpreuße.«

»Dann bist du geflüchtet, als der Krieg zu Ende war?« Ulrich war sehr stolz auf seine Kombinationsgabe, aber sein Vater lächelte nur milde, sodass er sich gleich wieder ziemlich dumm vorkam.

»Nein«, sagte Kurt Masannek. »Dazu war ich zu klein. Ich bin am 5. Januar 1944 geboren. Was meinst du, wie hätte ich im Alter von etwas über einem Jahr wohl vor den Russen davonlaufen sollen? Dazu waren meine Beine noch viel zu kurz.«

Es dauerte eine geraume Weile, bis Ulrich begriff, dass der Vater ihn auf den Arm nahm. Humor gehörte normalerweise nicht zu den Charakterzügen des Reeders.

Daher fragte Ulrich schließlich nur vorsichtig: »Aber wie war es dann? Wenn du in Ostpreußen geboren worden bist und heute in Hamburg lebst, musst du ja irgendwie hierhergekommen sein.«

»Gewiss, Junge. Meine Mutter, also deine Großmutter Helene, ist mit mir im August 1944 nach Schleswig-Holstein gereist. Ihr Schwiegervater, also mein Großvater und somit dein Urgroßvater, hatte sie dazu gedrängt. Er hatte die edlen Trakehnerpferde gezüchtet und er war ein kluger Mann. Ich denke, er ahnte den nahen Zusammenbruch des Nazireiches. Er wollte seinen Enkel und Erben, also mich, in Sicherheit wissen, und so schickte er uns fort. In Bad Oldesloe sind wir bei meiner Tante Beate untergekommen.«

Ulrich gab sich Mühe, alles zu verstehen, aber es fiel ihm ziemlich schwer. Sein Urgroßvater? Noch nie hatte er von einem solchen Mann gehört. Seinen Großvater hatte er ja auch nicht gekannt. Der war schon vor seiner Geburt gestorben, aber sein Vater hatte ihm manchmal erzählt, dass er ein sehr netter Mann gewesen war. Friedrich Masannek hatte er geheißen, und in seinem Ausflugslokal gab es immer ganz viel Himbeerlimonade zu trinken. Dieser Großvater war Ulrich also zumindest aus den Erzählungen seines Vaters ein Begriff.

Er fand es auch schade, dass dieser Opa schon so früh gestorben war. Er hätte auch gern viel Limonade getrunken oder Cola. Aber Mutti verbot ihm diese Getränke, weil sie angeblich seine Zähne kaputt machten. Ulrich verlor bei seinen Überlegungen ein wenig den Faden und wurde rot, als er merkte, wie sein Vater ihn betrachtete. »Was ist los? Hast du etwas nicht verstanden?«

»Ich … also …«, stotterte Ulrich. Dann sagte er das Erste, was ihm einfiel: »Oma Helene ist jetzt aber Engländerin. Sie schickt mir zu Weihnachten und zum Geburtstag immer ein Päckchen aus Oxford.«

»Ganz richtig. Ein paar Jahre nach dem Tod deines Großvaters Friedrich ist sie zu ihrer Schwester nach England gezogen.«

»Großtante Beate?«

Kurt Masannek nickte.

Ulrich wollte fragen, wie denn Großtante Beate plötzlich nach England kam, wo sie doch in Bad Oldesloe lebte, aber er fürchtete, nicht mehr mitzukommen. Diese Familiengeschichte war so furchtbar kompliziert. Außerdem schien sein Vater auch keine Lust mehr zu haben, ihm noch mehr zu erklären. Er sagte jetzt nämlich: »Nun weißt du, warum ich meinen Schiffen gern die Namen der berühmten Hengste gebe.«

Ulrich schwieg, obwohl er am liebsten geantwortet hätte, dass er überhaupt nichts verstand. Vater gab den Schiffen so komische Namen, nur weil Ulrichs Urgroßvater mal Trakehner gezüchtet hatte? Was hatte das für einen Sinn? Auch ein

Kopfschütteln musste er sich mit größter Willensanstrengung verkneifen.

Kurz darauf trat seine Mutter aus dem Haus und rief zum Abendessen. Ihre roten Locken schimmerten in der untergehenden Sonne, und Ulrich sah, wie die hellen Augen seines Vaters aufleuchteten. Die Augenfarbe hatte Ulrich von ihm geerbt, während sein anfänglich blondes Haar jetzt dunkler wurde. Neulich hatte Mutti gesagt, er sehe auf dem Kopf aus, als hätte er sich im Sand unten am Elbufer gewälzt. Dabei war sie ihm zärtlich durchs Haar gefahren, und Ulrich hatte ihr den Scherz schnell verziehen.

Mutti war jemand, mit dem man gut lachen konnte.

Vater nicht. Vater hatte auch nur selten Zeit für ihn, und so bewahrte Ulrich diese halbe Stunde an einem Sommernachmittag im Garten in seiner Erinnerung wie einen besonderen Schatz auf.

27

Möglicherweise lag es ja an jenem Gespräch vor vielen Jahren mit seinem Vater, dass Ulrich Masannek sein einmal gewecktes Interesse an der eigenen Familiengeschichte nie wieder losließ. Was ihn als Kind schon neugierig gemacht hatte, entwickelte sich mit der Zeit zu einer Art Steckenpferd, bis es in diesem Jahr schon Züge einer gewissen Besessenheit annahm. Ulrich war sich dessen bewusst, aber es war ihm trotzdem nicht möglich, mit seinen Nachforschungen aufzuhören. Zu dicht, das fühlte er, war er der Wahrheit inzwischen gekommen.

Während er am Fenster stand und auf die Elbe hinaussah, erinnerte er sich daran, wie stolz er als Junge gewesen war, weil sein Vater mit ihm wie mit einem Erwachsenen geredet hatte. Wie wenig er von den Erklärungen verstanden hatte, verriet Ulrich ihm nie.

Erst viel später sollte er dahinterkommen, dass Kurt Masannek bei der Namensgebung dieser drei Frachtschiffe aus reiner Sentimentalität gehandelt hatte. Noch so ein Wesenzug, der dem erfolgsverwöhnten Reeder normalerweise fremd war. Die Phase ging auch bald vorbei. Später hatten die Schiffe dann ganz andere Namen wie Golden Star oder Princess, und die alten Frachter waren in Vergessenheit geraten.

Zu diesem Zeitpunkt war Ulrich erwachsen, und er versuchte immer wieder mal, seinem Vater noch mehr Informationen über die Familie zu entlocken. Wer zum Beispiel war Kurts richtiger Vater gewesen? Als Kind hatte Ulrich die Verwicklungen nicht durchschaut, jetzt war ihm klar, dass Kurt nicht der leibliche Sohn von Friedrich Masannek sein konnte, da Helene diesen doch erst im Jahr 1952 geheiratet hatte. Kurt war zu dem Zeitpunkt acht Jahre alt gewesen.

»Lass mich mit den alten Geschichten in Frieden«, wehrte Kurt dann regelmäßig ab. »Ich weiß überhaupt nichts. Friedrich war nicht mein Erzeuger, aber er war ein guter Vater. Einen besseren hätte ich mir nicht wünschen können. Alles Weitere interessiert mich nicht. Du kannst deine Großmutter Helene fragen. Du fliegst ja Weihnachten nach England.«

Aber als Ulrich dann tatsächlich in jenem Jahr im englischen Oxford ankam, lag seine Großmutter bereits im Sterben.

Seine Großtante Beate lebte verwirrt in einem Heim, und die einzige weitere Verwandte, Beates Tochter Elisabeth, hob nur bedauernd die Schultern. »Sorry, aber ich weiß kaum etwas von Mums früherem Leben in Deutschland. Und was deine Mum betrifft, da habe ich gar keine Ahnung.«

Ulrich pflegte seine Großmutter bis zu deren Tod, und in jenen Tagen war er ihr so nah wie nie zuvor. Als Kind hatte er sie kaum gekannt, als Erwachsener höchstens zwei- oder dreimal gesehen. Nun aber entstand eine besondere Vertrautheit zwischen ihnen, und Ulrich dachte, dass Helene früher eine starke Frau gewesen sein musste. Eine Frau, die Schlimmes erlebt und trotzdem nicht aufgegeben hatte. Eine Frau, die ihrem Sohn eine gute Zukunft ermöglicht hatte. Und stark war sie geblieben. Trotz ihrer starken Schmerzen klagte sie nie und jeden Morgen begrüßte sie ihren Enkelsohn mit einem dankbaren Lächeln.

»Schön, dass du da bist.«

»Ich bin auch froh, Großmama.«

Und dann gestattete Helene ihm, ihren abgemagerten Körper zu waschen, und obwohl sie sich dabei hilflos hin und her drehen lassen musste, verlor sie nicht eine Sekunde lang ihre Würde.

Einmal, in einem ihrer letzten klaren Augenblicke, sah sie ihn genau an. »Du siehst aus wie Helmut. Nur deine Haare sind zu dunkel. Seine Haare hatten die Farbe von reifen Weizenfeldern.«

»Helmut? Ist das mein leiblicher Großvater? Der aus Ostpreußen?«

Helene nickte, und eine Träne rann über ihre Wange. »Ich habe ihn so sehr geliebt. Er war der schönste Mann weit und breit. Und er hatte ein gutes Herz. Er ist im Krieg gefallen. Nun bete ich zu Gott, dass ich ihn bald wiedersehen werde.«

Ulrich nahm ihre schmale zerbrechliche Hand in seine und strich vorsichtig über ihren Handrücken. »Erzähl mir von ihm, Großmutter. Ich möchte alles wissen. Wie hast du ihn kennengelernt? Hast du dich gleich in ihn verliebt?«

Aber ihre Kraft war bereits erschöpft, und sie flüsterte nur noch: »Im Sekretär. Das Geheimfach. Du musst hinter dem rechten kleinen Schubfach einen Knopf drücken. Da findest du … Ich hatte damals keine Kraft mehr … Bitte verzeiht mir …«

»Da gibt es doch nichts zu verzeihen«, sagte Ulrich, der zu dem Zeitpunkt noch nicht wusste, was eines Tages auf ihn zukommen würde.

Erst nach der Beerdigung erinnerte sich Ulrich wieder an die Worte seiner Großmutter. Er fand das Geheimfach im Sekretär und entdeckte darin einen schlichten braunen Umschlag. Darin befanden sich fünf Briefe aus der Zeit von 1943 bis

1951. Drei davon waren an ihren Mann Helmut gerichtet, zwei an ihre Schwester Beate. Die Briefe an ihren Mann waren ihr offensichtlich von den Behörden zusammen mit wenigen anderen persönlichen Dingen zugeschickt worden. Die Briefe an ihre Schwester waren nach Beates Einweisung ins Altersheim in Helenes Besitz zurückgekehrt.

Nachdem er sie aufmerksam gelesen hatte, glaubte er, ein wenig mehr zu verstehen. Aber nicht genug. Noch lange nicht genug.

Ulrich fragte Elisabeth, ob sie von weiteren Briefen wüsste, aber diese schüttelte nur bedauernd den Kopf. »Mum war zuletzt sehr verwirrt. Ich weiß noch, wie ich sie einmal dabei ertappt habe, wie sie viele alte Sachen weggeworfen hat. Ich glaube, da waren auch Briefe darunter, die hat sie zerrissen. Aber diese beiden konnte ich ihr im letzten Moment abnehmen und Tante Helene geben. Ich weiß aber nicht, ob ich ihr damit einen Gefallen getan habe. Sie wirkte eher traurig, als sie die alten Briefe noch einmal durchlas.«

Außer den Briefen entdeckte Ulrich noch eine vergilbte Suchkarte des Deutschen Roten Kreuzes von 1952. Es war diese Karte, die ihm viele Jahre keine Ruhe ließ. Darauf ließ ein gewisser Hugo Brosin, wohnhaft in einem Dorf in der Lüneburger Heide, nach Angehörigen der Familie Brosin suchen.

Ulrich, der bei den Formalitäten für die Beerdigung inzwischen erfahren hatte, dass seine Großmutter in erster Ehe Helene Brosin geheißen hatte, fühlte sich wie elektrisiert.

Endlich eine richtige Spur!

Sein altes Interesse war neu geweckt, und er besprach die Sache sofort mit Elisabeth. »Anscheinend hat meine Großmutter auf diese Karte nie geantwortet. Ist das nicht merkwürdig? Es ging doch um ihre Familie. Kannst du das verstehen?«

Elisabeth hatte die Schultern gehoben. »Keine Ahnung. Meine Mum hat auch nie viel von früher erzählt. Ich weiß nur, dass sie meinen Dad nach dem Krieg in Hamburg kennengelernt hat. Er war ihr Vorgesetzter. Sie hat ihn geheiratet und ist dann mit ihm hierher nach Oxford gezogen ist. Vielleicht wollten Beate und Helene einfach nur die Vergangenheit hinter sich lassen.«

Ulrich hatte eine Weile darüber nachgedacht und schließlich zugeben müssen: »Das könnte eine Erklärung sein.«

»Ganz bestimmt. Kann man ja auch verstehen, nicht? Sie haben so viel Schweres erlebt und wollten eben noch einmal ganz neu anfangen. Ich denke, vielen Menschen ging es damals ähnlich.«

Ulrich war dann zurück nach Hamburg geflogen und hatte seinem Vater Vorwürfe machen wollen, weil er nicht nach England zu Helene geeilt war. Er hatte ihm auch von den Briefen und von der Suchkarte erzählen und ihm Dutzende von Fragen stellen wollen.

Aber dann kam er heim, fand einen am Boden zerstörten Vater vor und musste erfahren, dass seine eigene Mutter, Marianne Masannek, im Krankenhaus lag. Mit einer so grauenvollen Diagnose, dass es Vater und Sohn auf Jahre die Sprache verschlug.

»Hör mal, soll ich mir hier den Tod holen? Mach gefälligst das Fenster zu.«

Ulrich zuckte zusammen. Nur mühsam tauchte er aus seinen Erinnerungen auf. Sein Vater starrte ihn wütend an.

»Es ist ein warmer Tag«, sagte Ulrich langsam. »Und ein bisschen frische Luft tut dir gut.«

»Seit wann willst du wissen, was mir guttut?« Kurt Masannek richtete sich in seinem Sessel auf. »Bist du mein Kindermädchen?«

Ulrich fühlte sich plötzlich wieder wie ein kleiner Junge, der von seinem Vater gerügt wurde.

»Ist ja schon gut«, erwiderte er friedfertig, ging zur Balkontür und schloss sie. Die Geräusche, die Gerüche und das Leben blieben draußen.

Als er sich wieder umwandte, verspürte Ulrich die winzige Hoffnung, sein Vater würde nur für einen kurzen Moment noch einmal ganz klar im Kopf sein. Dann könnte er ihm von den jüngsten Ereignissen erzählen. Von dem Gestüt Brosin, von Franziska, von den Zusammenhängen, die er vielleicht langsam erkannt hatte.

Er hätte ihm erzählen können, dass zu Jahresbeginn ein Brief aus England eingetroffen war. Von Elisabeth. Sie hatte ihm die halbe Seite eines sechsten Briefes geschickt. Nur wenige Sätze standen darauf, aber sie hatten Ulrich endlich die Augen geöffnet.

»Das habe ich beim Renovieren unter einem alten Teppichboden gefunden«, hatte Elisabeth dazu geschrieben. »Vielleicht hilft es dir weiter? Ich kann damit nichts anfangen, aber ich weiß ja, dass du deine Nachforschungen nie eingestellt hast.«

O ja, dachte Ulrich und näherte sich dem Ohrensessel, in dem sein Vater saß. Diese drei Sätze hatten ihm wirklich weitergeholfen, nur ein Beweis waren sie nicht.

»Vater«, begann er. Aber dann blickte er in Augen, die abwesend wirkten und vermutlich eine ganz andere Welt sahen als die reale, in der sich Ulrich bewegte, und er verstummte wieder.

Schwester Klara kam herein. Sie trug ein Tablett mit dem Abendbrot.

»Vielen Dank«, sagte Ulrich freundlich. »Aber ich habe meinem Vater Krabbensuppe mitgebracht. Meine Haushälterin hat sie extra für ihn gekocht. Ob Sie ihm die bitte aufwärmen?«

»Selbstverständlich.« Sie war an die Sonderwünsche ihrer Patienten gewöhnt.

»Unterstehen Sie sich!«, rief Kurt Masannek dazwischen. »Ich hasse dieses labbrige Zeug. Ich will Brot und Wurst und Käse. Dazu einen schönen heißen Pfefferminztee. Und du bestellst deiner Mutter, dass sie mich mit ihren Suppen zufrieden lassen soll.«

Ulrich tauschte einen Blick mit Klara.

»Kein guter Tag«, flüsterte sie und stellte das Tablett mit dem kalten Abendbrot auf dem Tischchen neben dem Ohrensessel ab.

Schnell verließ er das Zimmer. Er fühlte sich wie ein Mann, der eine schwere Niederlage erlitten hatte. Ich werde mich nie daran gewöhnen, dachte er.

28

Anfang September war Franziska so weit genesen, dass sie wieder alle Arbeiten voll übernehmen konnte. Auch das Reiten war ihr wieder erlaubt, allerdings vorerst in gemäßigter Form, wie sich die Ärzte ausgedrückt hatten, um einen weiteren Sturz zu vermeiden. Sie fügte sich den Anordnungen und verzichtete selbst auf die kleinsten Sprünge.

An diesem Morgen besprach sie in der Stallgasse mit Maike, welche Pferde neue Eisen brauchten. Am Nachmittag sollte der Hufschmied kommen, und er würde vermutlich bis in den Abend hinein zu tun haben. Die Liste, die Maike schrieb, wurde immer länger.

»Frido wird auch mithelfen müssen«, sagte Franziska. »Die Zweijährigen, die zum ersten Mal beschlagen werden, führen bestimmt einen ordentlichen Tanz auf.«

Maike nickte. Sie wusste so gut wie Franziska, dass die jungen Pferde leicht panisch wurden, wenn der Schmied anrückte. Die lauten Befehle, das Stehen auf drei Beinen, die ungewohnten Geräusche beim Schneiden der Hufe und der Geruch nach verbranntem Horn, wenn das glühende Eisen daraufgepresst wurde – all dies verlangte den Pferden viel Nervenstärke ab. Und besonders die nervösen unter ihnen mussten beim ersten Mal von mehreren Leuten festgehalten werden. Schmerzen empfanden sie bei der Behandlung allerdings keine.

Franziska erinnerte sich daran, wie sie als kleines Mädchen einmal in Tränen der Verzweiflung ausgebrochen war, weil ihr Lieblingspony Schneewittchen zu verbrennen drohte. Rot glühte das kleine Hufeisen, hoch stieg die Rauchwolke.

Hugo Brosin hatte daraufhin seine Enkelin zur Seite genommen und sie gefragt: »Tut es dir weh, wenn deine Mutti dir die Fingernägel schneidet?«

Franziska hatte den Kopf geschüttelt. »Nein, ich habe nur Angst, dass sie mich piekt.«

»Na, siehst du. Den Pferden geht es genauso. In ihren Hufen haben sie kein Gefühl.«

Wirklich getröstet war Franziska nicht gewesen, denn sie fand, dass Großvater etwas vergessen hatte. Schließlich drückte ihr die Mutti nie ein heißes Eisen auf die Fingernägel. Aber dann beobachtete sie, wie eine alte Stute seelenruhig ein Bein nach dem anderen hob, dabei an ihrem Halfterstrick knabberte und offenbar eher Langeweile als panische Angst empfand. Erst da beruhigte sich Franziska.

»Und Armin«, sagte Franziska jetzt. »Den brauchen wir auch. Wo ist er? Ich habe ihn heute Morgen noch nicht gesehen.«

»Ich auch nicht«, erwiderte Maike und zuckte nur mit den Schultern. »Vielleicht ist er ja wieder krank. Ich gebe Karen Bescheid, die kann gut zupacken. Dann brauchen wir ihn nicht.«

Franziska seufzte. »Irgendwie scheint sich hier schon jeder daran gewöhnt zu haben, dass auf Armin kein Verlass mehr ist.«

»Stimmt«, sagte Maike langsam und sah nicht von ihrer Liste auf. »Er ist ja auch nie da. Eigentlich merke ich es kaum noch.«

»Okay. Dann reicht es mir jetzt. Morgen werde ich ihm kündigen, und du wirst erste Pferdewirtin. Karen kann dann Vollzeit im Stall mitarbeiten.«

Obwohl Maike weiter den Kopf gesenkt hielt, entdeckte Franziska doch das zufriedene Lächeln in ihren Mundwinkeln.

»Du hast hier lange genug für zwei geschuftet. Und du warst mehr als fair, was man von Armin nicht gerade sagen kann. Du hast ihn ziemlich lange in Schutz genommen und seine Arbeit stillschweigend mit erledigt.«

»Danke«, sagte Maike bescheiden. »Armin wird aber bestimmt sauer sein.«

»Soll er doch«, erwiderte Franziska. »So, und nun zu Frido, weißt du, wo er heute früh ist?«

Knapp zwei Wochen waren seit ihrem Gespräch mit Frido im Büro vergangen. Es war der Tag gewesen, an dem sie den fünften anonymen Brief bekommen hatte und auf die erste mögliche Verbindung zu ihrer Familie gestoßen war. Seitdem hatte sie versucht, Frido nach seinem neuen Arbeitgeber zu fragen. Der kleine Junge, der im letzten Brief seiner Mutter davon träumte, einmal ein großer Reeder zu werden – hieß der vielleicht Masannek und hatte ihrem Bruder vor Kurzem einen Job angeboten? Und wenn ja, warum? Oder sein Sohn? Der kleine Kurt aus den Briefen musste inzwischen auf die siebzig zugehen und war vielleicht schon in Rente. Klar, das waren alles nur wilde Vermutungen. In einer großen Hafenstadt wie Hamburg gab es zahlreiche Reedereien. Trotzdem. Franziska glaubte nicht an Zufälle und sie war sich ziemlich sicher, dass sie das Bindeglied gefunden hatte.

Aber sie kam einfach nicht dazu, einmal in Ruhe mit Frido zu reden. Er richtete es stets so ein, dass er immer woanders beschäftigt war als seine Schwester, und wenn sie ihn doch mal erwischte und ihn direkt darauf ansprach, ging er auf ihre Fragen einfach nicht ein. Beim gemeinsamen Mittag- oder Abendessen war immer ihre Mutter dabei, und in ihrer Anwesenheit wollte Franziska das Thema nicht anschneiden.

Zu gut erinnerte sie sich an Bernadettes Reaktion auf ihre Fragen nach der Vergangenheit. An die Art, wie sie ihr ausgewichen war und behauptet hatte, nichts zu wissen. Seitdem hatte Franziska der Verdacht nicht mehr losgelassen, dass ihre Mutter sehr wohl etwas wusste, jedoch ihre ganz eigenen Gründe hatte, nicht darüber zu sprechen.

Sie musste es endlich schaffen, mit Frido allein zu reden. In den vergangenen zwei Wochen war sie mit ihren Überlegungen keinen noch so winzigen Schritt weitergekommen.

Wenn Frido ihre Befürchtung bestätigte, dann, ja, dann würde hoffentlich ein Knoten platzen, und sie konnte darüber nachdenken, wie sie weiter vorgehen sollte. Und dann, wenn sie mehr in der Hand hatte, würde sie auch mit ihrer Mutter sprechen.

Maike kaute auf dem ohnehin schon abgenagten Ende des Kugelschreibers herum. »Frido? Warte mal. Ich glaube, er überwacht die Haferlieferung.«

»Okay, danke. Mit der Liste sind wir durch?«

Maike nickte.

»Dann bis später.«

Tatsächlich entdeckte Franziska ihren Bruder kurz darauf am Getreidesilo. Der Bauer, der den Hafer angeliefert hatte, war mit seinem Trecker bereits wieder vom Hof gefahren. Frido schloss gerade die Luke und klopfte sich dann den Staub von der Jeans.

»Wir müssen miteinander reden«, sagte Franziska ohne Einleitung.

»Ganz deiner Meinung. Armin hat sich schon wieder vom Acker gemacht. Ich finde, es ist höchste Zeit, dass wir ihn feuern.«

»Stimmt, darum kümmere ich mich morgen. Heute haben wir zu viel zu tun. Der Schmied kommt.«

»Ich weiß, ich bin auf jeden Fall auch da.« Er machte Anstalten wegzugehen. Franziska jedoch hielt ihn am Ärmel fest. »Warte mal. Ich will etwas anderes mit dir besprechen.«

Sie zog ihn ein paar Meter mit sich zum Stamm einer umgestürzten Eiche. Der Baum war im letzten Winter bei einem Sturm entwurzelt worden. Ein Schaden an den Stallgebäuden war zum Glück nicht entstanden, und nach und nach hatte Franziska alle Äste absägen lassen und als Feuerholz verwendet. Jetzt war nur noch der nackte Stamm übrig, der eine wunderbare Sitzgelegenheit bot und deshalb vermutlich hier liegen bleiben würde.

Als Franziska sich setzte, blieb Frido stehen. »Was ist denn? Ich habe eigentlich gar keine Zeit.«

»Die wirst du dir jetzt mal nehmen.« Sie war entschlossen, endlich ihre Chance zu nutzen, und klopfte mit der Hand auf den freien Platz neben sich.

Unwillig hockte sich Frido hin, riss ein paar Grashalme aus dem Boden und begann, daran herumzuzupfen.

»Was gibt's denn so Dringendes?«

Franziska kam direkt zur Sache. »Der Reeder, der dich eingestellt hat. Der heißt Masannek, richtig?«

»Äh, ja. Warum?«

»Und wie heißt er mit Vornamen?«

»Warum willst du das denn wissen?«

»Das erkläre ich dir gleich. Also?«

»O Gott. Die Geschichte schon wieder! Das lässt dir wohl keine Ruhe.«

»Frido, bitte. Ich will nur verstehen, was der Mann von uns will. Du nicht auch?«

»Wieso? Was sollte der schon von uns wollen?«

»Das genau will ich ja herausfinden. Ist es derselbe Mann, der mir bei meinem Reitunfall geholfen hat? Ist das dein neuer Chef?«

»Franziska, du siehst Gespenster. Wie kommst du darauf?«

Einen Moment lang war sie maßlos enttäuscht. Hatte sie also doch die falschen Schlussfolgerungen gezogen? Aber dann sah sie ihren Bruder von der Seite an und begriff, dass er log.

»Bitte sei ehrlich. Es ist wichtig.«

»Aber warum?«

»Das erkläre ich dir gleich.«

Endlich gab Frido nach. »Also gut. Er ist es. Deswegen habe ich mich auch ein bisschen erschreckt. Aber es hat nichts zu bedeuten. War einfach bloß Zufall.«

Sie war kurz davor, die Geduld zu verlieren. »Findest du es nicht merkwürdig, dass ein und derselbe Mann vor Monaten in Italien auftaucht, dann beim Reitturnier auf Gut Calsin dabei ist und in der Zwischenzeit ausgerechnet dir ein Jobangebot macht?«

»Doch«, gab Frido, plötzlich ziemlich kleinlaut, zu. »Und ob! Ich hab mich auch schon gewundert. Und nachdem du mir erzählt hast, dass der Typ in Italien gewesen ist, habe ich mir echt den Kopf darüber zerbrochen, was das Ganze soll.«

»Du hättest mit mir reden können.«

»Ach, Schwesterherz. Du hast doch schon genug Sorgen. Außerdem ist Ulrich ein netter Kerl und meiner Meinung nach völlig harmlos. Er interessiert sich halt für Trakehner, ist so ein Steckenpferd von ihm, glaube ich.«

Sie sah auf. »Was hast du gesagt? Wie heißt der Mann?«

»Ulrich. Ulrich Masannek.«

Franziska wischte sich mit einer Hand müde über das Gesicht. Der Name sagte ihr nichts, aber es war ja klar, dass es sich bei dem jungen Masannek nicht um Kurt handeln konnte. »Und sein Vater?«, fragte sie dann. »Weißt du, wie der heißt?«

Frido nickte. »Auf dem Firmenlogo steht ›Reederei Kurt Masannek & Sohn‹. Hilft dir das weiter?«

Franziska riss die Augen auf. »Ja! Und wie! Jetzt ergibt das alles einen Sinn!«

»Schwesterherz, du machst mir langsam Angst. Wie wär's, wenn du mir mal erklären würdest, was eigentlich los ist? Was will Masannek von uns?«

»Das weiß ich auch noch nicht. Aber wenigstens habe ich jetzt eine Verbindung zu den Briefen hergestellt.«

»Was? Welche Briefe?«

»Hör zu, ich zähle am besten der Reihe nach. Und unsere Mutter schient übrigens auch etwas zu wissen. Irgendein Geheimnis …«

»Franziska! Stopp! Der Reihe nach!«

Also begann sie zu berichten, von ihrem Gefühl, beobachtet zu werden, von den anonymen Briefen, von allem, was bisher passiert war. Nur eines ließ sie aus: die Tatsache, dass Ulrich Masannek sie in ihrer Seele berührt hat.

Bernadette Brosin ließ Messer und Gabel sinken. »Was ist los mit euch beiden? Warum starrt ihr mich die ganze Zeit so an?«

Franziska senkte schuldbewusst den Blick. »Entschuldige, Mama.«

Frido aber schob seinen Teller zur Seite und sagte entschieden: »Mir tut es nicht leid. Ich versuche nämlich zu ergründen, was in deinem Kopf vorgeht.«

»In meinem Kopf?« Bernadette griff nach ihrem Weinglas und trank einen Schluck von der rubinroten Flüssigkeit. Graf Olaf von Calsin hatte am Nachmittag eine Kiste besten Bordeaux schicken lassen, und Bernadette hatte sich darüber gefreut wie ein junges Mädchen, das zum ersten Mal im Leben rote Rosen bekommt. So zumindest hatte es Karen erzählt, als sie die anderen im Stall traf, wo bereits die fahrbare

Schmiede aufgebaut war. Franziska und Frido hatten einen amüsierten Blick getauscht. Nach ihrem schwierigen Gespräch vom Vormittag herrschte wieder Harmonie zwischen den Geschwistern. Frido hatte nach einigem Grübeln sogar angeboten, seine Stellung in der Reederei Masannek nicht anzutreten, damit dieser Mann ein für alle Mal aus ihrem Leben verschwand.

Davon jedoch hatte Franziska nichts wissen wollen. »Erstens freust du dich auf die Arbeit und zweitens bist du korrekt eingestellt worden. Selbst wenn Ulrich Masannek dich aus Gründen angeworben hat, die wir nicht kennen, wirst du deinen Job gut machen. Du bist bestimmt ein Gewinn für die Reederei.«

»Danke, Schwesterherz.« Frido hatte sie kurz umarmt, aber Franziska war noch nicht fertig gewesen. »Drittens glaube ich nicht, dass der Mann so einfach wieder aus unserem Leben verschwinden wird.«

»Wie meinst du das?«

»Er verfolgt irgendein Ziel und er wird nicht aufgeben, bis er es erreicht hat.« Daraufhin hatten die Geschwister bedrückt einige Zeit geschwiegen, bis sie beide wieder an ihre Arbeit gegangen waren.

Bis zum Nachmittag hatte Franziska an nichts anderes als an Ulrich Masannek und seine mysteriösen Absichten denken können. Und wenn er sich einfach nur in mich verliebt hat?, fragte sie sich einmal. Aber dann verwarf sie den Gedanken schnell wieder.

Es gab einfachere Wege, um eine Frau zu erobern. Dazu musste man sie nicht heimlich beobachten, ihr alte Briefe schicken und ihr über die Alpen nachreisen. Und die Blumen, die er ihr ins Krankenhaus geschickt hatte? Franziska war sicher, dass sie von ihm waren. Und die Tatsache, dass er in Italien sein Leben riskiert hatte, um ihres zu retten? Zählte das etwa nicht?

Verflixt! Sosehr sie die Dinge auch drehte und wendete, sie kam einfach zu keinem vernünftigen Schluss. Was sie am meisten beschäftigte, war die Frage, warum er ausgerechnet sie als Empfängerin für die alten Briefe ausgewählt hatte. Wenn es irgendeine Verbindung zwischen seiner und ihrer Familie gab, warum hatte er sich dann nicht zunächst an Hugo Brosin und später, nach Großvaters Tod, an Bernadette gewandt?

Franziska fand nur eine mögliche Begründung: Weil sie die Gestütsherrin war. Doch wieder geriet sie mit ihren Überlegungen an einen toten Punkt. Was sollte ein Hamburger Reeder von einer Trakehnerzüchterin in der Lüneburger Heide wollen? Nur eines wurde ihr schließlich klar: Früher oder später würde sie mit Ulrich Masannek persönlich reden müssen und sie fragte sich, ob sie sich davor fürchten musste oder ob sie sich darauf freuen durfte.

Als dann Karen mit dem Bericht über die Weinlieferung von Gut Calsin in den Stall kam, war Franziska froh über die Ablenkung. Danach schufteten alle so schwer, dass keine Zeit mehr für Grübeleien blieb, und erst jetzt, beim Abendbrot, beschäftigte sich Franziska wieder mit den Ereignissen der letzten Tage und Wochen und mit der Rolle, die ihre Mutter darin spielen mochte. Fridos Gedanken schienen in dieselbe Richtung zu gehen, denn er ließ Bernadette nicht aus den Augen.

Sie saßen auf der großen Terrasse, die Bernadette schon vor Jahren an das alte Bauernhaus hatte anbauen lassen. Ein so schöner und milder Abend, hatte sie heute beschlossen, musste ausgenutzt werden. Nun stellte sie ihr Weinglas ab und warf ihren Kindern einen strengen Blick zu. »Bildet euch bloß nicht ein, ihr könntet mich nach meinem Privatleben ausfragen. Das ist nämlich ganz und gar meine Sache.«

»Was?«, fragte Franziska.

»Hä?«, machte Frido.

»Nun tut doch nicht so unschuldig. Ich weiß genau, was ihr denkt.«

»Ach ja?«

»Meinst du?«

Einen Moment wirkte Bernadette verwirrt. Dann nahm sie einen neuen Schluck Wein aus ihrem Glas, ließ es genießerisch in ihrer Hand kreisen, trank langsam und sagte dann: »Graf Olaf von Calsin ist ein langjähriger guter Freund. Und nur, weil er mir mal eine Kiste Wein schickt, heißt das noch lange nicht, dass aus dieser Freundschaft etwas anderes werden wird.«

»Aha«, murmelte Franziska.

»Interessant«, meinte Frido geistesabwesend.

Bernadette schien das Desinteresse ihrer Kinder nicht zu bemerken. »Wahrscheinlich kursiert im Dorf schon das Gerücht, der Graf und ich werden das neue Traumpaar. Also, damit ihr es wisst: Daraus wird nichts. Ich finde Graf Olaf nett, aber mehr auch nicht. Das habe ich ihm vorhin am Telefon auch deutlich gesagt. Ich fürchte, er war ein klein bisschen geknickt, aber er wird sich schon wieder davon erholen. Im Übrigen genieße ich meine Freiheit viel zu sehr, um mich wieder einem Mann und dessen Bedürfnissen anzupassen.«

Die Geschwister hatten schweigend zugehört, nun ergriff Franziska das Wort. »Selbstverständlich ist dein Privatleben ganz allein deine Sache, Mama. Es würde uns niemals einfallen, dir da reinreden zu wollen. Ich persönlich mag den Grafen wirklich gern, aber wenn du lieber allein bleiben willst, dann ist das auch in Ordnung.«

Bernadette hob misstrauisch die Augenbrauen. »Also gut. Und was ist dann mit euch los?«

»Wir hätten da eine Frage«, begann Frido. »Und wir sind der Meinung, du solltest sie uns offen und ehrlich beantworten. Wir sind nämlich eine Familie, und da sollte es keine Geheimnisse geben.«

»Was soll das? Ich habe nicht die leiseste Ahnung, wovon du redest.«

Hast du doch, dachte Franziska, die bemerkte, wie die Mutter plötzlich blass wurde.

Frido schien nichts aufzufallen, denn er sagte ruhig: »Es ist auch eine ziemlich komplizierte Geschichte. Am besten erzählt Franziska dir alles von Anfang an, und dann reden wir darüber.«

Bernadette Brosin war voller Abwehr, als Franziska nun zum zweiten Mal an diesem Tag von den anonymen Briefen berichtete und von ihrem Verdacht, wer sie geschickt hatte.

»Und ihr glaubt, dieser Hamburger Reeder, Ulrich Masannek, steckt dahinter?«

Franziska und Frido nickten.

»Aber ich verstehe nicht, warum er Frido eingestellt hat.«

»Ich denke, er hat gehofft, mich über unsere Familie und das Gestüt aushorchen zu können.«

»Na, der kann war erleben.« Bernadette wollte noch etwas hinzufügen, aber Franziska hob die Hand. »Das hat Zeit.«

Keiner der drei Menschen auf der Terrasse bemerkte den Mann, der sich hinter einem Gebüsch duckte und aufmerksam jedes Wort verfolgte.

»Jetzt, wo du alles weißt«, sagte Franziska abschließend. »Nun möchte ich gern wissen, warum du dich so seltsam benommen hast, als ich dich mal nach unserer Familiengeschichte gefragt habe.«

»Ich? Seltsam benommen? Wann soll denn das gewesen sein?«

»Im Juni, Mama. Da habe ich dich gefragt, ob du etwas über den Treck aus Ostpreußen weißt. Ob Großvater dir mal etwas erzählt hat. Aber du bist mir ausgewichen, und ich hatte den Eindruck, du hättest … Angst.«

»Angst? So ein Unsinn, Warum sollte ich?« Doch ihre Stimme zitterte dabei, und als sie merkte, dass ihre Kinder nicht lockerlassen würden, holte Bernadette Brosin tief Luft und sagte: »Also gut. Ich habe nur geschwiegen, um euch, um uns alle zu schützen. Aber wenn ihr es unbedingt wissen wollt, dann will ich es euch erzählen. Also, nachdem euer Großvater gestorben ist, habe ich ein altes Schulheft gefunden. Er hat darin eine Art Tagebuch geführt, in den Jahren zwischen 1939 und 1946. Es sind nur kurze Eintragungen, aber – nun ja, ich fand es sehr bedrückend, was dort stand.«

»Was denn?«, fragte Frido gespannt.

»Wo ist dieses Heft?«, erkundigte sich Franziska.

Bernadette Brosin lehnte sich zurück. Sie schien erleichtert, dass sie ihr schlimmes Geheimnis endlich mit jemandem teilen konnte.

»Im Haus schien es mir nicht sicher. Birthe und Karen sind zwei furchtbar neugierige Mädchen. Deshalb habe ich es in der Sattelkammer versteckt.«

Franziska konnte ihre Aufregung kaum noch zügeln. »Wo genau?«

»Zwischen der großen Kiste mit dem Putzzeug und der Wand.«

Franziska und Frido standen gleichzeitig auf und liefen zum Stall. Als sie ihn erreichten, bemerkten sie nicht den Schatten, der kurz vor ihnen aus der Sattelkammer verschwand. Sie zogen die schwere Kiste vor, suchten jeden Millimeter ab. Nichts.

»Jemand muss das Heft entdeckt haben«, meinte Frido.

»Oder Mama hat uns angelogen.«

Aber als die Geschwister mit leeren Händen zu ihrer Mutter zurückkehrten, war diese außer sich.

»Das darf nicht wahr sein! Es muss da sein! Habt ihr auch bestimmt genau gesucht?«

Franziska und Frido wechselten einen Blick. Sie hat nicht gelogen, dachten beide.

Bernadette ließ sich nicht aufhalten. Sie wollte selbst zum Stall, und als sie eigenhändig die ganze Sattelkammer durchsucht hatte, brach sie weinend zusammen. Das erschreckte Franziska mehr, als sie zugeben mochte. Ihre Mutter war in den vergangenen paar Monaten eine starke und unabhängige Frau geworden. Was würde geschehen, wenn sie sich nun in den schwachen, hilfsbedürftigen Menschen zurückverwandelte, der sie noch im Winter gewesen war? Wie sollte Franziska klarkommen, wenn nicht einmal Bernadette sie mehr unterstützte?

»Bitte erzähl uns doch, was in dem Tagebuch stand«, bat Frido.

Aber Bernadette weinte nur noch heftiger. »Wenn das jemand liest«, sagte sie schluchzend. »Dann ist das unser Ende.«

Sosehr sich die Geschwister auch bemühten, mehr war an diesem Abend aus ihrer Mutter nicht herauszukriegen.

29

Armin Sailer war kein Mann, der sich leicht einschüchtern ließ. Weder von einem prunkvollen Vorzimmer mit riesigen kitschigen Ölbildern an der Wand, die allesamt alte Segelschiffe zeigten, noch von einer eingebildeten Sekretärin, die ihn abschätzig musterte.

»Sie wünschen?«

Nur einen kurzen Augenblick lang wünschte sich Armin, er hätte sich am Morgen vielleicht doch in seinen besten Anzug geworfen. Der war aus braunem Cordsamt und im Übrigen auch sein einziger Anzug.

Aber der Augenblick verflog, und er streckte sich zur vollen Größe. Trotzdem überragte ihn die junge Frau mit den grell geschminkten Lippen und der Hochsteckfrisur noch fast um Haupteslänge – was entweder an ihren hohen Absätzen oder an seinen eigenen, nach vierzig Jahren auf Pferderücken krumm gewordenen Beinen liegen mochte.

Armin räusperte sich. »Ich möchte Ulrich Masannek sprechen.«

»Haben Sie einen Termin?«

»Nein.«

»Dann tut es mir leid.«

Tut es dir nicht, dachte er und fixierte die Frau mit einem strengen Blick. »Es ist aber außerordentlich wichtig, und Herr Masannek wird mich auch sprechen wollen.«

»So? In welcher Angelegenheit?«

Armin musste seine Wut zurückhalten. »Das geht nur Herrn Masannek und mich etwas an.«

Sie schaute ihn verächtlich an. »Ich glaube kaum, dass Herr Masannek mit Ihnen etwas zu bereden hat.«

So langsam verlor Armin seine Kontrolle. Er ballte seine Hände zu Fäusten, er biss seine Lippen zusammen. Immerhin habe ich schon die zickigsten Stuten zahm bekommen, sagte sich Armin. Es wäre doch gelacht, wenn ich mir ausgerechnet an einer Sekretärin die Zähne ausbeißen sollte.

»Das glaube ich aber doch«, sagte er und legte einen drohenden Unterton in seine Stimme. »Er wird sich sogar außerordentlich freuen. Oder ... vielleicht auch nicht. Ich bin jedenfalls gespannt.«

Jetzt baute sich die Frau noch aufrechter vor ihm auf. »Also hören Sie mal. Was erlauben Sie sich? Ich werde jetzt den Sicherheitsdienst rufen.«

»Tun Sie das. Ich wette, Sie können sich dann bald einen neuen Job suchen.«

Sie griff zum Telefon, zögerte aber, und legte den Hörer wieder hin.

»Braves Mädchen«, lobte Armin. »Ist doch gar nicht so schwer, mir zu gehorchen. Und jetzt gehen Sie zu Herrn Masannek oder rufen Sie ihn an. Sagen Sie ihm, es gibt wichtige Neuigkeiten über die Familie Brosin. Ich will Sie nicht zwingen, aber ich glaube, Sie haben verstanden.«

Von ihrer anfänglichen Arroganz war auf einmal nichts mehr übrig geblieben. Armin hätte sich darüber freuen können, wenn er nicht endgültig seine Geduld verloren hatte.

Gerade als er sich vorgenommen hatte, einfach loszustürmen und eine der drei angrenzenden Türen aufzureißen, ging die rechte Tür auf, und Ulrich Masannek trat in den Empfangsbereich.

»Was ist hier los, Frau Hansen? Ich habe einen wichtigen Kunden am Telefon, aber ich kann kaum mein eigenes Wort verstehen.«

Die Sekretärin murmelte eine Entschuldigung, weiter kam sie nicht.

»Herr Masannek!«, rief Armin. »Ich muss Sie sprechen. Es geht um die Familie Brosin!«

Mit Genugtuung nahm Armin wahr, wie der vornehm gekleidete Reeder blass wurde.

»Wer … sind Sie?«

»Armin Sailer. Meines Zeichens erster Pferdewirt auf dem Gestüt Brosin.«

Einen Moment lang schien Masannek mit sich zu ringen, dann drehte er sich abrupt um und kehrte in sein Büro zurück. Die knappe Geste, ihm zu folgen, hätte Armin beinahe übersehen. Er bedachte die Sekretärin mit einem kurzen Blick und ging, so schnell er konnte, dem Reeder hinterher. Geht doch, dachte er. Warum nicht gleich so.

Noch nie in seinem Leben war Ulrich Masannek über den schweren breiten Schreibtisch aus massiver Eiche, der zwischen ihm und einem Gesprächspartner stand, froh gewesen. Heute schon. Heute saß dieser unangenehme Mensch auf dem Besucherstuhl und von ihm ging eine Bedrohung aus, die zwar nicht in Worte zu fassen, jedoch beinahe mit Händen zu greifen war.

Armin Sailer, der Pferdewirt. Ulrich wusste, mit wem er es zu tun hatte. Bei ihrem Treffen in Lüneburg hatte Frido Brosin ihm von dem Mann erzählt. Weil Ulrich behauptet hatte, er trage sich selbst mit dem Gedanken, eine kleine Pferdezucht zu beginnen, hatte Frido ihn vor Männern wie Armin Sailer gewarnt. »Der sitzt bei uns seit Jahrzehnten auf seinem Posten und jetzt sabotiert er unsere Arbeit, wo er kann, nur weil ich eine zweite Pferdewirtin eingestellt habe. Früher oder später werden wir ihn entlassen müssen. Wenn ich Ihnen einen Rat geben darf: Suchen Sie sich lieber junge Leute. Die haben vielleicht nicht so viel Erfahrung, sind jedoch arbeitswilliger als Typen wie dieser Armin.«

Damals war für Ulrich diese Information eines von vielen Puzzleteilen in seinen Nachforschungen über das Gestüt Brosin gewesen. Allerdings hatte er seitdem keinen weiteren Gedanken an diesen Mann verschwendet. Und nun saß ausgerechnet Armin Sailer vor ihm.

Ulrich musste sich zwingen, die Form der Höflichkeit zu wahren. »Was kann ich für Sie tun?«

»Falsche Frage. Ich kann etwas für Sie tun.«

»Wie bitte?«

»Sie haben schon richtig verstanden, Wertester. Ich bin hier, um Ihnen etwas zu geben. Sie ahnen bestimmt, worum es geht.«

Betont gleichgültig hob Ulrich die Schultern. »Bedaure. Ich wüsste nicht, was das sein sollte.«

Armin Sailer rückte auf seinem Stuhl näher an den großen Schreibtisch heran. »Jetzt lassen Sie mal das vornehme Getue. Kommen wir zur Sache.«

»Wie Sie wünschen.« Ulrich lehnte sich unwillkürlich zurück, um den Abstand zwischen sich und Armin Sailer wieder zu vergrößern.

»Also, werter Herr Masannek. Ich habe ganz zufällig erfahren, dass Sie auf der Suche nach der Wahrheit über das Gestüt Brosin sind.«

Ulrich zog es vor, nicht nachzufragen. Er nahm an, Franziska habe inzwischen die richtigen Schlüsse gezogen und sich vielleicht mit ihrem Bruder darüber beraten. Einem Mann wie Sailer war es zuzutrauen, seine Arbeitgeber zu belauschen.

Jetzt griff Sailer in die Tasche seines Parkas. Ulrichs Herz setzte einen Schlag aus. Doch dann sah er, wie Sailer ein altes Heft herauszog. Es mochte einmal schwarz oder dunkelblau gewesen sein, jetzt war es von undefinierbarer grauer Farbe.

Auf einmal begann sein Herz, das eben noch ausgesetzt hatte, zu rasen. Sein Instinkt sagte ihm, dass dort, genau vor ihm, der Beweis war, nach dem er schon so lange suchte.

»Was ist das?«, fragte er dennoch möglichst desinteressiert, aber seine Stimme verriet ihn. Sie zitterte, auch wenn er versuchte, sich zu beruhigen. Zu sehr haben ihn die Ereignisse bewegt.

Armin Sailers Blick wurde stechend. »Hier drin steht alles, was Sie wissen wollen.«

»Geben Sie her!« Ulrich streckte den Arm aus. Er wollte es lesen. Sofort!

Sailer rutschte auf seinem Stuhl zurück. »He! Nicht so eilig! Erst mal unterhalten wir uns darüber, wie viel Ihnen die Wahrheit wert ist. Sehen Sie, unglücklicherweise bin ich seit gestern arbeitslos, und meine Rente wird nicht besonders hoch ausfallen. Deshalb muss ich vorsorgen, Sie verstehen?«

Etwas Feindseliges blitzte jetzt in seinen Augen auf, und für einen Moment war Ulrich ratlos. Er fragte sich, ob es ein Fehler gewesen war, Franziska auch die letzten erhalten gebliebenen Zeilen seiner Großmutter zu schicken. Gestern erst hatte er den Brief zur Post gebracht. Und als Nächstes fragte er sich, ob es nicht überhaupt falsch gewesen war, Nachforschungen über das Gestüt und die Familie Brosin anzustellen. Er hätte seine alte Neugierde vergessen sollen, er hätte die Menschen in der Heide in Ruhe lassen sollen.

Ulrich unterdrückte einen Fluch. Für Selbstvorwürfe war es nun zu spät. Vor ihm saß ein Mann, der auf seine Entscheidung wartete, und er wusste nicht, was er tun sollte. Ganz deutlich spürte er plötzlich die Gefahr. Und wenn er jetzt etwas Falsches tat, brachte er möglicherweise großes Unglück über Franziska, ihren Bruder und ihre Mutter. Über das ganze Gestüt und auch über ihn selbst.

»Was ist denn nun? Ich habe nicht den ganzen Tag Zeit.« Armin Sailer machte Anstalten aufzustehen. »Wenn Sie es nicht wollen, gehe ich damit zur Presse. Die freuen sich bestimmt über einen saftigen Familienskandal, in den die angesehene Hamburger Reederfamilie Masannek verwickelt ist.«

Angesichts dieser offenen Drohung blieb Ulrich nur eines zu tun.

Seit zwei Tagen lag Bernadette Brosin in ihrem abgedunkelten Zimmer im Bett und war für niemanden zu sprechen. Einzig Birthe durfte zu ihr und kam jedes Mal mit einem Achselzucken wieder hinaus. »Ihre Frau Mutter hat schreckliche Kopfschmerzen«, sagte sie dann zu Franziska und Frido.

Den Geschwistern blieb daraufhin nichts anderes übrig, als sich in Geduld zu üben. Franziska hegte den Verdacht, ihre Mutter sei gar nicht wirklich krank. Vielmehr fürchtete sich Bernadette vor einem weiteren Gespräch mit ihren Kindern. Dann nämlich müsste sie ihnen endlich erzählen, was in dem verschwundenen Tagebuch ihres Großvaters gestanden hatte. Vorgestern Abend hatte ihr der gute Bordeaux offenbar Mut gemacht, das Tagebuch überhaupt zu erwähnen. Inzwischen schien dieser Mut sie wieder verlassen zu haben.

»Wird schon alles nicht so wild sein«, sagte Frido, aber auch er schien seinen üblichen Optimismus verloren zu haben.

»Ich werde noch verrückt, wenn ich nicht endlich die Wahrheit erfahre«, gab Franziska zurück.

Sie standen in der großen holzvertäfelten Diele und streiften ihre Reitstiefel ab. Eine Gruppe von Turnierreitern war aus München angereist, um einige vielversprechende Pferde des Gestüts zu begutachten. Franziska und Frido hatten den ganzen Nachmittag lang die Pferde abwechselnd auf dem Reitplatz vorgeritten, auch den Wallach Sico, der schon mehrfach seine guten Anlagen zum Springpferd bewiesen hatte, und die Stute Seline, die zunehmend ruhiger und sicherer wurde.

Franziska hatte innerlich aufgeatmet, als die Wahl der Reiter auf Sico und zwei Junghengste gefallen war. Obwohl sie sich Sentimentalitäten nicht leisten konnte, war sie doch froh, dass sie Seline noch eine Weile behalten durfte.

Frido richtete sich auf. »Wir müssen mit Mama noch einmal reden. Kopfschmerzen hin oder her.«

»Genau. Ich gehe jetzt hoch und …« Sie brach ab, als ihr Blick auf die kleine Kommode fiel, auf der Birthe täglich die Post ablegte. Ganz oben auf dem Stapel entdeckte Franziska einen schlichten Umschlag. Sie war an diesem langen Arbeitstag noch nicht dazu gekommen, die Post durchzusehen, aber nun spürte sie, wie ihre Knie weich wurden.

»Noch einer«, sagte sie.

Frido folgte ihrem Blick. »Na, vielleicht müssen wir Mama gar nicht mehr quälen.«

Er ging zu dem Umschlag und nahm ihn hoch. »Wahrscheinlich steht alles hier drin. Ich frag mich bloß, warum so ein Brief immer noch anonym kommt.«

Franziska runzelte die Stirn. Dann sagte sie: »Ulrich Masannek kann ja nicht wissen, dass wir ihn inzwischen durchschaut haben.«

»Stimmt auch wieder.«

Schnell schlüpften die Geschwister in ihre Hausschuhe und gingen dann ins Büro, wo Franziska mit zitternden Fingern den Umschlag aufritzte. Heraus kam die Kopie eines halben Briefbogens. Es sah aus, als hätte jemand die Seite ziemlich genau in der Mitte durchgerissen. Franziska begann zu lesen, Frido beugte sich über ihre Schulter.

... Ich weiß nicht, was das zu bedeuten hat. Letzte Woche bekam ich eine Suchkarte des Deutschen Roten Kreuzes. Stell Dir vor, Beate, sieben Jahre nach Kriegsende. Also, auf dieser Karte steht, daß ein gewisser Hugo Brosin nach Angehörigen seiner Familie sucht. Das ist doch verrückt! Ich habe inzwischen erfahren, daß mein Schwiegervater auf dem Treck ums Leben gekommen ist. Unser früherer Kutscher, der wie durch ein Wunder überlebt hat, war hier und hat es mir selbst gesagt. Wie kann Schwiegervater also jetzt nach mir suchen? Mir ist das alles unheimlich. Ich will nichts mehr damit zu tun haben. Ich werde einfach zurückschreiben, daß ich einen Hugo Brosin nicht kenne, die Namensgleichheit sei rein zufällig. Und nächsten Monat heirate ich meinen Friedrich. Dann werde ich Helene Masannek heißen, und niemand wird mich mehr mit der Vergangenheit quälen können ...

Franziska ließ das Blatt sinken und sah zu ihrem Bruder auf. »Verstehst du das?«

Frido schüttelte den Kopf. »Nein, nicht wirklich. Aber irgendetwas hat Großvater mit dieser Helene zu schaffen gehabt. Nur was? Ich fürchte, das kann uns nur Mama beantworten.«

Eine Weile schwiegen sie, dann sagte Franziska: »Es sieht so aus, als hätte Helenes Schwiegervater ebenfalls Hugo Brosin geheißen. Aber es kann sich dabei natürlich nicht um unseren Großvater handeln. Der war ja zum Zeitpunkt der Flucht noch ein junger Mann.«

Wie nah sie mit ihrer Überlegung schon der Wahrheit kam, ahnte Franziska nicht. Sie spürte nur, wie ihr ein kalter Schauer über den Rücken lief.

Armin Sailer war zufrieden. Beinahe jedenfalls. Ein bisschen mehr hätte der feine Herr Masannek schon springen lassen können, aber zehntausend Euro waren ja auch eine Menge Geld. Da war der Mann doch einfach zum Tresor geschlendert und hatte mal eben so einen Geldpacken herausgeholt. Armin hatte sich anstrengen müssen, um nicht allzu dumm zu schauen.

Nicht zu fassen! Vielleicht hätte er doch besser verhandeln müssen. Er hatte genau gesehen, dass da noch einiges mehr an Geld lag.

Andererseits schien dieser Masannek ein ziemlich harter Bursche zu sein. Die Nummer mit der Presse hatte zwar gut geklappt, aber als Armin dann seine Forderung von fünfzigtausend Euro stellte, hatte Masannek laut aufgelacht und ihm geraten, zwei Querstraßen weiter zu gehen. Da befinde sich das Verlagshaus einer großen Hamburger Zeitung. Vielleicht bekäme er dort ja mehr Geld für eine alte Geschichte, die heutzutage niemanden mehr interessierte.

Wahrscheinlich hatte Masannek nur geblufft, aber Armin war dann doch unsicher geworden.

Ehe er sich's versah, stand er wieder auf der Straße – um zehntausend Euro reicher. Aber noch mehr als das Geld zählte für ihn die Genugtuung, dass er es den Brosins heimgezahlt hatte. Das hatten die nun davon, ihm einfach zu kündigen. Nun würden sie selbst bald sehen können, wo sie blieben.

In bester Stimmung hatte Armin überlegt, ob er gleich heimfahren oder sich noch ein bisschen Hamburg anschauen sollte. Ein Abstecher nach St. Pauli, mit ein bisschen Kleingeld in der Tasche – den hatte er sich eigentlich verdient. Sein Blick fiel auf eine Eckkneipe. Und vorher, so beschloss er, würde er sich einen ordentlichen Schluck genehmigen.

Aus dem einen Schluck waren ein paar mehr geworden, und als Armin am Abend über die Elbbrücken Richtung Süden fuhr, merkte er, dass er doch ziemlich viel getrunken hatte. Egal! Ein Mann wie er konnte was vertragen.

Er fuhr zügig, vielleicht ein bisschen zu schnell. Schließlich hatte er es eilig, nach Hause zu kommen. In seiner Stammkneipe im Dorf würde er seine Heldentat zum Besten geben und auch die eine oder andere Lokalrunde schmeißen.

Zu dumm nur, dass er so müde wurde.

Als der Wagen von Armin Sailer auf den Seitenstreifen geriet und in der Ausfahrt Garlstorf einfach geradeaus fuhr und gegen einen Baum knallte, war der Mann schon längst eingeschlafen.

30

Franziska hatte eine unruhige Nacht hinter sich. Immer wieder war sie aus wirren Träumen aufgewacht. An zwei davon konnte sie sich erinnern. In einem Traum war ihr Paolo erschienen. »Wenn meine Sirenetta untergeht, werde ich sie retten«, hatte er gesagt. Auf seltsame Art getröstet, hatte sie eine Weile wach gelegen. Die Ereignisse vom Winter, die Erinnerung an Paolo hatten ihren Schmerz verloren. Sie dachte gern an ihn zurück und nahm sich vor, ihm bald einmal zu schreiben. Warum sollten sie nicht Freunde werden können?

Im nächsten Traum befand sie sich auf einem alten Segelschiff, ähnlich dem Schulschiff Gorch Fock, das sie vor Jahren einmal auf einem Schulausflug in Kiel besichtigt hatte. Sie war ganz allein an Deck, und sie spürte, wie die Planken unter ihr zitterten. Vielleicht kam ein Sturm auf oder ein Seebeben.

Dann sah sie, wie Ulrich Masannek auf sie zukam. Sie wollte ihm entgegengehen, doch ihre Füße gehorchten ihr nicht. »Komm doch zu mir!«, rief sie, aber auch er blieb regungslos stehen. Jemand rief »Das Eis bricht!«, und von irgendwoher dröhnte das Geräusch von Flugzeugmotoren. Menschen schrien, Pferde wieherten in panischer Angst. Das Segelschiff verwandelte sich in einen Planwagen, und unter seinen Rädern knackte es gefährlich. Im nächsten Moment schlug eisiges Wasser über Franziska zusammen, und sie schrie verzweifelt um Hilfe.

»Franziska! Wach auf!«

Sie fuhr hoch. Vor ihrem Bett stand Frido. »Du hast geschrien, als sei der Teufel persönlich hinter dir her.«

»Das Eis«, murmelte sie.

»Was?«

»Ich habe vom Treck geträumt. Von der Flucht über das Frische Haff. Wenn du mich nicht geweckt hättest, hätte ich vielleicht von Großvater geträumt. Dann würden wir jetzt endlich die Wahrheit kennen.«

Ihr Bruder schien nicht richtig zuzuhören. Erst jetzt fiel ihr auf, dass er nervös in ihrem Schlafzimmer hin und her ging.

»Wie spät ist es?«

»Sechs.«

»Was ist los?«

Frido blieb stehen. »Die Polizei ist da. Zieh dich an und komm runter.«

»Die Polizei? Was ist passiert?«

»Das wollen sie mir allein nicht sagen. Sie möchten mit dir als Gestütsherrin sprechen.«

»O Gott!« Plötzlich hatte sie wieder das Gefühl, eisiges Wasser würde über ihr zusammenschlagen. Ihr nächster Gedanke galt Ulrich Masannek, und eine namenlose Furcht ergriff sie. Bitte, lieber Gott, betete sie im Stillen, lass ihm nichts passiert sein. Ich weiß immer noch nicht, was er von uns will, aber ich … ich …

»Franziska, nun mach schon!« Frido riss ihre Bettdecke herunter und hielt ihr die Hausschuhe hin.

Eilig sprang sie aus dem Bett, schlüpfte in ein Hemd und ein Paar Jeans. Dann folgte sie auf wackeligen Beinen ihrem Bruder nach unten. Dort stand Birthe in der Diele, trat von einem Bein aufs andere und starrte die beiden Polizeibeamten an.

Franziska wurde auf einmal ganz ruhig. Was immer ihr bevorstehen mochte, sie würde nicht die Haltung verlieren. Das hatte ihr Großvater Hugo beigebracht.

»Bitte kommen Sie mit ins Büro«, sagte sie zu den Männern und ging voran.

Dort lehnten es die Beamten ab, sich zu setzen. Der Ältere, ein Mann um die fünfzig, kam sofort zur Sache. »Ein gewisser Armin Sailer, geboren am 13. Mai 1949, war bei Ihnen als erster Pferdewirt angestellt. Ist das korrekt?«

»Ja«, sagte Franziska. »Aber warum interessiert es Sie, dass wir ihn vor zwei Tagen entlassen haben?«

»Wie bitte?«

»Sie haben gesagt, er war bei uns angestellt. Tatsächlich ist er …« Sie stockte, suchte den Blick ihres Bruders. Frido schien ebenfalls ratlos zu sein.

Der jüngere Beamte ergriff das Wort. »Armin Sailer ist heute Nacht bei einem Verkehrsunfall ums Leben gekommen. Er hat keine lebenden Verwandten.«

»Armin … ist … tot?« Franziska fühlte sich schwach und setzte sich auf die Schreibtischkante.

»Wie ist das passiert?«, fragte Frido.

»Wir gehen von einem Unfall aufgrund von Alkoholmissbrauch aus. Allerdings gibt es da eine Ungereimtheit.«

»Welche?«, fragte Franziska schwach.

Der ältere Beamte räusperte sich. »Wir haben in seiner Brieftasche die Summe von knapp zehntausend Euro in bar gefunden.«

»Zehntausend Euro? Wo hat er denn so viel Geld her?«

»Wir hatten gehofft, Sie könnten uns eine Erklärung geben.«

Franziska hob die Schultern. »Ich habe keine Ahnung. Wo ist der Unfall überhaupt passiert?«

»An der Autobahnausfahrt Garlstorf. Der Wagen kam von Norden.«

Sie musste sich zwingen, nicht vor Schreck zusammenzuzucken. Armin Sailer war auf dem Heimweg gewesen. Aus Richtung Norden. Aus Hamburg? Was …?

Frido, der offenbar dieselben Schlüsse gezogen hatte wie sie, reagierte schneller. »Wissen Sie, unser Pferdewirt war ein leidenschaftlicher Pokerspieler. Soweit ich bisher informiert war, ging es immer nur um kleine Summen. Aber nach seiner Entlassung wollte er vielleicht den großen Coup landen, ist nach Hamburg gefahren und hat in einem Club wirklich mal richtig Glück gehabt.«

Die Polizeibeamten wechselten einen Blick. Schließlich sagte der Ältere: »Letztendlich liegt keine Straftat vor. Und da Sie keinen Anspruch auf das Geld erheben ...«

»Natürlich nicht«, sagte Franziska schnell.

»Nun, dann wird es einer karitativen Einrichtung zugutekommen.«

Gleich darauf verabschiedeten sich die Beamten, die Geschwister blieben allein im Büro zurück.

»Das Tagebuch«, murmelte Franziska.

»Er muss unser Gespräch auf der Terrasse belauscht haben«, sagte Frido.

»Und schon vorher am Tag hat er wahrscheinlich mit angehört, wie ich Maike den Posten der ersten Pferdewirtin angeboten habe. Da wollte Armin sich an uns rächen. Er hat das Tagebuch vor uns gefunden, hat es gelesen und dann ...«

»Er muss es verkauft haben«, führte Frido ihren Gedanken fort. »An ...«

»Ulrich Masannek. Wen sonst?«

Franziska sprang auf. »Wir müssen mit Mama reden. Sofort. Der Inhalt dieses Tagebuchs ist Masannek zehntausend Euro wert gewesen. Ich muss jetzt wissen, was darin stand.« Sie vergaß die zarten Gefühle, die sie für den Reeder aus Hamburg empfand. Ihr Instinkt sagte ihr, dass sie ihre fünf Sinne beisammenhalten musste.

»Vielleicht stellt sich die ganze Geschichte ja als harmlos heraus«, meinte Frido.

»Optimist.«

»Mag sein. Aber Masannek ist kein schlechter Kerl. Ich finde ihn eigentlich ganz nett.«

»Du kennst ihn doch kaum.«

»Aber ich besitze eine gute Menschenkenntnis.«

Franziska schwieg. Es fiel ihr ja auch schwer, in Ulrich den Bösewicht zu sehen. Trotzdem musste sie vorsichtig sein.

»Lass uns jetzt zu Mama gehen.«

Aber als sie das Schlafzimmer ihrer Mutter betraten, lag Bernadette im Tiefschlaf.

»Wahrscheinlich konnte sie gestern nicht einschlafen«, sagte Birthe zu den Geschwistern. Sie war mit einem Frühstückstablett hinzugekommen. »Dann nimmt sie manchmal ein Schlafmittel. Gestern hat sie auch bis zum Nachmittag geschlafen.«

Franziskas Ungeduld wuchs ins Unermessliche. »Kann man denn nichts tun, um sie aufzuwecken?«

»Lass gut sein«, meinte Frido. »Auf ein paar Stunden kommt es auch nicht mehr an. Ich brauche jetzt einen doppelten Espresso. Was ist mit dir?«

»Gute Idee.« Manchmal war es schon eine Erleichterung, einfach nur Kaffee zu trinken und mit ihrem Bruder zusammen zu sein.

Die Arbeit am Vormittag verrichtete Franziska unkonzentriert. Eigentlich hätte heute der Junghengst Adonis eingeritten werden sollen, aber es war Maike, die ihre Chefin davon abhielt.

»Erstens darfst du so was noch gar nicht machen und zweitens würdest du dir dieses Mal garantiert das Genick brechen.«

Franziska gab nach. »Dann kümmern wir uns morgen darum.«

»In Ordnung«, sagte Maike. »Aber ich steige in den Sattel, und du führst ihn an der Longe.«

Franziska wollte sich schon abwenden, als Maike noch fragte: »Stimmt es, was Birthe erzählt? Armin Sailer hat sich totgefahren?«

»Ja.«

»Aber … doch nicht wegen mir, oder? Weil ich ihm den Job weggenommen habe?«

»Quatsch.« Franziska legte ihr kurz eine Hand auf den Arm. »Mit dir hat das überhaupt nichts zu tun. Er war anscheinend betrunken und hat die Kontrolle über den Wagen verloren.«

»So was sieht ihm aber gar nicht ähnlich.«

»Wie auch immer. Du bist nicht schuld, Maike. Niemand ist schuld.« Die Pferdewirtin schien beruhigt, und Franziska verließ den Stall.

Als sie den Hof überquerte, hörte sie ein fremdes Motorengeräusch. Voller Schrecken dachte Franziska an ihren Traum von letzter Nacht. Wie furchtbar, dachte sie kurz, musste das Leben für die Menschen im Krieg gewesen sein. In ständiger Furcht vor Bomben und feindlichen Flugzeugen. Doch als sie nun sah, wie ein Wagen mit Hamburger Kennzeichen in die Auffahrt bog, wünschte sie sich einen unsinnigen Augenblick lang, das Geräusch wäre wirklich von Tieffliegern gekommen. Der Wagen hielt, Ulrich Masannek stieg aus, und Franziska hatte nur einen verzweifelten Gedanken: Ich bin nicht vorbereitet.

Auch Ulrich Masannek hatte in der Nacht kaum geschlafen. Die Begegnung mit Armin Sailer hatte ihm für den Rest des Tages keine Ruhe gelassen. Wieder und wieder hatte er sich gefragt, ob er recht gehandelt hatte. War er nicht vielmehr in die Hände eines Erpressers geraten? Was sollte er tun, falls dieser Sailer eine Kopie des Tagebuchs besaß und ihn nun immer weiter erpressen würde?

Ulrich hatte sich nicht mehr auf seine Arbeit konzentrieren können. Er war frühzeitig heimgefahren, hatte seine Haushälterin fortgeschickt, sich ein Glas irischen Whisky eingegossen und das Tagebuch aufgeschlagen – mit dem Ergebnis, dass er die ganze Nacht lang kein Auge mehr zubekam. Da hielt er ihn nun endlich in Händen, den Beweis, nach dem er so lange gesucht hatte. Seine Vermutung hatte sich bestätigt, und endlich kannte er das Geheimnis um das Gestüt Brosin und auch um seine eigene Familie.

Die Frage war nur: Was sollte er nun mit seinem Wissen anfangen? Konnte er schweigen und hoffen, dass bald Gras über die Sache wachsen würde?

Nein, beschloss er. Franziska, ihr Bruder und auch ihre Mutter mussten erfahren, was sich einst zugetragen hatte. Wer wusste schon, auf was für Ideen dieser Armin Sailer noch kommen mochte.

Außerdem: So viele Jahre hatte Ulrich nach der Wahrheit gesucht. Er fand, er war es seiner eigenen Familie schuldig, die Geschichte nun zu Ende zu führen. Selbst wenn es niemanden mehr außer ihm selbst gab, der sich dafür interessierte. Er dachte an seinen Vater. Hätte Kurt Masannek sich dafür interessiert? Früher, als er noch gesund war? Ulrich glaubte fest daran. Obwohl sein Vater immer ein Mann der Tat gewesen war, einer, der nach vorn und nie zurückschaute, so hätte doch auch er wissen wollen, was aus seinem Großvater geworden war.

Und Großmutter Helene? Hätte sie es wissen wollen, wenn sie noch gelebt hätte? Nein, dachte Ulrich. Sie hatte mit der Vergangenheit abgeschlossen.

So blieb nur noch er selbst übrig.

Erst gegen Morgengrauen fiel er in einen unruhigen Schlaf, aber kaum war er am Vormittag in der Reederei eingetroffen, teilte er seiner Sekretärin mit, sie möge all seine Nachmittagstermine verschieben. Er müsse spätestens gegen Mittag geschäftlich verreisen. Freia Hansen, die sich noch nicht ganz von dem unangenehmen Besuch Armin Sailers erholt hatte, nickte ihm nur kurz zu und machte sich an die Arbeit.

Kurz nach Mittag machte sich Ulrich auf den Weg in die Lüneburger Heide. Als er auf dem Gestüt ankam und als Erstes Franziska sah, wünschte er sich nur eines: den Grund vergessen, aus dem er hier war, und sie in die Arme nehmen.

31

Franziska rammte die Absätze ihrer Reitstiefel in den sandigen Boden und verschränkte die Arme vor der Brust. Sie vermied es, ihm in die Augen zu sehen, weil sie nicht sicher war, ob sie seinem Blick standhalten würde. Ob sie nicht alle Furcht und Vorsicht vergessen und ihm einfach in die Arme laufen würde.

Maike war ihr nachgekommen. Jetzt blieb sie ebenfalls stehen und starrte den fremden Mann an. Sie schien sofort zu erkennen, dass er kein Reiter oder Züchter war, der sich Pferde ansehen wollte.

»Hol Frido«, sagte Franziska leise. »Ich brauche ihn. Er müsste schon im Haus beim Mittagessen sein.«

Maike tat, wie ihr befohlen. Schon zwei Minuten später kam sie wieder. Mit Frido, mit Bernadette, die inzwischen wieder auf den Beinen war, mit Birthe und Karen. Mehr Leute hatte sie so schnell offenbar nicht auftreiben können, aber Franziska war froh über die kleine Gruppe neben ihr. Sie fühlte sich schon ein bisschen stärker.

Das Gefühl zerrann, als Ulrich Masannek sagte: »Ich möchte bitte nur mit den Mitgliedern der Familie sprechen. Können wir irgendwohin gehen, wo wir ungestört sind?«

»Wozu?«, erkundigte sich Franziska. »Wir haben vor unseren Angestellten kein Geheimnis.«

»Ich finde«, mischte sich Bernadette mit erstaunlich fester Stimme ein, »ich finde, das ist eine sehr gute Idee. Kommen Sie, lieber Herr Masannek. Wozu hier draußen herumstehen. Gehen wir doch ins Büro. Dort können wir gemütlich sitzen, und vorher koche ich uns allen einen guten Espresso. Sie werden doch eine kleine Stärkung nicht ablehnen? Vielleicht auch ein wenig Gebäck? Oder lieber etwas Salziges?«

Franziska und Frido starrten einander sprachlos an, und auch Ulrich Masannek wirkte verwirrt. Er hatte sich offensichtlich jede mögliche Art von Begrüßung vorgestellt, aber nicht eine derart freundliche.

Wenig später saßen sie alle im Büro, jeder hatte einen Espresso vor sich, niemand rührte ihn an. Bernadette hatte beide Fenster geschlossen und sie ging auch ein paarmal zur Tür, um zu kontrollieren, ob Birthe oder Karen in der Diele standen und lauschten.

Franziska beobachtete das Treiben ihrer Mutter mit einer Mischung aus Furcht und Faszination. Bis vor einer Stunde war Bernadette noch nicht ansprechbar gewesen. Nun jedoch, da sie offenbar ahnte, dass es kein Entkommen mehr gab, nun kehrte ihr Kampfgeist zurück.

»Herr Masannek«, begann Bernadette. »Darf ich fragen, was Sie zu uns führt?«

»Das hier.« Er zog ein altes Heft aus der Tasche und legte es auf den Tisch.

Franziska spürte, wie ihr alle Farbe aus dem Gesicht wich. »Das Tagebuch«, flüsterte sie.

»Genau«, sagte Ulrich.

Bernadette starrte das Heft an. »Wie sind Sie in dessen Besitz gelangt? Es gehört meiner Familie und ist uns gestohlen worden.«

Ulrich wand sich auf seinem Stuhl, aber seine Stimme war fest. »Es ist mir verkauft worden. Von einem Mann namens Armin Sailer.«

Franziska und Frido sahen sich kurz an. Ihre Vermutung war richtig gewesen.

»Armin Sailer?«, wiederholte Bernadette verblüfft. »Wieso sollte er so etwas tun? Der Mann ist seit vielen Jahren erster Pferdewirt auf unserem Gestüt ...«

»Nicht mehr, Mama«, warf Franziska ein. »Ich habe ihn entlassen.«

»Verstehe.« Bernadette brauchte nur einen Moment, um zwei und zwei zusammenzuzählen. »Dann hat er uns neulich abends belauscht und das Tagebuch an sich genommen. Er wollte sich rächen.«

»Genau«, sagte Franziska. »Ich weiß nur nicht, wieso. Kannst du mir erklären, warum dieses Tagebuch so wertvoll ist?«

Bernadette überhörte ihre Frage und wandte sich wieder an Ulrich. »Sie sollten sich schämen, Herr Masannek«, sagte sie aufrichtig empört. »Sie hätten sich nicht mit diesem Schurken einlassen dürfen.«

Franziska bemerkte, wie Ulrich sich nervös durchs Haar fuhr. Wenigstens ist es ihm peinlich, dachte sie, fühlte sich aber kein bisschen besser.

»Frau Brosin, ich musste es tun.«

Bernadette rührte ihren Espresso um, der längst kalt war. »Und warum, wenn ich fragen darf?«

»Dieser Armin Sailer – ich halte ihn für einen gefährlichen Mann. Möglicherweise wird er sich mit diesem ersten Erfolg nicht zufriedengeben. Es wäre ihm zuzutrauen, dass er noch weitergeht. Er könnte Sie erpressen oder mich. Ich bin der Meinung, dass wir wenigstens untereinander ...«

»Armin Sailer wird gar nichts mehr tun«, unterbrach ihn Frido. »Er ist tot.«

»Was?« Ulrichs Blick wanderte hastig von einem zum anderen. Kurz schien er sich tatsächlich zu fragen, wer der Mörder war.

»Ein Unfall«, sagte Franziska. »Er war betrunken auf der

Autobahn unterwegs. Wir denken, er hat seinen Geschäftsabschluss mit Ihnen in Hamburg ein bisschen zu kräftig gefeiert. Die Polizei hat das Geld gefunden.«

Ulrich war plötzlich ganz weiß im Gesicht geworden. »Und weiß man ...«

»Nein«, sagte Frido.

»Franziska und ich hatten schon unseren Verdacht, aber wir haben Sie nicht erwähnt.«

»Danke.«

»Kommen wir doch wieder zum Kern unseres Gesprächs«, forderte Bernadette. »Ich nehme an, Sie haben das Tagebuch gelesen?«

»Ja«, gab Ulrich zu.

Franziska suchte jetzt seinen Blick, aber er wich ihr aus, starrte nur auf den Schluck dunkelbrauner Flüssigkeit in seiner Tasse.

»Und Sie, Frau Brosin? Kennen Sie den Inhalt?«

Bernadette nickte. »Bedauerlicherweise ja. Aber meine Kinder noch nicht.«

»Dann wird es Zeit, dass sie die Wahrheit hören, meinen Sie nicht auch?«

Bernadette nickte, aber dieses Nicken schien ihr viel Kraft abzuverlangen. »Es lässt sich wohl nicht mehr vermeiden.« Matt lehnte sie sich auf ihrem Stuhl zurück.

Frido sprang auf. »Mir reicht's! Entweder wir erfahren jetzt, was los ist, oder ...« Er kam nicht dazu, eine Drohung auszustoßen, denn Ulrich sagte: »Hugo Brosin war nicht Ihr Großvater.«

»Was?«, rief Frido. Er fasste sich an die Stirn. »Das glaube ich nicht. Natürlich war er unser Großvater. Hier sehen Sie, ich habe seine Nase geerbt, mit dem kleinen Buckel. Hatte mein Vater auch. Und Franziska hat die grünen Augen und den großen Mund ihrer Großmutter. Also, was soll das?« Er ließ sich zurück auf seinen Stuhl fallen, sichtlich zufrieden mit sich selbst.

Franziska sagte nichts, sie spürte nur plötzlich die Gefahr und sah ihre Mutter an. Bernadette hatte Tränen in den Augen. Um Himmels willen, dachte Franziska, was ist hier los? Nur mit Mühe konnte sie sich auf Ulrichs nächste Worte konzentrieren.

»Ich bezweifle ja gar nicht, dass Sie die Enkelkinder des Mannes sind, der auf diesem Gestüt als Hugo Brosin gelebt hat.«

»Hä?«, machte Frido. »Was soll das denn heißen?«

Franziska spürte, wie angespannt alle waren. »Sie wollen damit sagen, unser Großvater hieß nicht Hugo Brosin, sondern … wie?«

Jetzt traf sie ein Blick von Ulrich Masannek, und sie hatte Angst vor dem, was noch kommen würde.

»Ihr Großvater hieß Ernst Deicher. Er war Reitbursche auf dem ostpreußischen Gut Brosin. Zum Zeitpunkt der Flucht war er jung verheiratet, mit einem Küchenmädchen namens Martha Schmidt. Sein Sohn Herbert, also Ihr Vater, ist 1943 geboren worden. Martha starb auf dem Treck an Entkräftung. Sie war im Jahr zuvor schwer an Grippe erkrankt, und hatte sich nie ganz davon erholt.«

Die so knapp ausgesprochenen Informationen wirkten wie Hammerschläge. Franziska spürte fast wie einen körperlichen Schmerz, der ihr die Luft zum Atmen nahm. Sie erinnerte sich an den Namen Ernst Deicher. Er wurde in den Briefen erwähnt. Nie hätte sie geglaubt, es könnte ihr wahrer Großvater sein.

»Die Briefe«, sagte Bernadette. »Du hast mir doch die Kopien der Briefe gezeigt, die du bekommen hast. Weißt du nicht mehr, was darin stand?«

Franziska rang nach Luft. »Doch.« Sie erinnerte sich an die Namen, mit denen sie nichts hatte anfangen können. Helene, Beate, Kurt, Helmut, Ernst Deicher. Ganz langsam formte sich nun ein Bild in ihrem Kopf.

Während Frido verständnislos vor sich hin starrte, sagte Franziska leise: »Bitte, erzählen Sie weiter.«

Ulrich Masannek zögerte. Er schien sich in seiner Rolle nicht besonders wohlzufühlen. »Vielleicht möchten Sie das Tagebuch selbst lesen.«

»Nein. Bitte. Reden Sie.«

Sie verspürte die unsinnige Hoffnung, die Wahrheit würde leichter zu ertragen sein, wenn Ulrich Masannek sie aussprach.

Er atmete einmal tief ein und wieder aus. Franziska tat es ihm nach. Seltsam, jetzt bekam sie wieder besser Luft. Einen Augenblick lang suchte Ulrich nach den richtigen Worten, dann begann er: »Bevor ich zum eigentlichen Ereignis komme, möchte ich Ihnen erklären, wer die Personen in den Briefen sind. Ich bin selbst nur durch einen Glücksfall in deren Besitz gelangt und konnte so beginnen, Nachforschungen über meine Familie anzustellen.«

Er machte eine Pause, als erwarte er einen Kommentar. Als keiner kam, fuhr er fort: »Der ursprüngliche Name meiner Familie war Brosin. Mein Urgroßvater hieß Hugo, mein Großvater Helmut, er ist im Krieg gefallen. Meine Großmutter hieß Helene und mein Vater Kurt.«

Niemand sprach. Frido starrte weiter vor sich hin, Franziska begann, Zusammenhänge zu sehen. Als sich die Stille ausdehnte, flüsterte Franziska: »Helene hat Helmut über alles geliebt.«

»Das gehört jetzt nicht hierher«, bemerkte Bernadette.

Aber Ulrich warf Franziska einen Blick zu. Dankbarkeit lag darin und noch etwas anderes, was sie nicht zu deuten vermochte. Dann fuhr er fort. »Meine Großmutter Helene hat in zweiter Ehe einen Friedrich Masannek geheiratet, und mein Vater Kurt wurde von ihm adoptiert. Deswegen tragen weder er noch ich den alten Familiennamen.«

»Weiter«, sagte Franziska tonlos.

»Wie Sie wünschen. Kommen wir zur Flucht aus Ostpreußen. Mitten auf dem Frischen Haff erlitt mein Urgroßvater einen Herzinfarkt. Er wusste, sein Ende war nahe, und seine einzige Sorge galt den wertvollen Trakehnern. Seinen Sohn hielt er bereits für tot, seine Schwiegertochter und den Enkel Kurt hatte er ja schon im Jahr zuvor in den Westen geschickt. Nun musste die Zucht gerettet werden. Also bat er den jungen Mann zu sich, der ihm bisher treueste Dienste geleistet hatte. Einmal hatte Ernst Deicher ihm sogar schon das Leben gerettet.«

»Der Unfall mit der Kutsche«, murmelte Franziska. »Helene hat ihrem Mann davon in einem ihrer Briefe erzählt.«

»Ganz genau.«

»Als der Reitbursche nun zu seinem Gutsherrn kam, betraute ihn dieser mit einem ungeheuerlichen Auftrag. Ernst Deicher sollte die Trakehner allein in den Westen führen und sich dabei für Hugo Brosin ausgeben. Einem einfachen Reitburschen wären die Pferde von der fliehenden Wehrmacht mit Sicherheit sofort weggenommen worden. Ein Gutsherr hatte eine etwas höhere Chance, die Trakehner zu retten. Und in den Wirren der letzten Kriegstage, so hoffte mein Urgroßvater wohl, würde es niemandem auffallen, dass dieser Gutsherr noch so jung war. Im Tagebuch von Ernst Deicher sind die Worte Hugo Brosins wörtlich wiedergegeben: ›Nimm meinen Namen an und rette die Trakehner.‹ Dem jungen Mann blieb keine Wahl, als seinem Gutsherrn diesen letzten Wunsch zu erfüllen. Und es ist ihm tatsächlich gelungen, einen Teil der Pferde zu retten. Das Tagebuch endet mit der Ankunft in der Lüneburger Heide. Über alles Weitere können nur Vermutungen angestellt werden. Ich denke zum Beispiel, dass Ernst Deicher sich bessere Startchancen ausgerechnet hat, wenn er die Rolle des Gutsherrn Hugo Brosin einfach weiterspielte. Aber darüber werden wir vermutlich nie Genaues erfahren. Es gibt da allerdings noch eine Sache …« Er brach ab, als er die fassungslosen Gesichter der Geschwister sah.

Nur langsam begriff Franziska die ganze Wahrheit. Wortlos sah sie ihre Mutter an, dann ihren Bruder. Auch Frido begriff jetzt. »Warum lassen Sie uns nicht mit Ihrer verdammten Geschichte in Ruhe?«, sagte er zu Masannek.

»Frido, bitte.« Bernadette erhob sich. »Deine Wut hilft jetzt nicht.«

Alle standen jetzt auf, jeder spürte die Feindseligkeit, die im Raume war.

Franziska hatte einen bitteren Geschmack im Mund. »Wenn mein Großvater Ernst Deicher hieß, dann heißen wir auch Deicher und nicht Brosin.«

»Somit gehört auch das Gestüt gar nicht uns«, sagte Frido. »Und mehr als sechzig Jahre Schufterei von unserem Großvater, unserem Vater und von uns waren vergebens.«

»Hören Sie …«, begann Ulrich Masannek.

»Ich möchte, dass Sie gehen.« Franziska sprach ganz leise.

»Aber ich möchte …«

»Nein!«

»Franziska, ich bitte Sie. Lassen Sie uns doch in Ruhe über alles reden.«

»Ich will nicht reden. Ich will nachdenken. Gehen Sie. Jetzt! Sie hören von uns.«

Da drehte er sich tatsächlich um und verließ das Büro. Nur für den Bruchteil einer Sekunde streifte sie der Blick seiner hellblauen Augen, Franziska jedoch war nicht mehr bereit, irgendetwas darin zu deuten.

Kaum war er weg, sagte Frido: »Lasst uns reden. Der Typ will uns unsere Existenz wegnehmen. Wir müssen etwas unternehmen. Als Erstes nehmen wir uns einen Anwalt.«

»Ich bin ganz Fridos Meinung«, sagte Bernadette und war wieder die kämpferische Frau, zu der sie sich in den vergangenen Monaten entwickelt hatte. »Ich lasse mich nicht vom Gestüt vertreiben. Mehr als mein halbes Leben habe ich hier verbracht, meine Kinder sind hier geboren, mein Mann ist hier gestorben. Dies ist meine Heimat, und die wird mir ein Fremder nicht wegnehmen.«

»Wir können nichts tun«, erwiderte Franziska leise. »Letztendlich ist er im Recht.«

Damit verließ auch sie das Büro, ging in den Stall und sattelte Seline. Als sie auf der Stute die weite Heidefläche erreichte, ließ sie die Zügel locker. Schon flogen Pferd und Reiterin dahin, und der Wind trieb heiße Tränen in Franziskas Augen.

Als sie viele Stunden später heimkehrte, war Seline vollkommen erschöpft. Es wurde schon dunkel, bis Franziska die Stute, die nass geschwitzt war, abgerieben, getränkt und gefüttert hatte. Gleich darauf ging sie zu ihrem Auto und fuhr vom Hof. Franziska hatte eine Entscheidung gefällt, und es gab nur einen Mann, der ihr helfen konnte.

32

Es war bereits dunkel, als Franziska Gut Calsin erreichte. Nur in der Küche brannte Licht, und Franziska wählte den Hintereingang, um niemandem zu begegnen. Graf Olaf saß allein vor einem Teller mit kaltem Braten und Salat am Küchentisch. Nur die Köchin war bei ihm und reichte ihm gerade ofenwarmes Brot, als Franziska, ohne anzuklopfen, hereinstürmte.

»Das Schicksal eines alleinerziehenden Vaters«, sagte Graf Olaf mit einem Schmunzeln. »Irgendwann kommen die Töchter in ein Alter, in dem sie Besseres vorhaben, als mit ihrem alten Vater zu dinieren.«

Erst dann bemerkte er Franziskas Gesichtsausdruck. »Was ist passiert?« Noch bevor Franziska antworten konnte, wandte er sich an die Köchin. »Frau Hermanns, lassen Sie uns bitte einen Moment allein?«

»Nein«, sagte Franziska schnell. »Das ist nicht nötig. Bitte. Kannst du kurz mit hinauskommen? Ich muss dich um etwas bitten.«

»Sicher.« Er tupfte sich mit einer Stoffserviette den Mund ab, stand auf, viel zu langsam, fand Franziska, nickte der Köchin zu und folgte ihr nach draußen.

»Also, meine Liebe. Du siehst aus, als wärst du stundenlang durchs Gelände galoppiert. Was ist los? Ich hoffe, deiner Mutter geht es gut?«

»Den Umständen entsprechend«, sagte Franziska, holte tief Luft und sah Graf Olaf dann fest an. »Ich brauche deinen großen Transporter.«

»Den für zehn Pferde?«, fragte er zurück. »Und was sind das für Umstände?«

»Das erkläre ich dir noch«, erwiderte Franziska. »In meinen Transporter passen maximal fünf Pferde, aber ich muss mehr mitnehmen.«

Der Graf kratzte sich am Kopf. »Mitnehmen? Wohin denn? Derzeit findet doch nirgendwo ein wichtiges Turnier statt. Also, raus mit der Sprache, was hast du mit zehn Trakehnern vor?«

Auf der Fahrt hierher hatte sich Franziska den Kopf darüber zerbrochen, was sie Graf Olaf erzählen könnte. Ihr waren die verrücktesten Geschichten eingefallen, doch sie hatte sie allesamt schnell wieder verworfen. Graf Olaf war ein kluger Mann und er kannte sie seit ihrer Kindheit. Er hätte jede Lüge sofort enttarnt. Endlich begriff sie, dass sie die Wahrheit sagen musste. Nur dann würde er ihr helfen und er würde sich auch hoffentlich um ihre Mutter kümmern. Frido kam schon irgendwie allein zurecht, aber Bernadette brauchte einen guten Freund, wenn sie ihr Zuhause aufgeben musste.

»Nicht mit zehn Trakehnern«, sagte sie nun. »Mit neun. Ich werde neun Pferde mitnehmen. Allen voran Seline, dann Adonis, Titus und vier trächtige Stuten. Bei den Zweijährigen werde ich nachher noch zwei der Besten auswählen.«

»Aha. Neun Trakehner.« Graf Olaf schien gar nichts zu verstehen.

Unruhig trat Franziska von einem Fuß auf den anderen. »Mit neun Trakehnern ist mein Großvater damals in der Lüneburger Heide angekommen. So viele Tiere hatte er retten können. Und mehr werde auch ich nicht mitnehmen. Ich bin schließlich keine Diebin. Aber diese neun stehen mir zu, finde ich.«

Graf Olaf sah sie verwundert an. »Franziska, wovon, um Gottes willen, redest du?«

»Ich erzähle es dir. Aber lass uns schon mal zur Garage gehen, ja?«

Nur zögernd folgte ihr der Graf zu den Ställen, hinter denen sich die übergroße Garage für den Transporter befand.

Franziska berichtete ihm in Kurzform, was in den vergangenen Monaten vorgefallen war. Als sie zu den Ereignissen der letzten drei Tage kam, wurde sie vom Grafen unterbrochen. »Daher dein plötzliches Interesse an der Vergangenheit.«

»Wie bitte?«

»Weißt du nicht mehr? Auf unserem Reitturnier hast du mich gefragt, was ich über deinen Großvater und den Treck wüsste.«

»Ach ja.«

Seitdem war so viel passiert.

»Erzähl weiter.«

Franziska erwähnte das Tagebuch ihres Großvaters, das ihre Mutter versteckt hatte, und berichtete von Armin Sailer, der es gefunden und in Hamburg teuer verkauft hatte. Sailers Tod entlockte dem Grafen einen kurzen Ausruf des Entsetzens.

»Ich kannte den Mann«, sagte er dann. »Unter deinem Großvater hatte er gut gearbeitet, aber dich hat er nie als Chefin respektiert und das konntest du dir auf Dauer nicht gefallen lassen. Allerdings hätte ich ihm eine solche Tat nie zugetraut.«

»Ich auch nicht«, murmelte Franziska. »Ich hatte gedacht, nach so vielen Jahren würde er dem Gestüt zumindest nicht bewusst schaden wollen.«

»Und heute ist also dieser Ulrich Masannek aufgetaucht, richtig?«

»Genau«, sagte Franziska. »Und er ist der rechtmäßige Erbe. Meinem Großvater Hu… ich meine Ernst Deicher haben die Trakehner nie gehört.«

Sie hatten die Garage erreicht. Nur zögernd begann Graf Olaf, das große Tor zur Seite zu schieben. Es quietschte in den Angeln.

»Was hat Masannek eigentlich genau gesagt? Will er das Gestüt übernehmen?«

»Es war ja wohl kaum nötig, das extra auszusprechen.«

»Ich weiß nicht. Vielleicht …«

»Ich bitte dich! Der Mann hat es auf unser Gestüt abgesehen. Wozu sonst hätte er sich all die Mühe mit den Nachforschungen gemacht?«

»Aber was ist mit seinem Vater? Warum hat der sich nie darum gekümmert?«

Franziska senkte den Kopf. »Das kannst du Ulrich Masannek ja selbst fragen, wenn er dein neuer Nachbar geworden ist.«

Graf Olaf legte ihr einen Arm um die Schultern und zog sie an sich. »Willst du nicht noch einmal eine Nacht darüber schlafen. Bestimmt gibt es rechtliche Mittel und Wege …«

Kurz war Franziska versucht, sich an ihn zu lehnen. Halt zu suchen wie bei einem Vater.

»Nein!« Sie schüttelte seinen Arm ab. Sie musste jetzt stark bleiben. »Wenn ich warte, kann alles zu spät sein. Ich muss weg. Noch heute Nacht.«

»Franziska, mein liebes Kind. Das ist doch Wahnsinn. Wo willst du überhaupt hin?«

»Nach Italien. Ich werde Paolo bitten, ob ich eine Weile mit meinen Pferden bei ihm unterkommen kann. Dann sehe ich weiter. Irgendwo werde ich schon einen Ort finden, wo ich eine neue Zucht aufbauen kann.«

Graf Olaf schüttelte den Kopf. »Und für so eine waghalsige Flucht soll ich dir meinen Transporter geben. Kannst du den überhaupt fahren?«

Sie stemmte die Arme in die Hüften. »Selbstverständlich.

Vor zwei Jahren habe ich den Transporter für dich einmal zum Turnier nach Celle gefahren, als zwei deiner Männer krank waren. Schon vergessen?«

»Stimmt«, musste er zugeben. »Aber damals warst du in einer anderen Verfassung als heute.«

»Das lass nur meine Sorge sein. Mir geht es gut.«

Mit einem Seufzen ging Graf Olaf zum Schlüsselkasten an der Wand und nahm einen dicken Bund Schlüssel heraus. »Hier bitte.«

Franziska griff schnell zu, bevor er es sich noch einmal anders überlegen konnte. »Danke. Das werde ich dir nie vergessen. Sobald ich kann, bekommst du ihn ohne einen Kratzer zurück.«

»Nur keine Eile«, sagte Graf Olaf. »Versprich mir, dass du vorsichtig fährst. Willst du nicht doch Frido einweihen? Er könnte dir helfen.«

»Nein.« Sie schüttelte heftig den Kopf. »Ich fürchte, diese Art von Abenteuer ist für meinen Bruder eine Nummer zu groß.«

Sie wollte schon einsteigen, als ihr noch etwas einfiel. »Wirst du dich um Mama kümmern, wenn sie Hilfe braucht?«

»Selbstverständlich. Bernadette wird mir immer eine liebe Freundin sein, wenn sie auch zu meinem Bedauern nicht … Aber das ist jetzt nicht wichtig. Sie wird bei mir wohnen können, wenn sie das möchte.«

»Noch einmal: Danke.« Daraufhin stieg Franziska in die Fahrerkabine, startete den Motor und rollte langsam aus der Garage. Anfangs noch ein wenig unsicher, bekam sie schnell wieder ein Gefühl für den großen Transporter, und als sie auf der Landstraße in Richtung Gestüt Brosin fuhr, gewann sie endlich wieder ein wenig Zuversicht. Ich werde es schaffen, schwor sie sich. Niemand wird mich kleinkriegen.

Noch lange stand Graf Olaf draußen in der Nacht und sah dem Transporter nach, auch als die Rücklichter schon längst von der Dunkelheit verschluckt waren. Er hatte das ungute Gefühl, etwas übersehen zu haben. An einem bestimmten Punkt ihres Gesprächs hätte er genauer nachfragen müssen. Vielleicht wäre dann diese ganze verrückte Aktion nicht nötig geworden.

Aber sosehr er sich auch bemühte, er kam einfach nicht darauf, was es war.

Als er ins Haus zurückkehrte, war ihm klar, dass er in dieser Nacht keinen Schlaf finden würde. Im Grunde, dachte er, habe ich unverantwortlich gehandelt. Er musste etwas unternehmen. Sofort. Auch auf die Gefahr hin, dass er damit für immer Franziskas Freundschaft verlieren würde. Entschlossen ging er zum Telefon.

Ulrich Masannek hatte keine Erklärung dafür, warum er nach seinem Besuch auf Gut Brosin nicht sofort zurück nach Hamburg gefahren war. Er hätte wütend auf Franziska sein müssen, wütend darauf, wie man ihn behandelt hatte. Und er hätte sich nur ernsthaft überlegen müssen, wie er zu seinem rechtmäßigen Erbe kommen konnte. Aber er schaffte es nicht, Wut zu empfinden. Stattdessen sah er nur Franziskas Augen vor sich, dunkel und verzweifelt.

Er hatte mehr sagen wollen, um ihr den Schmerz zu nehmen, aber sie hatte ihn nicht weiterreden lassen. Warum also war er nicht zurück nach Hamburg gefahren? Warum war er nur bis Lüneburg gekommen und hatte sich dort in einem Hotel einquartiert?

Es lag an ihren Augen. Wie sie ihn mit ihrem Blick verzweifelt anschaute. Und es lag an seinem Herzen. Die große Liebe darin ließ ihn nicht los.

Nun stand er am Fenster, sah auf die Giebeldächer der Häuser gegenüber, sah doch nur Franziska vor sich. Zum ersten Mal in seinem Leben wusste Ulrich Masannek nicht, was er tun sollte. Bis sein Handy klingelte. Da kam plötzlich Bewegung in ihn.

Das Dröhnen eines schweren Motors ließ Frido Brosin aus leichtem Schlaf hochschrecken. Er hatte sich noch lange mit seiner Mutter beraten, und sie waren sich endlich einig geworden, dass sie ohne Franziska keine weiteren Schritte überlegen konnten.

»Sie muss sich erst einmal abreagieren«, hatte Bernadette festgestellt. »Sobald sie sich beruhigt, halten wir Familienrat.«

Gegen Abend jedoch hatte er bemerkt, dass Seline wieder im Stall stand, von Franziska aber fand er keine Spur. Er war zu Bett gegangen, nervös, und hatte sich nur von einer Seite auf die andere gewälzt.

Verdammter Masannek! Hatte der Mann die ganze Zeit also auch mit ihm ein falsches Spiel getrieben. Den tollen Job konnte er jetzt bestimmt auch vergessen. Frido schämte sich ein bisschen dafür, aber dieser Gedanke machte ihm im Moment mehr zu schaffen als das ungewisse Schicksal des Gestüts und seiner Familie. Verdammt! Er hatte sich darauf gefreut, wieder in seinem Metier zu arbeiten. Er hatte sich auf die Reisen gefreut! Was sollte nun aus ihm werden?

Das Motorengeräusch entfernte sich wieder. Es klang, als würde ein großer Lastwagen um das Stallgebäude herumgefahren. Ein Lastwagen oder ... Mit einem Satz war Frido aus dem Bett. Er war noch vollständig angezogen, als hätte er vorhin geahnt, dass er sowieso bald wieder aufstehen würde.

Im Flur kam ihm seine Mutter entgegen. Sie hielt das schnurlose Telefon in der Hand. »Graf Olaf hat angerufen. Franziska hat sich seinen großen Pferdetransporter ausgeliehen. Sie will mit neun Trakehnern nach Italien fliehen. Frido, tu etwas! Meine Tochter stürzt uns alle ins Unglück!«

Kurz fühlte sich Frido wie versteinert. Er sollte Franziska aufhalten? Eher konnte er einen durchgegangenen Hengst mit bloßer Hand stoppen.

»Frido!« Bernadette schrie ihn fast an.

»Wir brauchen Hilfe«, sagte er.

»Die Mädchen sind heute alle auf dem Dorffest, aber Graf Olaf wird in zehn Minuten hier sein.«

»Der nützt uns nichts.« Frido löste sich aus seiner Starre. »Ulrich Masannek muss her. Er hat uns das eingebrockt, nur er kann uns helfen.« Warum er sich dessen so sicher war, hätte Frido nicht zu sagen vermocht.

Bernadette starrte ihn an, als fürchte sie plötzlich um seinen Verstand.

»Mama, vertrau mir. Hier.« Er fischte sein Handy aus der Hosentasche. »Seine Nummer ist da gespeichert. Ruf ihn an. Er wird gut eine Stunde brauchen, bis er aus Hamburg hier ist, aber ich werde versuchen, Franziska so lange aufzuhalten.«

Schnell rannte er die Treppe hinunter, raus in den Hof, um den Stall herum und traf auf Franziska.

Gerade ließ sie die hydraulische Rampe herunter, ein paar Strohballen lagen bereit, um die Ständer im Transporter auszupolstern. Im Stall wieherten die Pferde aufgeregt. Sie witterten, dass etwas Außergewöhnliches vor sich ging.

»Franziska«, sagte Frido. »Tu das nicht.«

Sie schenkte ihm keinen Blick. »Irgendjemand aus unserer Familie muss etwas unternehmen. Du bist ja offensichtlich zu feige.«

Das saß. Frido fühlte sich in seinem Stolz verletzt. »Ich bin nicht feige, sondern vernünftig.«

»Klar, so vernünftig, dass du tatenlos dabei zusiehst, wie uns das Gestüt weggenommen wird.« Plötzlich schluchzte sie laut auf.

Frido war verwirrt. Dann kam ihm ein Gedanke: Ich bin nicht der Einzige, der von Masannek enttäuscht ist. Franziska auch. Franziska … Na, so was!, dachte er dann. Das gibt's doch nicht. Laut sagte er: »Du liebst ihn.«

»Was?« Franziska hatte nacheinander drei Strohballen in den Transporter geschafft, jetzt ließ sie die Arme hängen.

»Du hast mich schon verstanden. Du liebst Ulrich Masannek.«

Sie wich seinem Blick aus. »Blödsinn. Ich habe gerade eine unglückliche Liebe hinter mir. Das reicht mir. Außerdem kenne ich den Mann kaum.«

»Das sind gute Gründe«, stellte Frido fest. »Aber sie nützen dir nichts.«

»Ach, lass mich in Ruhe.« Sie begann, das Stroh zu verteilen, und sprang dann vom Transporter, um das erste Pferde zu holen.

»Frido, entweder hilfst du mir oder du gehst mir aus dem Weg.«

»Franziska, du darfst das nicht tun. Ich werde …«

Sie baute sich vor ihm auf, kampflustig, beinahe Furcht einflößend. »Was wirst du? Mich mit Gewalt daran hindern? Versuch's nur.«

Schon war sie an ihm vorbei, ging zur Box von Titus und holte den Wallach heraus.

Wieder fühlte sich Frido wie gelähmt.

Gute Wahl, dachte er. Wenn Titus im Transporter ist, werden die anderen folgen. Der Wallach war ein Routinier und nicht aus der Ruhe zu bringen.

Hilflos sah Frido dabei zu, wie Franziska die Pferde verlud. Viel zu schnell ging das, fand er. Ulrich Masannek konnte es niemals schaffen, rechtzeitig da zu sein. Sie holte schließlich das letzte Pferd, Seline. Sogar die sonst so schreckhafte Stute war völlig ruhig und trottete auf den Transporter.

Schon ging die Rampe wieder hoch, Franziska stieg ein, ließ den Motor an, fuhr los. Fuhr einfach weg.

Frido wusste, er hatte versagt.

Graf Olaf kam mit quietschenden Reifen auf den Hof gefahren, sprang aus seinem Wagen. »Warum hast du sie nicht aufgehalten?«, rief er.

33

Ulrich drückte das Gaspedal bis zum Anschlag durch. Wie gut, dachte er. Wie gut, dass ich nicht nach Hamburg zurückgefahren bin. Noch ein paar Minuten und er würde von der Bundesstraße auf die Landstraße abbiegen, die am Gestüt vorbeiführte. Das war einerseits gut, weil er hoffentlich rechtzeitig eintreffen würde, um Franziska stoppen zu können, andererseits war es schlecht, weil er keine Ahnung hatte, wie er das anstellen sollte. Ihm war klar, dass Franziska so leicht auf keine vernünftigen Argumente hören würde.

Ulrich hieb aufs Lenkrad. »Du Idiot!«, sagte er laut. Was hatte er da bloß angerichtet! Warum war er am Mittag nicht in der Lage gewesen, alles zu sagen, was er zu sagen hatte? Warum musste die Situation so eskalieren?

Franziska entführte neun Trakehner! Unfassbar. Ganz allein wollte sie mit den Pferden bis nach Italien fahren. Bis zu – Paolo della Ravere. Zu seinem Schrecken kam nun auch noch brennende Eifersucht hinzu.

Die Strecke vor ihm war gerade, der Wagen schoss mit hoher Geschwindigkeit dahin.

Franziska wunderte sich über den regen Verkehr auf der Landstraße, bis ihr einfiel, dass an diesem Abend ein Dorffest stattgefunden hatte. Offenbar war das Fest zu Ende, und die Leute fuhren heim.

Aus den Autos heraus wurde der große Transporter mit der

Aufschrift von Gut Calsin bestaunt, einige Leute erkannten vermutlich auch Franziska hinter dem Steuer. Ein gefundenes Fressen für den Dorfklatsch, der nach dem Tod von Armin Sailer ohnehin schon blühte wie zuletzt nach Franziskas italienischem Abenteuer. Ihr war es egal. Sollten doch alle denken, was sie wollten. Hauptsache, sie kam zügig voran. Endlich war die Straße frei. Wenige Minuten später bog Franziska auf die Bundesstraße ein. Sie fuhr langsam, immer darauf gefasst, dass plötzlich ein Rudel Rehe oder eine Rotte Wildschweine aus den dichten Wäldern rechts und links der Straße sprangen. Der Wildwechsel war hier sehr stark, und es kam regelmäßig zu Unfällen. An eine Vollbremsung mit dem großen Transporter war nicht zu denken. Obwohl die Pferde eng und sicher in ihren Ständern untergebracht waren, konnten sie sich dennoch schwere Verletzungen zuziehen.

Also beschleunigte Franziska auch auf gerader Strecke nur auf vierzig Stundenkilometer, obwohl alles in ihr danach schrie, so schnell wie möglich fortzukommen. Bevor doch noch jemand eingreifen und sie zurückhalten konnte.

Wenn sie erst die Autobahn erreicht hätte, dann könnte sie ein bisschen schneller fahren.

Vor einer lang gezogenen Linkskurve bremste Ulrich vorsichtig ab. Wenn er jetzt einen Unfall baute, war niemandem damit geholfen. Gleich darauf näherte er sich der Kreuzung, auf der er die Bundesstraße verlassen musste. Er setzte den Blinker, obwohl weit und breit kein anderes Fahrzeug zu sehen war, bog nach links ab, schaute einmal kurz nach rechts – und sah gerade noch die Rücklichter eines großen Fahrzeugs in der Ferne verschwinden.

Das ist sie!, schoss es ihm durch den Kopf. Warum er so sicher war, hätte er nicht zu sagen vermocht.

Er riss das Lenkrad nach rechts und raste hinterher.

Franziska sah in den Rückspiegel. Da kam ein Auto herangeschossen!

Frido? Graf Olaf? Hatte er sie verraten?

Mach dich nicht verrückt, sagte sie zu sich selbst. Das kann sonst wer sein. Vermutlich saßen in dem Auto nur ein paar Jugendliche, die vom Discobesuch in Lüneburg heimkehrten.

Jetzt wurde sie von dem Auto überholt und sie erkannte es im Bruchteil einer Sekunde.

O nein!, dachte Franziska entsetzt. Nicht er! Nicht Masannek!

Unwillkürlich ging sie vom Gas. Sie nahm an, er würde sich mit seinem Auto jetzt vor den Transporter setzen und sie langsam ausbremsen.

Doch er tat nichts dergleichen.

Franziska riss vor Schreck die Augen auf, als sie sah, wie Ulrich noch zweihundert Meter weiterraste, dann plötzlich bremste und auf die linke Fahrbahn überwechselte. Dort ließ er den Wagen stehen, stieg aus, stellte sich auf ihre Straßenseite und blieb dort.

Ganz ruhig stand er da, während der Transporter auf ihn zurollte. Sie hatte keine Zeit zum Überlegen, sie musste abbremsen, ganz langsam, und sie betete zu Gott, sie möge den Transporter rechtzeitig zum Stehen bringen. Ausweichen konnte sie nicht. Links stand sein Auto, rechts befand sich ein tiefer Straßengraben.

Ulrich, das wusste Franziska, würde sich keinen Millimeter von der Straße rühren.

»Du Wahnsinniger!«, rief sie laut. »Weißt du denn nicht, dass ich mit den Pferden hintendrauf keine Vollbremsung machen kann?«

Nein, gab sie sich selbst die Antwort. Woher sollte er es auch wissen? Er hatte ja von Pferden keine Ahnung.

Schweiß lief ihr über die Stirn, während ihr rechter Fuß so sanft wie möglich das Bremspedal bearbeitete. Hinter ihr hörte sie lautes Wiehern und Hufescharren. Die Pferde spürten, dass etwas Ungewöhnliches vor sich ging. »Nur die Ruhe, da hinten«, murmelte Franziska, während die Gestalt vor ihr auf der Straße erschreckend schnell größer und größer wurde.

O nein! Jetzt kam er auch noch auf sie zu. Merkte er denn nicht, dass es auf jeden Millimeter Bremsweg ankam? Franziska fuchtelte wild mit der rechten Hand, aber er schien es nicht zu sehen.

Ulrich setzte noch einen Fuß vor den anderen. Würde sie es drauf ankommen lassen und ihn umfahren? Er war auf alles gefasst. Aber es war ihm plötzlich egal. Ein Leben ohne Franziska war für ihn nicht mehr lebenswert.

Langsam, unendlich langsam reduzierte sich die Geschwindigkeit des Transporters. Die Pferde standen still, Gott sei Dank. Ulrich war jetzt noch vierzig, noch dreißig, noch zwanzig Meter entfernt. Auf den letzten Metern rollte der Transporter aus und kam zum Stehen. Franziska zog die Handbremse an, sprang wütend auf die Straße und schrie Ulrich an. »Was hast du dir denn dabei gedacht! Ich hätte dich totfahren können!« Kaum wurde ihr bewusst, dass sie ihn duzte.

»Nein, du hättest gebremst.«

»Verdammter Idiot!« Sie ging auf ihn los, bearbeitete ihn mit Fäusten. Er wehrte sich kaum.

»Einen voll beladenen Pferdetransporter kann man nicht nach Belieben bremsen. Das hier hätte in einer Katastrophe enden können, für uns beide und die Pferde.«

Alle Farbe wich aus seinem Gesicht. »Das habe ich nicht gewusst.«

Sie hörte auf, ihn zu schlagen. »Idiot«, sagte sie wieder.

»Ich liebe dich«, antwortete er.

»Was?«

»Ich liebe dich.« Plötzlich lag sie in seinen Armen, die eben noch ausgestandene Angst ließ sie immer noch zittern. Ulrich hielt sie fest, und so standen sie einen kurzen Moment schweigend in dunkler Nacht, bis das Wiehern der Pferde sie zusammenzucken ließ.

»Wir müssen hier weg«, sagte sie. »Wenn jetzt ein anderes Auto kommt …«

»Ja.« Er fuhr zunächst seinen Wagen an den Straßenrand, sodass eine Fahrbahn frei wurde. Dann kam er zu ihr zurück.

»Ulrich«, sagte Franziska. »Ich will keine Pferde stehlen, aber gerechterweise stehen mir neun Trakehner zu.«

»Lass uns darüber reden, wenn wir wieder auf dem Gestüt sind. Wo kannst du wenden?« Es war nicht die Antwort, die sie erhofft hatte, und wieder zweifelte sie.

»Zwei Kilometer weiter vorn kommt ein großer Kreisverkehr«, sagte sie tonlos.

»In Ordnung. Ich fahre vorneweg.«

Als sie eine halbe Stunde später hintereinander in die Auffahrt zum Gestüt einbogen, kamen ihnen Bernadette, Frido und Graf Olaf entgegengelaufen.

Alle wirkten unendlich erleichtert, Graf Olaf allerdings mochte Franziska nicht in die Augen sehen.

Die Pferde hatten den kleinen Ausflug unbeschadet überstanden und wurden zurück in den Stall gebracht. Kurz darauf versammelten sich die fünf Menschen in der großen Bauernküche.

Der Moment der Wahrheit war gekommen.

»Vielleicht sollte ich lieber gehen«, sagte Graf Olaf. »Ich gehöre nicht zur Familie.«

»Du bleibst«, entschied Bernadette. »Du bist einer unser ältesten Freunde, und vielleicht können wir deinen Rat brauchen.« Dann wandte sie sich an die anderen. »Ich könnte einen Espresso kochen, aber ich glaube, ein ordentlicher Schnaps ist jetzt die bessere Wahl.«

Bevor jemand protestieren konnte, holte sie eine Flasche aus der Anrichte und goss fünf kleine Schnapsgläser voll.

Niemand jedoch rührte sein Glas an. Alle Blicke lagen jetzt auf Ulrich Masannek.

Franziska beobachtete ihn genau. Ausgerechnet unseren größten Feind muss ich lieben, dachte sie bitter. Ihr Großvater hatte ihr oft erzählt, wie schwer es die Flüchtlinge nach dem Krieg hier im Westen gehabt hatten. Nur wenige der Einheimischen hatten ihnen geholfen. Und auch die edlen Trakehner wurden mit Geringschätzung behandelt. Waren die herrlichen Tiere nach den monatelangen Strapazen der Flucht doch bis auf die Knochen abgemagert, ihr einst so glänzendes Fell war stumpf, das Feuer in ihren Augen erloschen. Franziskas Großvater und andere Trakehnerzüchter hatten viele Jahre hart kämpfen müssen, bis sich diese Pferderasse in Westdeutschland ihren Platz erobert hatte. Nun jedoch sollten der Kampf und die viele Arbeit mit einem Schlag vergebens gewesen sein.

Tränen stiegen ihr in die Augen, Tränen der Wut. Franziska merkte, dass Ulrich ihren Blick suchte, aber sie senkte schnell die Lider.

»Ich glaube, ich muss ein Missverständnis aufklären«, hörte sie ihn sagen.

Ruckartig hob sie den Kopf. »Was für ein Missverständnis? Hier ist doch wohl alles klar.«

»Franziska«, mahnte ihre Mutter. »Vielleicht sollten wir den Herrn Masannek einmal ausreden lassen.«

Ulrich nickte. »Das wäre hilfreich.« Er machte eine kurze Pause, suchte wohl nach den richtigen Worten und sagte schließlich nur: »Ich habe nicht die Absicht, Ihnen das Gestüt wegzunehmen.«

Vollkommene Stille trat ein. Nur das schnelle Atmen der Anwesenden war zu hören.

Es war Graf Olaf, der als Erster wieder sprach. »Das war es. Das habe ich übersehen.«

Franziska sah ihn fragend an. »Was meinst du damit? Was hast du übersehen?«

»Als du mich um den Transporter gebeten hast, habe ich dich gefragt, ob du sicher bist, dass Herr Masannek das Gestüt übernehmen will. Und du hast geantwortet, es wäre nicht nötig gewesen, dies extra auszusprechen. An diesem Punkt hätte ich gleich nachhaken sollen. Es hat mir keine Ruhe gelassen.«

»Sie haben ganz recht«, sagte Ulrich zum Grafen Olaf. »Bedauerlicherweise bin ich heute Mittag nicht dazu gekommen, alles zu sagen, was ich zu sagen hatte.«

Franziska spürte, wie ihr eine feine Röte ins Gesicht stieg. »Deine Absichten waren ja wohl klar.«

»Wirklich? Warum?«

In ihrem Kopf herrschte plötzlich ein schreckliches Chaos. Sie brachte kein Wort mehr hervor. Dafür sprach jetzt ihre Mutter.

»Mein lieber Herr Masannek. Ich bedaure, dass meine Tochter Sie heute Mittag aus dem Haus verwiesen hat, aber wir waren alle ein wenig durcheinander, wie Sie vielleicht verstehen können. Wären Sie wohl so freundlich, uns jetzt darüber aufzuklären, was Sie von uns wollen?«

»Aber gern. Eigentlich will ich – nichts.«

»Hä?«, machte Frido.

»Hört, hört«, murmelte Graf Olaf.

»Was soll das heißen?«, fragte Franziska scharf.

»Nun, eine ausführliche Erklärung würde jetzt zu weit führen, deshalb versuche ich es mit der Kurzform. Ich habe mich schon als kleiner Junge für die Vergangenheit meiner Familie interessiert. Und aufgrund verschiedener Umstände ist dieses Interesse nie erlahmt. Die Wahrheit ist, dass ich meine Familiengeschichte wiederfinden wollte, nicht mehr und nicht weniger. Zumindest war das am Anfang so.«

»Wieso am Anfang?« Franziska begegnete jetzt dem Blick seiner hellen Augen und sie glaubte plötzlich, den Himmel Ostpreußens darin sehen zu können. »Was hat sich denn jetzt geändert?«

Nun war es an Ulrich, rot zu werden. Franziska fand, das sah kein bisschen männlich, aber dafür liebenswert aus.

Ulrich überging ihre Frage und erzählte von den Briefen seiner Großmutter Helene.

»Ja«, sagte Franziska. »Ich habe sie gelesen und ich habe mich gefragt, was aus diesen Menschen geworden ist.«

»So ging es mir auch, zumal es sich um meine eigene Familie handelte.«

»Das verstehe ich.«

»Wirklich?«

»Sicher.«

Ein winziges Lächeln huschte über Ulrichs Gesicht. »Danke. Ich habe gehofft, dass du so empfinden würdest.«

»Kann ich vielleicht auch mal was fragen?«, mischte sich Frido ein.

»Nein«, sagte Bernadette. »Du hältst den Mund.«

»Lassen Sie ihn nur, Frau Brosin.«

»Brosin«, wiederholte Bernadette. »Offenbar heißen wir gar nicht so, sondern Deicher.«

»Doch«, verkündete Graf Olaf. »Bevor ich vorhin hergekommen bin, habe ich einen Freund von mir angerufen, der in der Gemeindeverwaltung arbeitet. Er hat für mich das Melderegister durchsucht. Ist ja zum Glück alles digitalisiert, und er brauchte nur in seinem Computer nachzusehen.«

Franziska, Frido und Bernadette hingen plötzlich an seinen Lippen. Einzig Ulrich löste seinen Blick nicht von Franziska. Sie spürte ihn wie eine Liebkosung.

»Also«, fuhr Graf Olaf fort. »Am 17. Mai 1945 hat ein gewisser Hugo Brosin für sich selbst und seinen Sohn Herbert den Wohnsitz in der Gemeinde angemeldet. Die entsprechenden Papiere hat er dann später bekommen. So etwas war ja damals nichts Ungewöhnliches. Unzählige Menschen haben auf der Flucht ihre Ausweise verloren. Falls überhaupt jemand der Sache nachgegangen sein sollte, was ich angesichts der katastrophalen Lage der Nachkriegszeit bezweifle, dann wird derjenige nur herausgefunden haben, dass es tatsächlich eine Familie Brosin und ein gleichnamiges Trakehnergestüt nahe dem ostpreußischen Ort Gumbinnen gegeben hatte und dass der Gutsherr Hugo Brosin mit einigen Pferden geflüchtet war. Der Name Brosin ist für Franziska, Frido und Bernadette also legal, während in Ihrer Familie, lieber Herr Masannek, wenn ich es recht verstehe, durch eine spätere Heirat Ihrer Großmutter Helene der Name verlorenging.«

»So ist es«, bestätigte Ulrich. »Es würde mir auch nie in den Sinn kommen, Ihnen Ihren Namen streitig zu machen.« Dabei sah er zunächst Bernadette, dann Frido und schließlich Franziska an. Erneut blieb sein Blick auf ihr ruhen.

»Kann ich nun was fragen?«, meldete sich wieder Frido.

»Gleich«, sagte Franziska. »Erst will ich noch etwas wissen. Es geht um die Suchkarte des Deutschen Roten Kreuzes, auf der mein Großvater 1952 nach Mitgliedern der Familie Brosin forschen ließ. Wie erklärst du dir das?«

Ulrich nickte, als habe er die Frage erwartet. »Ich denke es mir so: Nach den ersten harten Jahren plagte deinen Großvater immer stärker das schlechte Gewissen. Zwar hatte er auf ausdrücklichen Wunsch des wahren Hugo Brosin gehandelt, dennoch glaubte er wohl, die Mitglieder der Familie ausfindig machen zu müssen. Er war ganz gewiss ein anständiger junger Mann. Er kannte schließlich Helene Brosin und wusste, dass sie schon 1944 mit ihrem kleinen Sohn in den Westen geschickt worden war. Nur ahnte er nicht, wohin. Deswegen wandte er sich wie Millionen anderer entwurzelter Menschen an das DRK.«

Auf einmal erinnerte sich Franziska an den Moment, als ihr Großvater gestorben war. Er hatte ihr unbedingt noch etwas mitteilen wollen, aber ihm hatte die Kraft gefehlt. Sie erinnerte sich auch an ihren Eindruck, er wolle sie um Verzeihung bitten. Damals hatte sie sich nicht erklären können, wofür. Jetzt schon. Aber es gibt nichts zu verzeihen, dachte sie. Du hast nichts falsch gemacht, Großvater.

Laut sagte sie: »Helene hat sich nicht auf die Karte gemeldet. Sie hat einfach behauptet, es liege eine rein zufällige Namensgleichheit vor. So stand es in dem letzten Brief, den du mir geschickt hast.«

»Genau«, sagte Ulrich. »Diese halbe Briefseite habe ich übrigens selbst erst vor Kurzem von einer Verwandten bekommen. Helene wollte mit der Vergangenheit abschließen und ein neues Leben beginnen. Meiner Meinung nach hat sie damals den Anspruch unserer Familie an die geretteten Trakehner verwirkt.«

Franziska schwieg. So viel Einsicht hätte sie Ulrich nicht zugetraut. Sie selbst war bereits zu derselben Meinung gekommen, aber es erleichterte sie, die Worte aus seinem Mund zu hören. »Und dein Vater?«, fragte sie dann. »Kurt? Hat er sich nie für die Familiengeschichte interessiert?«

Ulrich verneinte. »Für ihn zählte immer nur die Zukunft, seine Karriere als Reeder, obwohl er einmal, in einem Anflug von Sentimentalität, ein paar Schiffe nach berühmten Hengsten benannt hat.«

Ein Schmerz zog über sein Gesicht, den Franziska nicht zu deuten wusste. »Lebt er noch?«

»Ja. In einem Pflegeheim. Er hat Alzheimer.«

»Das tut mir leid.« Sie wollte ihre Hand auf seine legen, traute sich jedoch nicht.

»Eines verstehe ich immer noch nicht«, sagte Bernadette. »Warum diese ganze Geheimnistuerei? Die anonymen Briefe, das Aushorchen meines Sohnes, und wer weiß was sonst noch? Warum sind Sie nicht einfach mal zu Besuch gekommen, haben sich vorgestellt, die Beweise auf den Tisch gelegt und mit uns geredet?«

»Gute Frage, Bernadette«, lobte Graf Olaf.

Franziska, die sah, wie Ulrich um Worte verlegen war, antwortete an seiner Stelle. »Er wusste es ja nicht. Er konnte sich nicht sicher sein, ob es sich bei unseren Trakehnern tatsächlich um die Nachkommen jener Pferde handelt, die einst seinem Urgroßvater gehörten. Erst als er das Tagebuch las, hatte er einen Beweis.«

»So ist das«, murmelte Bernadette.

»Ich möchte immer noch etwas fragen«, warf Frido ein.

Als ihn niemand vom Sprechen abhielt, blickte er sich erstaunt in der Runde um, dann wandte er sich schnell an Ulrich. »Was ist mit meinem Job? War das nur eine Finte oder kann ich immer noch in der Reederei anfangen?«

Franziska stieß ein Seufzen aus. »Hast du die ganz Zeit nur daran gedacht?«

»Natürlich nicht. Aber es geht hier auch um meine Zukunft.«

»Egoist.«

»Streitet euch nicht, Kinder. Freut euch lieber, dass wir unser Zuhause und unsere Existenz behalten dürfen. Dem lieben Herrn Masannek sei Dank.«

Ulrich war so viel Lob offenbar peinlich, denn er sagte schnell zu Frido: »Natürlich bleibt es dabei. Einen erfahrenen Mann wie Sie können wir für unser neues Kreuzfahrtprogramm gut gebrauchen.«

»Darauf trinke ich!«, rief Frido und hob sein Glas. Alle standen auf und stießen miteinander an.

Franziska spürte, wie der Schnaps ihr Innerstes wärmte. Oder lag es an Ulrich, der auf einmal so dicht neben ihr stand?

Sie musste an Paolo denken, an die heftigen Gefühle, die sie für ihn empfunden hatte. Dies hier, das spürte sie, war etwas anderes. Ruhiger, beständiger. Dies war die Liebe.

Nachdem Bernadette noch einmal nachgeschenkt hatte, stieß schon wieder Frido einen Trinkspruch aus: »Auf Franziska und Ulrich!«

Bernadette stieß ihren Sohn in die Seite. »Was sagst du da?«

»Mama, hast du keine Augen im Kopf? Vor dir steht das neue Traumpaar.«

Franziska und Ulrich wurden nun gleichzeitig rot, während Frido, Bernadette und Olaf fassungslose Blicke tauschten.

Darauf trank Bernadette ihren Schnaps in einem Zug aus. »Na, so was«, sagte sie. »Na, so was.«

»Und stell dir vor, Mama. Die Kinder der beiden, also deine zukünftigen Enkel, werden dann die wahren Erben des Gestüts sein. Sagen Sie mal, Chef, Sie könnten doch bei der Hochzeit den Namen Brosin annehmen. Dann wäre alles wieder in Ordnung. Und … wo sind sie denn hin?«

»Geflüchtet«, sagte Bernadette. »Vor dir.«

Franziska und Ulrich hielten sich an den Händen, als sie nach draußen huschten. Die Septembernacht war noch warm, und oben am Himmel leuchteten die Sterne in sanftem Licht.

Ulrich zog Franziska an sich, und sie schmiegte sich in seine Arme. »Ich liebe dich.« Sie flüsterte nur, aber noch nie im Leben war sie sich einer Sache so sicher gewesen. »Ich liebe dich, Ulrich.«

Dann gingen sie zum Stall hinüber, und Franziska stellte ihm jedes einzelne Pferd mit Namen vor. Abendsonne, Adonis, Titus, Admiral, Salut und all die anderen. Ganz zuletzt gingen sie zu Selines Box. »Und dich darf ich auch behalten«, sagte Franziska. Die junge Stute reckte ihren Kopf und ließ sich hinter den Ohren kraulen. Nach einigem Zögern strich auch Ulrich ihr vorsichtig übers Fell. »Ein schönes Pferd. Leider verstehe ich nicht viel davon.«

»Keine Sorge«, erwiderte Franziska lachend. »Das werden wir ändern.«

Leseprobe aus dem Roman von Christa Canetta *Schottische Stürme*

1

Das Aprilwetter ließ keine Frühlingsgefühle aufkommen. Hagelschauer, Regengüsse, leichtes Schneetreiben und zwischendurch verlockende Sonnenstrahlen vermittelten den Eindruck, die Natur wisse nicht, was sie wolle. Dabei hatten Schneeglöckchen und Märzenbecher, Krokusse und Minihyazinthen die Vorgärten der alten Patrizierhäuser von Harvestehude längst mit einem bunten Blütenteppich übersät.

Anne schaute durch das regennasse Fenster nach draußen und träumte einen Augenblick lang von Sonne und Sommer, von bunten Kleidern und luftigen Sandalen. Dabei trug sie noch die schwarze Kleidung der Trauer und sie fror, denn sie hatte die Heizung bereits abgedreht und den elektrischen Wärmestrahler längst verpackt. In der Wohnung sah es so trostlos aus, wie es bei einem Auszug eben typisch war.

Als es klingelte, ging sie nur langsam zur Tür. Wer sollte jetzt noch kommen? Sie hatte sich abgemeldet, sie wollte auch niemanden mehr sehen.

Als sie schließlich zögernd öffnete, stand Daniel vor der Tür, der Freund, den sie seit der gemeinsamen Schulzeit kannte und auch mochte.

»Daniel, was treibt dich bei diesem Wetter auf die Straßen?«

Der gut aussehende Mann war alles andere als vergnügt, denn das Regenwasser tropfte ihm aus den Haaren in den Kragen, und die Brille war beschlagen.

»Himmel«, stöhnte er, »was für ein Wetter und kein Parkplatz in der Nähe. Und meinen Schirm habe ich natürlich auch vergessen.«

»Komm herein, Wärme kann ich dir nicht anbieten, aber wenigstens ist es hier drinnen trocken.«

Er zog den nassen Trenchcoat aus und hängte ihn über eine Stuhllehne. »Sag mal«, begann er vorwurfsvoll, »warum höre ich von Joachim, dass du Hamburg verlässt? Ich dachte, wir sind Freunde, Vertraute, und dann verheimlichst du mir das?«

»Du warst nicht da, und ich will kein Aufsehen erregen und noch bin ich ja nicht weg. Ich gebe nur die Wohnung auf.«

Anne verschnürte das letzte Paket. Daniel sah ihr kopfschüttelnd zu. »Du machst also wirklich Ernst?«

»Mir bleibt nichts anderes übrig. Morgen kommt der Umzugswagen, dann verlasse ich die Wohnung für immer.«

»Aber warum? Ich begreife das nicht. Es ist doch die Wohnung, in der du groß geworden bist. So etwas gibt man doch nicht einfach auf.«

»Daniel, ich möchte endlich frei sein, alles abschütteln, was ich in den letzten Jahren hier mitgemacht habe.«

»Aber ich dachte immer, es sei dir eine Herzensangelegenheit gewesen, deine Mutter zu pflegen und ihr das geliebte Zuhause zu erhalten.«

»Es war mir wirklich eine Herzensangelegenheit, und ich habe meine Mutter mit aller Liebe gepflegt, Daniel, aber jetzt ist sie tot und für mich allein ist diese Wohnung zu groß und zu teuer und zu aufwendig und mit zu vielen Erinnerungen belastet.«

»Und wo willst du in Zukunft wohnen, ich meine, wenn du nach Hamburg zurückkommst?«

»Ich suche mir eine kleine Zweizimmerwohnung, wo, das wird sich zeigen, wenn ich wieder hier bin.«

»Und ich habe immer gedacht, wir beide würden eines Tages zusammenziehen, zusammenleben, Anne, denkst du denn nie an diese Möglichkeit?«

»Daniel, du bist im Begriff, als Architekt nach Dubai zu gehen, was willst du mit einer Bindung an Hamburg, wenn dir die Welt offensteht.«

»Na, hör mal, ich will keine Bindung an Hamburg, ich will eine Bindung mit dir. Aber du hattest ja nie Zeit für gewisse Zweisamkeiten.«

»Ich hatte eine Mutter, die mich brauchte, hast du das vergessen?«

»Nein, natürlich nicht. Aber du hattest immer Zeit für Kurse in der Altenpflege und in der Krankenpflege. Du hast sogar ein Diplom in diesen Jahren gemacht, nur für mich war dann keine Zeit mehr da.«

»Ach Daniel, du weißt, wie schwer mir das alles gefallen ist. Erst habe ich auf mein Medizinstudium verzichtet, um meiner Mutter zu helfen, und letzten Endes auch auf einen großen Teil meiner Jugend. Ich hätte auch gern vergnügliche, wenn auch anstrengende Studienjahre erlebt, aber für mich war es selbstverständlich, nachdem Wolfgang mit seiner Frau nach Freiburg gezogen ist, hierzubleiben und mich um meine kranke Mutter zu kümmern.«

»Aber jetzt bist du frei und kannst machen, was du willst. Warum kommst du nicht mit nach Dubai? Wir könnten so ein schönes Leben haben.«

»Du weißt, dass ich mich für Ärzte ohne Grenzen entschieden habe und mit der Organisation nach Afrika gehen werde.«

»Das heißt, deine Pflegepflichten sind dir wichtiger als ich.«

»Das heißt, im Moment bin ich nur müde und ausgelaugt und lustlos. Die Beerdigung, die Auflösung aller Verpflichtungen, die Mutter und ich so hatten, Wolfgang, der sich um nichts kümmern konnte und gerade mal nur für einen Tag nach Hamburg kam, und nun die Wohnungsauflösung, ich bin eigentlich fix und fertig.«

»Und warum gönnst du dir nicht wenigstens ein paar Tage Ferien? Machst irgendwo Urlaub, und wenn du willst, sogar in Dubai?«

»In einem Land, in dem du dir erst einmal ein Zuhause suchen und einrichten musst? In dem du erst einmal einen eigenen Anfang finden musst? Nein, Daniel, es ist nett, dass du mich mitnehmen willst, aber ich brauche jetzt erst einmal Luft zum Atmen. Ich habe ein kleines Hotelzimmer am Mittelweg gemietet und werde jeden Morgen einmal um die Außen-Alster joggen, und wenn ich dann wieder Luft zum Atmen habe, geht's ab nach Afrika. Ich warte nur noch auf den endgültigen Bescheid.«

»Na ja, irgendwo hast du ja auch recht.« Daniel sah die verschnürten und etikettierten Pakete an. »Müssen die zur Post?«

»Ja, ich bringe sie gleich zum Postamt in die City Nord.«

»Ich kann dich fahren, ich habe den Wagen hinten auf der Straße stehen.«

»Das wäre wunderbar. Ich hätte mir ein Taxi rufen müssen.«

»Wohin gehen die Pakete?«

»Nach Freiburg. Wolfgang hat sich nach Mutters Beerdigung ein paar Sachen von den Eltern herausgesucht, die er gern haben wollte. Bücher, Fotoalben - ein paar Erinnerungen eben, und ich habe versprochen, sie ihm zu schicken. Nun hat es wirklich bis zum letzten Augenblick gedauert.«

»Und du, hast du schon gepackt?«

»Ja, natürlich, meine Sachen sind im Hotel.«

»Und was wird mit der ganzen Einrichtung?«

»Meine eigenen Sachen kommen in ein Lager, bis ich sie eines Tages brauche, und der Rest kommt in ein Möbeldepot, wo ab und zu Versteigerungen stattfinden. Mit dem Erlös wird dann alles Restliche bezahlt.«

»Du hast ja wirklich an alles gedacht.«

Anne lächelte. »Das habe ich in den vergangenen Jahren gelernt – neben der Alten- und Krankenpflege.«

Daniel sah sich um. »Einen heißen Tee oder Kaffee hast du wohl nicht für mich?«

Anne schüttelte den Kopf. »Tut mir leid, aber ich habe nicht mehr mit einem Besuch gerechnet, und es ist alles verpackt beziehungsweise verschenkt. Lebensmittel und solche Sachen hat die Reinemachfrau mitgenommen, als sie heute morgen hier die letzten Ecken geputzt hat.«

»Kann ich dich denn wenigstens zu einem Kaffe irgendwo einladen? Sehr warm ist es hier drin auch nicht gerade.«

»Die Heizung ist abgestellt, ich wollte die Wohnung ja gerade verlassen, als du geklingelt hast.«

»Na, dann habe ich tatsächlich Glück gehabt, dich noch zu erwischen.« Er schüttelte den Kopf. Warum war diese Frau so konsequent, so wenig ansprechbar, so unnahbar geworden? Wir hatten doch früher so viel Spaß, wir haben uns doch immer gut verstanden. Wahrscheinlich hat die Pflege der demenzkranken Mutter sie verändert, dachte er und zog seinen Mantel wieder an. Dann half er Anne in ihren Mantel und brachte die drei Pakete ins Treppenhaus. Anne verschloss die Wohnungstür, warf den Schlüssel in den Briefkasten des Hausmeisters und folgte Daniel nach draußen. Mit ihrem kleinen Taschenschirm versuchte sie dem Wetter zu trotzen und sich und den Freund zu schützen, aber bereits an der ersten Ecke knickte der Schirm vom Wind ein, und Anne steckte ihn in den nächsten Abfalleimer. Nachdem die Pakete auf der Post abgeliefert waren, bat Daniel: »Und nun? Ein letzter Kaffee, Anne, oder ein heißer Tee?«

Anne zögerte einen Augenblick. Eigentlich wäre sie am liebsten ins Hotel gefahren und hätte sich in ihrem Bett verkrochen. Sie wollte nichts mehr sehen und hören und reden wollte sie schon gar nicht. Sie wusste aber auch, dass sie den Freund nicht so vor den Kopf stoßen konnte. Er hat ja recht, mir Vorwürfe zu machen, dachte sie müde, denn ich habe mich in der letzten Zeit in keiner Weise um meine Beziehungen gekümmert, und eigentlich hat er eine solche Haltung nicht verdient. Er war immer liebevoll und auch ein richtig guter Freund – bis wir mehr oder weniger getrennte Wege gingen. Er machte seine Ausbildung und lernte andere Frauen kennen, und ich hatte keine Lust mehr auf irgendwelche Beziehungen, ich hatte einfach keine Zeit und keine Kraft dafür. Sie sah ihn an und nickte. »Ja, ein heißer Kaffee wäre genau richtig.«

»Dann fahren wir zum Hafen. Der Überseeclub ist genau der richtige Ort, um von Hamburg Abschied zu nehmen.«

»Aber noch bin ich ja nicht weg«, entgegnete Anne.

»Aber ich. Meine Maschine geht morgen früh, ich sagte ja schon, ich habe dich sozusagen im letzten Augenblick erwischt.«

»Den letzten Augenblick habe ich auf mich bezogen.«

»Was deinen Auszug aus der Wohnung betrifft, ja, aber was die Abreise aus Hamburg angeht, betrifft er mich.«

Sie fuhren quer durch die Stadt von der City-Nord zur Hafen-City im Süden. Per Handy bestellte Daniel einen Tisch im Club. Die Rushhour war vorbei, die Straßen wurden leerer, und sie kamen schnell ans Ziel.

Wie immer verzauberten Hunderte von Lichtern den Hafen in eine bunte Märchenwelt. Von Kränen und Werften und Arbeitern war jetzt nichts mehr zu sehen, dafür spiegelten sich Scheinwerfer und Laternen, Laserstrahler und Reklamelichter in den buntesten Farben im Wasser. Es war ein atemberaubender Blick vom Überseeclub aus, und Anne genoss die Farbenpracht in vollen Zügen, denn noch immer schlug der Regen gegen die Fensterscheiben, und die Tropfen verwandelten die Lichter in funkelnde Diamanten.

Der Oberkellner führte sie zu einem Tisch am Fenster. Es war früh am Abend, und die Gäste kamen erst später zum Essen. Daniel sah Anne fragend an. »Einen Tee, einen Kaffee oder lieber gleich einen Drink und dann ein letztes Hamburger Hafenmenue?«

Anne lächelte den Kellner entschuldigend an. »Ich hätte gern einen heißen Tee mit Rum, wenn das möglich ist.«

»Aber selbstverständlich. Und der Herr?«

»Ich schließe mich an und dann hätten wir gern die Speisekarten.« Er sah Anne fragend an. »Du hast doch nichts gegen ein Abschiedsessen?«

»Wenn du das so siehst, dann nicht.«

»Wer weiß, wann wir wieder einmal hier zusammensitzen können. Uns trennen demnächst Welten, um das ganz klar auszudrücken.«

»Welten, die wir uns selbst ausgewählt haben, nicht wahr?« Anne streichelte die Hand des Mannes, der etwas traurig neben ihr saß. »Wir werden in Verbindung bleiben, Daniel, wir schreiben uns, und Telefone gibt es auch.«

»Versprichst du mir, wirklich ab und zu an mich zu denken?«

»Aber natürlich, und denk daran, für ein Flugzeug ist die Welt recht klein geworden.«

Daniel seufzte, dann sah er hinüber zum Zeitungsstand, an

dem täglich die neuesten Zeitungen hingen. »Warte mal, ich glaube, in der Überseezeitung vom Wochenende ist ein Bericht über Dubai, sie haben mich neulich um ein Interview gebeten und Fotos von den Brückenplanungen hatten sie auch schon.«

Er stand auf und holte die Zeitung, und während der Kellner den Tee servierte, blätterte er aufgeregt die Seiten um. »Hier, siehst du«, er hielt Anne das Blatt hin, »das wird mein Arbeitsfeld.«

Auf den bunten Fotos waren aufgeworfene Sandberge, ein paar Kräne und viel Meer zu sehen. »Da entstehen ganze Stadtteile mitten im Wasser, und ich baue die Brücken dafür«, erklärte er stolz, denn er sah, wie beeindruckt die Freundin war.

»Ich gratuliere. Und wie bist du zu dem Auftrag gekommen?«

»Hier, in dieser Zeitung habe ich einen Aufruf zu einem Architektenwettbewerb gefunden. Das ist jetzt ungefähr ein Jahr her. Na, und weil ich mich schon lange für die modernen arabischen Zukunftsvisionen interessierte, habe ich mitgemacht.«

»Und gewonnen. Bravo.«

»Na ja, nicht allein, wir waren vier Architekten, die in die engere Wahl gekommen sind. Zu zweit haben wir dann die Verträge bekommen.«

»Ich gratuliere, Daniel, und ich freue mich für dich. Es muss wunderbar sein, einen so interessanten Beruf zu haben, der zugleich auch noch ein Hobby ist. Ich erinnere mich, du hattest schon immer einen Hang zu Experimenten. Wenn ich allein an deinen Metallbaukasten denke und was du mit dem konstruiert hast, dann musstest du eines Tages ganz einfach ein Brückenbauer werden.«

Daniel lachte. »Dass du dich daran noch erinnerst, wir waren in der neunten Klasse, als ich ihn bekam.«

Der Oberkellner brachte die Speisekarten, und Daniel sah die Freundin fragend an. »Ein typisches Hamburger Abschiedsessen?«

»Und was verstehst du darunter?«

Daniel sah in die Karte. »Da wäre die Hamburger Aalsuppe für den Anfang. Was hältst du von einer Wildschweinkeule aus dem Sachsenwald als Hauptgericht?«

»Hört sich wunderbar an. Je mehr du vorschlägst, umso hungriger werde ich.«

»Hast du heute überhaupt schon etwas gegessen?«

»Nein, eigentlich nicht, die Zeit hat nicht gereicht, und der Strom für den Herd war auch schon abgestellt.«

»Hab ich mir fast gedacht. Wie wäre es mit roter Grütze und Vanillesoße zum Abschluss?«

»Das wäre großartig.«

Daniel bestellte das Essen und stand auf, um die Zeitung wieder an den Ständer zu hängen. Dabei fiel sein Blick auf die Rückseite, und er stutzte. Dann kam er zum Tisch zurück. »Du, Anne, sieh mal.«

»Ja?«

»Hier ist eine Anzeige wie für dich gemacht?«

»Eine Anzeige für mich? Du träumst.«

»Nein, wirklich, hier sucht die Horneberger Reederei Andrew W. Möller Mitarbeiterinnen und Mitarbeiter für das neue Kreuzfahrtschiff S.M. Victoria in Bremerhaven. Und da«, er zeigte mit dem Finger auf eine Zeile, »und da sucht man eine Alten- und Krankenpflegerin für die nächste Reise in die Karibik am 1. Mai.«

Anne sah unschlüssig auf die Zeitung.

»Na, was sagst du dazu? Eine Urlaubsreise mit Gehalt, wäre das nichts für dich? Du kannst dich erholen und dann kannst du immer noch nach Afrika reisen.«

»Ich weiß nicht.«

»Aber Anne, das wäre für dich eine tolle Chance, und du kommst erholt bei deinen Ärzten an und kannst voll zupacken.«

Anne sah den Freund unsicher an. »Was steht denn da über die Bedingungen?«

Daniel setzte sich wieder und studierte die Anzeige. »Na also, da heißt es, junge, gesunde Frau mit intensiver Berufserfahrung bevorzugt.«

Anne lachte. »Nein, das ganz bestimmt nicht. Und du meinst ...«

»Na klar meine ich.«

»Und wie soll das praktisch aussehen?«

»Ich bitte den Restaurantchef um eine Kopie der Seite, und morgen schreibst du die Bewerbung.«

»Deinen Optimismus möchte ich haben.«

»Ich gebe dir eine große Portion davon ab.« Daniel lachte. »Anne, mir hat die Zeitung Glück gebracht, dir wird es genauso gehen.«

Und dann kam der Kellner und servierte die Aalsuppe.

2

Zwei Wochen nach Daniels Abreise bekam Anne Post aus Bremerhaven. Die Horneberger Reederei Andrew W. Möller schrieb:

»Sehr geehrte Frau Wedel,
Ihren Brief vom 18. März mit der Bewerbung um den Posten einer Alten- und Krankenpflegerin auf der S.M. Victoria haben wir erhalten. Sie sind aufgrund Ihrer langjährigen Erfahrungen in der o.g. Angelegenheit in die engere Wahl genommen worden. Wir möchten Sie kennenlernen und bitten Sie, zu einem persönlichen Gespräch am 3. April um elf Uhr in das Büro der Reederei in Bremerhaven zu kommen. Die Reisekosten werden Ihnen erstattet.«

Es folgten die genaue Anschrift und freundliche Grüße.

Du meine Güte, das ist ja schon morgen, dachte Anne und schaute in den Spiegel der Hotelrezeption. Was ziehe ich an? Wann fahren die Züge? Wie ist das Wetter morgen?

Sie bat die Mitarbeiterin an der Rezeption: »Bitte, ich brauche meinen Zimmerschlüssel zurück. Die junge Frau, die Anne den Brief ausgehändigt und beobachtet hatte, wie sie ihn las, lächelte. »Gute oder schlechte Nachrichten?«

»Keine Ahnung. Aber morgen muss ich mit Volldampf nach Bremen. Haben Sie die Möglichkeit, im Internet die Zugverbindung herauszusuchen?«

»Selbstverständlich, und ich suche Ihnen gern einen passenden Zug heraus.«

»Das wäre sehr nett. Ich muss nach Bremerhaven und um elf Uhr dort sein.«

»Dann suche ich Ihnen eine Verbindung, mit der Sie früh genug dort ankommen, denn auch Bremerhaven ist nicht gerade eine kleine Stadt. Brauchen Sie sonst noch Hilfe?«

»Ach, ich bitte den Wettergott um Sonnenschein, damit ich nicht in Gummistiefeln reisen muss, und um einen windstillen Tag, damit meine Frisur ihre Form behält.«

Die beiden lachten. »So weit reichen meine Verbindungen leider nicht, aber in den Abendnachrichten gibt es ja immer ziemlich präzise Angaben über das Wetter.«

Anne nickte, bedankte sich für die Hilfe und ging zurück in ihr Zimmer. Dort las sie den kurzen Brief noch einmal. Meine Güte, überlegte sie aufgeregt, wenn das wirklich klappt, dann bin ich in den nächsten Wochen auf hoher See, unter wildfremden Menschen, mit einem Berg von Aufgaben, die ich vielleicht gar nicht bewältigen kann, und mit jeder Menge Verantwortung, mit der ich hoffentlich fertig werde. Himmel, ich habe nicht einmal eine Ahnung, ob ich seekrank werde. Bloß das nicht, dachte sie und schaute in den Spiegel. Eine seekranke Pflegerin ist das Letzte, was die auf einem Schiff brauchen können.

In den Kleiderschrank brauchte sie nicht zu schauen, darin gab es nicht viel Auswahl, die Pflege der Mutter hatte keine großar-tige Garderobe verlangt – und was sie in Afrika brauchte, würde sie klären, wenn die Bestätigung der Organisation käme –, aber das dunkelblaue Kostüm mit der weißen Bluse hing immer im Schrank. Sie kontrollierte die schwarzen Pumps, den Inhalt der dazu passenden Handtasche und holte sich aus dem kleinen Safe ihre Papiere, die Dokumente ihrer beiden Diplome und das Geld für die Reise. Duschen und die Haare waschen werde ich morgen früh, überlegte sie, in einer halben Stunde sind die Haare trocken geföhnt.

Dann setzte sich Anne ans Fenster und sah nach draußen. Der Regen der letzten Tage hatte etwas nachgelassen, aber die Leute hasteten noch immer mit aufgespannten Schirmen über die Straße. Sie dachte an Daniel, der sie schon zweimal angerufen und ihr von dem Sonnenschein und dem herrlichen Wetter in Dubai vorgeschwärmt hatte. Auch bei Wolfgang im Breisgau war der Frühling längst ausgebrochen. Der Bruder hatte von Tulpenbäumen, Forsythien und japanischen Kirschbäumen berichtet, die kurz vor der Blüte standen.

Und wenn ich die Stelle nicht bekomme? Dann muss ich auf die Nachricht der Organisation warten. Soviel ich gehört habe, stellten die Ärzte ohne Grenzen immer im Frühjahr die neuen Einsatzgebiete zusammen. Und wenn das auch nichts wird, dann muss ich mir hier in Hamburg Arbeit suchen, dachte sie leicht enttäuscht. Aber ich würde schon gern mal die Tapete wechseln. In den letzten vier Jahren habe ich kaum einen Blick in die Umgebung werfen können, nicht einmal bis Harburg bin ich gekommen, und wenn ich einen der Kurse besuchen wollte, brauchte ich eine Vertretung, die bei Mutter blieb. Ihre Demenzerkrankung und später dann die Magenprobleme, als sie kaum noch die Nahrung bei sich behalten konnte, forderten eine ständige Betreuung. Aber ich habe es gern gemacht. Mutter war ein Leben lang für Wolfgang und mich da – na ja, überlegte sie, bis zu dem Unglück mit Vater, als sie selbst krank wurde – da ist es doch selbstverständlich gewesen, dass ich ihr etwas von ihrer Fürsorge zurückgeben konnte.

Anne wischte eine Träne von der Wange. Die Erinnerung an den Tod der Mutter schmerzte noch immer, und die Einsamkeit, in die sie hineingezogen worden war, auch. Sie hatte Freundinnen verloren, weil sie nie Zeit für sie hatte, sie musste sich von dem Bruder trennen, als er zu seiner Frau nach Freiburg umsiedelte, und sie hatte einen Vater verloren, den sie kaum kannte und dessen Nähe sie sich oft so sehr gewünscht hätte. Als Diplomat war er viel unterwegs, hatte aber darauf bestanden, dass die Familie in Hamburg wohnte, um den Kindern eine Heimat zu geben. Und dann war sein Flugzeug kurz vor Kanada ins Meer gestürzt, als er im Auftrag der Regierung auf dem Weg nach Montreal war. Sie konnten ihn nicht einmal in Hamburg beerdigen, weil die Maschine nicht zu orten war. Das war jetzt zehn Jahre her, und mit dem Tod des Vaters fing die Krankheit der Mutter an. Ich konnte gerade noch mein Abi machen, dachte Anne, aber an ein Medizinstudium war nicht mehr zu denken. Mutter brauchte mich. Sie wischte noch eine Träne fort.

Draußen war es dunkel geworden. Anne ging noch einmal zur Rezeption, ließ sich die Abfahrtszeiten und die Verbindungen geben und bedankte sich mit einer kleinen Schachtel Pralinen. Die Dame an der Rezeption, die jetzt den Abenddienst übernommen hatte, freute sich. »Ich werde die Pralinen mit Marga teilen, wenn sie mich morgen früh ablöst. Und Sie wollen morgen verreisen?«

»Na ja, eine Reise ist es eigentlich nicht, nur ein Tagesausflug.«

»Etwas Berufliches?«

Anne hob die Schultern. »Ich weiß es noch nicht. Es wird sich morgen entscheiden.«

»Dann verlassen Sie uns?«

»Wenn es klappt, ja.«

»Und? Soll ich die Daumen drücken, damit es klappt?«

Anne lachte. »Ich weiß nicht, ich muss mir das alles anhören, und dann hängt es auch ein bisschen von mir ab, ob ich will oder nicht.«

»Darf man fragen …?«

»Nein, lieber nicht, es ist mir noch alles viel zu ungewiss.«

»Na schön, die Daumen drücke ich Ihnen auf jeden Fall.«

Andere Gäste betraten die Rezeption, und Anne verabschiedete sich schnell. Freundlichkeit war ja sehr schön, aber Neugier war ein bisschen zu viel!

Sie ging früh zu Bett, stellte den Wecker auf sechs Uhr und bat um den Weckdienst des Hotels. Sicher ist sicher, dachte sie und lag dann doch noch lange wach. Zu viele Gedanken schwirrten ihr durch den Kopf. Wie würde so ein Dienst auf dem Schiff aussehen? Welche Arbeiten würden von ihr verlangt. Konnte sie unterwegs kündigen, wenn ihr die Arbeit nicht gefiel, oder würde man sie unterwegs entlassen, wenn sie den Aufgaben nicht gerecht wurde? Worauf musste sie bei einem Vertrag achten? Hatte sie auch irgendwelche Rechte der Reederei gegenüber?

Als der Wecker schließlich klingelte, hatte Anne kaum vier Stunden geschlafen. Na, großartig, dachte sie, ich werde trotzdem fabelhaft aussehen!

Sie stellte sich unter die Dusche, wusch und föhnte sich die Haare und war pünktlich um acht Uhr in der Hotelhalle, wo man ein Taxi für sie rief.

Mutig, eigenwillig
ınd unbeirrt geht
ine junge Frau
hren Weg

ie selbstbewusste
nne-Sophie tritt eine
telle als Gesellschaf-
erin bei Lady MacAd-
eston an. Doch die
rben dieser zerstritte-
en Familie lehnen sie
b. Welche Pläne ver-
olgt Dylan, der jüngste
ohn, zu dem sie sich
ingezogen fühlt?

hrista Canetta
CHOTTISCHE STÜRME
52 Seiten
SBN 978-3-7844-3223-6

Maries wildromantischer Weg zum Glück

Die Hamburger Angestellte Marie erbt zu ihrer Überraschung in Schottland ein Cottage. Dort angekommen, stellt sich die Erbschaft als großes Anwesen heraus. Marie nimmt die Herausforderung an und findet dort ihre Bestimmung.

Christa Canetta
EIN HAUS IN SCHOTTLAND
336 Seiten
ISBN 978-3-7844-3182-6

Zum Weinen schön — ein Liebesroman mit italienischem Flair

Die junge Witwe Marlene muss wieder ins Leben zurückfinden. Ausgerechnet in der Frau, die den tragischen Tod ihres Mannes verschuldete, findet sie eine echte Freundin. Dann tritt ein neuer Mann in ihr Leben.

Brigitta D'Orazio
DIE TRÄNEN DES MEERES
320 Seiten
ISBN 978-3-7844-3181-9

Auf der Suche nach einem dunklen Familiengeheimnis und der wahren Liebe

Pferdezüchterin Franziska muss um das Fortbestehen ihres Gestüts in der Lüneburger Heide kämpfen, denn ein Mann mit geheimnisvollen Absichten will ihr alles streitig machen. Doch es kommt alles ganz anders.

Brigitta D'Orazio
DIE HERRIN DES GESTÜTS
352 Seiten
ISBN 978-3-7844-3222-9